Belangrijke autotunnelverbindingen in 2136

--- Autosneltunnel
····· Autotunnel

NOORDZEE

Haarlem
Alkmaar
Amsterdam
Almere
Flevo
FLEVOZEE
Swift
Harderwijk
Schokland
Zwolle
Amsterdam
Steenwijk
Deventer
Meppel
Hoogeveen
Dedemsvaart
Quatmen
Assen
Groningen
Tankenberg
81 +

Evert Hartman
Niemand houdt mij tegen

Evert Hartman

Niemand houdt mij tegen

een avontuur in de 22ste eeuw

Lemniscaat  Rotterdam

Van Evert Hartman verschenen bij Lemniscaat

Oorlog zonder vrienden
Vechten voor overmorgen
Het onzichtbare licht
Gegijzeld
Buitenspel
Morgen ben ik beter
Het bedreigde land
De droom in de woestijn
Niemand houdt mij tegen
De voorspelling
De vloek van Polyfemos

Voor *Oorlog zonder vrienden* ontving hij de Europese Jeugdboekenprijs 1980
voor actuele literatuur.
Morgen ben ik beter, Niemand houdt mij tegen, De voorspelling
en *De vloek van Polyfemos* werden bekroond met de prijs van de
Nederlandse Kinderjury.

Achtste druk, 2000
Omslag: Jan Wesseling
© Lemniscaat b.v. Rotterdam 1991
ISBN 90 6069 810 x
Druk: Nauta Zutphen
Bindwerk: Spiegelenberg b.v., Zoetermeer
Dit boek is gedrukt op milieuvriendelijk, chloorvrij gebleekt en verouderingsbestendig papier
en geproduceerd in de Benelux, waardoor onnodig en milieuverontreinigend transport
is vermeden.

Het had niet geholpen.

Verhoging van dijken, versterking van waterkeringen, wanhopige pogingen van Rijkswaterstaat om de duinen te redden – het was allemaal voor niets geweest. Het peil van de oceanen was gestegen met een snelheid die men niet voor mogelijk had gehouden.

De mensen vochten voor het behoud van het land, maar in 2076 groeide een onschuldig lijkende westerstorm onverwachts uit tot een orkaan. De kop van Noord-Holland liep onder water, de Waddeneilanden werden bijna weggeslagen en stukken van Friesland en Groningen verdwenen in de golven.

In paniek vluchtte de bevolking naar hogere gebieden. Duizenden kwamen om.

Precies vijftien jaar later gebeurde vrijwel hetzelfde. Het verschil was alleen dat de storm ditmaal uit het noordwesten kwam. De zee voor de kust van Zuid-Holland en Zeeland werd opgejaagd tot een muur van water: de Deltadammen uit de twintigste eeuw werden overstroomd alsof ze niet bestonden.

Gelukkig waren er veel minder slachtoffers, want de bevolking was op tijd gewaarschuwd. Maar de paniek was er niet minder om. Honderdduizenden zochten hun heil in het oosten. Slechts een handjevol achterblijvers probeerde verbeten het verdronken land te heroveren.

Tot dat moment was de miljoenenbevolking achter de Hollandse duinenrij tamelijk veilig geweest. Maar onder de aanvallen van de zee brokkelde ook die duinenrij af, terwijl het land erachter voortdurend zouter werd. En toen de Prins Alexanderpolder en de Zuidplaspolder bij Rotterdam voor de tweede keer in vijf jaar volliepen, gaven boeren hun bedrijf op, werden elektrische centrales ontmanteld en fabrieken gesloten.

De mensen schreeuwden om maatregelen. Die kwamen er: met miljarden verslindende middelen werden dijken verhoogd en dammen versterkt.

Tevergeefs. De zee bleef stijgen; een nieuwe stormvloed spoelde over de Afsluitdijk en veranderde het laaggelegen land in een zee.

Het regeringscentrum werd in aller ijl verplaatst van Den Haag naar Amersfoort. Daar werd ten einde raad besloten tot het onvermijdelijke: evacuatie van het westen en noorden van het land en de bouw van dijken verder landinwaarts, alles binnen vijf jaar.

Sommigen legden zich gelaten bij dat besluit neer, anderen protesteerden woedend: de regering was veel te laat geweest met het nemen van maatregelen; ze hadden nog veel meer moeten doen aan dat vervloekte broeikaseffect; ze hadden *alles* moeten over hebben voor de redding van laag-Nederland; binnen vijf jaar verhuizen was volslagen onmogelijk! Zij lapten de beslissing van de regering aan hun laars en *bleven*.

Er volgde een tijd van onvoorstelbare chaos, waarin politie en leger ten slotte werden ingezet om Holland en laag-Utrecht te ontruimen. Wat overbleef was een landschap vol dode dorpen en steden. Met één uitzondering: Rotterdam.

Meteen na de overstroming van 2076 hadden de bewoners zien aankomen dat er weinig van hun stad zou overblijven als er niet onmiddellijk iets gedaan werd. Binnen een jaar hadden ze een plan klaar voor de bouw van een twaalf meter hoge en tien meter dikke muur van kunststof en beton die de stad tegen overstroming moest beschermen. Kort daarna werd met de uitvoering ervan begonnen. En toen de evacuatie van de rest van laag-Nederland in volle gang was, had Rotterdam een waterkering die uniek was in de wereld: een enorme zeemuur om een gebied van zeven bij tien kilometer. Haveninstallaties werden verplaatst naar werkeilanden. Een net van tunnels en bruggen zorgde voor aan- en afvoer van goederen. En een stroom mensen trok de stad in. Het gebied binnen de ommuring werd volgepropt met torenhoge flats. Tot diep in de grond werden woningen gebouwd, die verlicht werden met glasvezellampen. Liften en rolbanen zorgden voor vervoer. Energie werd opgewekt uit golven en door een waterstofcentrale.

Ongeveer vijftig kilometer naar het noorden was een andere groep bewoners begonnen met een krankzinnig lijkende onderneming: de verplaatsing van Amsterdam. Tienduizenden piekerden er niet over hun stad te verlaten, maar voor de bouw van een 'Rotterdamse' muur was het te laat. Daarom gingen de Amsterdammers als gekken

6

aan het werk. Ze braken de meest waardevolle gebouwen in het gebied binnen de Singelgracht en het IJ af en sleepten die naar het oosten. Op vijf kilometer ten zuidoosten van Staphorst, waar Rijkswaterstaat bezig was met de aanleg van nieuwe zeedijken, herbouwden ze de oude binnenstad.

Nooit eerder in de geschiedenis hadden de Amsterdammers zó hard gewerkt. Nooit eerder ook hadden ze zo veel geld voor hun stad over gehad. Terwijl de hele wereld in opperste verbazing toekeek, beulden ze zich af, vierentwintig uur per dag. Ze groeven nieuwe grachten, die gevoed werden met water uit de Reest en de Vecht. Ze bouwden sluizen en bruggen. Ze legden havens aan.

Het Frederiksplein en het Leidseplein offerden de Amsterdammers op aan het Rijksmuseum en het Concertgebouw, want bouwen buiten de Singelgracht werd door de Rijksoverheid verboden.

Vanwege het ruimtegebrek groeven ze de bodem uit tot meer dan twintig meter diep. Daar bouwden ze woningen, theaters, sportzalen, zwembaden en ijsbanen.

Toen in 2136 alles klaar was lag het nieuwe Amsterdam, evenals vroeger, drie tot vier meter lager dan de zeespiegel.

Maar toen waren de polders in het westen al veranderd in zeeën. Toen was er van de duinen slechts een zandbank over.

I

'Smerige kloon, blijf van mijn fiets af!'
'Ik zat niet aan jouw fiets, ik keek er alleen naar!'
'Dat lieg je! Ik zag het toch zeker zelf!'
'Dan heb je stront in je ogen!'
Richard draaide zich om en keek vanaf de zeedijk omlaag. Op de fietsbaan onderaan het talud stonden twee jongens van een jaar of zestien tegenover een andere jongen van hooguit vijftien.
'Dan kun je van mij wat anders in je ogen krijgen!' schreeuwde een van de jongens woedend. Hij sprong naar voren en haalde wild uit. De aangevallene dook weg en zette het op een lopen. Of liever – dat wilde hij doen. Hij verstapte zich, struikelde en kwam te vallen. Zijn tegenstanders vlogen op hem af.
Richard kwam onmiddellijk in actie en rende de dijk af. 'Stop!' brulde hij.
De aanvallers keerden zich geschrokken om. Toen blafte een van hen: 'Waar bemoei jij je mee! Donder op!'
Richard wees naar de jongen die overeind krabbelde. 'Jullie blijven van hem af!'
'Van hem afblijven?' was het verontwaardigde antwoord. 'Die rot-kloon wou mijn fiets jatten!'
'Maar dat heeft-ie niet gedaan', zei Richard.
'Nee, natuurlijk niet! Omdat wij hem de kans niet gaven! Maar anders...'
'Zeur niet!' viel Richard hem in de rede. 'En lazer op!' Zijn ogen flitsten van de een naar de ander. Hij zag dat ze hun vuisten balden, maar hij was niet bang. Hij voelde zich sterk. Met zijn juka-training zou hij ze allebei tegelijk aankunnen.
Een van de aanvallers haalde diep adem. Hij zei knarsetandend: 'Wat doe jij als ze jouw fiets pikken?'
Richard deed een stap naar voren. 'Heb je me niet gehoord? Oplazeren zei ik!'

De jongen week terug en pakte zijn fiets. Terwijl hij samen met zijn vriend opstapte, snauwde hij de andere jongen toe: 'Op een dag sla ik je stomme klonenkop in elkaar!' Zonder een reactie af te wachten trapte hij op de pedalen en racete de fietsbaan af.

Even keek Richard hen na. Toen wendde hij zich tot de jongen. 'Ken je ze?'

'Ze wonen in dezelfde wijk als ik.' Het bleke gezicht van de jongen stond gespannen. Zijn handen trilden.

Richard bekeek hem oplettend: slank, lange armen en benen, maar vreemd genoeg een tamelijk rond hoofd met warrig blond haar; helderblauwe ogen, een kleine kin en volle lippen. Hij was ongeveer twee meter lang en evenals hijzelf had hij een korte broek en een gemakkelijk shirt aan. Hij vroeg: 'Was jij echt niet van plan die fiets te jatten?'

De jongen schudde zijn hoofd. 'Ik zag hem toevallig staan. Ik wou hem alleen bekijken. Ik vond hem mooi.'

'En toevallig was-ie van een van de jongens uit jouw wijk?'

'Ja. Maar dat wist ik niet.' Op afwerende toon voegde hij eraan toe: 'En dat heeft er ook niets mee te maken.' Alsof hij schrok van zijn eigen woorden. 'Sorry... ik moet je bedanken.'

Hij veegde vuil van zijn handen en wilde in de richting van de stad lopen, maar Richard hield hem tegen. 'Hoe heet jij?'

Even een lichte aarzeling. 'Wesley.'

'Hoe oud ben jij?'

'Zestien.'

'Zestien?' Dat had Richard niet gedacht.

'De meesten schatten me jonger', zei Wesley een beetje kortaf.

'Jij woont dus in Amsterdam?'

'Ja.' Op Wesley's gezicht verscheen een trek van wantrouwen. 'Waarom wil je dat weten?'

'Omdat ik nieuwsgierig ben en je nog nooit eerder heb gezien.'

'Amsterdam heeft achthonderdduizend inwoners', antwoordde Wesley.

Richard vroeg rustig: 'Waar woon je precies?'

Nog steeds een beetje onwillig antwoordde Wesley: 'Derde woonlaag, liftingang Westermarkt.'

Dat was aan de zuidkant, wist Richard. Op die plek waren ze nog bezig met stadsuitbreiding. Hij zei: 'Ik woon in het oosten, eerste woonlaag, liftingang Amstelveld.' Hij haalde diep adem voor hij vervolgde: 'Ze scholden jou uit.'

'Ja.' Wesley's gezicht stond strak.

'Waarom?'

Het antwoord was ontwijkend: 'Ik ben het gewend.'

'Is het waar wat ze zeiden?'

'Als het waar is, maakt het dan wat uit?'

'Voor mij niet.' Richard keek in ogen die intelligentie uitstraalden. Nog steeds vond hij het moeilijk te begrijpen dat een jongen als Wesley op een andere manier 'geboren' was dan normaal. Maar het gebeurde. Aan het einde van de twintigste eeuw waren biologen met de eerste experimenten begonnen. Daarna waren de voortplantingstechnieken in hoog tempo ontwikkeld: cellen van levend weefsel groeiden uit tot kopieën (klonen) van de celdonor. En de eerste menselijke, levensvatbare kloon (uit Australië) werd door de wereld begroet als het toppunt van wetenschappelijk vernuft – een prestatie, groter dan de landingen op Mars of de kolonisatie van de kunstmatige ruimtewereld 'High Frontier' tussen de maan en de aarde.

Het duurde dan ook niet lang of de vraag naar klonen nam toe. Vooral mensen met een hoge intelligentie kwamen in aanmerking voor de levering van voortplantingscellen.

In Nederland ging het gejuich over de vorderingen van de wetenschap onder in de paniek na de overstromingen. Maar toen de bevolking zich had verschanst achter nieuwe dijken gingen de experimenten door in het BIAC, het Biological Institute for Advanced Creation, dat uitgroeide tot een invloedrijke organisatie. Na een aantal 'beginnersfouten' werden de resultaten zelfs zo goed dat klonen zich in weinig leken te onderscheiden van gewone mensen.

Het enige dat Richard van hen wist was dat ze na een laboratoriumtijd van een paar jaar werden ondergebracht bij één of twee adoptieouders. Meestal onopvallend, om te voorkomen dat ze zouden opgroeien tot wereldvreemde mensen. Daarna kregen ze een speciale opleiding waar nog wel eens geheimzinnig over werd gedaan. Hij vroeg: 'Hoe zijn ze er achter gekomen dat jij een kloon bent?'

'Weet ik niet. Misschien ben ik toch anders.'

'En nu weten ze het allemaal in jouw wijk?'

'Ja.'

Richard knikte. En onbewust zocht hij naar iets wat Wesley anders maakte. Maar hij vond niets, behalve misschien zijn wat eigenaardige ronde hoofd en zijn lichte stem. Hij vroeg: 'Woon je bij je ouders?' Meteen sloeg hij zichzelf tegen zijn voorhoofd. 'Sorry, stomme vraag.'

Maar Wesley haalde zijn schouders op. 'Het is een normale vraag. Ik woon bij mijn moeder.'

Richard wist niet goed wat hij zeggen moest. Om zich een houding te geven begon hij de dijk te beklimmen. Het leek volkomen vanzelfsprekend dat Wesley hem volgde.

Toen ze op de kruin stonden vroeg hij: 'Jouw moeder, dat is de vrouw die jou geadopteerd heeft?'

Wesley knikte.

'Maar jouw vader, ik bedoel...' Hij maakte de zin niet af.

'Je bedoelt mijn celdonor?' Het kwam eruit alsof hij gewend was op die manier over zijn vader te praten. 'Ken ik niet.'

Richard haalde diep adem, maar dat was niet om van de zeelucht te genieten. Hij probeerde zich voor te stellen wat het betekende om niet te weten wie je eigen vader was. Of je celdonor...

Met zijn handen in zijn zakken staarde hij over het water van de Flevozee, dat er niet uitzag alsof het ooit een nieuwe aanval op het land zou beginnen. Integendeel. De golven kabbelden geruststellend tegen de oever. De wazige zon legde een lichtende baan tot aan de horizon.

Ten slotte vroeg Richard: 'Kom je hier vaak?'

'Af en toe. Het is hier rustig.'

Dat was waar. Op nauwelijks twee kilometer van de stad lagen weiden, akkers en bossen. En zelfs op deze warme augustusdag waren er maar een paar wandelaars op de dijk. De meesten hadden de snelle auto- en treintunnels genomen om naar de stranden bij Zwolle te gaan.

'Heb je geen fiets?' vroeg Richard.

'Jawel. Maar ik vind lopen ook leuk.'

'Ik ook.'

Het was voor het eerst dat Wesley glimlachte – en zijn wat vreemde gezicht veranderde op slag in een innemende grijns. 'Dan lijken we op elkaar. Dan zouden we broers kunnen zijn.'

'Wat!? Wij broers? Bedoel je dat mijn vader jouw celdonor...' Hij

stopte abrupt en vervolgde toen heftig: 'Nee, dat kan niet!'
Er blonk spot in Wesley's ogen. 'Waarom kan dat niet?'
'We lijken absoluut niet op elkaar! Jij bent blond en ik donker. Jij hebt een blanke huid en ik een bruine. Ik ben groter dan jij en ik heb een smal gezicht.'
'Misschien heb je dat wel van je moeder', zei Wesley. Hij vervolgde: 'Ik lijk op mijn "vader", heel veel zelfs. Maar ik heb hem nog nooit gezien.'
'O.' Even was het stil. Toen vroeg Richard: 'Woont jouw eh... jouw "vader" hier, in ons land?'
'Weet ik niet.'
'Is hij Nederlander?'
'Ik geloof van wel.'
'Zou je hem willen ontmoeten?'
Wesley wreef zijn vingers over elkaar. Toen zei hij: 'Soms denk ik van wel.' Hij keek Richard opeens gefronst aan. 'Waarom vertel ik jou dat eigenlijk? Ik weet niet eens hoe je heet.'
'Ik heet Richard. Ik ben ook zestien.'
Opnieuw ontspande Wesley's gezicht zich tot een lach. 'Allemachtig, ik dacht dat je minstens twintig was. En volgens mij dachten die jongens dat ook.'
'Af en toe heeft dat voordelen', grijnsde Richard. Hij zweeg even voor hij ernstig verder ging: 'Als jouw vader zó veel op jou lijkt, moet hij toch te vinden zijn. Kent jouw moeder hem niet?'
'Ik ben bij mijn moeder gekomen toen ik drie was. Ik kan heel goed met haar opschieten.'
Ze heeft hem van het opvangcentrum in het laboratorium gekregen, dacht Richard. In zijn leergroep noemden ze dat een klonencrèche. Daar werden grappen over gemaakt: weet jij wat het verschil is tussen klonen en gewonen? Klonen snappen er de ballen niet van! Zulke grappen wekten zijn lachlust op en ergerden hem tegelijk. Die jongens en meisjes konden er immers niets aan doen dat ze anders waren! Of waren ze toch niet anders? Zaten ze misschien ook in zijn eigen leergroep zonder dat hij het wist? Alice bijvoorbeeld. Of Norman. Waren ze zo normaal dat ze totaal niet opvielen?
'Zie je wel', zei Wesley. 'Jij doet het ook.'
Richard keek hem bevreemd aan. 'Wat doe ik?'
'Kijken of je iets bijzonders aan me ziet.'

Bijna wilde Richard dat ontkennen. Toen knikte hij. 'Klopt. Maar ik zie niets bijzonders aan jou.'

'Dat is fijn.' Wesley's toon was sarcastisch. 'Sommigen vinden dat ik te lange armen en benen heb.' Maar even later vroeg hij: 'Waarom heb je mij eigenlijk geholpen?'

'Omdat ze jou in elkaar wilden slaan. En twee tegen één – daar kan ik niet tegen. Ben je niet bang dat ze jou opnieuw te pakken zullen nemen?'

'Ik denk dat ze me gaan opwachten', antwoordde Wesley rustig. 'Maar steeds op voorspelbare plekken. En daar kan ik wel iets tegen doen. Na een tijdje is voor hen de lol eraf en als ik ze niet te veel voor de voeten loop overkomt mij niets.'

Richard bekeek hem met verbazing. Hij zei: 'Daar zou ik niet zo zeker van zijn.'

Wesley hield zijn hoofd scheef toen hij vroeg: 'Hoe zou jij dit dan aanpakken?'

'Afbluffen', antwoordde Richard vastbesloten. 'Als ik ze weer tegenkwam zou ik ze een geweldig grote bek geven. Daar kunnen ze niet tegen.'

Wesley lachte zachtjes. 'Soms probeer ik dat, maar eigenlijk ben ik daar het type niet voor.'

Dat was waar, dacht Richard. Wesley had iets kwetsbaars. Hij zei: 'Als je zin hebt mag je wel eens langskomen.'

Wesley vroeg: 'Is het jouw bedoeling mij te beschermen?'

Opnieuw keek Richard verbaasd. Het leek wel of die jongen gedachten kon lezen. Hij zei een beetje kortaf: 'Ik zei toch: als je zin hebt.'

'Misschien heb ik dat wel', antwoordde Wesley.

Richard knikte en begon zonder iets te zeggen in de richting van de stad te lopen. Toch een eigenaardig type, dacht hij. Misschien kon hij zich beter niet met hem inlaten.

Wesley kwam naast hem lopen. 'Waar woon jij?'

'Heb ik je al gezegd – liftingang Amstelveld, eerste woonlaag.'

'Maar ik bedoel je nummer.'

'Wijk E, 1625.'

'Ik woon in wijk P, nummer 3110', zei Wesley.

Ze volgden de zeedijk in noordelijke richting tot het punt waar hij de Singelgracht kruiste. Over het sluispad liepen ze de stad in.

Het was niet druk – een warme zomernamiddag met wat slenterende mensen en spelende kinderen. De winkels op de Haarlemmerdijk zagen er kleurrijk uit, maar trokken weinig klanten. Iemand vervoerde een partij fruit op een fietswagen en op de Brouwersgracht zoemde een surveillancewagen van de politie voorbij. In de lucht hing de geur van de zee. In de bomen langs de Prinsengracht zongen vogels. Uit openstaande ramen klonk gelach.

Bij de liftingang op de Noordermarkt bleef Richard staan. 'Ik ga met de rolbaan.'

'En ik ga lopen', zei Wesley. 'Het is niet ver meer.' Hij aarzelde even voor hij vroeg: 'Zie ik je nog eens?'

Richard knikte. 'Misschien.' Hij keerde zich om en liep het piramidevormige liftgebouw binnen. Samen met een paar senioren van een jaar of zeventig stapte hij in de lift naar de eerste woonlaag. Even later bevond hij zich op de ondergrondse weg die evenwijdig liep aan de Prinsengracht.

Zoals altijd moest hij wennen aan de overgang naar het milde licht van de glasvezellampen. Hij moest ook wennen aan de ondergrondse drukte: mensen die kantoren in- en uitliepen; winkels met allemaal hun eigen speciale verlichting en muziek; auto's die op magneetbanen zacht sissend in de richting van de tunnels gleden; stromen voetgangers, op weg naar dieper gelegen stations en parkings.

Hij liep naar een van de rolbanen en koos de middelste strook, die hem met een snelheid van vijftien kilometer per uur naar het oosten voerde. Bij het punt Vijzelstraat verliet hij de band en dook een warenhuis in.

Er heerste een opgewonden drukte. Beveiligingsagenten in witte uniformen renden zenuwachtig heen en weer. Iemand riep iets over monitoren die waren uitgevallen.

Zonder zich aan die opwinding te storen kocht hij een foto-chip voor zijn multikom, betaalde die met zijn betaalring en slenterde vervolgens naar de sportafdeling. Het enige nieuwe dat er lag was een democratisch schaakspel met een president en parlementsleden in plaats van een koning en pionnen. Hij voelde aan de één millimeter dunne glijders van een paar zomerschaatsen, testte de spanning van een boog en stond op het punt het warenhuis te verlaten toen de agenten gewapend met handmonitoren binnenstormden.

Op de tennisafdeling viel een rek met kleding om. Twee meisjes van zijn leeftijd vlogen in zijn richting, maar de weg naar de uitgang werd versperd door een winkelbediende. 'Hier blijven!'

'Wij hebben niets gestolen!' gilde een van de meisjes.

'Dat zeggen ze allemaal!' snauwde hij.

De meisjes deden een poging de uitgang te bereiken, maar de agenten werkten snel en hardhandig.

Als versteend keek Richard toe. Het ene meisje was lang en slank, met een smal gezicht, donker haar en grafietkleurige ogen. Haar vriendin was kleiner, maar goedgebouwd. Ze had een onopvallend gezicht met rossig haar.

Ze waren allebei gekleed in lichtblauwe broeken en jacks van een soepele stof; aan hun schouder droegen ze opvouwbare tassen.

'Au! Je hoeft me niet zo te knijpen!' Het donkere meisje sloeg met een vrije hand van zich af. 'Ik zeg toch dat we niets gestolen hebben! Wat zouden we moeten stelen?'

'Het gaat niet om diefstal', gromde de agent die haar vasthield. 'Dat weet jij best.'

'Ik weet van niets!' antwoordde ze op felle toon.

'We willen jullie persoonscard zien', zei de andere agent.

'Die hebben we niet bij ons, die hebben we thuis.'

'Dat is toevallig! Dan gaan we wel even met jullie mee.'

'Ik heb jullie niet uitgenodigd!'

'Waar wonen jullie?'

'In eh... in wijk E.'

'Nummer?'

'2389.'

Een man achter Richard zei: 'Ze liegt. Het zijn illegalen.'

Het gaf Richard een schok. En nu pas drong het tot hem door dat het meisje een zuidelijk accent had.

'Goed dat ze die te pakken hebben', zei de man.

'Het zijn Vlamingen', zei een vrouw met iets meelevends in haar stem. 'Dat hoor je.'

'Kan me niet schelen wat het zijn. Ze horen hier niet. Het is hier vol genoeg!'

Het donkere meisje zei tegen de agenten: 'Jullie hebben ons adres, jullie kunnen ons weer loslaten.'

De man die haar vasthield grijnsde. 'Wij hebben een heel andere opdracht. Meekomen!'

Terwijl ze vergeefs probeerde zich los te rukken keerde ze zich met vlammende ogen naar de omstanders. 'Waarom doen jullie niets? Durven jullie niet of willen jullie niet?' Ze priemde haar vinger naar Richard. 'Jij daar hazekop met je korte broek, sta niet zo te gapen! Of ben je te beroerd om...'

'Zo is het genoeg!' beet de agent haar toe. Zonder op verdere protesten te letten duwde hij haar naar de uitgang. Even later was het viertal verdwenen.

'Opgeruimd staat netjes', zei de man.

'Ik vind het zielig', zei de vrouw.

'Niks zielig!' zei een ander op scherpe toon. 'Er wonen hier in Nederland meer dan achthonderd mensen op een vierkante kilometer. Dat is meer dan genoeg. De regering heeft gelijk dat ze niemand meer wil toelaten.'

'De regering gelijk hebben?' zei de vrouw minachtend. 'Dat zou voor het eerst wezen! Bovendien leken het mij keurige meisjes en in Vlaanderen hebben ze het ook niet makkelijk.'

Dat was waar, dacht Richard. Bij Antwerpen en Brugge waren grote stukken overstroomd. En toen honderdduizenden Vlamingen naar het oosten trokken was de eeuwenoude taalstrijd weer opgelaaid.

'Vergeleken met ons hebben die Vlamingen het wel makkelijk!' zei de man met de scherpe stem. 'Ik voel mij absoluut niet geroepen de problemen van onze buren op te lossen. Laat die hun eigen boontjes maar doppen. Als ik het voor het zeggen had, gooide ik die meiden vanavond nog de grens over. Je hebt toch gehoord wat voor grote bek die ene had!'

'Moet jij nodig zeggen!' antwoordde de vrouw. 'Trouwens, als ik jou goed bekijk is jouw bet-bet-betovergrootvader hier ook niet geboren. Hadden ze die er ook maar uit moeten gooien!'

De man maakte een gebaar van woede, keerde zich om en verdween.

De vrouw stak triomfantelijk haar kin omhoog. 'Nou, heb ik gelijk of niet?'

Iemand haalde zijn schouders op. ''t Is maar hoe je 't bekijkt. Vol is vol zou ik zeggen.'

De vrouw keerde zich naar hem toe. 'Kun jij dan precies vertellen wanneer Nederland vol is?'

'Ja', antwoordde hij laconiek. 'Nu.'

De omstanders lachten.

Richard keerde zich om naar de uitgang van het warenhuis. Hij dacht aan wat het Vlaamse meisje tegen hem had geroepen en hij voelde zich schuldig en beledigd tegelijk. Had hij haar moeten helpen?

Hij schudde zijn hoofd. Onmogelijk! Dan had hij die agenten te lijf moeten gaan. En dan zouden de moeilijkheden pas echt zijn begonnen. Daarom had ze niet het recht tegen hem tekeer te gaan. Hij kon er toch ook niets aan doen dat de vreemdelingenwet zo streng was.

Hij zocht de voetgangersbaan op en liet zich meevoeren tot dicht bij het Amstelveld. Daar sloeg hij bij de eerste ondergrondse straat linksaf. Tot hun etage was het nog een minuut lopen.

Hij deed er langer over. Het beeld van het donkere Vlaamse meisje met haar felle ogen liet hem niet meer los.

2

'Gezellige dag gehad?' De belangstelling van Richards vader, Claus, was niet gespeeld.

'Gaat wel. Ben even de stad uit geweest.'

'Naar het Zwolse strand zeker?'

'O nee, daar zien ze mij niet. Ik heb een eind langs de dijk gelopen.'

'Was het niet bloedheet?'

'Nee, viel best mee.' Hij rekte zich behaaglijk uit. Prettige kamer eigenlijk, dacht hij. Lekker ruim, wanden in warme pasteltinten, een prachtig verlichte nis met een antiek bronzen beeld en geurende bloemen, twee tafels en drie comfortabele banken. Alles overspoeld door de zachte koelte van de klimaatregeling.

'Ze maken zich anders behoorlijk zorgen over die warmte', zei Claus. Hij was een beweeglijke man met een jong, expressief gezicht. 'Of liever – ze maken zich zorgen over de droogte. Vanmorgen hoorde ik iemand zeggen dat Nederland een woestijn wordt.'

'Geklets', antwoordde Richard. 'Zeewater genoeg. En energie genoeg. Het zout kunnen ze er zo uit halen. Ze hoeven alleen maar een paar buizen te leggen. Dat is alles.'

'Maar ik ben een Kreeft', zei Claus. 'Ik hou van een flinke regenbui. En het is meer dan een maand geleden dat we de laatste gehad hebben.'

'Daar zou ik me nou absoluut geen zorgen over maken', zei Richard. Hij knipte het anderhalve meter grote holovisiescherm aan, dat een driedimensionaal beeld vertoonde van bovengronds Amsterdam. 'Kijk eens hoe zomers iedereen erbij loopt. Dat is toch veel leuker dan soppen in de regen.'

'Regen heeft sfeer', antwoordde Claus. 'Dan gaat alles glanzen. Bij regen is Amsterdam het mooist.'

Er klonk een klik en het zoeven van een deur. Even later stond Richards moeder in de kamer. Evenals hijzelf had ze een zachtbruine huid en met haar donkere, goed verzorgde haren en opgewekte gezicht zag ze er jong uit. Toch had de blik in haar ogen iets vermoeids.

Claus begroette haar alsof hij haar in geen dagen had gezien. 'Ha die Angeline! Schoonheid van me! Fijn dat je er bent! Ondanks het harde werk zie je er weer piekfijn uit!' Hij sloeg een arm om haar heen en ging op prevelende toon verder: 'Of ben je een beetje moe? Zal ik wat voor je inschenken?'

'Graag!' Met een zucht liet ze zich op de bank zakken. 'Och Richard, doe me een plezier en zet de HV uit. Ik heb vandaag al zoveel mensen gezien.'

'Leuke mensen?' informeerde Claus terwijl hij een glas voor haar neerzette. 'Of zijn die er niet in een gezondheidskliniek?'

'Ja, ook leuke mensen.' Angeline had een lage, melodieuze stem. Richard vond het prettig naar haar te luisteren.

'Maar ook eigenaardige', vervolgde ze. 'Vanmiddag kwamen biologen vertellen dat ze bezig waren met het kweken van organen. Harten, levers, longen en nieren... Alleen met de hersenen hadden ze nog wat problemen. Bovendien klaagden ze over gebrek aan jong genetisch materiaal. Dat kostte handenvol geld, zeiden ze.'

Claus trok zijn wenkbrauwen op. 'Hoezo genetisch materiaal?'

'Doe niet zo dom, Claus. Om nieuwe organen te maken heb je originele nodig. Daar is moeilijk aan te komen.'

'Wil ik wel geloven!' antwoordde hij. 'Wie wil er nou een stukje hersens kwijt? Of een schijfje lever?' En alsof hij op een grandioos idee kwam: 'Gebruik daar dan klonen voor!'

'Dat kan niet!'

'Waarom niet? Klonen fokken lijkt me makkelijker dan het kweken van afzonderlijke organen. Trouwens, wat die biologen doen is zo gek nog niet. Als je een nieuw hart nodig hebt is het altijd handig als je er een kunt uitzoeken.' Hij imiteerde de gebaren van een verkoper. 'Is dit hart misschien iets voor jou? Splinternieuw, nog nooit gebruikt, gaat jarenlang mee. Goedgekeurd door de Nederlandse Vereniging van Orgaanhandelaren. Of deze misschien? Doe je veel aan sport? Dan is dit een aanrader. Alleen kom je dan in een hogere prijsklasse. Zijn je longen aan vervanging toe? Niet te lang mee wachten! Wij hebben prachtexemplaren tegen een voordelige prijs.'

Ze schudde haar hoofd. 'Jij bent gek.'

'Dan ben ik toe aan ruilhersens', antwoordde Claus. 'Of aan hoofdtransplantatie.' Hij wreef door zijn donkerblonde haren. 'Waarom ook niet! Mijn kop begon me toch al te vervelen. Ik zou best een nieuwe kunnen gebruiken. Ga ik gewoon naar een klonenkwekerij en dan zeg ik...'

'Ik heb vanmiddag een kloon ontmoet', zei Richard.

Zijn vader zweeg verbluft. Toen vroeg hij: 'Hoe zag-ie eruit? Kaal, glad en gluiperig?'

'Claus, alsjeblieft!' zei Angeline. 'Probeer eens één keer volwassen te doen!'

'Wie volwassen is, is voor de maatschappij verloren', zei hij.

'Hou je mond', gebood Angeline. 'Kunnen we even naar Richard luisteren?'

Claus gehoorzaamde, maar de spotlichtjes in zijn ogen bleven fonkelen.

'Het was geen onaardige jongen', zei Richard. 'Al vond ik hem af en toe wat typisch met zijn antwoorden.'

Claus maakte een gebaar van: wat heb ik je gezegd!

'Hoe wist jij dat hij een kloon was?' vroeg Angeline. 'Heeft-ie dat verteld?'

'Nee, hij kreeg ruzie met een paar andere jongens, die scholden hem uit.'

Er kwam een glimlach om haar mond. 'En toen heb jij hem zeker geholpen?'

'Ja.'

'Dat dacht ik wel.' Ze vervolgde meteen: 'Voor mij zijn klonen gewone mensen, even gewoon als ieder ander.'

'Het enige verschil is dat ze niet op de gewone manier kindertjes kunnen krijgen', zei Claus.

Angeline stoof onmiddellijk op. 'Hoe kom jij aan die onzin?'

'Dat is geen onzin, dat weet iedereen. Of heb jij in de gezondheids- kliniek wel eens een kloon in verwachting gezien?'

'Dat is mijn afdeling niet', antwoordde ze. 'Maar ik zie niet in waar- om dat niet zou kunnen.'

'Nee, ik ook niet', antwoordde hij droog. 'Maar het kan dus gewoon niet.'

'Dan vinden ze daar wel wat op.'

'Of ze maken klonen van klonen', zei Richard.

'Ja', spotte Claus. 'Bij de firma Klonen & Zonen.'

'Schei nou maar uit', zei Angeline geërgerd. 'Van dat soort grappen wordt de discriminatie van die mensen alleen maar erger.'
'Discriminatie? Welnee! Dan zou je over niemand meer grappen kunnen maken. Wist je dat klonen ook niet kunnen fluiten?'
'Jij maakt die mensen belachelijk', zei ze op beschuldigende toon. 'En dat komt doordat jij eigenlijk bang voor ze bent.'
'Ik bang voor klonen? Waanzin!'
'Klonen zijn intelligent', antwoordde Angeline. 'En mensen die zich *verbeelden* dat te zijn kunnen daar niet tegen, want dat ondermijnt hun machtspositie. Het is bekend dat mannen daar meer last van hebben dan vrouwen.'
Richard grinnikte toen hij het verontwaardigde gezicht van zijn vader zag. 'Jammer Clausje, kun je weinig tegen inbrengen.'
'Jij bent een sukkel', gromde Claus. 'Ga jij maar studeren, dan zul je...'
Hij werd onderbroken door het signaal van de visafoon. Op het beeldscherm verscheen het gezicht van een man van een jaar of zestig met diepliggende ogen, hoge jukbeenderen en een wilskrachtige kin. Hij had grijs haar – een uitzondering sinds pigmentverlies kon worden voorkomen.
'Sylvester', zei Angeline. 'Voor jou, Richard.'
Richard drukte een toets in. 'Hallo Sylvester!'
'Ha Richard! Je ziet er weer geweldig uit: bruinverbrand en uitgeslapen! Dat komt goed uit, want ik wou vanavond even langskomen, kan dat?'
'Ik weet niet zeker of ik wel zo uitgeslapen ben', antwoordde Richard. 'Maar langskomen mag je altijd. Kom je alleen?'
'Nee, ik neem Denise mee.'
'O.' Het kostte Richard moeite zijn gezicht in de plooi te houden.
'Wat, o? Heb je er bezwaar tegen dat ik haar meeneem?'
'Nee, absoluut niet.' Het was moeilijk zijn mentor iets te weigeren, maar nog veel moeilijker hem voor de gek te houden.
'Uitstekend! We komen om een uur of negen. Zorg maar dat je iets lekkers klaar hebt.'
'Doe ik. Tot vanavond.' Richard tikte op de toets. Sylvesters gezicht verdween.
'Je mag van geluk spreken', zei Claus.
Richard keek naar het opgewekte gezicht van zijn vader. 'Hoezo?'

'Dat je Sylvester als mentor hebt en niet een of andere aftandse ouwe zeur.'

'Wat is dat nou weer!' barstte Angeline uit. 'Iedereen heeft respect voor senioren, maar jij hebt nog opvattingen uit de vorige eeuw!'

'Die vorige eeuw was dus zo gek nog niet', mompelde hij.

Angeline prikte een vinger tegen zijn borst. 'Zal ik jou eens wat zeggen? Jíj bent een sukkel! Je barst van de vooroordelen. Je hebt geen mensenkennis. Je zit alleen maar op dat kantoortje van je uit te rekenen hoe een metrobus het snelste van Deventer naar Enschede kan.'

'De reizigers zijn ons dankbaar', zei hij effen.

Angelines ogen spatten vuur. 'Ik kan nooit eens serieus met jou praten!'

Claus stak met een lach zijn hand op. 'Wacht even, nou vergis je je! Ik was bloedserieus toen ik je vroeg of je je leven met mij wilde delen.'

'Dat is achttien jaar geleden! En het was ook meteen de laatste keer dat je iets zinnigs hebt gezegd.'

'Ik heb er nooit spijt van gehad', antwoordde hij vlot.

'Maar ik wel!'

Claus keek geschokt. 'Angi, dat meen je niet.' En met een subtiel lachje: 'Nou kwets je Richard. Tenslotte is hij het produkt van onze samenwerking, zowel lichamelijk als geestelijk.'

'Geestelijk heb jij er weinig aan gedaan. Dat was meer het werk van Sylvester. Het enige wat jij kunt...' Ze onderbrak zichzelf en greep hem hardhandig bij zijn oren. 'Jij zit me te jennen! En dat vind ik niet leuk, want ik ben moe!'

'En jij scheurt mijn oren eraf', kreunde hij. 'Hou op, anders moet ik naar die bioloog voor een paar nieuwe.'

'Dat zou niet gek zijn', antwoordde ze. 'Met nieuwe kun je vast beter luisteren.' Ze liet hem los en zakte met gesloten ogen achterover op de bank. 'En nu wil ik rust.'

Claus grijnsde. 'Weet je wanneer ik jou het mooist vind? Als je boos bent.'

Angeline maakte een vermoeid gebaar. 'Uit welke film heb je dat cliché?'

'Uit *Het Huis in de Heuvels*', antwoordde hij onverstoorbaar. 'Het is me uit het hart gegrepen.'

Richard zei: 'Jullie zijn net kinderen. Als jullie nog even doorgaan ben ik zo vertrokken.'

'Alleen of met Denise?' informeerde zijn vader.

Richard zuchtte. 'Hou nou es op.'

Zijn moeder opende haar ogen. 'Wie is Denise?'

'Leerling van Sylvester, net als ik. Dat hebben jullie toch gehoord.'

'Ziet ze er een beetje acceptabel uit?' vroeg Claus.

'Waarom vraag je dat?' zei Angeline. 'Dat is toch niet zo belangrijk.'

'Ik dacht van wel, anders had ik jou achttien jaar geleden ook nooit opgemerkt.'

'Ze is mooi', zei Richard.

'Aha!'

'Haar vader zit in het stadsbestuur. Bjorn Rossenberg heet-ie.'

'Bjorn Rossenberg, de prefect van onderwijs?' Claus klakte waarderend. 'Dat biedt perspectief!'

'Denise is een saaie trut zonder eigen mening', zei Richard. 'Ze geeft altijd iedereen gelijk.'

'En daarom vind je haar niet leuk?' vroeg Angeline.

'Nee. Ik snap ook niet waarom Sylvester haar vanavond wil meenemen.'

'Ik wel', antwoordde Claus. 'Hier heeft iedereen altijd een eigen mening. Bij ons kan zo'n kind wat leren.' Hij stond op en liep naar de keuken. 'Ik heb honger. Zal ik erwten met eieren pakken of willen jullie wat anders?'

Angeline wuifde met haar hand. 'Je doet maar.'

Claus neusde in de kast. 'Er zijn ook nog gestoofde aardappeltjes met maïs en groene kool.'

'Ook goed.'

'Dan maak ik er wat pittige wijnsaus bij, daar knap je van op. Of heb je misschien liever spinelli in bladerdeeg?'

'Als je over dat eten blijft doorzeuren krijgen we nooit wat', klonk het van de bank.

'Spinelli?' zei Richard geschrokken. 'Als je die smurrie op tafel zet, ga ik ergens anders eten.'

'Oké, dan de maïs en de kool.' Claus pakte borden en bestek en haalde een schaal uit de kast die door de vrijkomende inherente energie meteen begon te dampen. 'Klaar! Wie trek heeft kan beginnen.'

'Schenk een glas wijn in', zei Angeline. 'Misschien word je daar rustig van.'

Toen ze even later aan tafel zaten vervolgde ze: 'Vinden ze jou op je werk niet hopeloos vermoeiend?'

'Vermoeiend?' vroeg hij verbaasd. 'Welnee! Je weet toch dat ze mij juist hebben gekozen omdat ik goed tegenslagen kan incasseren. Het is net als met bergbeklimmen. Goed kunnen klimmen is meegenomen, maar een goed humeur een vereiste.'

'En een goed huwelijk is net als diepzeeduiken', zei Angeline. 'Een hele tijd je mond houden anders verzuip je.'

Richard zei: 'Ik zie Claus al als diepzeeduiker. Wil elke minuut naar boven om een mop te vertellen.'

'Ja!' riep Claus met volle mond. 'Kennen jullie die mop van die Zwollenaar? Vanmiddag gehoord. Moet je luisteren!'

'Nee, we luisteren niet!' riep Angeline wanhopig. 'We zijn moe, we hebben er genoeg van!'

Het was bijna half acht toen Richard hun appartement verliet. Hij passeerde de lift, nam de roltrap naar de Reguliersgracht en sloeg linksaf tot bij de Lijnbaansgracht. Daar stond hij stil en nam de levendige drukte in zich op: wandelaars en fietsers die genoten van de nazomer; cafés met muziek; volle terrasjes.

En zoals altijd viel hem de tegenstelling op tussen het bovengrondse en ondergrondse leven: aan de ene kant de hypermoderne, vijf tot zes etages diepe stad waar tienduizenden krioelden, aan de andere kant de in oude stijl gebouwde bovengrondse huizen en straten, waar het tempo een stuk lager lag.

Dat lagere tempo kwam vooral door de bewoners – door het enorme ruimtegebrek had de regering besloten dat uitsluitend mensen van boven de zestig bovengronds mochten wonen. Ook winkels en werkplaatsen waren toegestaan, mits er niet meer dan twee mensen werkten. Daardoor waren grote banken en kantoren verdwenen: zij hadden plaats gemaakt voor pottenbakkerijen en schildersateliers.

Buiten de steden waren slechts hier en daar nieuwe bovengrondse woningen gebouwd. Veel oude huizen werden afgebroken om plaats te maken voor bossen en heidevelden.

Tegelijkertijd was gemotoriseerd verkeer verboden, uitgezonderd politie, brandweer en ambulance; wie zich bovengronds wilde verplaatsen moest lopen of fietsen. De autowegen van de twintigste en eenentwintigste eeuw waren op een paar na verdwenen. Snelverkeer ging door tunnels. Alleen in afgelegen landelijke gebieden mochten auto's, voorzien van speciale oranje nummers, kleine afstanden bovengronds afleggen.

Behalve een handjevol antieke fabrieken werkten industrieën ondergronds. Afval werd voor honderd procent hergebruikt. Wie het milieu vervuilde of beschadigde werd streng gestraft.

Het land was stil geworden en zonder auto's en trams was bovengronds Amsterdam een fantastische stad.

Het had een tijd geduurd voor de mensen de nieuwe situatie hadden geaccepteerd, maar in voorlichtingscampagnes had de overheid erop gehamerd dat dit de enige manier was om het land leefbaar te houden. Bovendien was niemand verplicht aldoor ondergronds te blijven. Integendeel, je kon net zo vaak naar boven als je wilde. Zo kreeg 'bovengronds' langzamerhand de betekenis van 'ouderwets gezellig en zonder lawaai'.

Richard liep langs het water en stond even later voor het politiebureau aan de rand van de stad. Daar ging hij op een muurtje zitten. Het duurde een tijd voor twee vrouwelijke agenten in witte uniformen het gebouw verlieten en op hun gemak de stad inliepen. En na een minuut of tien kwam een patrouillewagen tot stilstand voor de ingang. Er stapte een politieman uit die met vlugge passen het bureau binnenging.

Daarna gebeurde er niets meer.

Richard slenterde naar de brug over de Singelgracht en staarde over de smalle weg in de richting van Nieuwleusen, Dalfsen en Dedemsvaart. Fietsers suisden langs, op het grasveld naast het bureau trapten jongens tegen een bal, kinderen schreeuwden elkaar iets toe.

Maar Richard merkte dat nauwelijks. Het beeld van het donkerharige meisje dat die middag door de politie was gearresteerd hield hem vast. Haar woorden bleven in zijn hoofd klinken: 'Waarom doen jullie niets? Durven jullie niet of willen jullie niet? Jij daar hazekop met je korte broek, sta niet zo te gapen!'

Met een verwensing keerde hij zich om naar het politiebureau. Dat meisje had gelijk gehad. Hij had inderdaad iets moeten doen. Hij had op zijn minst de aandacht van die agenten kunnen afleiden. Dan hadden ze misschien kunnen ontsnappen.

Hij schudde zijn hoofd. Dat soort gepieker was zinloos. Die meisjes waren opgesloten. Hij kon helemaal niets meer doen, hooguit vragen waar ze gebleven waren. Als ze dat al in dit bureau wisten en het hem wilden vertellen.

Hij nam een besluit, stak het plein over en liep de hal in waar kunststoffen vloeren en wanden licht uitstraalden, dat sterker werd naarmate het buiten donkerder werd.

Achter de balie zat een oosters uitziend meisje van een jaar of twintig dat hem vriendelijk toeknikte. 'Wat kan ik voor je doen?'

'Iets voor me opzoeken.' Richard produceerde zijn innemendste glimlach. 'Ik heb gehoord dat er vanmiddag twee Vlaamse meisjes zijn gearresteerd, is dat waar?'

Het meisje keek hem onderzoekend aan. 'Waarom wil je dat weten?'

Richard had geen tijd iets ingewikkelds te bedenken. Hij zei: 'Ik heb iets gevonden wat waarschijnlijk van een van die meisjes is.'

'Wat dan?'

Hij lachte verontschuldigend. 'Sorry, maar je hebt me nog niet verteld of die meisjes hier inderdaad zijn.'

'Weet je hoe ze heten?'

'Nee.'

Haar blik kreeg iets wantrouwigs. 'Neem me niet kwalijk, maar iedereen kan wel met zo'n verhaal op de proppen komen. Ik ben bang dat ik je niet kan helpen.'

Richard haalde diep adem. Zo kwam hij er niet. Hij zei: 'Wat ik gevonden heb wil ik graag teruggeven.'

Voor de tweede keer vroeg ze: 'Wat heb je dan gevonden?'

'Eh... kan ik je niet zeggen. Is nogal persoonlijk.'

Haar wenkbrauwen gingen omhoog. 'Hoezo persoonlijk? Je weet niet eens hoe ze heten.'

'Is dat zo gek?' Richard kreeg het warm. Natuurlijk was dat gek. Maar hij moest proberen zich eruit te redden. Hij zei: 'Ik heb die meisjes vanmiddag ontmoet. Op het strand. Ze hebben iets laten liggen. Dat vond ik pas toen ze weg waren. Ik ben ze nog achterna gegaan, want ze hadden gezegd dat ze naar het warenhuis gingen bij de Vijzelstraat. Maar toen ik daar kwam hoorde ik dat ze gearresteerd waren. Ik wil alleen weten of dat waar is.'

In plaats van antwoord te geven ging haar hand naar het toetsenbord van een computer. 'Mag ik eerst je naam?'

Hij kon er niet onderuit. 'Richard Maas.'

Ze toetste zijn naam in en las van het scherm: 'Geboren op 1 november 2119. Klopt dat?'

'Ja.'

'Adres Wijk E, nummer 1625?'

'Ja.'

'Studeer je gezondheidswetenschappen?'

'Ja.'

'Vader – Claus Maas, 39 jaar. Hoofd projectontwikkeling Nederlandse Spoortunnels?'

'Ja.'

'Moeder – Angeline Ferrara, 37 jaar. Adjunct-directeur Gezondheidskliniek Amstelstede?'

'Ja.' Richard boog zich met een zucht naar haar toe. 'Is dat nou allemaal zo belangrijk? Ik wil gewoon weten wat er met die meisjes gebeurd is.' Veel zachter voegde hij eraan toe: 'Jij bent toch ook wel eens verliefd geweest?'

Even trok ze verbaasd haar wenkbrauwen op. Toen begon ze te lachen. 'Ik denk niet dat jij daar iets mee te maken hebt. Je hoeft niet te denken...'

Ze werd onderbroken door de komst van een agent van een jaar of dertig. 'Moeilijkheden Sheila?'

'Nee hoor. Deze jongen wil alleen graag weten waar die Vlaamse meisjes zijn gebleven, je weet wel.' Ze gaf hem een knipoog.

Richard voelde zich opgelaten, maar hij bleef staan.

De agent grijnsde hem welwillend toe. 'Jammer voor jou, het waren illegaaltjes. Afgevoerd naar bureau Marnixstraat.' Hij keek op zijn horloge. 'Zijn nu op weg naar de grens.'

Richard beet op zijn lip. Toen knikte hij kortaf. 'Bedankt.'

Met het zachte gelach van de agenten in zijn oren liep hij het bureau uit.

Wat had hij bereikt? Zo goed als niets. Wat kon hij doen? Helemaal niets. In dit soort dingen maakte de politie geen fouten. Die meisjes zou hij nooit terugzien, die kon hij wel vergeten.

Vergeten? Geërgerd trapte hij tegen een paal. Waarom kon hij dat niet? Waarom zag hij dat donkere meisje steeds voor zich? Kon je verliefd worden op iemand die je hooguit één minuut had gezien? Of was hij bezig zich belachelijk te maken?

Hij slenterde terug via de Vijzelgracht, schold op een fietser die bijna over zijn tenen reed en dook de liftingang op het Amstelveld in. Een paar minuten later stond hij in de hal van hun appartement. Daar ontdekte hij dat Sylvester en Denise al binnen waren.

3

'Ha die Richard!' Sylvester was een kaarsrechte man met joviale gebaren. 'Ik had gedacht dat je aan de studie was. Maar je bent zeker even naar boven geweest?'

'Ja.' Richard schudde zijn mentor de hand.

'Nog iets leuks gezien?' informeerde Sylvester.

'Veel mensen', antwoordde Richard. En tegen het meisje op de bank: 'Hallo, Denise.'

Denise groette met een glimlachje. En even hielden Richards ogen haar vast. Ze was een jaar jonger dan hij en zag er inderdaad buitengewoon mooi uit: een prachtig ovaal gezicht, licht uitstekende jukbeenderen, donker glanzende ogen en een smetteloos gebruinde huid. Maar tegelijkertijd miste dat gezicht zoveel beweeglijkheid, dat het leek of er zelden iets in haar veranderde.

Samen met Claus kwam Angeline uit een andere kamer. Met haar strakke haren en goudkleurige vleugeltjes achter haar oren zag ze er exotisch uit. Ze zei: 'Richard, zorg jij voor je gasten? Wij gaan naar het Concertgebouw.'

Terwijl ze de hal inliep stootte Claus Richard aan. 'Concertgebouw', mompelde hij, naar Angeline wijzend. 'Meer show dan muziek.'

Richard kneep zijn vader in de arm. Hij gromde: 'Als je niet aardig voor Angeline bent loopt het slecht met je af!'

'Au! Natuurlijk ben ik aardig. Je kent me toch!' En met een tersluiks knikje in de richting van Denise: 'Je had gelijk: ze is allemachtig mooi. Die mag je best vaker uitnodigen.'

Hij duwde zijn vader de kamer uit. 'Ga jij nou maar naar je muziek. Ik red me hier wel.'

De deur zoefde achter hen dicht.

Terwijl Richard even later glazen neerzette zei Sylvester: 'We komen jou iets vragen. Denise is van plan om gezondheidswetenschappen te gaan studeren, hetzelfde als jij. En daar willen we graag jouw mening over horen.'

'Mijn mening?' Richard keek bedenkelijk. 'Bedoel je dat ik moet zeggen of Denise dat kan?'

'Nee, maar jij zou iets over die studie kunnen vertellen. Nietwaar Denise?'

'Ja', zei Denise.

Richard plofte op een bank. 'Daar valt weinig over te vertellen. Je moet gewoon studeren, dat is alles. Jouw vader is prefect van onderwijs, die weet alles.'

Sylvester schudde zijn hoofd. 'We willen graag meer bijzonderheden: bijvoorbeeld welke vakken moeilijk zijn en welke makkelijk.'

Richard wreef over zijn voorhoofd. Het vooruitzicht dat Denise zijn studiegenote zou worden lokte hem niet. Hij zei: 'Alle vakken zijn moeilijk.'

'Daar geloof ik niets van!' lachte Sylvester. 'Het ene vak is moeilijker dan het andere, dat is altijd zo geweest. Jij bent toch ook goed in psychologie en minder goed in voedingsleer?'

'Als iets je interesseert ben je er meestal goed in', antwoordde Richard ontwijkend.'

'Dat is waar', zei Denise. 'Ik interesseer me ook voor psychologie. Daar heb ik een gewoon boek over gelezen.'

Terwijl Richard zich afvroeg hoeveel gewone boeken Denise ooit had gelezen zei Sylvester: 'Denise is natuurlijk nog niet zo ver als jij, maar ze wil zich graag zo vroeg mogelijk oriënteren.'

'Alle gegevens staan op HV', zei Richard. 'Kijk maar.' Hij tikte op het toetsenbord van de holovisie. Op het scherm verscheen onder de kop gezondheidswetenschappen een reeks vakken: biologie, sociologie, psychologie, hematologie, anatomie... gevolgd door gegevens over de studieduur.

Het duurde even voor Denise zei: 'Moet je dat allemaal kennen?'

Richard knikte. 'Daar komen de gewone vakken nog bij: wis- en natuurkunde, scheikunde, Engels, Spaans, geschiedenis...'

'Spaans vind ik moeilijk', zei Denise. 'Hoe lang moet je per dag studeren?'

'Ik denk dat dat voor iedereen verschillend is', zei Sylvester.

'Klopt', zei Richard. Hij dacht aan de uren die hij voor het scherm van de HV doorbracht. 'Ik doe per dag een uur of zes.'

'Zes uur?' vroeg Denise geschrokken.

'Ja', antwoordde Richard. 'De gemeenschappelijke lessen niet meegerekend. Plus dat je ook nog gewone boeken moet lezen, want niet alles staat op HV.'

Denise vroeg: 'Heb jij dan gewone boeken?'

'Meer dan honderd.'

'Zo veel?' Ze keek ongelovig. 'Heb je die ook allemaal gelezen?'

'Bijna allemaal.'

'Ik lees eigenlijk alleen HV-boeken', zei ze. 'Maar dan krijg ik ruzie met m'n broer, want die wil toevallig altijd hetzelfde lezen als ik en dat gaat een stuk langzamer.'

Nòg langzamer? Bijna had Richard het hardop gezegd. Nu knikte hij alleen.

Sylvester zei lachend: 'Iedereen heeft een zee van vrije tijd, behalve studenten.'

'Je mag wel je eigen tempo bepalen', antwoordde Richard. Hij herinnerde zich een HV-programma over een school in het begin van de eenentwintigste eeuw. Toen zaten jongens en meisjes van dezelfde leeftijd met tientallen bij elkaar in één klas. En aan het einde van het jaar moesten ze even ver zijn. Intelligente leerlingen werden daardoor geremd, zwakke moesten alles overdoen. Hij kon zich dat achterlijke systeem nauwelijks voorstellen, want met computer en HV kon je net zoveel leren als je wilde. Het enige dat nu verplicht was waren de 'leer-meetings'. Daar werd onder leiding van mentoren zoals Sylvester gediscussieerd over allerlei onderwerpen. Daar ging hij graag naar toe, want...

'Iedereen zijn eigen tempo – een enorm voordeel', onderbrak Sylvester zijn gedachten. 'Want nu neem je vrij wanneer je wilt. Toen ik twintig was hadden ze nog aparte vakantieperioden en mijn grootvader heeft nog de tijd gekend van de zomervakanties. Dat was in 2030. Vlak voor zo'n vakantie ging je "over" naar een volgende klas. Dat "overgaan" hebben ze later verplaatst naar de jaarwisseling. Dat was al een stuk beter, want toen kon elke school zijn eigen zomervakanties vaststellen.'

Richard vouwde zijn handen achter zijn nek en keek naar de langzaam dovende glasvezellampen en het tegelijkertijd aangloeien van de kunstverlichting. Hij zei: 'Daar zou ik absoluut niet tegen kunnen. Als ik vanavond of morgen naar Eindhoven wil, moet dat kunnen.'

'Wat wil jij in Eindhoven?' vroeg Denise.

'Wat zeg je? Ach niks, natuurlijk. Het was zomaar een voorbeeld.'
Dat was niet waar – de naam Eindhoven spookte al een tijd door zijn hoofd. Alle kans dat die Vlaamse meisjes daar over de grens werden gezet.
'De elektronika verandert alles', zei Sylvester. 'Wie klaar is voor een examen zet de computer aan en ziet wel wat-ie ervan maakt.'
'Zo makkelijk gaat het nou ook weer niet', antwoordde Richard. 'Bij drie mislukkingen kun je het wel vergeten.'
'Ben jij steeds geslaagd?' vroeg Denise.
'Ja.'
'Ook voor voedingsleer?'
'Zelfs voor voedingsleer.'
Ze keek hem bewonderend aan.
Sylvester zei: 'Iedereen die een studie begint moet doorzetten. Dat is altijd zo geweest en dat zal ook wel zo blijven.'
Richard gaf geen antwoord. Hoewel hij Sylvester graag mocht, hield hij niet van zulke opmerkingen.
Denise vroeg: 'Hebben we gauw weer een leer-meeting?'
'Volgende week', antwoordde Sylvester. 'Onderwerp: de droogte.'
Richard zuchtte. 'Moet dat nou? Daar heeft iedereen het al over.'
'Daarom juist', zei Sylvester. 'Want er wordt een hoop onzin over verteld.'
'De problemen met die droogte lossen ze heus wel op', zei Richard. 'Maar weet je wat ik onbegrijpelijk vind? Dat die ezels uit de vorige eeuw de helft van ons land hebben laten onderlopen.'
'Ik ook', zei Denise. 'Ze hadden de dijken hoger moeten maken.'
'Hebben ze gedaan', antwoordde Sylvester. 'Ze hebben zelfs geprobeerd de bodem op te vijzelen, maar daar waren ze veel te laat mee. Trouwens, de hoge stand van het zeewater was op zichzelf niet zo'n probleem. De stormen deden ons de das om.'
'Toch vind ik dat ze best iets hadden kunnen verzinnen', hield Richard vol. 'Als je een stad kunt verplaatsen, kun je ook het water buiten houden. Ze bouwen nu toch ook complete dammen en werkeilanden in zee. Waarom hebben ze dat toen niet gedaan?'
'Die dammen zijn er alleen voor de vliegtuigen', zei Sylvester.
Richard knikte. Dat was waar. In een inham van de Flevozee waren kilometerslange dammen gebouwd. Het rustige water ertussen was een ideale landingsplaats voor de supersnelle watervliegtuigen.

'Iedereen zegt dat de zeespiegel niet verder stijgt', zei Denise. 'Dan kunnen we toch nieuwe polders maken?'
'Willen ze ook wel', antwoordde Sylvester. 'Maar de vraag is wie dat moet betalen. Niemand heeft geld over voor iets wat je na een flinke storm misschien weer kwijt bent. Ik ben bang dat we het voorlopig moeten doen met Klein-Nederland.'
'Waar vreemdelingen niet welkom zijn', zei Richard.
Sylvester keek vragend. 'Wat bedoel je daarmee?'
'Precies wat ik zeg: buitenlanders komen er niet in.'
'Ben je het daar dan niet mee eens?'
'Ik weet niet wat ik ervan denken moet', antwoordde Richard. Hij aarzelde even voor hij verder ging: 'Die vreemdelingenwet is misschien best goed, maar vanmiddag werden er in het warenhuis onder de Vijzelstraat een paar buitenlandse meisjes gearresteerd en daar kon ik slecht tegen.'
Sylvester zei: 'We staan in Nederland met de rug tegen de muur, Richard. Honderd jaar geleden kwamen hier tienduizenden uit Bangla-Desh, want hun land was praktisch in zee verdwenen. Toen konden we misschien nog vluchtelingen bergen. Maar nu...?'
'Het waren Vlaamse meisjes', zei Richard. 'We spreken dezelfde taal. Die kun je toch niet het land uitzetten!'
'Ieder land moet zijn eigen problemen oplossen', zei Denise.
Richard ging rechtop zitten. 'O ja? Moet dat? Ook landen waar mensen verzuipen of verhongeren? Moeten wij ons daar niet mee bemoeien?'
Geschrokken van zijn heftigheid sloeg Denise haar ogen neer. 'Ja', mompelde ze. 'Daar heb je wel gelijk in.'
'Vroeger was Europa een eenheid', zei Sylvester. 'Maar sinds die overstromingen is dat voorbij. En dat kan ik me wel voorstellen. Want weet je hoe groot de bevolkingsdichtheid in ons land nu is?'
'Interesseert me niets!' antwoordde Richard. 'Ik vind dat we anderen moeten helpen. En Nederland is helemaal niet te vol, want ze laten heus nog wel vreemdelingen toe. Lui die hier een bedrijf neerzetten, bijvoorbeeld. Chinezen, Japanners, Afrikanen, Arabieren – maakt niet uit, als ze maar met geld op de proppen komen.'
'Toeristen ook', zei Denise.
'Natuurlijk! Daar kun je een hoop aan verdienen! Maar wie verrekt van de honger kan barsten!'

'Richard, je overdrijft', zei Sylvester. 'Nederland heeft altijd voorop gelopen met het geven van hulp. Mogen we dan niet een keer aan onszelf denken? De helft van Nederland weg – da's toch niet niks.'

'Kan best waar wezen, maar we hebben ook een fantastische welvaart', antwoordde Richard. 'Nog nooit zijn we zo rijk geweest. Als we willen kunnen we de hele wereld afreizen. We bouwen voor miljarden aan tunnels en ondergrondse steden. We hebben de mooiste recreatieparken, allemaal bovengronds, jawel! Wij hebben auto's waarmee we binnen een uur in Maastricht zijn. Met de ruimtegondels naar Japan en High Frontier zijn we iets langer onderweg. We hebben HV met geur-elementen. En fietsen waar jochies van tien veertig kilometer per uur mee halen. Maar voor een paar Vlaamse meisjes is geen plaats! Die flikkeren we de grens over!'

Sylvester hield zijn hoofd scheef toen hij zei: 'Waarom wind je je zo op? Zoiets gebeurt toch elke dag?'

'Ik zou me ook opwinden als het niet elke dag gebeurde', antwoordde Richard onlogisch. 'Ik bedoel – ik kan er gewoon niet tegen.'

'We kunnen er over praten', zei Sylvester.

'Met praten bereiken we niets!' was Richards antwoord. 'Op de HV wordt ook altijd gepraat – zuiver geouwehoer! Vorige week nog een programma over de droogte, waar jij het graag over wilt hebben. Onzinnig geleuter! Wacht, ik zoek het op.'

Hij tikte toetsen in, waarna het holovisiescherm gevuld werd met het beeld van een ruisende zee. Een mannenstem zei: 'De zee heeft gegeven, maar ook genomen. Aan de zee danken wij vruchtbare gronden, maar tegelijk vormt het water een voortdurende bedreiging. In de eeuwen die achter ons liggen hebben tallozen dat ondervonden. Generaties voorouders hebben van die zee geprofiteerd, maar even lang hebben zij zich afgebeuld in de strijd tegen het water, een strijd die soms succesvol, dan weer vruchteloos was. Maar altijd weer...'

'Nou!' praatte Richard er doorheen. 'Wat heb ik je gezegd! Zuiver geouwehoer!'

'Inderdaad wel wat lang', gaf Sylvester toe.

'Daar kan ik niet naar luisteren', zei Denise.

'Voorlichtingsfilm van de overheid', zei Richard. 'Daar kijkt geen hond naar, dan kun je veel beter...'

'Stil even!' gebood Sylvester. 'Dit is interessanter.'

'Maar de zee is niet meer dezelfde', klonk het in de kamer. 'Sinds het ijs in de Poolzee is gesmolten zijn de stromingen op de Atlantische Oceaan zo anders geworden dat het klimaat in onze omgeving drastisch gewijzigd wordt. Dat is de mening van professor Visser van de Rijksuniversiteit van Deventer.'

Tegen het decor van de zee verscheen een man van een jaar of dertig in gemakkelijke vrijetijdskleding. Door het driedimensionale beeld was het of hij zo de kamer kon instappen. Met een nonchalant gebaar naar de golven achter zich zei hij: 'Aan al dat water zou je het misschien niet zeggen, maar we gaan droge tijden tegemoet: de woestijn rukt op naar het noorden. Samen met de universiteiten van Maastricht en Eindhoven hebben we onderzoek gedaan naar...'

'Onderzoek!' begon Richard. 'Altijd dat onderzoek! Er wordt nooit...'

'Stil nou even!' zei Sylvester. 'Zo horen we niks.'

'...volgens de laatste waarnemingen in het poolgebied', zei professor Visser.

'Wat voor waarnemingen?' vroeg Denise.

'Dat hebben we nou net niet gehoord', zei Sylvester een beetje kribbig.

'Goed, goed', zei Richard. 'Ik start hem wel opnieuw.'

'Nee, laat maar.'

'...stroomt er meer koud water naar het zuiden, maar de verdamping is ook groter, waardoor er veel meer sneeuw valt in de gebieden rondom de Poolzee. Er valt op sommige plaatsen, bijvoorbeeld in Noord-Skandinavië, zelfs zo veel dat het 's zomers niet allemaal afsmelt. Dat is het begin van een nieuwe ijstijd. Sommigen van mijn collega's denken zelfs al over een paar honderd jaar.'

'Daar hebben wij nu natuurlijk geen pest aan', mompelde Richard.

'En ik vind het buitengewoon interessant', zei Sylvester.

'Je lost er geen problemen mee op', zei Richard. 'Krijgen we er meer ruimte door? Nee! Wordt de honger minder? Nee!'

'Heb jij dan niet geleerd dat je de dingen eerst moet onderzoeken voor je met oplossingen komt?' vroeg Sylvester.

'Natuurlijk heb ik dat geleerd. Maar wat schiet je er mee op als je weet dat we over drie-, vierhonderd jaar een nieuwe ijstijd krijgen? Worden de mensen daar verdraagzamer van? Nee! Wordt er minder oorlog gevoerd? Nee! Is het vluchtelingenprobleem...'

Sylvester stak zijn hand op. 'Hou op! Je bent verschrikkelijk aan het doordraven. Als we weten dat...' Hij onderbrak zichzelf en luisterde aandachtig naar het verhaal op de HV.

'...op korte termijn een oplossing worden gevonden voor de droogteproblemen', zei professor Visser. 'We hebben de regering ingelicht en binnenkort komen er maatregelen die moeten voorkomen dat Nederland een woestijn wordt.'

'Nou!' zei Sylvester triomfantelijk. 'Is dat nou wat jij noemt geouwehoer? Volgens mij heb jij dit gedeelte helemaal niet gezien!'

Richard haalde onwillig zijn schouders op. 'Je kunt niet overal naar kijken.'

'Dat is waar', zei Denise. 'Doe ik ook niet. Mijn broer wel. Die kijkt naar zes programma's tegelijk. Hij ziet ook altijd de uitzendingen van de verschillende plaatsen.'

'Alle tweehonderd?' vroeg Richard ongelovig.

'Ja. Dan wil hij weten wat voor weer het is in Nijmegen. En als het stormt gaat hij de hele kust langs, van Groningen tot Breda.'

'Wat een lol', mompelde Richard. 'Hoe oud is dat broertje van jou?'

'Elf. Hij kent alle programmanummers uit zijn hoofd.'

Sylvester zei grijnzend: 'Dat kereltje wordt later HV-programmeur.'

'Volgens mij moet je daar gestoord voor wezen', zei Richard.

'Mijn broer is soms vervelend, maar hij is niet gestoord!' zei Denise feller dan hij van haar gewend was.

Terwijl het HV-programma afliep zei Richard: 'Zal ik nog eens inschenken?'

'Nee, dank je.' Sylvester stond op. 'We gaan er vandoor. Ik wou ook nog even naar de anderen.'

Richard knikte. De anderen – dat waren Susan, Paul en Robert: even oud als Denise en vanaf hun twaalfde bij de groep van Sylvester. Als er niets bijzonders gebeurde zouden ze daar tot hun twintigste bij blijven.

Terwijl Richard hen uitliet zei Sylvester: 'Denk je aan de leer-meeting volgende week bij mij thuis? Anita vindt het altijd leuk als jullie komen.'

Richard dacht aan Sylvesters prachtige bovengrondse huis aan de Weteringschans en aan de hartelijkheid van zijn vrouw Anita. Hij zei: 'Maak je geen zorgen, ik ben op tijd.'

Even later was Richard alleen. Hij ging voor het HV-scherm zitten en prutste met de bediening tot hij gevonden had wat hij zocht: de binnenstad van Eindhoven. Maar behalve de contouren van een kerk en een aantal helder verlichte straten was daar weinig te zien.

Wat kon hij ook anders verwachten? Wanhopige meisjes die door de politie naar de grens werden gebracht? Onzin natuurlijk. Van ongeveer tweehonderd Nederlandse steden en dorpen kreeg je alleen maar een blik op het centrum, meer niet. Van de grensstreek waren geen beelden. Als hij wat wilde weten zou hij zijn multikom moeten gebruiken of erheen gaan.

Langzaam en nadrukkelijk schudde hij zijn hoofd. Hoe kwam hij aan die waanideeën? Hij kon niets doen, behalve misschien een gemene brief naar de regering sturen. Maar dat zou evenveel uitwerking hebben als schelden op een kudde runderen.

Een tijdlang flitste hij verveeld van de ene stad naar de andere. Ten slotte knipte hij het toestel uit en zocht zijn kamer op. Zonder zich uit te kleden liet hij zich op bed vallen en keek op zijn horloge. Elf uur. Zijn vader en moeder zouden nog wel even wegblijven.

Hij sloot zijn ogen en luisterde naar verre geluiden: het gebrom van de rolbanen, het suizen van het ventilatiesysteem en het doffe gonzen van de treinen. Tot diep in de nacht vertrokken die nog naar het zuiden. Als hij wilde kon hij nu nog instappen op station Frederiksplein. Met de overstap in Nijmegen meegerekend zou hij om kwart over twaalf in Eindhoven kunnen zijn. Daarna zou hij...

Met een bruuske beweging knipte hij het licht uit. Daarna zou hij niets! Die meisjes waren onbereikbaar. Hij moest zijn gedachten op iets anders richten, bijvoorbeeld op zijn werkstuk over chronobiologie, over mensen die door het ondergrondse wonen hun normale dagritme kwijt waren. Ondanks de glasvezellampen die de zonnestralen kristalhelder doorlieten, raakten zij met de tijd in de war. Als anderen sliepen waren zij klaar wakker of omgekeerd. Daardoor werden ze prikkelbaar, verloren hun concentratie en maakten fouten op het werk. Met een paar weken in een openlucht-recreatiecentrum knapten de meesten op, maar sommigen wilden voor geen goud meer ondergronds.

Richard vond dat vreemd. Voor hem was het leven in de benedenstad zo gewoon dat hij zich moeilijk kon voorstellen dat je daar ziek van werd. Als hij zich duf of opgesloten voelde ging hij gewoon even de stad uit voor een fietstocht naar Ommen of Hoogeveen. Dan passeerde hij dorpen als Staphorst, Dalfsen, De Wijk en Koekange, waar de tijd had stilgestaan en nog antieke zuivelfabriekjes in bedrijf waren; waar stokoude boerderijen stonden midden in uitgestrekte bossen; waar het krioelde van het wild.

Dan kroop hij met zijn multikom tussen de struiken en wachtte net zo lang tot een groepje reeën het veld overstak of een witte buizerd neerstreek op een stronk. Als hij dan later de HV met de foto-chips van zijn multikom programmeerde was het net of hij die schitterende natuur opnieuw beleefde. En met de speciale HV-geur-elementen kon hij de frisheid van het land opsnuiven.

Claus kon dat niet zo waarderen. 'Waarom kom jij altijd met die walgelijke modderlucht aanzetten? Doe me een lol en zet de HV uit of ga met die stank naar je eigen kamer!'

Dan kreeg hij meestal hulp van Angeline: 'Kijk naar jezelf, Claus. Als jij bij worstelwedstrijden de geur-elementen in het toestel laat zitten, is het ook niet om te harden!'

Richard glimlachte. Angeline nam het bijna altijd voor hem op. Hij herinnerde zich die keer...

Hij schrok wakker van de gejaagde stem van Angeline en het licht dat in zijn ogen scheen. 'Richard! Wakker worden! Er zijn mensen voor je. Van de politie!'

'Wat!?' Knipperend tegen het licht ging hij rechtop zitten. 'Hoezo politie?'

'Gewoon – mensen van de politie. Ze willen je spreken!'

'Mij spreken? Waarover?'

'Weet ik niet. Maar schiet een beetje op.'

Richard kwam overeind en liep huiverend van de slaap naar de woonkamer.

Twee vrouwen van rond de dertig, in witte uniformen, stonden met hun rug tegen de buitendeur alsof ze eventuele ontsnappingspogingen wilden verijdelen.

Angeline bleef naast hem staan, Claus staarde de agenten verbaasd aan.

De jongste liet haar persoonscard zien. 'Joan Coban, vreemdelingendienst.' Ze nam hem zorgvuldig op. 'Ben jij Richard Maas?'

'Ja.'

'We willen jou een paar vragen stellen.'

'Mij vragen stellen? Waarover?'

'Over een paar meisjes. Om precies te zijn: Vlaamse meisjes.'

'V-vlaamse meisjes?'

Het kwam zelden voor dat Richard stotterde, maar nu joeg het bloed naar zijn wangen. Er moest iets met die meisjes zijn gebeurd, anders kwam de politie hem niet midden in de nacht uit zijn bed halen. Hoe laat was het nu? Bijna één uur.

'Ja, kijk maar op je horloge', zei Joan met vlakke stem. 'En vertel me even waarom jij in je gewone kleren uit bed komt. Vertel me ook hoe laat jij vanavond uit Eindhoven bent vertrokken.'

'Uit Eindhoven vertrokken?' Richard stond verbijsterd. 'Ik ben helemaal niet in Eindhoven geweest!'

'Waar was jij dan vanavond?'

'Hier, thuis!'

'Alleen?'

'Ja. Nee! Mijn mentor Sylvester is geweest met Denise.'

'Zijn die de hele avond gebleven?'

'Nee. Ze zijn weggegaan tegen tien uur, geloof ik.'

'Dat weet je niet zeker?'

'Nee.'

'Het kan dus ook om half tien zijn geweest?'

'Nee, dat niet. Het was later.'

'Dus na tienen was jij alleen.'

'Ja. Maar waarom willen jullie dat weten? Wat heb ik met die Vlaamse meisjes te maken?'

Joan antwoordde sarcastisch: 'Daar heb jij kennelijk zo veel mee te maken dat je het de moeite waard vond vragen over hen te stellen op bureau Weteringplantsoen.'

Claus keek Richard met grote ogen aan. 'Wat is dat voor flauwekul? Daar heb je ons niets van verteld.'

'Daar heb ik de gelegenheid niet voor gehad', antwoordde hij. 'Want jullie gingen naar dat concert. Bovendien hoef ik jullie niet alles te vertellen.'

'Ik dacht anders dat we hadden afgesproken zulke belangrijke dingen eventjes te melden', zei Claus.

Angeline schudde haar hoofd. 'Dat hebben we helemaal niet afgesproken!'

'En ik vond het niet belangrijk genoeg om te vertellen', voegde Richard eraan toe.

Joan vroeg: 'Waar heb jij die meisjes voor het eerst ontmoet?'

'Die heb ik niet "voor het eerst ontmoet"', antwoordde Richard verontwaardigd. 'Ik heb alleen gezien dat ze in een warenhuis gearresteerd werden, meer niet. En toen...'

'Toen ben je gaan informeren waar ze heen gebracht zijn', viel Joan hem in de rede.

'Ja.' Meteen liet hij erop volgen: 'Of is dat soms verboden?'

'Nee. Maar die meisjes waren hier illegaal. Het is wel verboden ze te helpen of onderdak te geven.'

'Onderdak geven?' Angeline deed een stap naar voren. 'Wat bedoelen jullie daarmee? Hebben jullie die meisjes soms laten lopen en beschuldigen jullie Richard ervan dat hij ze heeft verstopt?'

'Zoiets zou niet de eerste keer zijn', antwoordde Joan. 'Mogen we jullie appartement even doorlopen?'

'Ja dat mag', antwoordde ze. 'Maar ik denk dat jullie daar geen stap verder mee komen.'

Terwijl de agenten hun huis doorzochten veranderde Richards schrik in opwinding. Die meiden waren dus ontsnapt! Fantastisch! Dan waren het geen achterlijke types, want zoiets gebeurde zelden of nooit.

Hij wachtte tot de twee terug waren en vroeg: 'Hoe zijn ze er vandoor gegaan?'

In plaats van antwoord te geven zei Joan: 'Jij hebt op één vraag van mij geen antwoord gegeven – ga jij altijd met je kleren aan naar bed?'

Richard had opeens zin haar te stangen. Hij zei: 'Wel als ik alleen ben.'

Claus begon op een irritante manier te lachen. 'Die vind ik leuk!'

Joans ogen vlamden, maar ze beheerste zich. Ze zei koel: 'We zullen informeren bij de stations. En bij jouw mentor Sylvester.'

'Moeten jullie zeker doen', antwoordde Richard.

Toen de deur achter hen dichtgleed wendde Angeline zich tot Richard. Ze zei: 'We willen natuurlijk wel ontzettend graag weten wat er precies aan de hand is.'

4

De volgende morgen was Richard rusteloos en nerveus. Hij had slecht geslapen en kon zich nauwelijks concentreren op zijn studie. Ten slotte liet hij zijn boeken in de steek en schakelde de computer uit. Gewapend met zijn multikom verliet hij het appartement. Wat kon hem het dagritme van die psychisch gestoorden ook schelen! Als die bovengronds gingen wonen was dat probleem ook opgelost. Of was hij nu bezig zelf ritmisch gestoord te worden? Nee, dat was belachelijk. Hij had gewoon een beroerde nacht gehad. Wie zou dat trouwens niet hebben als de politie je om één uur uit je bed haalde! Hij liet de appartementenhal achter zich en nam de voetgangersrolbaan evenwijdig met de Reguliersgracht. Bij het Rembrandtsplein overwoog hij bovengronds te gaan, maar hij liet zich toch verder meevoeren tot het eindpunt aan de Prins Hendrik Boulevard. Daar aarzelde hij opnieuw of hij naar boven zou gaan of het dieper gelegen Centraal Station zou opzoeken.

Hij koos voor het laatste en kwam terecht in een kathedraalachtige ruimte van minstens twintig meter hoog. Ranke, obsidiaankleurige zuilen droegen een dak van diffuus blauw dat voortreffelijk paste bij de warme tinten van de marmeren vloer. De zwartmetalen treinbanen werden afgewisseld met brede perrons, waar op dat moment drie, vier treinen stromen reizigers aanvoerden. De meesten namen meteen de roltrappen en liften naar de bovenstad, anderen zochten hun weg naar ondergrondse straten en pleinen; vrolijke toeristen uit Italië, luidruchtige Amerikanen en voornaam uitziende Indiërs. Pijlen en opschriften in verscheidene talen wezen de weg naar hotels, restaurants en bezienswaardigheden. Jongens en meisjes van een jaar of twaalf vlogen heen en weer. Hun hoge stemmen klonken boven alles uit: 'Want a guide? Want a guide? Ask me! I know everything!' Politieagenten zag hij niet, maar Richard wist dat ze er waren; geholpen door een geavanceerd bewakingssysteem hielden ze het station in de gaten: hier waren diefstal en berovingen bijna onmogelijk. Hij slenterde het station in. Langs het eerste perron gleed opnieuw een trein binnen – slank en zilverkleurig, met een kogelvormige cabine. Boven elke instapplaats stond GRONINGEN – Vertrek 11.05, Aankomst 11.22.

Reizigers stapten uit en in. Daarna gingen de deuren weer dicht. De trein vertrok op de seconde nauwkeurig.

Op een onverschillige manier slenterde Richard het perron langs, maar inwendig was hij gespannen en zijn hoofd zat vol vragen. Hoe waren die Vlaamse meisjes ontsnapt? Waar zouden ze nu zijn, ergens in Brabant of terug in Amsterdam? Hadden ze hier misschien vrienden?

Claus en Angeline hadden hem gisteravond proberen te overtuigen hoe onnozel het was achter onbekende meisjes aan te gaan. Maar hoe meer ze op hem ingepraat hadden hoe vaster zijn voornemen werd hen terug te vinden. Hij had er alleen geen flauw idee van hoe hij dat moest aanpakken. En zijn ergernis daarover groeide geleidelijk aan tot woede. Hij zou ze terugvinden, al zou hij het hele land overhoop moeten halen!

Met gebalde vuisten liep hij naar het scherm met bestemmingen en vertrektijden.

EINDHOVEN/BRUSSEL – 11.40, SPOOR 5

Over een half uur dus. Dan was hij om kwart voor één in Eindhoven. Daar zou hij op zijn minst kunnen informeren hoe die twee waren ontsnapt. Daarna zou hij op zoek kunnen gaan. En als hij ze gevonden had...

Voor de honderdste keer liep hij vast. Zijn intense wil om de meisjes te vinden botste met zijn verstand dat zei dat dat onmogelijk was. Als hij iets wilde bereiken zou hij meer mensen moeten inschakelen. Maar wie? Anderen van zijn leergroep? Nee, daar had-ie nauwelijks contact mee. Paul, Robert en Susan van de groep van Sylvester? Ook niet. Te jong. Die zouden de boel alleen maar verprutsen.

Grommend keerde hij zich af van het scherm en liep tegen een lange jongen op met een bol hoofd.

'Hufter, kijk uit waar je loopt!' schold de ander.

Richard gaf meteen een grote mond terug. 'Hou je waffel, biljartbal! Je ziet toch...' Hij stopte en zijn mond viel open. Die jongen – dat was... Nee! Dat was níet dezelfde jongen die hij gisteren ontmoet had. Maar hij leek er wel sprekend op. Hoe heette hij ook weer? De jongen keek nog eenmaal om. 'Gapende eikel!' riep hij.

Wesley! Jawel, dat was het! Die kloon uit de Jordaan, of liever uit de wijk eronder. Was het niet wijk P?

Opnieuw suisde een trein binnen. Geluid van honderden voeten; gepraat van mensen die elkaar ontmoetten; een stem die meedeelde dat de trein naar Enschede van spoor 4 zou vertrekken.

Maar Richard hoorde dat niet, want de gedachte was er opeens: misschien zou Wesley hem kunnen helpen. Wesley was vast intelligent. Richard sloeg zijn vuisten tegen elkaar. Wesley was misschien zelfs *super*intelligent. Hij wist alleen niet of hij hem zou willen helpen. Want Wesley was ook wantrouwig, dat had hij gemerkt – bang voor discriminatie en gauw op zijn tenen getrapt. Daarbij was het de vraag of hij een doorzetter was of iemand die bij tegenslagen meteen zou opgeven.

Richards enthousiasme ebde weg. Was het wel zo'n goed idee Wesley om hulp te vragen? Hij kende hem immers nauwelijks. Of was de botsing met die dubbelganger een aanwijzing dat hij Wesley moest opzoeken?

Die gedachte bezorgde hem kriebels. Zulke dingen bestonden. Daar was zelfs onderzoek naar gedaan. Maar nu het hemzelf overkwam wist hij er niet goed raad mee. Het was of er iets geheimzinnigs met hem gebeurde.

Hij keerde terug naar het stationsplein en stapte in de lift naar de bovenstad. Met de wind in zijn gezicht wandelde hij even later langs de Prins Hendrik Boulevard naar het zuiden, maar bij de monding van het Singel bleef hij staan en keek uit over het water.

Ongeveer vijfhonderd meter uit de kust lag de grote dijk, gebouwd om de stad tegen directe aanvallen van de zee te beschermen.

Op het water tussen de dijk en de plek waar hij stond voeren plezierboten; ver achter de dijk joegen zeilers langs de horizon; in het noorden streken vliegtuigen neer – een wereld vol welvaart en comfort.

Maar vreemdelingen zijn niet welkom!

Dat had hij gisteren tegen Sylvester gezegd en sindsdien kon hij die woorden niet meer kwijtraken. Nederland was vol. Dat zeiden ze voor de radio, dat werd besproken op de HV, dat drong door in lesprogramma's. En dus geloofde iedereen het.

Het land was immers stukken kleiner geworden. Met niet meer dan 20000 km² en een bevolking van twaalf miljoen was het het dichtst bevolkte land van de wereld. Jarenlang hadden de mensen zich afgebeuld om er nog wat van te maken. En nog steeds werd er hard gewerkt aan steden, energieprojecten, dijken en tunnels. Was het dan zo gek dat de Nederlanders Nederland voor zichzelf wilden houden?

Richard kende het Nederland van vroeger echter alleen van films, foto's en verhalen en zijn verweer was altijd dat ze het in andere landen nog veel moeilijker hadden.

Maar dat argument werd weggehoond: 'Dat gezever kennen we. Daar hebben we geen bliksem mee te maken. Wij hebben ook alles zelf moeten opbouwen, of niet soms!'

Dan haalde Richard geërgerd zijn schouders op en mompelde zoiets als 'zooitje egoïstische sukkels!'

Maar nu was er meer aan de hand dan verontwaardiging en medelijden. Het beeld van het donkere Vlaamse meisje bleef bij hem. Hij hoefde niet eens zijn ogen te sluiten om haar voor zich te zien, vlammend van vechtlust.

Hij kende niemand zoals zij.

Hij keerde zich om, liep een eindje het Singel op en sloeg rechtsaf. Tien minuten later stond hij op de Noordermarkt. Daar nam hij de lift naar de derde woonlaag, waar borden de richting naar de verschillende wijken aangaven.

Wijk P. Dat was onder de Lindengracht.

De rolbaan bracht hem er binnen twee minuten, maar toen hij verder wilde lopen stuitte hij op een afzetting waar werklui bezig waren met het leggen van tegelvloeren. Via een omweg bereikte hij een stille gang waar tientallen genummerde deuren op uitkwamen: 3125, 3126, 3127...

Er hing een muffe lucht als bij slecht geventileerde ruimten en in een hoek lag bijeen geveegd stof en papier. Achter een van de deuren krijste een kind.

Aarzelend stond hij stil. Ergens in deze buurt woonde Wesley. Hij was alleen het nummer vergeten. Hij zou gewoon iemand moeten vragen.

Minutenlang hing hij besluiteloos rond tot de deur van nummer 3129 open- en dichtgleed. Een man van een jaar of dertig liep in zijn richting. Hij had een fiets aan de hand en was gekleed in een nauw-sluitend trainingspak.

Richard vroeg: 'Ben jij hier bekend?'

'Jazeker!' De man sprak op de toon van iemand die gewend is wed-strijden te winnen.

'Ik zoek een jongen die Wesley heet', zei Richard. 'Weet jij waar die woont?'

'Wesley? Nooit van gehoord.'

'Hij moet toch in deze buurt wonen', zei Richard.

'Maar niet in onze gang', antwoordde de ander. 'Anders had ik het geweten.' Hij keek over Richards schouder en riep: 'Frank, ken jij een jongen Wesley?'

Richard draaide zich om en ontdekte nog een man met een fiets en een trainingspak in dezelfde kleuren.

Frank schudde zijn hoofd. 'Moet ik die kennen?'

'Hij is tamelijk lang', verduidelijkte Richard. 'Hij heeft blond haar en een rond hoofd.'

'O die!' Frank trok een grijns. 'Ik weet wie je bedoelt – de kloon uit de gang hiernaast.' Terwijl hij dichterbij kwam vroeg hij: 'Ben jij soms ook een kloon?'

Richard vernauwde zijn ogen. 'Daar heb jij niets mee te maken. Ik wil alleen weten waar die jongen woont.'

De ander bleef grijnzen. 'Soort zoekt soort', zei hij. 'Ik geloof num-mer 3110.'

Zonder nog iets te zeggen liep Richard naar de andere kant van het pleintje. Even later stond hij voor de deur van 3110. Terwijl de zwakke ventilatiewind de lijmlucht van de nieuwe tegelvloer mee-voerde drukte hij op de communicatieknop.

Bijna onmiddellijk klonk een rustige vrouwenstem: 'Wie ben jij?'

Richard wist meteen dat hij op het goede adres was. Hij wist ook dat er een camera op hem gericht was. Hij antwoordde: 'Ik heet Richard. Ik kom voor Wesley.'

'Richard?' Even viel er een stilte. 'Ik ken jou niet.'

'Ik heb Wesley ontmoet', legde Richard uit. 'Gistermiddag, op de dijk buiten de stad.'

Opnieuw stilte. Daarna: 'Ah, natuurlijk! Kom binnen!'

De deur zoefde open.

Een stuk kleiner dan hun eigen appartement, zag Richard. Een halletje met saaie tegels, een grijs plafond en grijze deuren. Het BIAC had wel erg zijn best gedaan om Wesley een onopvallend adres te bezorgen.

Terwijl de deur achter hem dichtging verscheen een vrouw van een jaar of vijfendertig. Ze had een wijde broek aan en een slobbershirt. Haar blonde haar was volgens de laatste mode strak naar achteren gekamd en haar oren waren versierd met groene vlindervleugels. Ze had een open gezicht met volle lippen en grote, verwonderde ogen. Haar stem had nog steeds dezelfde bedaarde ondertoon. 'Aardig van je om te komen. Zal Wesley leuk vinden.'

Ze ging hem voor naar een kleine kamer waar de HV-wand een stuk Amsterdam liet zien dat hij meteen herkende: het Damrak met drommen toeristen.

'Ga zitten', zei ze vriendelijk. 'Ik heet Joyce. Ik ben Wesley's moeder.' Ze zei het op een toon alsof daar niets ongewoons aan was.

Richard knikte. 'Ik wil Wesley iets vragen.'

'Het is twaalf uur', zei ze. 'Hij komt zo thuis.' Ze bekeek hem nieuwsgierig, maar de manier waarop ze dat deed was niet hinderlijk. Toen vroeg ze: 'Waarom heb jij Wesley gisteren geholpen?'

Richard haalde zijn schouders op. 'Zomaar. Ik kan er niet tegen als een paar van die rotjochies iemand in elkaar slaan.'

Joyce zei: 'Wist je dat Wesley wel eens geplaagd wordt?'

'Ik vermoedde het.'

Ze zei opeens openhartig: 'Ik heb gezegd dat ik zijn moeder ben, maar dat is niet zo.'

Richard haalde diep adem. Hoewel hij zelden met een situatie verlegen was, begon hij zich minder op zijn gemak te voelen.

'Wesley heeft geen gewone vader en moeder', vervolgde Joyce, terwijl ze naast hem op de bank ging zitten. 'Maar ik vind dat hij daar niet de dupe van mag worden.'

'Dat vind ik ook', antwoordde Richard.

Haar ogen kregen een warme glans. 'Ben je daarom teruggekomen?'

'Eh... nee, niet direct. Ik wou alleen vragen of Wesley me kan helpen.'

'O, dat wil hij vast wel.' Vlak daarop vroeg ze: 'Waarmee zou hij jou kunnen helpen?'

'Eh... met een probleem.'

Het was de eerste keer dat ze lachte – een zachte, maar ook heldere lach die hem een beetje in verwarring bracht. 'Je wilt het niet vertellen?'

'Liever niet.'

'Dan is het geen wiskundig probleem', stelde ze vast. 'Meestal komen ze bij Wesley als ze daar geen raad mee weten.'

Terwijl Richard zich begon af te vragen of Wesley ook verstand had van andere dingen dan wiskunde, hoorde hij het zoemen van de buitendeur.

Even later stond Wesley voor hem. Zijn ronde gezicht begon te stralen. 'Richard! Ik had niet gedacht dat je zo gauw zou komen!'

'Richard wil met jou over een probleem praten', zei Joyce.

Wesley keek verwonderd. 'Een probleem? Over wiskunde?'

'Nee.'

'Wat dan?'

'Ik weet eigenlijk niet hoe ik jou dat moet vertellen.' Richard wierp een korte blik naar Joyce, die er opgewekt bij zat.

Maar ze begreep hem meteen. 'Ah, ik merk het al – een geheime bespreking. Ik ben al weg!' Met vlugge stappen verdween ze in een zijkamer.

Richard vroeg zachtjes: 'Is ze nou kwaad?'

'Kwaad?' Wesley trok zijn gezicht weer in een innemende grijns. 'Welnee, Joyce is nooit kwaad. Ze zegt alleen alles heel direct.'

'O.'

'Je hebt goed onthouden waar ik woon', zei Wesley.

'Ja.' Richard keek naar de lange, wat slungelige jongen tegenover zich en hij kreeg spijt dat hij naar deze ondergrondse uithoek was gekomen. Maar nu kon hij niet meer terug. Tenzij hij een fantastische smoes paraat had.

Wesley speelde met zijn vingers toen hij vroeg: 'Waar gaat jouw probleem over?'

Richard had geen fantastische smoes paraat. Hij zei: 'Over een meisje.' Zijn toon had onverschillig moeten klinken, maar dat ging hem slecht af. Daarom voegde hij er haastig aan toe: 'Eigenlijk over twee meisjes.'

Wesley's handen lagen opeens stil. Alleen zijn ogen flitsten beweeglijk. Toen vroeg hij kalm: 'Ben je verliefd?'

Richard was even verbluft. Toen zei hij op geprikkelde toon: 'Verliefd? Hoe kom je daarbij?'

'Je ziet er verliefd uit', antwoordde Wesley. 'Je ogen staan onrustig en je bijt op je lippen. Dat deed je gisteren niet.'

'Allemachtig', mompelde Richard. 'Wie van ons tweeën is er eigenlijk gek?'

'Ik niet', grinnikte Wesley. 'Maar wie verliefd is, is dat af en toe wel.'

Richard keek de jongen met open mond aan. Zo'n idioot gesprek had hij nog nooit gevoerd.

'Heb ik gelijk of niet?' Wesley praatte op de toon van iemand die het verrukkelijk vindt een nieuw probleem aan te pakken.

Richard schudde met een zucht zijn hoofd. Een beetje tegen zijn zin antwoordde hij: 'Laten we aannemen dat je gelijk hebt.'

'Dan wil ik eerst graag weten waarom je bij mij komt.'

'Dat begin ik me ook af te vragen.' Het was eruit voor Richard er erg in had en meteen zag hij Wesley's gezicht betrekken. Hij maakte een verontschuldigend gebaar, toen hij vervolgde: 'Sorry, maar jij praat op een manier die ik niet gewend ben.'

'Niet?' Wesley zag er opeens een stuk onzekerder uit. 'Wat doe ik dan verkeerd?'

In plaats van antwoord te geven vroeg Richard: 'Hoe lang woon jij bij Joyce?'

'Dat heb ik je al verteld – vanaf mijn derde.' Hij hield zijn hoofd scheef. 'Bedoel je soms dat ik net zo praat als Joyce?'

Richard knikte.

Wesley glimlachte ongemakkelijk. 'Vind je dat vervelend?'

Richard haalde zijn schouders op. 'Och, vervelend... Ik ben het niet gewend.'

'Er komen hier bijna nooit andere jongens', zei Wesley. Hij wachtte even voor hij behoedzamer vroeg: 'Heb jij vrienden?'

'Echte vrienden?' Richard beet opnieuw op zijn lip. Ook die vraag was hem niet vaak gesteld. Maar hij voelde dat Wesley's belangstelling echt was. Hij zei: 'Met een paar anderen uit mijn leergroep kan ik goed opschieten, meer niet.'

'Soms heb ik ook vrienden', zei Wesley. 'Als ze met een wis- of natuurkundeprobleem zitten. Dan komen ze bij mij.'

'En daarna zijn ze weer verdwenen', vulde Richard aan.

'Ja.' De glimlach kwam terug op zijn gezicht. 'Maar ik weet dat jij anders bent.'

Richard begon te grinniken. 'Hoe weet jij dat? Ben jij helderziende?'

'Nee. Maar gisteren heb ik over jou nagedacht. Volgens mij ben jij vastbesloten, hardnekkig en ook een beetje agressief. Dat komt waarschijnlijk doordat jij sterk bent. Jij bent ondernemend en je gaat moeilijkheden niet uit de weg. Soms ben je ook achterdochtig. Maar je laat mensen niet in de steek.' Onzekerder liet hij erop volgen: 'Ik weet alleen niet of jij gevoel voor humor hebt.'

Richard vroeg verbaasd: 'Heb jij dat allemaal zelf bedacht?'

'Ja. Of klopt het niet?'

'Nou... Je zou het eigenlijk aan mijn ouders moeten vragen.'

'Maar één ding snap ik niet goed.' Het was of Wesley hardop dacht. 'Als jij echt zo ondernemend bent, waarom kom je dan bij mij?'

Richard antwoordde openhartig: 'Omdat ik dit probleem niet alleen aankan.'

'Dat probleem met dat meisje?'

'Ja.'

'Hoe heet ze?'

'Weet ik niet.'

'Wat? Woont ze niet in Amsterdam?'

'Nee.'

'Maar je hebt haar hier wel ontmoet?'

'Ik heb haar niet ontmoet. Ik heb haar alleen gezíen.'

Wesley's lichtblauwe ogen bewogen snel. 'Daar snap ik niets van.'

'Het is een Vlaams meisje. Ze was hier samen met een vriendin. En toen zijn ze door de politie gearresteerd.'

Wesley floot op een speciale manier tussen zijn tanden. 'En meteen het land uitgezet, natuurlijk.'

'Nee, ze zijn ontsnapt.'

'Ontsnapt? Allemachtig! Dat gebeurt haast nooit. Hoe weet jij dat allemaal?'

Richard vertelde het hem.

Toen hij uitgesproken was staarde Wesley een tijdlang zwijgend voor zich uit. Ten slotte vroeg hij: 'Maar waarom kom je dan bij mij? Wat ben jij van plan?'

Richard zei: 'Jij moet me helpen die meisjes te vinden.'

5

'Wat ga jij doen in Eindhoven?' vroeg Claus.

'Beetje rondneuzen.'

'Je bedoelt zeker achter die meiden aan zitten?'

Richard zei met een zucht: 'Je doet net alsof ik een opgepepte kater ben.'

Claus trok een grijns. 'Waarom zou je je anders zo uitsloven? Ongelooflijk wat jij allemaal meeneemt!'

'Dat valt best mee. Alleen mijn fiets, de tent en nog een paar spullen.'

'Een paar spullen', prevelde Claus. 'Hier ligt genoeg voor een complete expeditie.'

'Misschien blijven we een paar dagen weg', zei Richard.

'We? Wie zijn *we*?'

'Wesley gaat mee.'

Claus vroeg op gemaakte toon: 'Kennen wij Wesley?'

'Nee. Maar ìk ken hem. Dat moet voor jou voldoende zijn.' Hij propte een paar flacons met drinken in zijn rugzak.

Claus was niet uit het veld geslagen. Hij zei: 'Wesley, is dat die kloon?'

Richard gaf geen antwoord.

'Ik heb niets tegen klonen', zei Claus. 'Maar ze zijn toch een tikkie anders.'

Richard keek geërgerd. 'Wat wou je daarmee zeggen?'

'Dat wou ik alleen maar zèggen, niets méé zeggen.'

'Je bent onmogelijk', gromde Richard.

'Heb je enig idee hoe je die meiden kunt opsnorren?' informeerde Claus met een lachje.

'Nee.'

'Maar laten we eens aannemen dat je ze inderdaad vindt, wat ga je dan doen?'

'Dat zie ik dan wel. Misschien wel helemaal niets.'

Claus knikte. 'Dat noem ik nog eens plannen maken! Hoe lang blijven jullie weg?'

'Een paar dagen, denk ik.'

'Heb je genoeg geld bij je?'

'Op mijn betaalring staat ongeveer tweeduizend gulden.'

'Vind je dat niet te krap?'

'Het is alles wat ik heb.'

'Dan krijg je er van mij tweeduizend bij.'

Richard veerde verrast op en activeerde zijn betaalring; '2150' las hij in het miniatuurdisplay. Toen vroeg hij argwanend: 'Krijg ik van jou tweeduizend gulden zonder voorwaarden?'

'Natuurlijk! Je kent me toch!'

Richard trok zijn wenkbrauwen op.

'Ik wil niet dat jullie verhongeren', verklaarde Claus. 'Je hoeft niet alles op te maken, maar jullie moeten het ook een beetje leuk hebben.'

'Dat is aardig van je.'

Claus keek tevreden, stelde zijn betaalring in op die van Richard, die zijn bezit zag groeien tot 4150 gulden. Toen zei hij: 'Ik veronderstel dat die jongen – hoe heet hij ook weer?'

'Wesley.'

'Ja. Dat Wesley ook zijn steentje bijdraagt?'

'Ik heb Wesley gevraagd om mij te helpen', zei Richard. 'Dan kan ik hem moeilijk voor de kosten laten opdraaien.'

Claus dacht even na. Toen zei hij: 'Weet je wat ik toch een beetje eigenaardig vind? Jij kent die jongen één dag en nu ga je samen met hem op pad.'

'Ik hou van risico's en onzekerheden', antwoordde Richard. Hij zei niet dat hij de botsing met Wesley's evenbeeld op het Centraal Station als een voorteken beschouwde.

'En die Wesley was meteen voor jouw plannen te porren?' vroeg Claus.

'Ja, hij was enthousiast.'

Dat was waar. Wesley had heftig pratend en gebarend door zijn huis gelopen en zijn bleke gezicht had glans gekregen.

'Wanneer vertrekken jullie?'

'Morgenvroeg.'

'Goed. Ik ben alleen benieuwd wat Angeline ervan zegt.'

'Die meisjes worden door de politie gezocht', zei Angeline die avond.

'Weet ik. Heb je ook al eerder gezegd.'

'Misschien heeft de politie ze nu wel opgespoord, dan gaan jullie helemaal voor niets.'

'De politie heeft ze niet opgespoord', zei Richard.

'Hoe weet jij dat?'

'Gezien op Wesley's HV. Die kent een manier om de opsporingsberichten van de politie af te tappen.'

'Als de politie ze niet kan vinden, denken jullie dat dan wel te kunnen?'

'Verliefde mensen kunnen alles', mompelde Claus.

Richard deed of hij het niet gehoord had. Hij zei: 'Anders zouden we er niet aan beginnen.'

Angeline speelde met haar halsketting. 'Is het niet strafbaar wat jullie van plan zijn?'

'Ik zou niet weten waarom.'

'Dat zijn ze pas als ze die Vlaminkjes hebben', zei Claus. 'Maar wat er dan gebeurt zien ze nog wel. Al met al een zorgvuldig geplande actie.'

'Je kunt in rare situaties verzeild raken', zei Angeline.

'Dat is juist het spannende', merkte Claus op.

Angeline blies als een kat. 'Welja, ga hem een beetje opstoken!'

Richard sloeg een arm om de schouder van zijn moeder. 'Angi, laat je niet jennen door dat individu. Met ons gebeurt niets, dat zul je zien. Over een paar dagen zijn we terug.'

'Als het geld op is, eerder', zei Claus. 'Als ik...'

'Dat is waar!' viel Angeline hem in de rede. 'Richard, heb je wel genoeg geld?'

Claus schraapte zijn keel.

'Hou jij je er even buiten!' zei Angeline. 'Als ik die jongen iets extra's wil meegeven, zal ik dat zelf weten!' En tegen Richard: 'Is tweeduizend genoeg?'

'Eh...'

Ze maakte een beslist gebaar. 'Ik maak er vijfentwintighonderd van. Die zet ik op je betaalring, oké?'

Uit zijn ooghoeken zag Richard de grijns van Claus en hij knikte haastig. 'Bedankt, Angi. Hartstikke goed van je!'

Ze legde haar handen tegen zijn wangen. Ze zei zachtjes: 'Als je maar voorzichtig bent.'

Het was bijna half negen toen Richard en Wesley hun fietsen en bagage in de trein zetten en samen met een stuk of tien anderen een plaats zochten.
Wesley zei zorgelijk: 'Ik heb één probleem: ik kan maar duizend gulden uitgeven.'
'Maakt niet uit', antwoordde Richard. 'Ik heb wat extra.'
'Maar jij hebt de trein ook al betaald.'
'Nou en?'
'Dat kostte je zevenhonderd gulden!'
''t Is voor een goed doel.' Richard zei het op de zelfverzekerde manier van iemand die precies weet wat hij doet. Maar hij voelde zich helemaal niet zelfverzekerd. Integendeel. Vanaf het moment dat hij wakker was geworden had hij het onbehaaglijke gevoel bezig te zijn met een lachwekkende onderneming. En de irritante grijns van zijn vader had dat gevoel versterkt. 'Ik mag die ondernemende kereltjes wel', had Claus gezegd. 'Knaapjes met pit, prima!'
Een rode lamp gloeide aan en een heldere stem klonk: 'Beste reizigers, goedemorgen. Welkom in de sneltrein naar Eindhoven en Brussel. Willen jullie gaan zitten en je seat-belts vastmaken? Dank je!'
De jongens klikten hun gordels vast en lieten zich achterover zakken. Een haast onmerkbaar schokje – met zacht gesuis reed de trein het station uit.
Even later omsloot de tunnel hen met duisternis.
Dat was ook het moment waarop het gesuis plaatsmaakte voor een geluid dat leek op een ver verwijderde storm.
'Lage-druktunnel', zei Wesley.
Richard knikte. Hij voelde hoe de versnelling hem in de stoel drukte en hij sloot zijn ogen tot hij merkte dat de druk ophield. Vlak daarop was de stem er opnieuw: 'Jullie kunnen de seat-belts losmaken. Snelheid nu 580 kilometer per uur. Reis naar Eindhoven twintig minuten. Naar Brussel vijfendertig. Drinken kun je bestellen via de intercom. De Spoorwegen wensen jullie een goede reis.'
'Wil jij iets hebben?' vroeg Richard.
'Nee, ik heb geen dorst.' Wesley maakte zijn gordel los en drukte op

een knop in de zijwand. Op de plaats van de ramen verschenen HV-beelden van landschappen die in razende vaart voorbijsnelden.

'Daar hebben we dus niets aan', zei Wesley, terwijl hij een andere knop bediende.

Het beeld versprong en meteen was het of ze van een grote hoogte omlaag keken.

'Satellietbeeld', zei Wesley tevreden. 'Ziet er beter uit. Kijk, daar heb je Deventer en Apeldoorn.'

Richard zag bossen, steden en dorpen. Hij zag ook het blauwachtige lint van de IJssel en ver naar het westen de contouren van het Gooise schiereiland met het lichtgrijze waas van de zee.

Maar zijn belangstelling verflauwde snel. Zijn gedachten vlogen verder, naar Eindhoven. Als ze daar...

'Zo jongens, ook op weg naar Brussel?'

Richard en Wesley draaiden hun hoofd om.

In de andere rij zat een man van een jaar of zeventig. Hij had donker golvend haar en zag er op de een of andere manier voornaam uit. Terwijl hij naar de HV wees zei hij: 'Schitterend land, nietwaar! Jammer dat er zo weinig van over is.'

Richard knikte. Hij had weinig zin in een gesprek, maar voor senioren moest je respect hebben.

'Toch hebben ze er best iets aardigs van gemaakt. Ik moet zeggen dat die ondergrondse steden een van de beste ideeën van de laatste tijd is. In mijn tijd was dat anders.'

'Ja', zei Richard met een glimlachje.

'Trouwens, die spoor- en autotunnels zijn ook een uitkomst', vervolgde de man. 'Ik heb de tijd nog meegemaakt dat er bovengronds gereden werd. Constant problemen met regen, storm, ijzel en weet ik wat nog meer. Je kwam zelden op tijd en er werden massa's dieren doodgereden.'

'Ja', zei Richard.

'Jullie mogen blij zijn dat jullie opgroeien in een modern land', zei de man. 'Kijk eens naar die bossen! Is het niet fantastisch? En het wemelt er van het wild! Toen ik zo oud was als jullie gingen we naar de dierentuin. Maar God zij dank hebben ze die afgeschaft. Dieren in kooien en hokken – is het niet om te huilen!'

'Ja', zei Richard.

'Een achterlijke tijd', zei de man hartstochtelijk. 'Weet ik van mijn grootvader. Die heeft nog hengelaars meegemaakt die vissen met haken aan hun bek uit het water trokken. Die is ook nog naar paarderennen en springconcoursen geweest. Daar werden dieren afgebeuld met zwepen en sporen?

'Ja', zei Richard. Maar hij dacht: hou alsjeblieft op. Ik weet al lang dat de bossen fantastisch zijn, dat sport met dieren niet is toegestaan, dat jagen en vissen verboden zijn, dat een teveel aan wild voorkomen wordt door onvruchtbaarheid veroorzakende bestraling, dat...

'Al die HV-beelden zijn geweldig', zei de man geestdriftig. 'Vind je niet! Meer dan duizend natuurprogramma's! Kun je zo oproepen. Ik kijk elke dag: giraffen, antilopen, leeuwen, noem maar op. Ik kan er niet genoeg van krijgen!' Richard glimlachte beleefd.

'Maar vertellen jullie eens', zei de man. 'Wat gaan jullie doen in Brussel?'

'Eh... wij gaan niet naar Brussel', antwoordde Richard. 'Wij stappen uit in Eindhoven en dan...'

'En dan zeker door naar Maastricht?' viel de ander hem in de rede.

'Ja', zei Richard.

'En wat gaan jullie daar doen?'

Wesley vroeg: 'Waarom wil je dat weten?'

De man lachte hartelijk. 'Noem het maar nieuwsgierigheid.'

'Wij vragen toch ook niet waar jij heen gaat en wat jij daar gaat doen', zei Wesley.

De lach verdween van het gezicht van de man.

Richard voelde het bloed naar zijn wangen stijgen. Wat mankeerde Wesley! Zo'n antwoord was onmogelijk! Met een verontschuldigend gebaar zei hij: 'Wij zijn op studiereis.'

'Aha.' De man nam hen onderzoekend op. Toen zei hij, alsof hij voorlas uit een reisgids: 'Maastricht is een fraaie stad. Daar zullen jullie veel genoegen beleven.'

'Ja', zei Richard houterig. En toen de man zich van hen afkeerde en zijn eigen HV-scherm aanzette fluisterde hij Wesley toe: 'Waarom zei je dat?'

Wesley keek verbaasd. 'Hoezo? Mag ik dat soms niet zeggen?'

'Natuurlijk niet!'

'Waarom niet?'

'Omdat dat niet hoort!'

Wesley's ogen flitsten op een vreemde manier. 'Dat begrijp ik niet.'

'Die man is een senior! Daar moet je respect voor hebben!'

'Maar hij heeft er toch niets mee te maken waar wij heen gaan?'

'Natuurlijk heeft hij daar niets mee te maken, maar dat kun je niet zomaar tegen hem zeggen.'

'Maar jij zat tegen hem te liegen.'

'Dat is heel wat anders.'

'En dat mag wel, vind je?'

Richard zuchtte. 'Wat mankeert jou eigenlijk? Weet jij echt niet hoe je met senioren moet omgaan? Zit jij niet in een leergroep met een senior?'

Wesley schudde zijn hoofd. 'Dat hoefde niet van het BIAC. En mijn moeder vond het ook niet nodig.'

'Dan zal ik jou vertellen hoe het moet: jij bent beleefd tegen senioren, anders kom je in moeilijkheden.'

'Belachelijk', antwoordde Wesley. 'Hoe kan ik beleefd zijn tegen iemand die van voren niet weet dat-ie van achteren leeft!'

'Dat leer je dan maar!' zei Richard. 'Ik wil absoluut niet dat we opvallen door afwijkend gedrag.'

Wesley haalde zijn schouders op en keek naar het HV-scherm waarop ze zagen dat ze de grote rivieren gepasseerd waren.

Even later zei de stem: 'Beste reizigers, we naderen Eindhoven. Maken jullie je gordels vast?'

Het afremmen duurde niet meer dan twintig seconden. Toen stopte de trein.

Richard en Wesley pakten hun spullen en stapten uit.

Het station was kleiner dan in Amsterdam, maar de Eindhovenaren hadden er iets moois van gemaakt. Alle sporen liepen samen onder het dak van een piramide waarvan de glazen top meters boven de grond uitstak. De lagere stukken straalden mild licht uit in kleuren die voortdurend wisselden. Op alle perrons en een deel van de wanden liep een strook mozaïek in de vorm van een halve maan met voorstellingen van de dierenriem. De bundel zonlicht die door de piramidetop omlaag schoot, deed de perronvloeren schitteren alsof er diamanten in verwerkt waren. Muziek vulde de ruimte als in een concertzaal. Nergens hing de muffe metaallucht die zo kenmerkend was voor andere stations. En de piramide straalde een sfeer uit waar hij wel veel langer van had willen genieten.

'Mooi!' zei Wesley. 'Ze hebben er een zonnewijzer van gemaakt, kijk maar.' Hij wees naar de plek waar de stralen op de mozaïekvloer vielen. 'Tien uur ongeveer.'
Richard keek op zijn horloge. 'Vier over tien', zei hij terwijl hij zijn rugzak vastgespte en zijn fiets greep. 'Kom, we gaan bovengronds.'
De lift bracht hen naar een groot stervormig plein. In het midden van het plein rees de top van de stationspiramide; bij de twaalf buiten- en binnenwaarts gerichte hoeken van de ster spoten fonteinen; bomen gaven schaduw en overal stonden gemakkelijke banken.
'Weer eens wat anders dan Amsterdam', zei Wesley.
'Ja.' Met zijn fiets aan de hand liep Richard naar de ringweg om het plein.
Maar Wesley hield hem tegen. 'Jij wilt zeker meteen naar het politiebureau?'
'Ja.'
'Wat ga je daar zeggen?'
'Dat weet ik nog niet. Dat zie ik wel.'
Wesley schudde zijn hoofd. 'Ik denk dat dat niet de juiste manier van werken is.'
Richard fronste zijn wenkbrauwen. 'Hoezo niet juist?'
'De politie is altijd achterdochtig', legde Wesley uit. 'Wie met smoesjes aankomt schoppen ze de deur uit.'
'Wat wil jij dan?' vroeg Richard een beetje geërgerd.
'Je moet een goed verhaal hebben.'
'Heb jij dat dan?'
'Daar heb ik over nagedacht.'
Richard bekeek hem met verbazing. Gebeurde dit echt, vroeg hij zich af. Twee dagen geleden had Wesley gezegd dat hij niet het type was om te bluffen en in de trein had hij een totaal gebrek aan omgangsvormen gedemonstreerd. Maar nu scheen hij precies te weten wat ze moesten doen.
'We zeggen dat we studenten zijn', vervolgde Wesley op een toon alsof hij geen tegenspraak verwachtte. 'We zijn bezig met een onderzoek naar de houding van de bevolking tegenover buitenlanders.'
Richard hield zijn hoofd scheef. 'Wat schieten we daarmee op?'
'Het gaat om de vragen', antwoordde Wesley. 'Als die goed zijn zetten ze ons op het goede spoor.'

'Als de antwoorden dan ook maar goed zijn. Je hebt zelf gezegd dat de politie altijd achterdochtig is.'

'Achterdochtig is niet hetzelfde als intelligent', zei Wesley.

Richard snoof. 'En als ze naar onze studiecard vragen?'

'Dan geven we die gewoon. Wij hebben niets te verbergen.' Vastbesloten voegde hij eraan toe: 'Wij moeten een begin hebben. Dit is een begin.'

Heel even nog aarzelde Richard. Toen knikte hij en trok de rugsteun op zijn fietszadel uit. 'Oké, we gaan. Ik heb de kaart bestudeerd. Ik weet waar we moeten zijn.' Hij stapte op en duwde op de pedalen. Dank zij de cardan-overbrenging met traploze versnelling kreeg de fiets onmiddellijk snelheid. Met Wesley vlak achter zich reed hij het sterplein af over de Vestdijk in zuidelijke richting.

Bij een oude twintigste-eeuwse fabriek sloegen ze rechtsaf en passeerden de Sint-Catharinakerk die in de laatste grote storm één van de torens was kwijtgeraakt. Daarna staken ze het met bomen beplante Begijnenplein over en stopten. Op de gevel van een kegelvormig gebouw, opgetrokken uit blinkend staal en glas, stond 'Bureau van Politie'.

'Volgens mij zijn ze hier gek op kegels en piramides', zei Wesley, terwijl hij het slot op de pedalen vastklikte en de elektronische beveiliging instelde. Voor hij het gebouw binnenliep liet hij erop volgen: 'Laat mij het woord maar doen, goed?'

Richard knikte zwijgend, maar hij was er niet gerust op. Als Wesley even sociaal-achterlijk deed als in de trein, konden ze wel inpakken. Op de lage trap keerde hij zich nog even om naar het prachtig aangelegde plein. Bij de lift naar ondergronds Eindhoven verschenen tientallen mensen die op hun gemak in de richting van het winkelcentrum wandelden.

Bij de hoek kwamen twee meisjes van een jaar of zestien aanlopen, gekleed in lichtblauwe broeken en felkleurige shirts. De ene had donker haar, de andere was roodachtig.

Richards mond viel open. Dat waren...

Nee, ze waren het niet. Natuurlijk waren ze het niet!

Dat was nu al de tweede keer dat hem zoiets overkwam. Was dat toeval?

De meisjes zagen hem staan, zwaaiden vrolijk en proestten het toen uit.

Richard perste er een glimlachje uit en wuifde terug met een slap handje.

Wesley kwam naast hem staan. 'Ken jij die meisjes?'

'Nee.'

Wesley's ogen flitsten alsof hij snel nadacht. 'Leken ze soms op de meisjes die je zoekt?'

'Ja, een beetje.'

Wesley keek de twee na alsof hij het beeld in zijn geheugen wilde prenten. Toen keerde hij zich om. 'Zullen we?'

Evenals het station was het politiebureau een feest van ruimte en licht. Onder het konische dak bevond zich een koepel van donkere stukjes glas als het oog van een reuzeninsekt. Op halve hoogte lag een platform, waar cirkelvormige roltrappen bezoekers aan- en af-voerden. Het platform, met agenten achter een balie, leek eerder te zweven dan op steunpunten te rusten.

Toen Richard en Wesley boven waren, keken ze neer op een vloer van mozaïek waarmee de zon een verrassend kleurenspel speelde.

'Ze zijn hier ook gek op mozaïek', mompelde Wesley, terwijl hij zich achter het rijtje wachtenden opstelde.

Richard kon er niet om lachen. Gespannen wachtte hij op hun beurt. Waarom liet hij Wesley eigenlijk zijn gang gaan, vroeg hij zich af. Omdat hij zelf niets verstandigs kon bedenken?

Als Wesley maar voorzichtig was, als-ie het maar niet verknoeide. Anders was het ene procentje kans om de Vlaamse meisjes op te sporen tot nul gereduceerd.

Drie minuten later leunde Wesley op de balie en lachte vriendschap-pelijk tegen de agent, een man van een jaar of vijfentwintig. 'Goede-morgen, ik ben Wesley en dit is mijn vriend Richard. Wij studeren sociale wetenschappen en doen onderzoek naar de historische assimi-latie van allochtonen in de regio Eindhoven. Kun je ons een paar inlichtingen verschaffen?'

Richard hield zijn adem in. Historische assimilatie van allochtonen – wat een kreet! Daar trapte die man nooit in.

De agent keek belangstellend. 'Wat willen jullie weten?'

'Hoeveel allochtonen er de laatste tien jaar in deze regio zijn geregis-treerd', zei Wesley vlot.

'Dat is mijn afdeling niet', was het antwoord. 'Ik denk dat je moet zijn bij de afdeling Demografische Statistieken in het stadhuis.'

'Daar gaan we straks heen', zei Wesley. 'Maar we willen ook graag weten of er een statistisch onderscheid wordt gemaakt tussen legale en illegale allochtonen.'

'Natuurlijk wordt dat gemaakt.'

'Op grond van welke criteria?'

'Dat eh... dat zou ik je zo niet kunnen zeggen.'

'Maar jullie weten toch meteen of je met illegale of legale allochtonen te maken hebt.'

'In de meeste gevallen wel.'

'De illegalen – worden die meteen de grens overgezet?'

De agent knikte.

'Komt dat vaak voor?'

Het was voor het eerst dat de man achter de balie aarzelde. Toen zei hij bedachtzaam: 'Dat komt af en toe voor. Maar waarom wil je dat weten? Hoort dat ook bij je onderzoek?'

'Nee', zei Wesley. 'Maar zulke gegevens hebben we nodig voor een aangrijpend voorwoord.' Hij grijnsde opgewekt. 'Noem het maar de journalistieke aanpak.' Meteen voegde hij eraan toe: 'Een goed verhaal gaat er altijd in, zelfs bij de saaiste leraar.'

De ander lachte mee, maar voor hij iets kon zeggen, ging Wesley verder: 'Het leukste is een anekdote over arrestaties, ontsnappingen, achtervolgingen en dat soort dingen. Maken jullie dat wel eens mee?'

Richard kreeg klamme handen. Dit lag er véél te dik bovenop!

'We maken wel eens wat mee', antwoordde de agent ontwijkend.

'Behalve ontsnappingen zeker', zei Wesley op begrijpende toon. 'De elektronica maakt dat natuurlijk onmogelijk. Dat had ik kunnen weten. Jammer, geen spannend verhaal als voorwoord.'

Hij wilde zich omkeren toen de agent zei: 'Ontsnappen is altijd mogelijk.'

Wesley maakte een verrast handgebaar. 'Ontsnappen? Uit dit bureau?'

'Twee dagen geleden zijn er een paar Vlaamse meisjes ontsnapt', deelde de agent mee.

Enkele ogenblikken was Wesley overdonderd.

Maar terwijl hij bezig was zich te herstellen, vervolgde de politieman: 'Daar is niets geheimzinnigs aan, want het was nieuws voor het HV-journaal.'

'Vlaamse meisjes?' zei Wesley met geknepen lippen. 'Hoe hebben jullie die weer te pakken gekregen?'

'Die hebben we niet te pakken gekregen.'

'Dan zijn ze zeker zelf teruggegaan naar Vlaanderen.'

'Dat is iets wat we niet weten.'

'Maar jullie hebben natuurlijk de hele omgeving uitgekamd?'

'We hebben de gebruikelijke procedures gevolgd.'

Wesley zei tegen Richard: 'Is dit iets voor een voorwoord?'

Richard knikte zonder iets te zeggen. Het bezoek aan het politiebureau leek hem opeens zinloos en belachelijk.

Wesley wendde zich weer tot de politieman. 'Die meiden zijn dus nog steeds spoorloos. Hoe groot is de kans dat jullie ze vinden?'

De agent glimlachte. 'Honderd procent. We zijn niet achterlijk.'

'Toch hebben jullie ze laten ontsnappen', zei Wesley. 'Hoe is dat dan gebeurd?'

'Ik ken geen details', was het antwoord. 'Daarvoor moet je bij de inspecteur zijn. Al vraag ik me af of hij wel details wil vertellen.'

'Die hoeven we ook niet te weten', lachte Wesley. 'We verzinnen zelf wel iets. Bedankt! Misschien komen we nog terug. Maar eerst gaan we naar het stadhuis.'

'Afdeling Demografische Statistieken', zei de agent. En met een lachje in zijn ogen: 'Succes met jullie onderzoek.'

Ze waren nog niet bij de roltrappen toen Wesley Richard toefluisterde: 'En?'

'Mis', fluisterde Richard terug. 'Helemaal mis. Die man geloofde geen pest van je verhaal!'

Wesley keek verbaasd. 'Waarom zou hij het niet geloven?'

'Omdat geen enkele onderzoeker vragen stelt over arrestaties en ontsnappingen.'

Wesley beet op zijn lip. Toen vroeg hij langzaam: 'Wat had jij dan gewild?'

'Dat weet ik niet. Maar ik had niet zo'n doorzichtig verhaal opgehangen.' Een beetje nijdig stapte Richard op de roltrap. Terwijl hij langzaam afdaalde keek hij nog even over zijn schouder.

Tussen twee andere bezoekers door zag hij de politieman die hen te woord had gestaan. Het was genoeg om te ontdekken dat hij ijverig de toetsen van zijn computer bediende en daarna zijn multikom inschakelde.

6

Wesley schakelde de beveiliging van zijn fiets uit. In zijn houding
was onzekerheid. 'Wat gaan we nu doen?'

'Naar het stadhuis, afdeling Demografische Statistieken.'

'Maar dat was een smoes van mij, daar hebben we helemaal niets te
zoeken.'

'Dat is precies wat die kerel daarboven ook denkt. En daarom is-ie
nu aan het controleren of wij erheen gaan. Heb je dat niet gezien?'

'Nee.' Wesley keek onthutst. 'Weet je dat wel zeker?'

'Nee. Maar we nemen geen risico. En het is hier dichtbij.'

Ze staken de straat over en parkeerden hun fietsen.

Het stadhuis deed antiek aan met donkerbruin metselwerk en hoge
ramen, maar het interieur was verbouwd tot een aantal zwevende
etages van dezelfde soort als die in het politiebureau. Rolbanen
kronkelden spiraalsgewijs tot boven in het gebouw.

'Ze zijn hier ook gek op spiralen', zei Wesley terwijl ze de hal
inliepen.

Richard hoorde het nauwelijks. Hij liep naar een zeskantige zuil
tussen de rolbanen en drukte een paar toetsen in. Op een beeldscherm verscheen: DEMOGRAFISCHE STATISTIEKEN – 2de etage.

De spiraal vervoerde hen geruisloos naar een pleinachtig plateau.
Aan de randen van het plateau bevonden zich kleine open studio's,
voorzien van computers met beeldschermen. Boven een studio aan
de rechterkant lichtte de tekst op: DEMOGRAFIE.

Personeel was onzichtbaar. Alleen een paar bezoekers scharrelden
rond.

Wesley wees naar een van de computers. 'Keyboard gebruiken', zei
hij gedempt. 'Stemcommando valt te veel op.'

Richard knikte, legde zijn rugzak neer en bediende geroutineerd de
toetsen.

De computer reageerde meteen:

ALLOCHTONEN

NEDERLAND 1.1.

REGIO EINDHOVEN 1.2.

Weer een paar toetsen.

ALLOCHTONEN REGIO EINDHOVEN

IMMIGRATIE 2136 1.2.1.

IMMIGRATIE 2135 1.2.2.

IMMIGRATIE 2134 1.2.3.

'Zo kunnen we aan de gang blijven', zei Wesley. 'Kijk maar, ze gaan terug tot het jaar 2100. Probeer eens of ze ook gegevens per land hebben.' Richard gehoorzaamde en een paar seconden later stond er een reeks van Afghanistan tot Zwitserland.

Met zijn handen boven de toetsen dacht Richard geconcentreerd na. Al die getallen interesseerden hem niets, maar hij had het gevoel of hij in de buurt was van iets belangrijks.

'Je moet Vlaanderen hebben', zei Wesley gedempt. 'Eén-punt-twee-punt-één-punt-honderdtachtig.'

'Waarom?'

'Dan kun je zien wie hier dit jaar zijn binnengekomen.'

'Wat schieten we daarmee op?'

Wesley zweeg. Een diepe frons lag tussen zijn wenkbrauwen. Toen sloeg hij Richard onverwacht hard op de schouder. 'Natuurlijk! We kunnen die gegevens goed gebruiken!'

'Niet zo schreeuwen!' siste Richard hem toe. En toen snel: 'Welke gegevens?'

Wesley fluisterde: 'Wat zou jij doen als jij een illegale buitenlander was?'

'Ik een illegale buitenlander? Ik zou het niet weten. Schiet alsjeblieft een beetje op!'

'Ik zou een onderduikadres zoeken', zei Wesley. 'En als ik uit Vlaanderen kwam zou ik bij Vlamingen aankloppen. Wat we nodig hebben is een lijst met Vlaamse adressen.'

Zonder iets te zeggen ging Richard aan het werk. Een paar seconden slechts. Toen verscheen de tekst:

ADRESSEN NIET TOEGANKELIJK

'Logisch!' gromde hij. 'Dit is een openbare computer, die hebben ze beveiligd.'

'Laat mij even!' Wesley schoof Richard aan de kant. Zijn slanke vingers schenen de toetsen nauwelijks te raken; reeksen getallen en letters vlogen over het scherm.

Drie minuten duurde het. Toen lichtte het beeld even fel op. Daarna verschenen jaartallen met namen en adressen.

'Alsjeblieft', zei Wesley.

Richard was verbijsterd. Dit was onmogelijk, dit kon niemand! Hij fluisterde: 'Hoe heb je dat gedaan?'

'Gewoon een paar codes uitgeprobeerd.'

'Maar wat betekende die lichtflits?'

'Weet ik niet. Heb ik nog niet eerder meegemaakt.' Hij zei het op een manier of hij computers dagelijks geheimen ontfutselde. Meteen vervolgde hij: 'Misschien een alarmsignaal. Dan moeten we dat spul meteen kopiëren. En beveiligen ook. Met jouw stem.'

'Ja, natuurlijk.' Haastig koppelde Richard zijn multikom aan het toestel. Even later had hij wat hij hebben wilde.

Daarna namen ze de rolbaan omlaag – nonchalant, als winkeldieven die niet willen opvallen.

Buiten pakten ze hun fietsen en reden het centrum uit tot het park bij de Dommel. Daar pakte Richard zijn multikom, hield hem even in het zonlicht en zei zachtjes in de microfoon: 'Namen en adressen.'

Het toestel gehoorzaamde onmiddellijk: op het schermpje gloeiden letters op en het getal 75.

Richard gromde een verwensing. 'Daar was ik al bang voor.'

'Hoezo?'

'Hoezo!' Richard tikte op het display. 'Wil jij bij vijfenzeventig Vlaamse adressen vragen of ze toevallig een paar meisjes verstopt hebben?'

Wesley schudde langzaam zijn hoofd. Toen zei hij: 'Maar we moeten ergens beginnen, in het centrum bijvoorbeeld.'

'Waarom?'

'Daar zijn winkels en restaurants, daar vallen we niet op.'

'Wel als we vragen gaan stellen.'

'We vragen niks, we kijken alleen.'

Zonder enthousiasme vouwde Richard de kaart van Eindhoven open, vergeleek die met de gegevens op zijn multikom en haalde er drie namen uit.

'Markt 5', zei Wesley. 'Dat is bovengronds. En die beide andere ondergronds. Kijk maar, wijk Radium en wijk Helium.' En alsof hij hardop dacht: 'Als je 't mij vraagt kunnen we het beste eerst naar de Markt gaan.'

Ze verspilden geen tijd, waren na een paar minuten terug in het centrum en zetten hun fietsen neer. Daarna slenterden ze de Markt op. Hypermoderne gebouwen; zuilen van glinsterend glasbeton, die ruimten droegen alsof er geen zwaartekracht bestond; overdekte wandel- en fietspaden; winkels die uitpuilden van koopwaar en bezoekers. En tussen de oogverblindende architecturen een eenvoudig uitziend restaurant: Chez Antoine.

'Markt 5', mompelde Richard. 'Lijkt simpel, is natuurlijk knetterduur. Maar we gaan hier toch wat drinken, want ik heb dorst.'

Tegen een stroom winkelende mensen in bereikten ze de ingang. Even later stonden ze binnen.

Chez Antoine was ouderwets twintigste-eeuws, met chroom en spiegels. Alleen de miniatuur glasvezellampen, die als sterren straalden, waren nieuw. Er stonden zeker twintig tafeltjes, waarvan de meeste bezet waren. Aan de bar zaten drie bezoekers achter glazen met een gelige vloeistof. Aan de wanden schilderijen met heuvelachtige landschappen. Naast de ingang een ingelijst document met de naam van de eigenaar: Antoine Declercq.

Ze vonden een tafeltje bij de bar en meteen kwam er een meisje van een jaar of achttien naar hen toe. 'Wat zal ik jullie brengen?' Haar accent was zangerig en zuidelijk.

'Ik graag een blow-up', zei Richard.

'Voor mij ook', zei Wesley.

Ze verdween en kwam terug met twee glazen met een drank die een prikkelende kruidengeur verspreidde. 'Alsjeblieft, dat is vijfenveertig gulden. Je kunt betalen aan de bar.'

Ze wilde weglopen, maar Richard hield haar tegen. 'Ik wil je wat vragen.'

Ze keek hem verbaasd aan.

'Kom jij uit Vlaanderen?'

Haar mond vertrok tot een glimlachje. 'Dat kun je zeker horen?'

Richard glimlachte terug. 'Een beetje.' Nu kwam het erop aan, dacht hij. Waarschijnlijk wist dit meisje niets, maar hij wilde het toch proberen. Hij vroeg: 'Woon je al lang in Nederland?'

Een ogenblik leek ze te bevriezen. Toen zei ze uit de hoogte: 'Waarom vraag je dat?'

'Omdat ik op zoek ben naar een paar Vlaamse meisjes. Misschien ken jij ze.'

Ze keek hem strak aan. 'Twee meisjes?'

'Ja. De een lang en donker, de ander kleiner met roodachtig haar.'

'Hoe heten ze?'

'Weet ik niet.'

Ze zweeg even, maar toen haar antwoord kwam waren haar ogen koel en afstandelijk. 'Ik ben bang dat ik je niet kan helpen.'

'Dat is jammer.' Meteen vroeg hij: 'Maar hoe lang woon jij in Nederland?'

Van haar glimlach was weinig meer over. Ze zei: 'Ik ben hier niet illegaal, als je dat soms bedoelt.' Ze keerde zich om en verdween.

Wesley trok zijn wenkbrauwen op. 'Die is bang.'

Richard knikte. 'Maar ze weet niets.'

'Ben je daar zeker van?'

'Nee', antwoordde hij. 'Ik ben nergens zeker van.' Hij liet zijn ogen door het restaurant dwalen en terwijl hij kleine teugjes van de kruidige drank nam, werd hij overvallen door een gevoel van neerslachtigheid. Hij zei somber: 'Ik ben bang dat we die meisjes nooit vinden. Misschien kunnen we er beter mee stoppen.'

Wesley keek verbaasd. 'Stoppen? Nu al? Dan heb ik me zeker in jou vergist.'

'Hoezo?'

'Ik heb gisteren gezegd dat je hardnekkig was en dat je moeilijkheden niet uit de weg ging.'

'Die ga ik ook niet uit de weg! Maar jij ziet toch ook dat het allemaal zinloos is!'

'Dat zie ik helemaal niet. We hebben nog maar één adres gehad. We gaan gewoon verder zoeken.'

Zonder iets te zeggen stond Richard op. Bij de bar stelde hij zijn ring in op vijfenveertig gulden en tikte ermee op de betaalplaat. Even later stonden ze buiten.

'Volgende adres', zei Wesley.

Zonder enthousiasme raadpleegde Richard zijn computer. 'Grote Berg 17.'

'Boven- of ondergronds?'

'Bovengronds.'

Wesley klakte zachtjes. 'Dan zitten we vast fout. Iemand die hier pas woont heeft geen bovengronds huis. Je had zoëven twee andere adressen in wijk Radium en Helium.' Hij tikte op een toets. 'Zie je wel – nummer 224 en 167. Volgens dit apparaat nog tamelijk dichtbij ook. Kijk maar, liftingang Vrijstraat.'

Richard knikte. Met zijn fiets aan de hand volgde hij Wesley naar het kruispunt waar een reusachtige cilindervormige lift mensen af- en aanvoerde.

Wesley stond op het punt zijn fiets vlak voor een paar senioren naar binnen te duwen, toen hij zich opeens scheen te bedenken. Met een buiging naar de ouderen zei hij: 'Neem mij niet kwalijk dat ik jullie niet voor wilde laten gaan. Ik wil niet onbeleefd zijn en het was zeker niet mijn bedoeling jullie te kwetsen. Ik wil jullie absoluut niet in de weg staan. Integendeel, ik geef jullie alle ruimte.'

De senioren lachten hem toe en schoven naar binnen. Richard en Wesley zochten een plaats. De deuren gleden dicht.

Wesley fluisterde: 'Deed ik het zo goed?'

'Nee.' Richard perste zijn lippen op elkaar voor hij op geknepen toon vervolgde: 'Dat was niet goed. Dat was afgrijselijk overdreven. Dat was compleet belachelijk.'

'O.'

'Je moet gewóón doen!' siste Richard. 'Of kun je dat niet?'

Wesley maakte een gebaar van onzekerheid. 'Ik weet het niet. In de trein deed ik gewoon tegen die ouwe en dat vond jij ook niet goed.' Een beetje kortaf liet hij erop volgen: 'In onze buurt is er niemand die zo tegen ouderen praat.'

'Dat is dan behoorlijk...' Achterlijk, had Richard willen zeggen, maar hij slikte het woord nog net in, terwijl hij dacht aan de mannen die hem in Wesley's wijk op een botte manier de weg hadden gewezen.

'Als wij iemand een sukkel vinden of een opgeblazen eikel, zeggen we dat gewoon', zei Wesley. 'Maakt niet uit wie dat is.'

'Dat doe je dan maar in jouw buurt, maar niet hier', antwoordde Richard.

Even zweeg Wesley. Toen zei hij zachtjes: 'Sorry, ik wil het wel leren.'

Richard knikte, maar hij begreep er niets van. Het ene moment leek Wesley even normaal als ieder ander, maar even later zei hij de vreemdste dingen.

Ze verlieten de lift, wrongen zich door stromen voetgangers en namen een bochtige fietsbaan naar Radium, een woonlaag met appartementen van zalmkleurig marmer.

'Hier moet het ergens zijn', zei Wesley. Hij zwenkte een fraai verlicht plein op, waar vissen zwommen in een door fonteinen besproeide vijver.

'Ze zijn hier ook gek op fonteinen', zei hij. 'Moet je zien, daarginds heb je...'

Hij werd in de rede gevallen door een jongen van een jaar of veertien die vlak achter hen remde. 'Hallo! Jullie komen toch net uit Chez Antoine?'

Terwijl Richard stopte stak zijn argwaan de kop op. Maar aan het opgewekte jongensgezicht was niets verdachts te zien. Hij vroeg voorzichtig: 'Wat wil je van ons?'

'Ik wil niks, maar Carolien wil jullie graag even spreken.'

'Carolien?'

'Ja, Carolien heeft jullie bediend. Tenminste, dat zei ze.'

Richard omklemde het stuur van zijn fiets. Hij vroeg: 'Waarover wil ze ons spreken?'

'Dat heeft ze niet gezegd.'

Wesley mompelde halfluid: 'Kan ik wel raden.'

'Wat zeg je?' vroeg de jongen.

'Niets bijzonders!' antwoordde Richard op scherpe toon. Meteen voegde hij eraan toe: 'Waar kunnen we Carolien spreken, in het restaurant?'

'Ja, maar je moet een andere ingang nemen, aan de zijkant.'

Richard prentte het gezicht van de jongen in zijn geheugen. Toen zei hij: 'Goed, we komen.'

De jongen keerde zijn fiets, stak zijn hand op en verdween.

Richard maakte een snelle hoofdbeweging. 'Kom mee!'

Op volle snelheid reden ze terug naar het centrum. Maar van de jongen zagen ze alleen nog een glimp toen hij tussen andere fietsers door een afslag nam.

Wesley kwam vlak bij de lift tot stilstand. Op zijn voorhoofd lag een frons toen hij vroeg: 'Waarom ging die kukel een andere kant op?'

Richard gaf geen antwoord, maar de mogelijkheden vlogen door zijn hoofd: misschien moest de jongen nog andere boodschappen doen; misschien kende hij een andere weg terug; misschien had hij juist opdracht gekregen die weg te nemen. Maar waarom?

En waarom wilde dat meisje Carolien nu opeens wèl praten? Wist ze toch meer over die Vlaamse meisjes?

De spanning deed zijn huid prikken. Het gevoel van neerslachtigheid verdween. Vastberaden duwde hij zijn fiets terug in de lift.

Maar nu was het Wesley die aarzelde. Terwijl hij bij de ingang bleef staan zei hij zachtjes: 'Ik vertrouw het niet.'

Richard maakte een ongeduldig gebaar. 'Ik ook niet. Maar schiet een beetje op. Je blokkeert de deur.'

De lift suisde omhoog. Even later stonden ze opnieuw voor Chez Antoine.

Wesley zei: 'We moeten naar de zijingang.'

Bij de smalle gang die het restaurant scheidde van een winkelcomplex lieten ze hun fietsen staan.

Daar ontdekten ze Carolien. Ze stond op de drempel van een met staaldraad versterkte glazen deur.

Ze wenkte dringend.

'Ik vertrouw het nog steeds niet', zei Wesley.

'Maar ik wil weten wat ze te vertellen heeft', antwoordde Richard hardnekkig. Met zijn rugzak in zijn hand liep hij de gang in.

Op Caroliens lippen lag een gespannen glimlach. Ze zei: 'Komen jullie even binnen.'

Richard bleef staan. 'Waarom? Wat wil jij ons vertellen?'

Ze schudde nadrukkelijk haar hoofd. 'Niet hier, maar binnen.'

Hij keek langs haar schouder, maar het enige dat hij zag was een gangetje met afvalcontainers.

Met Wesley op zijn hielen stapte hij over de drempel.

Carolien sloot de deur en liep voor hen uit naar een kamer die eruitzag als een kantoor: kasten, tafels met computers, boeken op een schap, een paar multikoms en een stapeltje papieren.

Ze draaide zich om.

Op dat moment klonken zachte voetstappen. Alsof ze opdoken uit het niets stonden er plotseling twee mannen in het vertrek.

In een instinctieve reactie dook Richard in elkaar om er vandoor te gaan.

Maar een van de mannen legde zijn hand op zijn schouder. 'Niet weglopen', zei hij.

7

Mannen van een jaar of dertig in sportief uitziende kleding met gebruinde gezichten en dwingende ogen.

Ze moesten in het restaurant hebben gezeten, dacht Richard. Daar hadden ze hen in de gaten gehouden toen ze met Carolien praatten. En daarvoor hadden ze hen natuurlijk gevolgd vanaf 'Demografische Statistieken' of het politiebureau.

De man die Richard had tegengehouden gaf Carolien een wenk om het vertrek te verlaten. Daarna zei hij met een glimlach: 'Ik zal open kaart spelen.' Hij haalde een matglanzend voorwerp met een embleem uit zijn zak en stak het omhoog. 'Vreemdelingenpolitie. Mijn naam is Zadelhof en dit is mijn collega De Nolte.'

Richard stond als bevroren. Maar zijn hersens werkten koortsachtig. Die kerels konden hun niets maken, hooguit vragen stellen.

Zadelhof glimlachte nog steeds toen hij vervolgde: 'Wat wij van jullie verlangen is medewerking.'

Wesley was nog bleker dan anders toen hij vroeg: 'Hebben jullie dat meisje Carolien ook op deze manier om medewerking gevraagd?'

Zadelhofs glimlach verdween. Hij zei: 'Ik denk niet dat jullie daar iets mee te maken hebben.'

'Dat denk ik wel', antwoordde Wesley. 'Want het lijkt erop dat jullie ons in een val hebben gelokt.'

'En waarom zou de politie dat niet mogen doen?' vroeg de ander kortaf.

'Omdat het dan net is of wij misdadigers zijn en dat zijn we niet!'

'Wij zijn niet van plan jullie als misdadigers te behandelen', antwoordde de politieman. 'Wij willen alleen inlichtingen.'

'Goed', zei Wesley. 'Maar waarom moet dat op zo'n achterbakse manier? Hadden jullie ons niet gewoon kunnen vragen? Want ik neem aan dat jullie al lang weten wie wij zijn.'

'Dat weten we', was het beheerste antwoord.

'Waarom hebben jullie ons dan niet gewoon opgeroepen?' Wesley

tikte op Richards multikom. 'Daar is zo'n ding voor, weet je wel!'
'Ook een multikom blijft een gebrekkig middel.' Het was voor het
eerst dat De Nolte zich liet horen. Hij had de stem van iemand die
gewend is mensen tot rust te brengen. 'Ik spreek liever van man tot
man. Al moet ik toegeven dat de manier waarop wij jullie hebben
laten komen ongebruikelijk is.'
'Ongebruikelijk?' beet Wesley hem toe. 'Zeg maar gerust unfair en
sluiperig. Zoiets verwacht je van de onderwereld, niet van de politie.'
Richard luisterde met verbijstering. Wat bezielde Wesley? Was hij
zijn verstand kwijt?
De Nolte zei kalm: 'Ik ben bang dat dit een nutteloze discussie
wordt. Wij willen jullie een paar vragen stellen.'
'Maar wij zijn niet verplicht te antwoorden', zei Wesley.
'Ik kan je alleen maar aanraden geen moeilijkheden te veroorzaken',
zei Zadelhof op scherpere toon.
Wesley maakte een beslist handgebaar. 'Wíj maken geen moeilijkheden, dat doen jùllie! Wij fietsen rustig door de stad, jullie misbrui-
ken een meisje om ons in de val te lokken en dan moeten wij opeens
inlichtingen geven – ik pieker er niet over!'
Richard liet zijn rugzak op de grond zakken. Zijn handen waren nat
van het zweet. Hier kwamen problemen van, hier kwamen on-
gelooflijke problemen van. Het leek wel of Wesley compleet was
doorgeslagen. Als die agenten hen ergens van verdachten, zouden ze
hen zonder meer arresteren. Hij vroeg: 'Wat voor inlichtingen willen jullie?'
De glimlach kwam terug op Zadelhofs gezicht. 'Verstandig', zei hij.
'We willen weten wat jullie hier in Eindhoven doen.'
'Fietsen', antwoordde Wesley. 'Het is mooi weer.'
Zadelhof deed of hij het niet hoorde.
'Wij zijn studenten', zei Richard. 'Wij besteden een paar dagen aan
onderzoek.'
'Naar de historische assimilatie van allochtonen?' vulde Zadelhof
aan.
Richard vermeed het Wesley aan te kijken, maar hij verwenste de
manier waarop deze de agent op het bureau te woord had gestaan.
Tegelijkertijd probeerde hij een rechtstreeks antwoord te ontwij-
ken. 'We nemen ook een beetje vakantie.'

'Hebben jullie speciale belangstelling voor bepaalde allochtonen?' vroeg Zadelhof.

'Nee.' Geen lange antwoorden, dacht hij. Daar zou hij in verstrikt raken.

'Ook niet voor Vlamingen?'

'Alleen als die voor ons onderwerp interessant zijn.'

'Behoren illegale allochtonen tot jullie studie?'

'Illegale allochtonen zijn niet geregistreerd', hoorde Richard zichzelf zeggen. 'Daar kunnen we niets mee.'

'Waarom vroegen jullie er dan naar op het bureau?'

'Dat hebben we al uitgelegd', antwoordde Wesley. 'Voor een pakkend voorwoord. Anders wordt het te saai.'

Zadelhof leunde ontspannen tegen een tafel. 'Jullie komen uit Amsterdam, nietwaar?'

'Een overbodige vraag als jullie toch al weten wie wij zijn', zei Wesley.

Zadelhof stak zijn hand uit. 'Ik wil graag jullie persoonscards zien.'

Ze konden er niet onderuit: zwijgend overhandigden ze hun studiecards.

'Richard Maas en Wesley Simons', mompelde de politieman. Hij haalde zijn multikom te voorschijn, toetste hun namen in en bestudeerde zonder iets te zeggen de gegevens. Toen hij hun de studiecards teruggaf vroeg hij: 'Jullie hebben ook een multikom, nietwaar?'

'Ja.'

'Waarom hebben jullie de gegevens die jullie bij "Demografische Statistieken" hebben opgevraagd gekopieerd?'

Richard opende zijn mond voor een antwoord, maar Wesley was hem opnieuw voor: 'Die hebben we niet opgevraagd. Die waren niet interessant genoeg.'

'Mag ik dat dan even controleren?' vroeg Zadelhof zoetsappig en hij stak zijn hand uit naar de multikom.

Ze wisten het, schoot het door Richard heen. De lichtflits op de computer bij 'Demografische Statistieken' was een sein geweest.

De politieman klikte de multikom aan en tikte toetsen in, minutenlang. Toen hij opkeek lag er een harde trek om zijn mond. 'Hoe hebben jullie hem beveiligd, met je stem?'

'Beveiligd?' vroeg Wesley op onschuldige toon. 'Hoezo beveiligd?'

'Jullie hebben een compleet bestand overgenomen', snauwde Zadelhof.

'Dat hebben we niet!' snauwde Wesley terug. 'Ik heb jullie zoëven al gezegd dat die gegevens niet interessant waren.'

'Er zijn aanwijzingen dat jullie de centrale computer gekraakt hebben.' Zadelhofs toon was nu ijskoud. 'En jullie vertellen mij onmiddellijk welk bestand jullie daaruit gehaald hebben, anders zijn wij genoodzaakt jullie mee te nemen naar het bureau.'

'En dan zijn wij genoodzaakt een klacht in te dienen tegen stompzinnige agenten die ons op grond van stompzinnige argumenten hebben gearresteerd', zei Wesley.

Richard hapte naar adem. Nu was het afgelopen, dacht hij. Geen enkele politieman zou zulke beledigingen slikken. Ze zouden meegenomen worden en tijdens een lang verhoor door de knieën gaan. Hij zag dat het Zadelhof de grootste moeite kostte zijn woede te bedwingen, toen De Nolte een bezwerend gebaar maakte. 'Zo komen we niet verder', zei hij. 'We moeten de zaak ook niet meer opblazen dan nodig is.' Hij wreef zijn handpalmen tegen elkaar toen hij tegen Richard zei: 'Ergens in deze omgeving zijn twee Vlaamse meisjes ondergedoken. We willen graag weten waar. We hebben de indruk dat jullie ons kunnen helpen.'

Wesley maakte een verontwaardigd handgebaar. 'Wat? Is dat alles? Waarom zeiden jullie dat niet meteen?'

'Weten jullie waar die meisjes zijn?' vroeg De Nolte.

'Nee, natuurlijk niet. Hoe zouden wij dat moeten weten!'

'Omdat jullie daar Carolien naar hebben gevraagd.'

Ze hadden alles uitgeplozen, dacht Richard knarsetandend.

Maar Wesley begon op een irritante manier te lachen. 'Stelletje sukkels! Als we dat hadden geweten, hadden we het haar toch ook niet hoeven vragen!'

De Nolte vroeg rustig: 'Waarom hebben jullie belangstelling voor die Vlaamse meisjes?'

Wesley maakte een grimas tegen Richard. 'Hebben wij belangstelling voor die Vlaamse meisjes?' En toen deze geen antwoord gaf: 'Wij hebben belangstelling voor alle meisjes.'

De Nolte knikte bedachtzaam toen hij zei: 'Jullie weten toch dat het strafbaar is illegalen te verbergen?'

'Dat weten we', antwoordde Wesley vriendelijk. 'Wij weten ook dat het strafbaar is de belasting op te lichten, laserpistolen bij je te hebben en in autotunnels te fietsen.'

De Nolte trok zijn wenkbrauwen op toen hij aan Wesley vroeg: 'Hoe oud ben jij eigenlijk?'

'Dat staat op mijn studiecard, dat heb je net kunnen lezen. Of ben je dat nu al weer vergeten?'

De Nolte gaf niet dadelijk antwoord, pakte zijn multikom en toetste iets in. Toen zei hij: 'Op grond van jullie houding zouden we jullie kunnen arresteren, maar dat doen we niet. We geven er de voorkeur aan jullie in de gaten te houden.'

'Het is altijd prettig de politie in je buurt te hebben', zei Wesley.

Zadelhof vroeg kortaf: 'Waar gaan jullie nu heen?'

Wesley draaide zich naar Richard. 'Waar gaan wij heen?'

'Dat weet ik niet.'

Opnieuw verscheen er een zonnige grijns op Wesley's gezicht. 'We weten niet waar we heen gaan.'

'Goed.' Zadelhof probeerde zijn stem gewoon te laten klinken. 'Dan spreken we alleen af dat jullie ons onmiddellijk inlichten zodra jullie die meisjes ergens tegenkomen.'

Wesley's glimlach verdween niet toen hij antwoordde: 'We spreken af dat we helemaal niets afspreken.'

'Jullie zijn *verplicht* ons in te lichten!' siste de agent. 'Het is strafbaar gegevens achter te houden!'

'Het is ook strafbaar...' begon Wesley, maar hij werd onderbroken door het fluitsignaal van Richards multikom.

Met een gesmoorde verwensing drukte Richard de verbindingstoets in. Hij had dat ding op 'niet oproepbaar' moeten instellen, ging het door hem heen. Maar nu was het te laat: Sylvesters gezicht verscheen op het kleine beeldscherm. Zijn stem klonk helder in de kleine ruimte: 'Ha, die Richard! Leuk jou even te zien. Alles oké met jullie?'

'Eh... ja, alles oké.'

'Waar zitten jullie, nog steeds in Eindhoven?'

'Ja.' Dat wist Sylvester natuurlijk van zijn ouders, dacht hij. 'Al resultaat met je onderzoek?'

'Eh... we zijn nog maar net begonnen.' Zijn hand ging naar de afbreektoets. Als Sylvester detailvragen ging stellen, moest hij het gesprek afkappen.

'Ik bel je alleen even om te zeggen dat we onze volgende meeting een week uitstellen, want ik moet naar een seniorenvergadering in Amersfoort. Maar de komende dagen ben ik bereikbaar.'

'Ja, goed.'

Sylvesters gezicht vulde nu het hele scherm. 'Zeg, is er iets met jou?'

'Nee, niets. Ik voel me prima.'

'Je klinkt eigenaardig', zei Sylvester. En vlak daarna: 'Hou je multikom eens stil, alles dwarrelt voor mijn ogen.'

Richard richtte de lens van het toestel op zijn gezicht, maar hij kon niet voorkomen dat zijn hand beefde.

'Ja, zo is het beter. Alleen nog een beetje trillerig.' En toen: 'Ik ben benieuwd of jullie interessante dingen op het spoor komen. Als dat zo is, hoor ik dan iets van jullie?'

'Ja.'

Sylvesters ogen waren doordringend op hem gevestigd toen het uit de multikom klonk: 'Hoor ik ook wat als er iets fout gaat?'

'Natuurlijk.' Het kostte Richard de grootste moeite zijn stem opgewekt te laten klinken toen hij vervolgde: 'Maar er kan niets fout gaan. Tenslotte is het maar een klein onderzoekje.'

Even bleef het stil aan de andere kant. Toen zei Sylvester: 'Dat is waar. Maar je weet waar je me bereiken kunt. Veel succes en prettige dagen!'

Het beeldschermpje werd zwart.

De Nolte zei: 'Dat was jullie mentor?'

'Ja.'

'Hij weet kennelijk ook van dat "onderzoek"?' Hij sprak het laatste woord uit op een speciale manier.

'Mijn mentor is op de hoogte', antwoordde Richard effen. En toen brutaler: 'Als je wilt kun je hem bellen. Het nummer is...'

'Niet nodig', onderbrak De Nolte hem. 'Jullie kunnen gaan.'

'Jullie ook', zei Wesley.

Zonder groeten keerden de mannen hun de rug toe en verdwenen door de deur naar het restaurant.

Richard en Wesley stapten naar buiten.

Bij de fietsen bleef Richard staan. Hij zei tegen Wesley: 'Jij bent gek.'

Wesley keek verbaasd. 'Ik gek? Hoezo?'

'Die kerels hadden ons evengoed kunnen arresteren!'

'Maar dat hebben ze niet gedaan.'

'Nee, maar zoals jij tegen die lui tekeerging – ongelooflijk!'

'In de buurt waar ik woon doen ze dat allemaal.'

'Dan moet je die buurt van jou maar eens vergeten!'

'Die kukels wilden ons intimideren', verdedigde Wesley zich. En toen onzekerder: 'Dus, je vond dat ik het weer niet goed deed, net als met die senioren?'

'Ja! Nee... dat was anders.' Richard maakte een gebaar van wanhoop. 'Ik weet niet wat er met jou is, maar jij reageert steeds zo onverwachts.'

'Ik dacht dat het allemaal heel logisch was', zei Wesley. 'En die lui waren behoorlijk achterlijk.'

'Die lui waren helemaal niet achterlijk', antwoordde Richard. 'Ze wisten precies waar wij geweest waren en wat wij gedaan hadden.'

'Maar ze stelden stomme vragen en met onze computerbeveiliging gingen ze finaal de mist in.'

Richard haalde met een zucht zijn schouders op en pakte zijn fiets.

Wesley vroeg: 'Wat gaan we nu doen, terug naar wijk Radium?'

'Daar voel ik weinig voor. Als de politie echt fanatiek is zullen ze ons laten volgen.'

'Wat wil jij dan?'

'Precies wat jij hebt gezegd: een eind fietsen. Het is mooi weer.'

Ze namen een route die hen in oostelijke richting buiten de stad voerde, passeerden Geldrop en belandden ten slotte in een bos waar het kraakte van de droogte.

In de schaduwkoelte hield Wesley de trappers stil. Hij vroeg: 'Klopt het dat jij nu helemaal geen plan meer hebt?'

'Ja, dat klopt.' Het klonk kortaf, want Richard had de pest in. Het bleef een onzinnige zoektocht. Die meisjes konden overal zijn of nergens. Zelfs voor de politie waren ze onvindbaar. Hij zei: 'Ik vind dat we er maar mee moeten stoppen.'

'Je vervalt in herhaling', antwoordde Wesley. Meteen voegde hij eraan toe: 'En jij bent een rare: zó wil je van alles en zó wil je niks.'

Richard gaf geen antwoord, stapte af en ging met zijn rug tegen een boom zitten. Wesley had natuurlijk gelijk, dacht hij. Maar hij kon het niet hebben dat hun zoektocht op niets dreigde uit te lopen.

Terwijl een paar kinderen over het fietspad voorbij joegen, vroeg Wesley: 'Ben jij verwend?'

'Ik verwend? Hoe kom je daar nou weer bij?'

'Omdat je de pest in hebt als je niet dadelijk krijgt wat je wilt hebben.'

'Wat een onzin!' stoof Richard op. 'En màg ik de pest in hebben! Het is al bijna twee uur en we hebben nog niets bereikt.'

'We hebben leuke dingen meegemaakt', antwoordde Wesley opgewekt.

'Wat jij leuk noemt!' Richard haalde brood uit zijn rugzak en beet er verwoed een stuk af. Nauwelijks verstaanbaar gromde hij: 'Het nge at wkun doen is mde winmee fitsn.'

'Wat zeg je?'

Richard slikte de hap door. 'Ik zei: het enige wat we kunnen doen is met de wind mee fietsen!'

'O.' Wesley ging met opgetrokken knieën naast hem zitten. Op zijn gezicht kwam een peinzende uitdrukking toen hij vroeg: 'Jij hebt zeker intuïtie?'

Richard hield op met kauwen. 'Hoezo?'

'Als je intuïtie hebt moet je daar gebruik van maken.'

'Fantastisch', mompelde Richard. 'Wat een vondst.'

Wesley zei: 'Ik heb geen intuïtie.'

'Wat?'

'Ik heb nooit intuïtie gehad', verduidelijkte Wesley. 'Ik weet wel wat het betekent, maar ik voel er niets van.'

Richard keek hem ongelovig aan.

'Je hebt mensen die niet kunnen zien, horen of lopen', zei Wesley. 'Die zijn lichamelijk gehandicapt. Zo ben ik intuïtief gehandicapt.'

Richard schudde zijn hoofd. 'Je fantaseert.'

'Ik fantaseer niet.' Wesley maakte een vaag gebaar. 'Ik doe nooit iets op gevoel, ik doe alles met mijn verstand.'

'Dat bestaat niet.'

'Dat bestaat wèl.'

Richard at zijn brood zonder het te proeven. Dit kon niet, dacht hij. Mensen zonder gevoel – dat was iets onmogelijks! Hij vroeg aarzelend: 'Voel jij echt nooit iets? Ook niet als je bijvoorbeeld bang bent?'

'Als iets gevaarlijk is wéét ik dat ik bang moet zijn', antwoordde Wesley. 'En als iets leuk is weet ik hoe ik moet reageren. Maar ik voel het niet.'

'Dat is toch hetzelfde?'

'Nee, dat is niet hetzelfde. Weten doe je met je hersens. Met chemische reacties en elektrische stroompjes. Weten kun je meten, voelen niet. Want voelen doe je met je geest.'

'O.'

'Daarom vraag ik me af of ik wel een geest heb.' Met een wrang lachje voegde Wesley eraan toe: 'Als ik geen geest heb, ben ik dus geestelijk gehandicapt.'

Richard had geen antwoord. Maar zijn gedachten gingen snel. Was dat er de oorzaak van dat Wesley steeds zo vreemd reageerde? Werkten zijn hersens uitsluitend als een geprogrammeerde computer? Werden ze niet beïnvloed door een geest, maar alleen door de omgeving? Hij zei onzeker: 'Volgens mij kan dat niet.'

'Waarom niet?'

'Ik heb er in mijn studie nog nooit van gehoord.'

'En waar je nog nooit van gehoord hebt – dat kan niet?'

'Zonder geest is er geen leven', zei Richard beslist.

'Hoe weet jij dat?'

'Dat... dat voel ik.'

Wesley lachte gemaakt. 'Leuk bedacht, maar je vergeet dat ik het produkt van een celdonor ben. Die celdonor heeft alleen weefsel geleverd, geen geest. Cellen kun je delen, geesten niet.'

'Maar je geest kan toch ergens anders vandaan komen', zei Richard. 'Ik heb ook niet dezelfde geest als mijn vader en moeder.'

Wesley vernauwde zijn ogen. 'Hoe kom jij dan aan je geest?'

'Weet ik veel!' En met een lachje: 'Ik denk dat-ie is komen aanwaaien.'

Wesley lachte niet mee. 'Ik wil het echt weten.'

'Maar ik weet het niet', antwoordde Richard. 'Misschien ergens uit de ruimte. Of van mensen die doodgaan. In dat geval zijn er geesten genoeg in voorraad.'

'Maar waar komen ze oorspronkelijk vandaan?' vroeg Wesley hardnekkig. 'Zijn geesten vanzelf onstaan of heeft iemand ze gemaakt?'

'Iemand? Bedoel je God?'

Wesley haalde diep adem voor hij op vlakke toon zei: 'God bestaat. Dat is bewezen. Ergens in de ruimte hebben ze een gigantische energiebron ontdekt. Daaruit is waarschijnlijk alles ontstaan.'

'Waarschijnlijk', mompelde Richard.

'Ze hebben alleen vergeten mij een geest te geven', zei Wesley.

'Daarom is het enige dat ik nog nodig heb een geestdonor. Dan ben ik compleet en dan heb ik ook intuïtie.'

'En dan?' vroeg Richard voorzichtig.

'Snap je het dan nog niet!' riep Wesley uit. 'Met intuïtie kun je meer, veel meer!'

'Ja', zei Richard.

'Als jij die Vlaamse meisjes wilt vinden, moet je dus afgaan op je intuïtie', zei Wesley. 'Daarom vroeg ik zoëven of jij die had.'

'O.'

'Je moet je verstand stilzetten en op een ingeving afgaan.'

'Ja', zei Richard, terwijl hij zich afvroeg wie van hen beiden gek was geworden. Om zich een houding te geven haalde hij nog een stuk brood uit zijn rugzak en gaf het aan Wesley, die er de tanden in zette. Hij zei met volle mond: 'Richard, jij hoeft niet te denken. Dat doe ik wel. Jij moet alleen letten op je gevoel.'

'Ja', zei Richard, terwijl hij aan de sluiting van zijn rugzak frunnikte. Even later keek hij tersluiks opzij. Aan Wesley's gezicht was echter niets bijzonders te ontdekken.

8

Ze fietsten verder, sloegen na een kilometer rechtsaf en bereikten een punt waar gehelmde slopers bezig waren met de afbraak van een viaduct. In een brede strook die van oost naar west liep waren jonge bomen aangeplant.

'Hier was vroeger een autoweg', zei Richard. Met de kaart in zijn hand liep hij op de arbeiders af. 'In deze buurt liggen een paar campings. Weten jullie toevallig wat een goeie is?'

Een van de mannen grijnsde hem toe. 'Dat hangt er vanaf wat jullie toevallig willen.'

'Gewoon een camping', zei Richard. 'Dat is alles.'

De ander hield zijn hoofd scheef. 'Is dat alles? Jullie willen toch ook wel eens wat anders, of niet?'

Richard gromde. Waarom gaven zulke kerels nooit eens gewone antwoorden!

De sloper wierp een korte blik naar zijn kameraden toen hij zei: 'Midden op de Strabrechtse heide ligt een interessante camping. Hiervandaan rechtdoor. Je kan niet missen.'

'Hoe heet die camping?'

'Hoe die camping heet?' Hij keerde zich om. 'Frank, hoe heet die camping – je weet wel?'

'De Galgeberg!' riep Frank.

De man grijnsde nog steeds. 'De Galgeberg', herhaalde hij. 'Ik wens jullie veel plezier.'

'Dank je.' Richard stapte op.

'Almaar rechtdoor!' klonk het nogmaals achter hen.

'Ja!'

Wesley kwam vlak naast hem rijden. 'Zag je zijn pupillen kleiner worden? Die kerel loog dat-ie barstte.'

Richard deed zijn best niet opnieuw verbaasd te kijken. Toen zei hij: 'Je hebt gelijk.'

'Heb jij het dan ook gezien?'

'Nee, dat van die pupillen heb ik nog nooit gehoord. Maar ik heb het *gevoeld*.'

Een moment keken ze elkaar recht in de ogen, toen begonnen ze te grinniken.

Richard zei: 'We gaan dus naar die Galgeberg, want nu wil ik ook weten wat voor camping dat is.'

Het pad naar het zuiden liep langs heidevelden en vennen. Het was kennelijk lang geleden aangelegd, want het zat vol richels en kuilen. Hoewel ze daar met hun elektronisch geveerde fietsen weinig last van hadden, was hun tempo toch lager geworden.

'Dooie boel hier', zei Wesley.

'Ja.' Op de een of andere manier begon Richard zich minder op zijn gemak te voelen. Het was of er iets in de lucht hing wat hij niet kon thuisbrengen. Iets vijandigs... nee, dat was het niet. Eerder...

'Die camping staat dus niet op je kaart?' onderbrak Wesley zijn gedachten.

'Nee.'

'Op je computer dan?'

'Ook niet.'

Wesley snoof hoorbaar. 'Dan is het dus geen camping.'

'Wat dan wel?'

'Weet ik niet.' Hij zweeg even voor hij verder ging: 'Denk je dat die meisjes daar ergens zitten?'

'Geen flauw idee.' Richard tuurde voor zich uit naar een punt waar het pad een bocht maakte en lage struiken het uitzicht belemmerden. Verderop zag hij boomkruinen.

Bijna hardop denkend reed hij verder: was het een sfeer van angst...? Nee. Meer van woede of van wantrouwen. Ja, dat was het!

Wesley keek hem onderzoekend aan. 'Zei je iets?'

'Wantrouwen', zei Richard. Hij ging langzamer rijden tot hij ten slotte bij de bocht stopte.

Wesley's blik hield hem vast. 'Wat bedoel je – *voel* jij wantrouwen?'

'Ja. Jij niet?'

'Nee.' Op haast afgemeten toon vervolgde hij: 'Ik weet alleen dat het gedrag van die slopers niet normaal was, dat dit pad zelden gebruikt wordt en dat er op de kaart niets staat. Dus weet ik ook dat er iets niet klopt en dat jij waarschijnlijk gelijk hebt.' Vlak daarop vroeg hij: 'Wil je terug?'

'Nee.' Het klonk vastbesloten, maar zo voelde Richard zich niet. Om zijn onzekerheid te verbergen trapte hij harder op de pedalen en volgde de slingeringen van het pad, tot de struiken plaats maakten voor een begroeiing van stekelig gras, waar vijf koeien graasden. Even later passeerden ze een mestvaalt vol gonzende horzels. Vlak daarna bereikten ze een akker, waar mannen met een kleine machine bezig waren stengels af te snijden. Ze deden het zorgvuldig alsof ze bang waren dat er iets van de oogst verloren zou gaan. Toen zagen ze de huizen, of liever: de hutten. Minstens veertig – in vier rechte rijen en gescheiden door plaveisel van grauwe kunststof. Tussen de hutten speelden kinderen. In de schaduw van een overhangend dak zat een groepje mannen en vrouwen lusteloos voor zich uit te kijken. Op een pleintje aan de andere kant stond een donkerrode auto met een oranje nummer.

'Camping de Galgeberg', mompelde Wesley.

Richard stopte. 'Dit is geen camping.' Hij staarde naar een meisje van een jaar of veertien dat uit het voorste huis kwam en langzaam in hun richting liep. Ze was gekleed in een korte groene broek en een wijd shirt van een onbestemde kleur. Aan haar voeten droeg ze afgetrapte sandalen en haar slordig gevlochten haren hingen tot op haar schouders.

'Die kan ons meer vertellen', zei Wesley.

'Ik hoef niet meer te weten', antwoordde Richard. 'Ik heb het hier wel gezien.' Hij keerde zijn fiets en stond hetzelfde moment oog in oog met een forsgebouwde man van een jaar of vijfentwintig. Hij had een bleek gezicht waarin felle, donkere ogen schitterden.

'Wie zijn jullie?' Zijn toon was agressief.

'Wij zijn fietsers', antwoordde Wesley.

De man kwam dichterbij. 'Hou me niet voor de gek! Zeg op, wie zijn jullie?'

Richard wilde antwoord geven, maar opnieuw was Wesley hem voor. 'Oké, wij zijn journalisten.'

'Zo te horen uit Amsterdam?'

'Ja, van HV 13.'

HV 13... Richard had er nog nooit van gehoord.

'Wat komen jullie hier doen?'

'Wij zoeken onderwerpen voor een goed verhaal.'

De ander stak zijn kin naar voren. 'En dat moet ik geloven?'

'Dat moet jij weten', antwoordde Wesley. 'Ik kan je dat geloof niet aanpraten.'

'Jullie hebben hier geen bliksem te maken', snauwde de man.

'Wij dachten dat hier een camping was', zei Richard.

Het snauwen werd schamper lachen. 'Camping de Galgeberg zeker! Jullie staan de boel te belazeren!' Opnieuw deed hij een stap dichterbij. Zijn ogen glansden als die van een kat die een prooi besluipt. Zonder de man uit het oog te verliezen zette Richard zijn fiets op de standaard. Hij zei kortaf: 'Ik weet niet in wat voor soort kamp jullie wonen. Ik weet ook niet waarom jij ons behandelt alsof we de ziekte hebben.'

De man hield even zijn adem in, toen het meisje zich naar voren drong. 'Rudo, wie zijn dat?'

'Bemoei jij je er niet mee', beet hij haar toe.

Ze deed of ze hem niet gehoord had en bekeek Richard en Wesley nieuwsgierig.

'Leuke jongens', zei ze. 'Zulke types zie je hier niet vaak. Geef ze wat letus.'

'Geen sprake van!' blafte Rudo. 'Opdonderen, dàt kunnen ze!'

Richard had een scherp antwoord klaar, maar hij slikte het in toen hij Wesley met open mond zag kijken naar iets wat zich schuin achter hem bevond. Nog steeds bedacht op een onverhoedse aanval van Rudo draaide hij zich half om.

En heel even stokte zijn adem. Halverwege het kamp en de plek waar zij stonden kwam een man aanlopen. Of liever – aanwaggelen: een wezen met een abnormaal kleine romp, veel te lange armen en een kolossaal hoofd, waarin lichtblauwe ogen schitterden. Op zijn stakerige benen slofte hij voort alsof die beweging hem oneindig veel moeite kostte.

Secondenlang stond Wesley als versteend. Toen zei hij hees: 'Ze bestaan dus echt.'

Richard keek hem niet-begrijpend aan. 'Wat bedoel je?'

Het duurde even voor Wesley's gefluisterde antwoord kwam: 'Mislukte klonen.'

'Wat!?' Gefascineerd staarde Richard naar de man die vlak voor hen bleef staan. Hoe oud zou hij zijn, een jaar of veertig? Of eerder vijftig? Waarom kon hij dat zo moeilijk schatten? Door de gladde, rozige huid die om zijn schedel spande?

De man opende zijn mond. 'Wat gebeurt hier?' Zijn stem had de ijle klank van een kind.

'Pottekijkers', gromde Rudo.

'Leuke jongens', zei het meisje.

De man keek hen doordringend aan. 'Wie zijn jullie? Wat komen jullie hier doen?'

'Dat zei ik toch al!' snauwde Rudo. 'Pottekijkers! Zeg het maar, dan schop ik ze het dorp uit!'

De ander negeerde hem. Terwijl hij Richard en Wesley aandachtig bekeek zei hij: 'Moet ik mijn vraag herhalen?'

'Van mij mogen ze hier blijven', zei het meisje.

'Blijven?' De man vertrok zijn mond tot iets wat leek op een glimlach. 'Rasja, je denkt toch niet dat zulke jongens in een kolonie kortlevers willen wonen?'

Kortlevers... Richard knipperde met zijn ogen. Hier woonden ze dus ook: mensen die volgens hun genenpatroon niet ouder zouden worden dan dertig, vijfendertig en daardoor zo goed als nutteloos waren; die geen opleiding kregen; die zich niet konden verzekeren; die nergens werk konden krijgen.

Rudo maakte een gebaar van ongeduld. 'Ik vind dat we genoeg gepraat hebben!'

De man priemde zijn wijsvinger naar Wesley. 'Wou jij familie van mij wegsturen?'

Rudo's mond viel open. 'Familie?'

'Jazeker!' Zijn droge lach was niet aangenaam. En tegen Wesley: 'Ze noemen mij Nestor. Wij horen tot dezelfde familie. De familie BIAC, haha! Het verschil is alleen dat jij wel goed gelukt bent.'

Wesley bleef de ander aanstaren zonder een woord uit te brengen.

'Die jongens komen niet met verkeerde bedoelingen', zei Nestor. 'Het zijn gewone kampeerders die een beetje verdwaald zijn.'

'Verdwaald?' Rudo wees naar Richards kaart. 'Mag ik daar misschien aan twijfelen?'

Het duurde even voor Richard zijn stem terugvond. 'Wij zijn inderdaad kampeerders', zei hij.

'Geef ze wat letus', herhaalde Rasja drenzerig.

'Wat moeten die jongens met letus?' zei Nestor. 'Hun leven is lang genoeg.' Tegen Richard zei hij: 'Verder naar het oosten liggen campings, voorbij de Lieropse heide. Je mag door ons dorp rijden.'

'Dank je.' Richard pakte zijn fiets. Maar terwijl hij opstapte vloog er een gedachte door zijn hoofd. Hij zei: 'We zijn niet echt verdwaald. We zijn op zoek naar...'

'Wat heb ik gezegd!' viel Rudo uit. 'Ze belazeren de boel.'

'Waarom zouden ze?' vroeg Nestor.

'Goeie vraag!' snauwde Rudo. 'Maar die verdomde langlevers zijn altijd uit op onze letus!'

'Belachelijk!' Richard gaf het woord een scherpe klank, maar hij probeerde kalm te blijven. Hij wist wat letus was: een drug om de tijd te rekken. Iemand die niet ouder kon worden dan dertig wilde toch het gevoel hebben veel langer te leven. Een dagelijkse dosis letus was voldoende om dat gevoel te geven. Hij zei: 'Ik hoef jullie letus niet.'

'Maar jullie zoeken ergens naar?' vroeg Nestor op ijle toon.

'Twee meisjes', antwoordde Richard kortaf. Terwijl hij uit zijn ooghoeken zag dat het meisje Rasja terug slenterde naar het dorp, zei hij met een blik op Rudo: 'Maar ik kan me niet voorstellen dat die hier onderdak hebben gezocht.'

Hij reed net weg, toen Nestor vroeg: 'Illegale meisjes?'

Richard remde onmiddellijk.

'Iedereen is te vinden', verklaarde Nestor met een dun lachje. 'Behalve illegalen.'

Gespannen vroeg Richard: 'Wat weet jij daarvan?'

'Ik weet niet meer dan jullie', zei Nestor ontwijkend. 'Ik weet alleen dat de politie altijd naar illegalen zoekt.'

'Misschien zijn die twee van de politie', gromde Rudo.

'Zeg geen domme dingen, Rudo!' zei Nestor op nijdige toon. En tegen de beide jongens: 'De weg naar het oosten is goed. Zorg dat je Lierop niet voorbijrijdt.'

Secondenlang staarde Richard de ander aan. Daarna keerde hij de beide mannen de rug toe en fietste het dorp in. Het groepje bewoners keek op. Iemand riep iets wat hij niet kon verstaan. Stoffige kinderen krijsten scheldwoorden. 'Stadsmollen! Stenenvreters!'

Wesley kwam vlak naast hem rijden. 'Ongelooflijk', mompelde hij.

'Wat?'

'Die eh... die man.'

'Ja.'

Richard luisterde nauwelijks. In gedachten was hij al kilometers verder. Had die man de waarheid gesproken? Of probeerde hij hen op een dwaalspoor te brengen?

'Volgens mij is-ie de leider van het dorp', zei Wesley.

Richard antwoordde: 'Waarschijnlijk heeft hij de meeste hersens.'

'Zijn hersens zijn dus niet mislukt', mompelde Wesley. En toen: 'Waarom zouden ze hem in leven hebben gelaten?'

'Dat weet ik niet.'

'Hoe oud schat je hem?'

'Geen idee.'

'Volgens mij is-ie een stuk ouder dan die kortlevers.'

'Ja.' Richard stuurde zijn fiets over het laatste stuk kunststof en nam voorbij de geparkeerde auto een pad naar het oosten. Dat liep door een ruig veld met plukken taai gras en lage struiken.

Wesley zei: 'Wat ik me al lang afvraag is of een kloon precies even oud wordt als zijn celdonor.'

'Niet als-ie een ongeluk krijgt.'

'Je weet best dat ik dat niet bedoel. Ik bedoel...'

'Wesley, hou er nou even over op!' viel Richard hem in de rede. 'Van die dingen weet ik niks. Dan kun je beter naar het BIAC gaan voor...' Hij had niet de kans de zin af te maken. Alsof de bliksem insloeg, zo plotseling stond er een meisje op het pad voor hen. Met een verwensing kneep Richard de remmen aan. Toen beet hij haar toe: 'Ben jij helemáál gek! Ik had je...' Hij stopte, maar vervolgde meteen: 'Jij bent het meisje dat net bij ons stond!'

'Ja', antwoordde ze. 'Ik ben Rasja.'

Richard was onmiddellijk op zijn hoede. Hij zag haar staan – met vuile strepen op haar benen; met zweetplekken op haar shirt; met gloeiende wangen en fonkelende ogen. Hij vroeg: 'Wat wil jij?'

'Ik wil met jullie mee.'

'Wat!?' Richard keek haar met open mond aan. Toen begon hij te lachen. 'Dat kan niet!'

'Waarom niet?'

'Punt één omdat we geen zin hebben jou mee te nemen. Punt twee omdat jij hier in dit dorp hoort. Als we jou meenemen krijgen wij een hoop gedonder.'

Haar antwoord was beslist: 'Dat krijg je ook als je me niet mee-neemt.'

Even was Richard sprakeloos. Toen voelde hij woede opkomen.

Wat bezielde dat kind! Hij zei tussen zijn tanden: 'Als je even aan de kant gaat, kunnen wij erlangs.'

'Dan ga ik gillen', zei Rasja. 'Dan komen Rudo en Alexander hierheen. En dan zeg ik dat jullie mij hebben aangerand.'

Richard keek haar ongelovig aan.

'Jullie kunnen er vandoor gaan', zei Rasja. 'Maar met de auto hebben ze jullie zo ingehaald.'

Wesley zei: 'In dat geval waarschuwen wij de politie.'

Rasja's gezicht veranderde niet toen ze antwoordde: 'De politie komt hier niet graag.'

Richard zat bewegingloos op zijn fiets, maar zijn gedachten gingen razendsnel. Dat kind gebruikte een truc die even oud als effectief was. Maar hij moest toch proberen van haar af te komen. Zo kalm mogelijk vroeg hij: 'Waarom wil je met ons mee?'

'Omdat ik niet meer op de Galgeberg wil wonen.'

'Waarom niet?'

'Omdat ze mij slaan.'

Richard opende en sloot zijn handen. 'Wie slaan jou?'

'Rudo en Alexander.'

'Wie is Alexander?'

'Rudo's broer.'

Er kwam hardheid in Rasja's stem toen ze zei: 'Jullie geloven me niet. Nou, kijk zelf dan!' Ze stroopte haar rechterbroekspijp op tot haar heup. Een blauw-rode striem van zeker twintig centimeter werd zichtbaar.

Ongeloof en verwarring maakte zich van Richard meester. Dat kind was mishandeld, dat zag je zo! Maar daar konden zíj zich toch niet mee bemoeien!

Hij hoorde Wesley zeggen: 'Zo'n plek krijg je ook als je valt.'

'Ik ben niet gevallen', zei Rasja. 'Alexander heeft me geschopt. Vanmorgen.'

'Waarom?'

'Waarom?' Rasja's ogen gloeiden op van woede. 'Omdat-ie dat leuk vindt!'

Terwijl Richard zijn voeten aan de grond hield maakte hij een kalmerend gebaar. Hij vroeg: 'Hoe oud ben je?'

'Bijna veertien.'

'Maar je vader en moeder, kunnen die...'

'Ik weet niet wie mijn vader is', viel ze hem in de rede. 'En mijn moeder kan helemaal niets.'

Haar antwoord deed Richard duizelen, maar de vraag die bij hem opkwam stelde hij toch: 'Ben jij zelf een kortlever?'

'Weet ik niet.'

'Weet jij dat niet?' Richard kon zich dat nauwelijks voorstellen. Iedereen werd voor zijn tiende jaar biomedisch gescreend om zijn maximale leeftijd vast te stellen. Voor hemzelf was die vierennegentig. Als hij gezond leefde en geen ongeluk kreeg zou hij die halen ook.

'Ik wil niet weten hoe oud ik word', zei Rasja.

Richard wilde zeggen hoe primitief hij dat vond, maar hij hield zijn mond. In plaats daarvan zei hij: 'Heb jij een persoonscard bij je?'

'Nee.'

'Dan kunnen we jou niet meenemen. Trouwens, je ziet zelf dat we geen plaats hebben.'

Rasja deed een paar passen naar voren tot ze dicht bij hem stond. Ze zei: 'Ik wil mee, ik vind jullie leuke jongens.' Ze legde haar hand op zijn zadel. 'Ik kan bij jou achterop.'

Richard week terug voor de lucht uit haar mond – een mengsel van munt en bedorven knoflook. Kortaf antwoordde hij: 'Nee, dat kan niet.'

'Dat kan wel!' Haar stem kreeg de schrille klank van een kind dat op het punt staat in gillen uit te barsten.

Richard zoog zijn longen vol. Zweet prikte op zijn rug. Ze konden haar zonder meer laten staan en er vandoor gaan, dacht hij; ze konden haar meenemen en een kilometer verder in de hei zetten; ze konden...

'Ze hebben haar mishandeld', zei Wesley.

Rasja kwam nog dichter bij hem staan en Richards onzekerheid nam toe. Ze was niet lang: hooguit één meter tachtig. Ze had een regelmatig gezicht met een kleine mond, een rechte neus en fijn gevormde oren. Op haar rechterwang liep een bruine veeg en haar vlechten waren vettig. Ze zag er kwetsbaar maar ook agressief uit.

Terwijl ze hem met haar blauwe ogen onafgebroken vasthield zei ze: 'Ik lieg niet.'

Richard had even tijd nodig om een besluit te nemen. Toen gromde hij: 'Goed, je gaat mee. Maar niet verder dan de eerste camping.'

Met een ruk aan een hendel maakte hij zijn zadel vijftien centimeter langer.

Rasja's lach ontspande haar gezicht. Ze sloeg haar been over het zadel, klemde haar armen om zijn middel en drukte zich tegen hem aan.

Richard maakte vaart, maar binnen twee minuten had hij spijt.

Terwijl hij de versnelling aanpaste aan het grotere gewicht, zag hij haar groezelige armen en benen, haar vuile voeten en zwarte nagelranden. Haar lichaam plakte tegen het zijne en uit haar kleren dampte een ranzige lucht. Met elk woord kwam de walm van munt en knoflook uit haar mond. Hij vergrootte zijn snelheid om er minder last van te hebben, maar met de wind in de rug hielp dat weinig. Op een plek waar de weg om een ven heen liep stopte hij. 'Sorry', zei hij. 'Je kunt niet verder mee.'

Rasja bleef zitten. Haar ogen begonnen te bliksemen. 'Dat is een rotstreek! Je zou me meenemen tot de eerste camping.'

'Dat was ik ook van plan, maar het kan niet.'

'Waarom niet?'

'Omdat... omdat je stinkt. Het is echt te gek. Ik kan er niet tegen.'

Rasja bleef nog steeds zitten. Maar haar woede veranderde in ontreddering. Met een blik op haar handen zei ze ten slotte: 'Dat... dat wist ik niet.'

Richard deed zijn best een gevoel van medelijden te verdringen. Hij zei: 'Terug is niet meer dan een kilometer.'

Het duurde lang voor Rasja afstapte. Haar lippen trilden toen ze zei: 'Fijn voor Rudo en Alexander.'

Richard keerde zich om en keek naar een punt in de verte. Daar had hij niets mee te maken, gromde hij in zichzelf. Elke dag werden er kinderen mishandeld. Daar zou hij best wat aan willen doen, maar zo'n walgelijk schepsel kon hij niet verdragen.

'Hebben jullie zeep?' vroeg Rasja opeens.

'Wat?'

'Of jullie zeep hebben.'

'Ja, natuurlijk hebben we zeep. Wat wil...'

'Geef mij een stuk.'

Richard wilde protesteren, maar Wesley maakte zijn tas open en gaf haar een doosje.

Ze kreeg iets vastberadens toen ze het aanpakte en in de richting van het ven liep. Daar wipte ze haar sandalen uit, stroopte haar broek omlaag en trok haar shirt over haar hoofd. Naakt plonsde ze het water in, trok haar vlechten los en begon zich te wassen tot de schuimvlokken rondvlogen.

Richard keek toe – ongelovig en verward. Van dat kind waren ze nog niet af. Straks wilde ze ook nog bij hen in de tent...

Wesley ging naast hem staan. Er lag een grijns op zijn gezicht toen hij zei: 'Je kijkt dom.'

'Zo voel ik me ook', antwoordde hij. Zachter liet hij erop volgen: 'Als je 't mij vraagt moeten we haar laten spartelen. Als we er nu vandoor gaan...' Zijn woorden stokten toen Rasja in het ondiepe water rechtop ging staan en zich naar hen omkeerde. Over haar ribben, vanaf haar rechterborst tot aan haar heup, liepen minstens drie dieprode strepen, alsof iemand haar met een stok had geslagen. En toen ze de zeep erover haalde deed ze dat voorzichtig.

Onwillekeurig balde Richard zijn vuisten. Was dat het werk van die sadistische kortlevers?

Rasja zwaaide naar hen, maar er was nog steeds iets gespannens in haar houding.

Wesley liep naar de waterkant en raapte haar kleren op.

Richard keek verbaasd. 'Wat ga jij doen?'

'Haar kleren wassen.'

'Je bent gek! Dat kind kan toch niet in kletsnatte kleren rondlopen!'

'Nee', antwoordde Wesley laconiek. 'We drogen ze eerst.'

9

Rasja kwam druipend het water uit en liep onbevangen op Richard af. 'Ruik eens! Ben ik nu schoon genoeg?'
Richard kon een gevoel van verlegenheid niet helemaal onderdrukken. 'In elk geval schoner dan daarnet', zei hij. Hij rommelde in een tas en haalde een broodje met kaas uit de conserveerfolie. 'Alsjeblieft, eet dat maar op.'
'Ik heb liever letus', zei Rasja.
'Dat heb ik niet. En als ik het wel had, kreeg je 't niet. Die rotzooi stinkt als rotte vis.'
'Jammer.' Ze spreidde haar kleren uit over pollen biezen en ging op een handdoek zitten die Wesley haar had gegeven. Terwijl ze in het brood hapte en haar haren naar achteren schudde, zei ze lachend: 'Ik vind jullie leuke jongens. En ik ben geloof ik nog nooit zo schoon geweest.' Vlak daarop vroeg ze: 'Waar komen jullie vandaan?'
'Uit Amsterdam', zei Wesley.
'Amsterdam?' Haar gezicht kreeg iets dromerigs. 'Daar ben ik nog nooit geweest. Is dat echt zo mooi als ze zeggen?'
'Mooier', antwoordde Wesley met een grijns. 'Ze zijn alleen zo stom geweest om het op de verkeerde plaats te bouwen.'
Richard keek verbaasd. 'Hoezo?'
'Amsterdam ligt al weer vier meter beneden zeeniveau', verklaarde Wesley. 'Als het water verder stijgt, kunnen ze de boel inpakken en opnieuw beginnen.'
'Het water stijgt niet verder', zei Rasja, die aandachtig geluisterd had.
'Hoe weet jij dat?'
'Van Nestor. Die weet alles.'
'Is Nestor de baas in jouw dorp?' vroeg Richard.
'Ja.' En meteen feller: 'Maar het is mijn dorp niet meer. Ik ga nooit meer terug.'
'Wat ga je dan doen?'

Ze haalde haar schouders op. 'Dat zie ik wel. In een restaurant werken of zo. Dat lijkt me leuk.'

'Dan moet je wel altijd schoon blijven', grinnikte Wesley.

'Missen ze jou straks niet in je leergroep?' vroeg Richard.

Ze keek hem verwonderd aan. 'Leergroep? Wat is dat?'

'Weet jij dat niet? Dat is een groep mensen met wie je studeert. Als je nog geen twintig bent, moet je daarbij horen.'

'In de Galgeberg is geen leergroep', antwoordde ze.

'Maar dan leer je toch ook niks!'

'Wij kunnen letus maken. Dat is voldoende, zegt Nestor. En als...'

Ze stopte abrupt, keek met grote ogen naar een punt achter Richard en griste haar kleren bij elkaar.

Richard keek om.

Over het heidepad naderden twee fietsers. Licht voorovergebogen tegen de wind wilden ze passeren. Totdat ze het groepje bij de waterkant ontdekten.

Rasja wurmde zich haastig in haar broek en shirt. 'Die zijn van Someren!' siste ze. 'Dat zijn etterkoppen!'

De beide fietsers – twee jongens van een jaar of achttien – stopten. 'Wat zijn jullie hier aan het doen?'

'Eigenlijk hebben jullie daar niets mee te maken', antwoordde Wesley. 'Maar als jullie het willen weten – we zijn aan het uitrusten.'

'Uitrusten waarvan?'

Richard stond op. De jongens waren minstens twee meter – even lang als hijzelf. Ze waren fors gebouwd, droegen tot op de schouders vallende haren en hadden felgekleurde kleren aan. Op de een of andere manier zagen ze er agressief uit.

Maar Richard had geen behoefte aan moeilijkheden. Hij zei rustig: 'Wij doen hetzelfde als jullie: fietsen.'

'Met z'n drieën op twee fietsen?'

'Ja. Is dat zo gek?'

'Wij vinden van wel.'

Richard haalde zijn schouders op, maar hij voelde de spanning groeien. Een van de jongens wees met gefronst voorhoofd naar het water: 'Wat is dat daar?'

Richard draaide zich om. Op het ven rimpelden golfjes. Een paar eenden en een fuut scharrelden tussen de biezen. Op de plek waar Rasja zich had gewassen dreven schuimresten.

'Jullie hebben met zeep zitten rotzooien', zei de ander beschuldigend. 'Jullie verpesten de natuur. Als we dat doorgeven zijn jullie er gloeiend bij.'

'Dat moeten jullie dan maar doen', zei Wesley.

Richard stuurde hem een waarschuwende blik. Hij zei: 'Jullie hebben gelijk, maar het was een noodgeval.'

'Een noodgeval?' De jongen keek naar Rasja en het was of hij haar voor het eerst ontdekte. Op scherpe toon zei hij: 'Die meid komt van de Galgeberg, die hoort hier niet.'

'Waarom niet?'

'Dat zeg ik toch – ze komt van de Galgeberg!'

'Dat is logica van niks', zei Wesley.

De jongen kwam van zijn fiets af. 'Jullie zijn milieuvandalen', zei hij. 'Ik vraag me af wat jullie nog meer hebben uitgevreten.'

'Zijn jullie van de politie?' vroeg Wesley.

'Nee. We doen alleen ons best om de natuur schoon te houden. Al valt dat niet mee met dat tuig van de Galgeberg in de buurt.'

Rasja ging staan. Met een kleur als vuur zei ze: 'Ik woon niet op de Galgeberg.'

'Waar woon jij dan wel?'

'In eh... in Amsterdam.'

De ander begon te lachen. 'Dat lieg je. Ik ken jouw soort. Jij hoort thuis op de mesthoop van die mislukte kloon.'

Richard wist dat hij het beste zijn mond kon houden, maar het viel niet mee. Hij zei toonloos: 'Ik denk dat we er maar over op moeten houden.'

'Jullie houden op met rotzooi maken', zei de jongen.

'Dat had ik al gezegd, geloof ik.'

'En die meid gaat terug naar de Galgeberg. Letusvreters kunnen we hier niet gebruiken.'

Rasja trok haar sandalen aan. Ze zei gesmoord: 'Ik slik geen letus en ik ga niet naar de Galgeberg.'

De jongen kwam op haar toe lopen. 'Dan brengen we jou wel even.'

Richard vroeg: 'Waar halen jullie het recht vandaan om je met haar te bemoeien?'

'En waar halen jullie het recht vandaan om haar mee te nemen?' klonk het vijandig.

'We nemen haar niet mee, ze gaat uit vrije wil.'

93

'Dan gaat ze nu uit vrije wil met ons mee.' De jongen stond nu zo dicht bij Richard dat hij hem kon aanraken.

Heel even vroeg Richard zich af waar hij zich druk om maakte. Als hij die jongens hun gang zou laten gaan, waren ze van Rasja af. Ze moest toch ook vrienden hebben in dat dorp. Die Rudo en Alexander...

Zijn gedachten liepen vast. Als in een flits zag hij opnieuw de plekken op haar lichaam. Ze zouden haar blijven mishandelen. Dat vroeg hij zich niet af, dat wist hij zeker.

Hij zag het gezicht van de jongen uit Someren van dichtbij. En hij begreep dat verder discussiëren zinloos was.

Maar ze waren met hun tweeën, dat zou het moeilijker maken. Daarom mochten ze geen tijd krijgen zich te verdedigen.

Twee seconden had hij nodig om zich te concentreren. Toen sloeg hij de jongen met de zijkant van zijn hand hard tegen de slaap.

De jongen slaakte een kreet en zakte door z'n knieën.

Met een sprong vloog hij op de ander af om opnieuw uit te halen, maar zijn tegenstander gaf hem een wilde trap.

In een reflex kruiste Richard zijn handen, ving de trap op en greep de jongen bij zijn enkel. De voet draaide hij fel naar buiten – de jongen smakte neer. Het volgende moment zat Richard boven op hem en trok zijn hoofd aan de haren achterover. Hij snauwde: 'Dat meisje gaat met ons mee, uit vrije wil! Gesnapt?'

De jongen deed geen moeite meer zich te verzetten. En toen Richard hem losliet kwamen er alleen vloeken over zijn lippen.

Wesley stond erbij alsof het nauwelijks tot hem doordrong wat er gebeurde. Maar Rasja danste van opwinding. 'Fantastisch, fantastisch!'

De jongens uit Someren kwamen overeind – moeizaam, alsof elke beweging hun pijn deed. Maar de toon van een van hen was sissend: 'Daar krijgen jullie spijt van!'

Richard gaf geen antwoord. Hij bleef echter op zijn hoede tot de twee hun fietsen pakten en langzaam wegreden. Toen pas vloeide de spanning uit hem weg. Wat overbleef waren een leeg gevoel en trillende handen.

'Etterkoppen!' schreeuwde Rasja hen na. 'Schijteenden!' Meteen sloeg ze haar armen om Richards hals en zoende hem links en rechts. 'Ik wist het!' juichte ze. 'Jij bent een goeie!'

Richard wilde haar in haar klamme kleren van zich af duwen, maar ze bleef zich aan hem vastklemmen. 'Ik ken niemand die zo kan vechten!' riep ze. 'Mag ik bij jullie blijven?'

Wesley glimlachte een beetje moeilijk, maar zijn toon was laconiek toen hij zei: 'Richard vecht niet elke dag.'

'Richard!' Rasja's ogen schitterden. 'Heet jij Richard? Dat wist ik nog niet eens!'

'En ik heet Wesley', zei Wesley.

'Ik kan voor jullie zorgen!' zei Rasja opgetogen. 'Ik kan eten klaarmaken en nog een heleboel andere dingen!'

Richard maakte zich van haar los en klikte zijn fietstas dicht. Even bleef hij besluiteloos staan. Toen zei hij nadenkend: 'Die jongens uit Someren...'

'Ja!' viel Wesley hem in de rede. 'Die waren niet erg origineel! *Daar krijgen jullie spijt van* – dat zeggen alle verliezers.'

'Maar ik ben bang dat ze het menen ook. Straks komen ze terug met een heel stel.'

'Dat is waar!' zei Rasja. 'Die uit Someren zijn kotskoppen! Ze hebben ook altijd ruzie met jongens uit Asten. We kunnen beter díe kant opgaan.' Ze wees naar het noorden.

'Zijn alle jongens uit Someren kotskoppen?' informeerde Wesley.

Rasja deed alsof ze zijn vraag niet gehoord had. Met een kinderlijk stemmetje zei ze: 'Als we die kant opgaan komen we vanzelf in Amsterdam.'

Terwijl Richard zich afvroeg hoe ze wist waar Amsterdam lag, zei hij: 'Trek je sandalen aan, dan gaan we verder.'

Even kwam Wesley vlak bij hem staan. Hij fluisterde: 'Stinkt ze nog?'

'Nee', antwoordde hij. 'Ze plakt.'

Camping 'De Otter' lag aan een lang en smal water, dat omzoomd was met populieren. Een kronkelend pad liep dwars over het terrein. Op beschutte veldjes stonden tenten. Jongens en meisjes van een jaar of tien trapten tegen een bal, kleuters speelden met zand en water. In de schaduw van een reusachtige beuk stonden stoelen voor een fleurig uitziend restaurant.

Richard stopte niet ver van de ingang. Tegen Rasja zei hij: 'Sorry, je kunt niet verder mee.'

Rasja stapte af. Ze zei niets. Ze keek alleen op een speciale manier waar hij niet goed tegen kon.

Hij zei verontschuldigend: 'Ze laten jou er niet in, want je hebt geen persoonscard.'

Ze gaf geen antwoord.

'Je vindt vast wel een adres waar ze jou kunnen helpen.'

Rasja bleef zwijgen. Daarna kreeg haar gezicht iets verbetens. Ze keerde zich om en liep de weg op in de richting van het dichtstbijzijnde dorp. Richard staarde haar na en keek toen naar de wegwijzer voor fietsers: LIEROP 1.5. Hij gromde: 'Ik hoop dat ze werk vindt in een restaurant.'

'Ze heeft geen persoonscard', zei Wesley. 'Eigenlijk is ze illegaal. Als de politie haar vindt, sturen ze haar terug naar de Galgeberg.'

'Waarom zeg je dat?' vloog Richard op. 'Vind je soms dat we haar de camping moeten binnensmokkelen?'

'Ik weet het niet', antwoordde Wesley aarzelend. 'Misschien hadden we dat moeten proberen.'

'En waar had ze dan moeten slapen? Of heb je daar al een oplossing voor bedacht?'

Wesley schudde zijn hoofd. Meteen vroeg hij: 'Heb jij voor die Vlaamse meisjes dan wel een oplossing?'

Richard gaf geen antwoord.

'Die zijn ook illegaal', zei Wesley.

'Dat hoef je me niet te vertellen! Maar dat is heel wat anders!'

'Waarom is dat wat anders?'

'Omdat...' Richard stopte. Toen gromde hij: 'Daar komt wel een oplossing voor.'

'O.'

'Als we ze eerst maar vinden.'

'Ja.'

Richard keek Wesley onderzoekend aan. 'Of denk je dat dat niet lukt?'

'Dat dacht jij vanmiddag', antwoordde Wesley.

Richard liep door naar de ingang. Over zijn schouder zei hij: 'Laten we er maar over ophouden.'

Bij de receptie maakten ze kennis met campingbeheerder Marcel, een stevige, opgewekte man van midden dertig. Hij stopte hun studentencards in de computer en wees ze een plek bij het water.

Richard haalde zijn tent te voorschijn, rolde het grondzeil uit en klikte stokken en spanten in de gewenste vorm. Daarna legde hij er het uiterst lichte tentdoek overheen.

'Mooie tent', zei Wesley.

'Dun, waterdicht en ventilerend', zei Richard. Hij wees op dunne draden die met de stof verweven waren. 'Die dingetjes zijn het prettigst. Werken als koelsysteem. Als het warmer wordt dan bijvoorbeeld vijfentwintig graden, dan voeren ze het teveel aan warmte af.' Hij pakte een apparaatje ter grootte van een pink en stak er een plugje in. 'In dit batterijtje wordt die warmte omgezet in elektriciteit. Als het 's nachts kouder wordt dan tien graden, verandert de koeling automatisch in verwarming. Je kunt er ook lampen op laten branden.'

'Past hij in de batterijhouder van je fiets?' vroeg Wesley.

'Ja.'

'Leuke spulletjes!'

'Op mijn verjaardag gekregen', verklaarde Richard.

'Wanneer ben jij jarig?'

'Op 1 november. En jij?' Meteen wist Richard dat hij een verkeerde vraag had gesteld. Hij zei vlug: 'Ik bedoel natuurlijk...'

'Geeft niet', antwoordde Wesley. 'Officieel besta ik vanaf 21 maart 2120. En als alles meezit hou ik het vol tot het jaar 2224. Informatie van het BIAC.'

'Honderdvier', mompelde Richard. 'Dat betekent...'

'Dat betekent dat ik even oud kan worden als mijn celdonor', zei Wesley.

Het duurde even voor Richard de vraag stelde: 'Wat vind je ervan dat er ergens iemand is die er net zo uitziet als jij?'

'Dat zegt me niet zoveel', antwoordde Wesley. 'Er zijn ook twee- en drielingen die identiek zijn. Die zitten daar ook niet mee.'

Nog steeds een beetje aarzelend vroeg Richard: 'Is het mogelijk dat jouw celdonor meer cellen heeft afgestaan?'

'Je bedoelt dat er misschien een stuk of twintig Wesley's rondlopen?' Wesley glimlachte een beetje wrang. 'Kan best. Maar ik ben er nog nooit een tegengekomen.'

'Zou jij zelf celdonor willen zijn?'

'Daar kom ik niet voor in aanmerking.'

'Waarom niet?'

'Ik ben niet goed genoeg.' Hij stak een arm en een been uit. 'Die zijn te lang in verhouding tot de rest. En mijn kop is te groot. Daarom wist die Nestor van de Galgeberg meteen wat ik was. Ik lijk veel op mijn celdonor, maar ik ben geen exacte kopie van hem.' Feller vervolgde hij: 'Dat wil ik ook niet zijn! Ik wil niet hetzelfde doen en ook niet hetzelfde denken!'

Terwijl Richard zich even afvroeg of een kloon in staat was dat zelf te bepalen, zei hij: 'Op het station in Amsterdam zag ik iemand die veel op jou leek. Ik dacht zelfs even dat jij het was.'

Wesley's blik werd strak. 'Had hij net zulke lange armen en benen als ik?'

'Dat weet ik niet meer. Ik weet alleen dat-ie een grote bek had en meteen begon te schelden.'

'O.'

Zonder verder nog iets te zeggen rolde Wesley zijn slaapmat uit. Daarna ging hij met opgetrokken knieën op het gras zitten en staarde naar een punt in de verte.

Terwijl Richard een paar tentharingen vastzette, bleef hij hem ongemerkt observeren. Ten slotte zei hij: 'Wat je mij verteld hebt over dat gevoel – daar klopt niets van.'

Wesley trok zijn wenkbrauwen op.

'Heb jij wel eens gehuild?' vroeg Richard.

'Gehuild?' Wesley keek niet-begrijpend. 'Waarom vraag je dat? Natuurlijk heb ik wel eens gehuild.'

'Wanneer dan?'

'Wanneer? Als ik pijn had natuurlijk.'

'Dat bedoel ik niet.' Richard kwam naast hem zitten. Wat was het toch moeilijk om zulke dingen onder woorden te brengen. Hij vervolgde: 'Je kunt huilen van pijn, maar ook van verdriet.'

'Dat is hetzelfde.'

'Natuurlijk is dat niet hetzelfde. Je kunt ook verdriet hebben omdat je eenzaam bent. Of omdat iemand anders pijn heeft.'

'Daar heb ik nog nooit om gehuild.'

Richard schudde zijn hoofd. 'Heb jij nog nooit de pest in gehad als iets niet wilde lukken? Of als ze jou uitscholden?' Zachter voegde hij eraan toe: 'Hebben ze jou nooit getreiterd?'

Wesley's gezicht bleef strak. Maar zijn lichtblauwe ogen waren onafgebroken op Richard gevestigd.

'Natuurlijk hebben ze jou getreiterd', stelde Richard vast. 'En dat snap ik best, want jij bent anders.'
'Treiteraars hebben een beperkte intelligentie', zei Wesley.
'Dat zal wel, maar daar gaat het niet om. Het gaat om jouw reactie.'
'Het kon me nooit zoveel schelen.'
'Daar geloof ik niets van!' zei Richard. 'Jij had natuurlijk zwaar de pest in. Zoiets doet pijn.' O allemachtig, nu was het net of hij niet zichzelf, maar zijn mentor Sylvester hoorde. Hij vervolgde: 'Jij zegt dat je geen gevoel hebt, maar dat heb je wèl.'
'Ik vóel het niet', antwoordde Wesley. 'Ik wéét het. Dat heb ik je ook al eerder gezegd.'
'Maar dat is de grootste onzin die ik gehoord heb!' riep Richard uit. 'Als je geen gevoel had zou je ook niet kunnen lachen. Jij lacht steeds om domme dingen.'
'Ik wéét wanneer ik...'
'Dan was je niet blij geweest toen ik je vroeg om met me mee te gaan', ging Richard door. 'En dan had je ook geen medelijden gehad met Rasja.'
Wesley's blik werd onzeker. 'Had ik medelijden met Rasja?'
'Ja, behoorlijk. En volgens mij heb je dat nòg. Jij vindt haar zielig.'
'Jij niet dan?'
'Natuurlijk!' Richard maakte een gebaar van ongeduld. 'Maar mijn verstand zegt dat we niet alle zielige meisjes van de wereld kunnen helpen.'
'Jij vindt verstand dus belangrijker dan gevoel?'
'Dat heb ik niet gezegd.'
'Maar daar komt het wel op neer, anders had je Rasja wel geholpen.'
'Ik hèb haar toch ook geholpen!'
'Ja, tot aan de camping.'
'Wesley, dat is niet eerlijk. Rasja wou zelf werk zoeken. En dat lukt haar vast, want zo stom is ze niet.'
'Ze zullen haar wegsturen', zei Wesley. 'Ze heeft geen persoonscard. Ze is illegaal. Ze kan alleen terecht op de Galgeberg.'
Richard gaf geen antwoord, maar de onrust spookte door zijn hoofd. Ze hadden dat meisje onmogelijk mee kunnen nemen, hield hij zich voor. Ze zouden de grootste problemen met haar hebben gekregen.
'Ze zullen haar weer mishandelen', zei Wesley.

Richard vloog op. 'Dat hèb je al gezegd! En jij doet net of dat míjn schuld is! Maar ìk sla haar niet, dat doen die smerige kortlevers!' Hij haalde diep adem voor hij besloot: 'Laten we er nu maar over ophouden.'

'Dat zeg je steeds.'

'Wat?'

'Laten we er maar over ophouden.'

Richard haalde onwillig zijn schouders op. 'Oké, dan hou ik daar ook mee op.'

Wesley begon op een eigenaardige manier te grinniken, maar Richard kon niet meelachen. Daar zat hij met een halfgestoorde kloon op een camping... Nee, dat was niet eerlijk. Wesley was niet gestoord, hij was anders.

Hij sprong op en liep een paar keer heen en weer voor hij zei: 'Ik ga eten, ik heb honger.'

Een beetje traag kwam Wesley overeind. Daarna slenterden ze naar het restaurant. Het was nog vroeg – slechts een paar tafels waren bezet. Maar uit de keuken dreven kruidige geuren.

'Ik geloof dat ze hier lekker ouwerwets koken', zei Richard. 'Ik heb zin in groentesoep. En dan gebakken aardappelen met geroosterde tarma.'

'Met salades en eieren', vulde Wesley aan. 'Vast beter dan thuis, want daar hebben we altijd kant-en-klare prak – zó uit de koeling, zó op tafel.' Meteen vroeg hij zachter: 'Heb jij wel eens vlees gegeten?'

'Vlees? Nee.' Richard keek Wesley verbaasd aan. 'Jij wel?'

'Eén keer. Ergens in Drenthe. Ik weet niet eens meer precies waar. Een boer had een koe geslacht. Clandestien natuurlijk. Ik kreeg een stuk dat ze geroosterd hadden op open vuur.'

Richard luisterde ademloos. Zelf had hij nog nooit vlees geproefd. Vlees eten deed niemand. Al honderd jaar lang niet, sinds ze ontdekt hadden hoe kankerverwekkend het was. Alleen in Afrika en Zuid-Amerika werden nog dieren geslacht en opgegeten. In de rest van de wereld werden ze alleen gefokt voor huiden, zuivel en medicijnen. Zo bleef er ook veel meer land over voor gewone akkerbouw. En dat was hard nodig met een wereldbevolking van vijftien miljard. Bijna fluisterend vroeg hij: 'Hoe smaakte dat vlees?'

'Taai', antwoordde Wesley. 'Hartstikke taai, met bruine korsten. Maar dat hoorde zo, zeiden ze.'

Even huiverde Richard. Een dier doodmaken en opeten – dat was toch wel ongelooflijk primitief.

Wesley zei: 'Ik denk dat ze op de Galgeberg wel vlees eten.'

'Hoe kom je daarbij?'

'Heb je die koeien niet gezien? Die houden ze vast niet alleen voor de melk.'

'Maar dan gaan ze daar nòg eerder dood.'

'Dan slikken ze gewoon meer letus. Dan lijkt het of ze toch langer leven.'

Richard knikte, maar zijn gedachten gingen opnieuw naar Rasja. Waar zou ze uithangen? Ergens in Lierop? Of zou ze...

Hij schrok op toen er opeens een jongen van een jaar of twintig bij hun tafel stond. 'Hallo, goeiemiddag! Jullie zijn er vroeg bij. Maar dat geeft niet, want de keuken draait op volle toeren. Zeg het maar, wat willen jullie eten?'

'Iets lekkers', zei Wesley. 'Een soepje, aardappelen met tarma, eiersalade en een sausje van mierikswortel of kervel.'

'Dat zullen we dan even als de bliksem voor elkaar maken!' De jongen draaide zich om en verdween als een wervelwind.

'Die heeft een tik', zei Wesley.

'Ja.' Richards toon was afwezig. Misschien had Wesley wel gelijk, dacht hij. Hij had Rasja niet moeten wegsturen. Nu had ze waarschijnlijk niets te eten.

'Waar denk je aan?' vroeg Wesley.

'Ik? O, aan niets eigenlijk.'

'Ook niet aan die jongens uit Someren?'

'Nee.'

Wesley keek hem onderzoekend aan voor hij zei: 'Je moet me nog wel even vertellen waar jij dat vechten hebt geleerd.'

Die avond lagen ze bij hun tent. De zon was onder, de wind ging liggen – de atmosfeer werd stil. Zelfs het ruisen van de populieren hield op. Alleen vogels lieten zich horen tot het donker werd.

Terwijl de schemering dieper werd klonk vanuit het noorden een doordringend gezoem dat snel wegstierf.

'Ruimtevaartcentrum Helmond', zei Wesley. Hij wees naar een stralende stip aan de oostelijke hemel. 'De capsule naar Australië.'

'Hoe weet jij dat?'

'Lucht- en ruimtevaartregeling op de HV, daar kijk ik wel eens naar. Over een half uur gaat er een naar "High Frontier".'

'Onthou jij alles wat je ziet?'

'Als het me interesseert wel.'

Richard zei: 'Over klonen gaan vreemde verhalen. Is het waar dat jullie een speciale opleiding krijgen?'

'Als ik achttien ben', antwoordde Wesley. 'Tot die tijd mag ik bij Joyce blijven wonen. En zo speciaal is die opleiding niet. Ik ben goed in wiskunde, natuurkunde en informatica. Ik denk dat ze de genen van mijn celdonor in die richting hebben gemanipuleerd.'

'Welk beroep ga je na die opleiding kiezen?'

Wesley glimlachte wrang. 'Kan ik kiezen? Ik ben een kloon van vlees en bloed. Maar zonder geest. Alleen mensen met een onafhankelijke geest kunnen kiezen. Ik ben "geprogrammeerd" voor exacte wetenschappen. Daar is behoefte aan. Het is ook alles wat ik kan. Het BIAC heeft al lang uitgestippeld wat ik moet doen.'

'Je kunt toch weigeren!'

Wesley schudde zijn hoofd. 'Het BIAC is machtig. Het heeft een contract met de regering. Want de regering schijnt behoefte te hebben aan wezens zoals ik.'

'Van mij zouden BIAC en regering de pot op kunnen!' zei Richard heftig. 'Ik zou me absoluut niet laten sturen. Ik zou doen waar ikzelf zin in had!'

'Jij bent ook geen kloon', antwoordde Wesley kalm.

'Nee. Maar jíj bent geen proefkonijn! Wie weet geven ze jou helemaal geen speciale opleiding, maar gebruiken ze jou voor experimenten.'

Wesley's houding kreeg iets onzekers. 'Experimenten?'

'Ja! In de psychobiologie bedenken ze altijd van alles.' Richard stopte even om zijn woorden zorgvuldiger te kunnen kiezen. 'Wetenschappers van het BIAC hebben jou gemaakt. Die vinden natuurlijk ook dat ze het recht hebben met jou te doen wat ze willen. Zulke mensen kunnen vaak niet meer normaal denken, omdat ze een laboratoriumneurose hebben.' Dat woord had hij van zijn vader. Zelf had hij zich voorgenomen daar nooit aan toe te geven. Nadrukkelijk ging hij verder: 'Die lui kennen geen grenzen, die gaan door met hun experimenten. Daar kun je vergif op innemen. Heb je dat nooit gemerkt?'

'Soms nemen ze reactietesten af', antwoordde Wesley. 'Dan moet ik naar films kijken en dan meten ze mijn reacties.'
'Met hersenmeters?'
Wesley knikte. 'Dat kan toch geen kwaad?'
'Dàt niet. Maar straks gaan ze door. Dan testen ze bijvoorbeeld jouw geduld met speciale treitermethoden – net zo lang tot je razend wordt. Of ze willen weten hoeveel pijn je kunt verdragen. Misschien zelfs of je bereid bent anderen pijn te doen.'
'Waarom zouden ze dat doen?'
'Omdat ze willen weten of jij anders reageert dan andere mensen.'
'Hoe weet jij dat?'
'Heb ik gelezen.'
'En dat geloof jij ook?'
'Het gebeurt!' zei Richard. 'Gevoelsonderzoek heet dat. En als ze fouten ontdekken proberen ze die bij een volgende "schepping" te voorkomen.' Het klonk harder dan hij wilde. Daarom voegde hij eraan toe: 'Alsof perfecte mensen ideale mensen zijn.'
Wesley's stem kwam uit het donker: 'Wat wil je daarmee eigenlijk zeggen?'
'Dat ik er niet over zou piekeren om aan die onderzoeken mee te werken, want ze verzinnen vast nog meer: een tolerantietest, een woedetest, een sekstest, een humortest, een kunst...'
'Hebben ze al gedaan', zei Wesley.
'Wat?'
'Een sekstest.'
Richard zweeg verbluft.
'Ik moest naar foto's en films kijken, zei Wesley. 'Mannen en vrouwen, jongens en meisjes, mooi en lelijk, bloot en niet bloot.'
'O.'
'En tegelijk lieten ze me geuren ruiken.'
'O allemachtig', mompelde Richard. 'Dat is pas primitief.'
'Waarom primitief? Seks heeft toch ook met geuren te maken. Dat heb ik gelezen.'
Richard liet zijn tong klakken voor hij vroeg: 'Hoe reageerde jij op die test?'
Wesley begon op een subtiele manier te lachen. 'Jij wilt dus toch hetzelfde weten als die wetenschappers?'
Richard lachte schaapachtig mee. 'Sorry, je hebt gelijk.'

'Je mag het gerust weten', zei Wesley. 'Ik viel op meisjes van onze leeftijd. Geloof ik.'

'Je weet het niet zeker?'

'Nee.' Wesley's toon werd ernstiger. 'Het was nogal verwarrend. Soms dacht ik dat ik wat voelde, maar even later wìst ik hoe ik reageren moest.'

In een spontaan gebaar legde Richard zijn beide handen op Wesley's schouders. 'Nou moet je echt ophouden zo moeilijk te doen. Jij bent niet alleen een weet-mens, jij bent ook een gevoels-mens. Dat merk ik aan alles!'

Wesley antwoordde zachtjes: 'Ik wou dat ik wist dat dat waar was.'

Ze zwegen. Uit andere tenten klonk gemompel. Verder weg klaterde een lach. Na een tijd begon Wesley toch weer: 'Anderen hebben een vader en moeder, een èchte vader en moeder. Ik niet.'

'Dat is niet waar', antwoordde Richard. 'Er zijn er genoeg die hun ouders niet kennen, die ze nog nooit gezien hebben.'

'Je bedoelt kinderen van eicel- en spermabanken.'

'Ja, die ook.'

'Maar die zijn wèl op de gewone manier geboren', zei Wesley. 'Compleet met de erfelijke eigenschappen van twee mensen. Ze weten wie hun moeder is. En vaak kunnen ze ook hun vader opsporen. Ik kan alleen maar informeren bij het BIAC wie mijn celdonor is. Maar ik denk dat ze daar niets zeggen.'

'Waarom niet?'

Wesley haalde zijn schouders op. 'Daar hebben ze geen belang bij.'

'Zou je het wel willen weten?'

'Misschien is hij maar een paar jaar ouder dan ik', gaf Wesley als antwoord. 'Misschien is het die jongen die jij gezien hebt. Ik denk dat ik dat vreemd zou vinden.'

Opnieuw stilte.

Minuten later zei Richard: 'Ik ben bang dat we die meisjes niet vinden.'

'Zegt jouw intuïtie dat?'

'Mijn intuïtie zegt helemaal niks.'

Wesley zei nadenkend: 'Misschien moeten we nog eens terug naar de Galgeberg.'

'De Galgeberg? Daar zien ze mij niet meer.'

'Maar als die Nestor nou eens meer weet?'

Richard gaf geen antwoord. Het beeld van de misvormde kloon maakte hem niet enthousiast. 'We hebben nog een paar dagen', zei hij ontwijkend. 'We gaan eerst in Lierop rondkijken. Misschien...' Hij stopte toen er bij de bomen aan de waterkant geschuifel klonk, gevolgd door dringend gefluister: 'Richard, Richard!'

Richard wist onmiddellijk wie het was. En terwijl hij overeind vloog hoorde hij opnieuw haar gedempte stem: 'Richard, ik ben het, Rasja!'

Hij snauwde een verwensing. 'Ja, dat snap ik!'

Dat kind was natuurlijk helemaal niet naar Lierop gegaan. Alle kans dat ze de hele avond op de loer had gelegen en nu het donker was...

'Ik ben hier', zei Rasja. 'Ik moet jullie wat vertellen.'

Met Wesley op zijn hielen liet Richard zich langs het talud omlaag glijden. Daar zag hij haar zitten – een licht silhouet tegen de achtergrond van donker water.

'Ik weet hoe jullie die meisjes kunnen vinden', fluisterde Rasja.

'Wat!?' Richard was compleet verrast. Toen siste hij: 'Hoe weet jij dat wij meisjes zoeken? Heb je ons zitten afluisteren?'

'Nee!' Rasja schudde heftig haar hoofd. 'Ik wist het al op de Galgeberg, toen jullie het aan Nestor vertelden.'

Richard liet de lucht uit zijn longen ontsnappen. Daar had hij niets van gemerkt.

Rasja zei: 'In ben in Lierop geweest. Daar hoorde ik iets over Vlaamse meisjes die in Eindhoven ontsnapt waren. Klopt dat?'

Richard gaf geen antwoord. Maar zijn gedachten tolden. *Zorg dat je Lierop niet voorbijrijdt*, had Nestor gezegd. Hij zei: 'Kom mee.'

Terwijl ze in het donker de weg naar hun tent zochten prevelde Wesley: 'Intuïtie, allemaal intuïtie.'

10

Ze zaten met hun drieën in de tent toen tegen elf uur de multikom piepte.

Richard tikte op de verbindingstoets: het gezicht van zijn moeder verscheen op het schermpje.

'Hallo Richard, ik ben nieuwsgierig hoe het met jullie is. Waar zitten jullie?'

'Bij Lierop.'

'Lierop?' Angeline's gezicht drukte verbazing uit. 'Waar ligt in godsnaam Lierop?'

'In de buurt van Helmond, dicht bij het Ruimtevaartcentrum, je weet wel.'

'Wat? Jullie zijn toch niet van plan met een capsule mee te gaan?'

'Nee, natuurlijk niet. Daar hebben we geen geld voor. We zijn hier toevallig terechtgekomen.'

'Toevallig', mompelde Wesley binnensmonds.

'Zei iemand iets?' informeerde Angeline.

'Ja, Wesley. Die zit vol kleine grapjes.' Terwijl hij antwoordde draaide Richard zich om en schermde de lens van zijn multikom af.

'Nu zie ik haast niets meer', klaagde Angeline. 'Zitten jullie in het donker?'

'Ja, we zitten in de tent.'

Rasja fluisterde in zijn oor: 'Wat een leuke vrouw. Is dat je moeder?'

'Ja', fluisterde hij terug. 'Hou je alsjeblieft even stil!'

'Moet ik me stil houden?' klonk het verbaasd uit de multikom.

'Nee Angi, ik had het tegen Wesley.'

'Heet je moeder Angi?' vroeg Rasja.

'Stil nou!' siste hij terug.

'Wat hebben jullie vandaag gedaan?' vroeg Angeline.

'Gefietst.'

'Alleen maar gefietst? Niets bijzonders meegemaakt?'

'Nee, eigenlijk niet.'

Wesley begon zachtjes te lachen, maar hield daarmee op na een elleboogstoot van Richard.

Angeline vroeg: 'Hebben jullie die Vlaamse meisjes al gevonden?'

'Nee.'

'Ik ben bang dat dat ook niet lukt. Op de HV zeiden ze dat er deze maand in Brabant minstens twintig illegalen de grens zijn overgekomen. Allemaal spoorloos.' En vlak daarop: 'Als jullie maar niet spoorloos raken.'

'Dat raken we niet', verzekerde Richard haar. 'We kunnen jullie immers altijd oproepen.'

Angeline glimlachte. 'Dat is waar en...' Ze stopte even, waarna ze zei: 'Claus wil weten of jullie nog voldoende geld hebben.'

'Voorlopig wel. Als we te kort komen geven we een seintje, goed?'

'Natuurlijk.' Ze knikte hem vriendschappelijk toe, waarna ze besloot: 'Denise was hier vanavond. Je moet de groeten van haar hebben.'

'Dank je.'

Angeline's gezicht kwam zo dichtbij dat hij alleen haar ogen zag. 'Wees voorzichtig', zei ze. 'Welterusten.'

'Welterusten, Angi.'

Toen het schermpje zwart werd vroeg Rasja: 'Wie is Denise?'

'Zomaar een vriendin.' Hij draaide zich op zijn rug en staarde naar de tentspanten.

'Zomaar een vriendin?'

'Ja.'

'Is ze mooi?'

'Ja.'

'Heb je met haar gevrijd?'

Terwijl Wesley opnieuw een knorrend lachje liet horen, zei Richard kortaf: 'Hoor eens, Rasja, ik vrij niet met "zomaar een vriendin".'

'Je hebt vast heel veel vriendinnen', zei Rasja niet uit het veld geslagen.

Richard gaf geen antwoord. Ze zaten behoorlijk met haar opgescheept, maar hij kon haar onmogelijk nog eens wegsturen. Daarvoor waren haar inlichtingen te waardevol. In Lierop was ze brutaalweg een koffiehuis binnengestapt om te vragen waar ze illegalen konden helpen. Ze hadden haar prompt uitgelachen, maar toen ze op haar listige manier zielig en aanhalig ging doen, had iemand haar het adres van Pascal de Vlaming gegeven. Die zou haar kunnen helpen.

'Waar heb je die Vlaamse meisjes ontmoet?' vroeg Rasja.

'In Amsterdam.'

'Zijn ze leuk? Ben je verliefd?'

Met een vermoeide zucht zei Richard: 'Rasja, ik ben moe, ik wil slapen. En schuif een beetje op, dan hebben wij ook meer ruimte.'

'Ik vind het hier wel hartstikke knus', zei Rasja. 'Ik heb nog nooit in een tent geslapen. Ik wou dat het heel lang duurde. Jammer dat we geen letus hebben.'

'Dat is niet jammer, dat is een geluk.'

Even was het stil. Toen begon Rasja opnieuw: 'Ik vind Angi een mooie naam voor een moeder.'

'Mijn moeder heet Angeline.'

'An-ge-li-ne.' Ze herhaalde het op een manier of ze het woord wilde proeven. 'En je vader, hoe heet die? Of heb je geen vader?'

'Mijn vader heet Claus.'

'Werkt jouw vader?'

'Hij is chef van de afdeling tunnelbouw bij de spoorwegen.'

'Oei! Dan verdient-ie vast veel geld.' Ze stootte Wesley aan. 'Wat voor werk doet jouw vader?'

Geen antwoord.

'Of werkt jouw vader niet?'

Wesley maakte een nietszeggend gebaar.

'Wacht eens even!' Rasja ging plotseling rechtop zitten. 'Jij hebt vast geen vader! En ook geen moeder! Nu snap ik wat Nestor bedoelde toen-ie zei dat jij familie van hem bent!'

'Wesley's moeder heet Joyce', zei Richard.

Rasja leek het niet eens te horen. 'Jij bent een kloon!' zei ze. 'Net als Nestor. Weet jij ook zo veel?'

Richard pakte haar beet en duwde haar achterover. 'Jij moet niet zo hard schreeuwen', zei hij.

'Stom, dat ik dat niet meteen doorhad', praatte ze verder. 'Op de Galgeberg was laatst ook een kloon. Die zag er ongeveer net zo...'

Richard sloot hardhandig haar mond en boog zich over haar heen. Hij zei: 'Wesley is even gewoon als andere jongens, snap je dat?'

Het duurde even voor ze knikte. Toen prevelde ze gesmoord: 'Ik denk dat niemand het ziet.'

Richard haalde zijn hand weg, sloot zijn ogen en probeerde zich te ontspannen.

Minuten later zei Rasja: 'Ze zeiden dat Pascal de Vlaming er geld voor wil hebben.'

'Waarvoor?'

'Voor hulp aan illegalen. Minstens tienduizend gulden.'

Richard kneep zijn tenen samen. Tienduizend gulden was veel. Te veel. Dat kon hij niet betalen.

'Dan zorgt hij ook voor een persoonscard', zei Rasja.

'Hebben ze jou dat allemaal verteld?'

'Nee, dat heb ik Rudo horen zeggen.'

Richard dacht terug aan de man in Rasja's dorp die zo bang was geweest voor pottekijkers. Tegelijkertijd vond hij haar verhaal verward. Hij vroeg: 'Komen er wel eens illegalen op de Galgeberg?'

'Soms. Nestor stuurt ze altijd verder.'

'Altijd naar Lierop?'

'Dat weet ik niet.'

Wesley zei: 'Het zou wel erg toevallig zijn als die Pascal uitgerekend de meisjes heeft geholpen die wij zoeken.'

'Waarom?' zei Rasja. 'Het zijn toch Vlaamse meisjes. En Pascal is ook een Vlaming. Dus...'

'Dat is waar', zei Richard. Er lag opeens vastbeslotenheid in zijn stem toen hij verder ging: 'Als hij vaker illegalen helpt, weet hij vast meer. Daar heb ik wel duizend gulden voor over.'

Rasja ging rechtop zitten. 'Die wil ik hem wel brengen!'

'Dat kan niet', zei Wesley. 'Jij hebt geen betaalring.'

Even was het stil. Toen vroeg ze: 'Dan kan ik die van jullie toch gebruiken?'

Richard schudde onwillekeurig zijn hoofd. Dat ze zulke simpele dingen niet wist! Hij zei: 'Mijn betaalring werkt alleen als ik hem om heb. Jij kunt er niets mee doen.'

'Ook niet als jij er bij bent?'

'Nee.'

'Dus als ik hem stiekem afpak heb ik er niets aan.'

'Klopt.'

'Maar kan ik zelf wel zo'n betaalring krijgen?'

'Ja, als je voldoende geld hebt. En een persoonscard.'

'Als ik nou eens geld van jullie krijg? Want ik heb een plan.'

Richard legde zijn armen onder zijn hoofd en sloot zijn ogen. Hij zei: 'Rasja, je hebt ons interessante dingen verteld. We willen jou ook best helpen. We hebben vanavond immers ook al eten voor jou gehaald en...'
'Ja! Dat was lekker!'
'Luister nou even! We moeten nadenken, anders maken we fouten. Nadenken kan alleen als je goed geslapen hebt. *En ik wil nu slapen!*'
'Ja.' Even klonk haar stem timide. Toen zei ze op de toon van een verwend kind: 'Maar ìk wil een betaalring.'

Het eerste wat Richard zag toen hij wakker werd was Rasja. Ze had zich onder het flinterdunne, maar warme dek tegen hem aan genesteld en haar rechterarm om hem heen geslagen. Op haar gezicht lag de ontspannen tevredenheid van een kind.
Terwijl buiten vroege merels floten, bleef hij liggen, luisterend naar haar ademhaling en meedeinend op het ritme van haar lichaam. En minutenlang wilde hij dat dit een hele tijd zou duren.
Ten slotte draaide hij zijn hoofd naar de andere kant.
Wesley knikte hem grijnzend toe. Een beetje betrapt schoof Richard Rasja's arm opzij en ging rechtop zitten. 'Was je al lang wakker?'
'Kwartiertje.'
Rasja bewoog zich onrustig, draaide zich om en sliep verder.
Wesley vroeg fluisterend: 'Wat doen we vandaag?'
'We gaan naar Pascal de Vlaming in Lierop.' Richards hoofd was helder en even had hij de sensationele gewaarwording dat hij een stukje toekomst kon overzien.
Ze zouden de meisjes vinden. De zin kwam zomaar in hem op en deed zijn hart zo onrustig bonzen dat hij het dek van zich af gooide.
Rasja werd wakker, ging meteen op haar knieën zitten en keek verbaasd rond. 'O! Ik wist even niet waar ik was! Maar ik heb fantastisch geslapen!' In één adem liet ze erop volgen: 'En nu moet ik plassen.'
Ze kroop naar het voeteneinde om de tent los te maken, maar Richard hield haar tegen. Terwijl hij haar een flesje met zeep in de handen drukte zei hij: 'Ook douchen!'
'Douchen? Waar is dat goed voor? Ik heb me gisteren toch al...'
'Zolang je in onze buurt bent, ga je douchen', zei Richard bevelend.
'Elke dag!'

Ze keek hem broedend aan voor ze vroeg: 'Krijg ik dan ook een betaalring?'

'Zeur niet, Rasja!' En vlak daarop: 'Denk erom – niet opvallen en met niemand praten. Jij bent hier illegaal. We hebben niet voor jou betaald.'

'Maar krijg ik straks wel eten?'

'Ja.'

Ze protesteerde niet meer en glipte de tent uit.

'Net een klein kind', zei Wesley.

'Erger', gromde Richard, terwijl hij zijn toiletspullen pakte. 'Ik weet niet wat we met haar moeten beginnen.' Hij kroop de tent uit en stak het grasveld over naar het toiletgebouw.

In de glanzend betegelde ruimte hing de geur van zeep, vermengd met vleugjes prikkelende ozon. Mannen, vrouwen en kinderen stonden zich te wassen. Van verschillende kanten klonk geruis van douchewater. In een nis controleerde een meisje van een jaar of achttien de conditie van haar bloed met behulp van een bio-tester. Even overwoog Richard of hij dat ook zou doen om te zien wat hij vandaag het beste kon eten, toen uit een van de douchecabines plotseling een hoge meisjesstem zong:

'Op de Galgeberg, ver op de heide
daar wonen hele mooie meiden!
Maar niemand durft erheen te gaan,
omdat die meiden heel hard slaan.'

Mannen begonnen te grinniken.

Een kind vroeg: 'Mam, wat is dat – de Galgeberg?'

'Daar werden vroeger mensen opgehangen.'

'Opgehangen? Aan een ketting?'

'Nee aan een touw. Dat kwam...'

'Op de Galgeberg, ver op de heide
daar wonen...'

Richard bonsde op de deur van de cabine. 'Rasja!'

Het zingen hield op. De deur ging half open. Rasja's kletsnatte hoofd verscheen. 'Wat is er?'

'Je moet je kop houden!' siste hij haar toe. 'Ik had je toch gezegd dat je niet moest opvallen. Nou, doe dat dàn ook niet!'

'O.' Even keek ze verbluft. Toen klaarde haar gezicht op. 'Maar ik blijf hier nog wel een tijdje, want douchen is leuk!'

'Niet langer dan vijf minuten', gebood hij. 'Dan ben je terug in de tent!'

Hij trok de deur naast haar open, toen een man hem grijnzend op de schouder tikte. 'Een vriendinnetje van de Galgeberg – je moet maar geluk hebben!'

Richard lachte schaapachtig mee en dook zijn douchecabine in. Het liefste had hij een paar knetterende verwensingen laten horen, maar hij beheerste zich. Terwijl hij het water over zich heen liet stromen, nam hij zich voor haar ergens achter te laten. Maar eerst moest ze hen helpen. Ze moesten...

Rasja's heldere stem klonk: 'Richard, hoor je mij?'

'Ja.'

'Ik heb geen handdoek.'

Hij zuchtte. Dat kind was compleet achterlijk! Hij zei: 'Zie je die knop naast de kraan?'

'Ja.'

'Druk daar maar op.'

Een paar seconden bleef het stil. Toen klonk het geluid als van een aanzwellende storm, gevolgd door Rasja's uitroep: 'Fantastisch! Ik word aan alle kanten droog geblazen!'

Richard zette zijn doucheföhn eveneens in werking en schoot een minuut later zijn kleren aan. Daarna verliet hij samen met Rasja het toiletgebouw.

Ze lachte hem vrolijk toe. 'Ik vind het hier verschrikkelijk leuk! Hoe lang blijven we?'

'Dat weet ik niet.'

'Is het hier duur?'

'Gaat wel. Honderdtwintig gulden per dag, voor ons tweeën.'

'En mag je elke dag douchen?'

'Ja.'

'Krijg je daar ook eten voor?'

'Nee, dat moet je apart betalen.'

'O.' Haar stem klonk een beetje beteuterd toen ze zei: 'Ik heb nu wel honger.'

'Ik had toch gezegd dat je eten kreeg.'

'Hoeveel geld heb jij op je betaalring?'

'Genoeg voor een paar broodjes.' Hij duwde haar de tent in. 'Die ga ik nu halen. Maar jij blijft hier, gesnapt?'

Terwijl Wesley op zijn beurt naar het toiletgebouw ging, stapte Richard even later de campingwinkel binnen, waar hij belegde broodjes en een fles melk kocht.

Toen hij de winkel verliet, klonk er een fluitend gezoem bij de ingang van de camping. Onwillekeurig keek hij om en meteen verstijfde hij.

Op nauwelijks twintig meter van hem af stopte een lage auto zonder kap. Er sprongen twee mannen uit, die met snelle passen in zijn richting kwamen en van wie hij er onmiddellijk één herkende: Rudo van de Galgeberg.

Bliksemsnel draaide hij zijn gezicht de andere kant op, maar hij was te laat.

'Jij daar! Jou moeten we net hebben!' De stem was scherp en gebiedend.

Richard moest zich met geweld bedwingen om er niet vandoor te gaan. Kalm blijven! Die kerels kwamen natuurlijk voor Rasja. Maar ze konden hier niets beginnen, tenzij de campingbeheerder er achter kwam dat Rasja zonder te betalen naar binnen was geglipt.

'Waar is Rasja!?' De mannen bleven vlak voor hem staan.

'Rasja?' Richard deed zijn best zijn gezicht onbewogen te houden. Tijd winnen en bluffen, dacht hij. En hopen dat Rasja zich niet zou laten zien.

Hij vroeg: 'Wie is Rasja? Moet ik die kennen?'

De twee drongen naar voren. 'Verdomde stenenvreter, doe niet alsof je nergens van weet! Jij bent gisteren...'

Richard wees naar Rudo. 'Jou heb ik eerder gezien!' snauwde hij uit de hoogte. En tegen de ander: 'Maar jou niet. Wie ben jij eigenlijk?'

'Ik ben Alexander. Rasja is mijn nichtje.' De man had een vlekkerig gezicht met wallen onder zijn ogen. Op gevaarlijk kalme toon vroeg hij aan Rudo: 'Is dit een van de jongens die gisteren in ons dorp zijn geweest?'

'Ja.'

Alexander wendde zich tot Richard: 'Dan vertel je ons meteen waarom jullie haar hebben meegenomen, anders kunnen we verdomd lastig worden.'

'Als ik jullie goed begrijp zijn jullie Rasja kwijt?' informeerde Richard. 'Het spijt me, ik kan jullie niet helpen. Als ik haar tegenkom zal ik zeggen dat jullie haar zoeken. Hoe oud is ze, een jaar of acht?'

'Jij weet donders goed hoe oud ze is!' blafte Rudo. 'Ze stond erbij toen Nestor jullie de weg wees.'

'O, was dàt Rasja?'

'Doe niet zo onnozel. Dat rotkind is er vandoor sinds jullie door ons dorp trokken. Jullie hebben haar ontvoerd.'

Richard zette de zak met levensmiddelen op de grond. Hij deed het beheerst, maar zijn hart ging als een razende tekeer. Hij zei: 'In dat geval kunnen we beter de politie waarschuwen.' Zonder een reactie af te wachten begon hij een nummer op zijn multikom in te toetsen. Maar Rudo greep hem bij zijn arm. 'Laat dat!'

'Waarom? Jullie willen haar toch terug hebben! Daar kan de politie jullie bij helpen.'

'Daar heeft de politie geen bliksem mee te maken! Dat kunnen we zelf...'.

'Wat is hier aan de hand?' De stem was gebiedend op een agressieve manier.

De campingbeheerder Marcel, zag Richard.

'Wat komen jullie hier doen?' vroeg Marcel. Hij wachtte niet op antwoord en wees naar de geparkeerde auto: 'Haal dat weg! Ik wil geen rotzooi op de camping.'

'Die auto staat niet op de camping', antwoordde Rudo brutaal.

'Maar hij bederft het uitzicht!' snauwde Marcel. 'Als jullie de boel willen verzieken, doe je dat maar op de Galgeberg.'

Rudo's gezicht werd strak van woede, maar hij wist zich te beheersen. Hij zei: 'Er is gisteren een meisje uit ons dorp ontvoerd. Wij willen dat meisje terug.'

Marcels ogen schoten heen en weer. Toen vroeg hij met een hoofdbeweging naar Richard: 'Willen jullie zeggen dat hij dat gedaan heeft?'

'Ja.'

Marcel wendde zich tot Richard. 'Is dat waar?'

'Nee.'

'Dat lieg je!' siste Rudo. 'Jij en dat gluiperige klonenvriendje van je hebben er alles mee te maken! En als ik jou...'

'Wacht even!' kwam Marcel tussenbeide. 'Hoe oud is dat meisje?'

'Dertien.'

'Hoe ziet ze eruit?'

Richard bewoog zich niet. Marcel kon haar gisteren bij de ingang van de camping gezien hebben, ging het door hem heen. In dat geval kon hij weinig meer voor haar doen.

Rudo antwoordde tussen zijn tanden: 'Ze is ongeveer één meter tachtig, ze heeft blond haar in vlechten en blauwe ogen.' Hij zweeg even voor hij eraan toevoegde: 'Moet je nog meer weten?'

'Kleding?' vroeg Marcel.

'Shirt en korte broek... geloof ik.'

'Kleur?'

'Weet ik niet.'

Marcel haalde zijn schouders op. 'Als ik haar zie zal ik haar naar de Galgeberg sturen.'

'Daar nemen wij geen genoegen mee.' De langzame toon waarop Alexander het zei was niet prettig om te horen. Hij vervolgde: 'We willen even op jouw camping rondkijken. Ik neem aan dat je daar geen bezwaar tegen hebt.'

Marcel keek ongelovig. 'Wil jij zeggen dat die jongens een meisje van de Galgeberg hebben ontvoerd en haar ergens op de camping verborgen houden?'

'Dat wil ik inderdaad zeggen.'

'Maar dat is krankzinnig!'

'Er gebeuren wel meer krankzinnige dingen', antwoordde Rudo. 'Kunnen we gaan of niet?'

Marcel keek Richard aan. 'Hebben jullie iets met dat meisje te maken?'

Richard pakte de zak met brood en melk op, alsof het hem allemaal ging vervelen. Maar binnen in hem stormde het. Hij antwoordde: 'Ik begrijp nog steeds niet waarom die kerels ons moeten hebben.'

'Mogen ze in jullie tent kijken?'

'Ja. Als ze maar met hun vingers van onze spullen afblijven.' Het antwoord kwam er vlot en onverschillig uit, maar zo voelde hij zich niet. Hij hoopte alleen vurig dat zijn bluf hen zou afschrikken.

Maar die schrikte hen niet af. Met grote passen, alsof ze volkomen zeker van hun zaak waren, marcheerden ze de camping op. 'Waar staat jullie tent?'

'Achter die heg.' Moedeloos en woedend tegelijk stapte hij samen met Marcel achter hen aan. Hij had het kunnen weten. Die kerels van de Galgeberg pikten het natuurlijk niet dat er zomaar een meisje uit hun dorp verdween.

115

Hij had kunnen zeggen dat ze in zijn tent niets te maken hadden, maar dan zouden ze Wesley en hem constant in de gaten hebben gehouden. Uiteindelijk zouden ze Rasja ontdekt hebben, want ze konden haar niet eeuwig in hun tent laten zitten.

Ze liepen het veldje op tegelijk met Wesley, die terugkwam van het toiletgebouw.

Aan zijn gezicht zag Richard dat hij onmiddellijk begreep wat er aan de hand was.

En Wesley kwam meteen in actie. Hij smeet zijn spullen neer en ging voor de tentopening staan. Zijn hoge stem was snijdend toen hij vroeg: 'Wat willen jullie?'

Rudo drong naar voren. 'In die tent kijken natuurlijk!'

'Vergeet dat maar!'

Even was Rudo verbaasd. Toen keek hij Richard aan. 'Zeg tegen die kloon dat-ie opzij gaat.'

Wesley zei: 'Nestor zal het heel onprettig vinden als-ie van jullie optreden hoort.'

Rudo begon te lachen. Met een imitatie van Wesley's stem antwoordde hij: 'Dan moet jij ook weten dat Nestor het heel onprettig vond dat jullie er met een van onze meisjes vandoor zijn gegaan.'

Marcel wilde tussenbeide komen toen Richard zei: 'Laat hem zijn gang gaan, Wesley.'

'Ja, maar...'

Rudo duwde Wesley opzij, rukte de tent open en bukte zich. Toen hij overeind kwam, vloekte hij nadrukkelijk en greep Wesley bij zijn shirt. 'Zeg op! Waar hebben jullie haar gelaten!?'

Richard was verbijsterd. In een fractie van een seconde besefte hij echter dat hij niets moest laten merken.

Hij zette de zak met brood en melk neer en tikte Rudo op de schouder. 'Laat hem los!'

Rudo gehoorzaamde, maar zijn ogen spatten vuur. 'Jullie hebben haar verstopt!' snauwde hij. En tegen Alexander: 'Kom op, we gaan zoeken!'

Hij wilde in de richting van het toiletgebouw lopen, maar Marcel hield hem tegen en wees naar de uitgang. 'Die kant op!'

'Maar ze moet hier zijn', protesteerde Rudo. 'En we zullen haar vinden ook! Al moeten we de hele camping overhoop halen!'

'Ik denk dat jullie dat beter niet kunnen doen', zei Marcel.

'Waarom niet?'

'Omdat ik niet graag zie dat jullie mijn gasten storen.'

'Maar wij zien niet graag dat er meisjes uit ons dorp worden gepikt!'

Marcel gaf geen antwoord meer. In plaats daarvan pakte hij zijn multikom.

Rudo vloekte en draaide zich om. Gevolgd door Alexander liep hij naar de uitgang.

Even later klonk het jankend zoemen van een elektromotor. Daarna het suizen van snelle banden.

'Opgeruimd staat netjes', zei Marcel.

Richard haalde diep adem. Het kostte hem nog steeds de grootste moeite te doen alsof hij van niets wist.

Marcel wierp hen een onderzoekende blik toe. 'Ik neem aan dat jullie niets van die zogenaamde ontvoering weten?'

'Zien wij eruit als ontvoerders?' vroeg Wesley.

Marcel schudde zijn hoofd. 'Die letusslikkers hebben altijd wat. Gelukkig hebben ze een hekel aan politie.' Hij voegde eraan toe: 'Er zijn wel vaker kinderen van de Galgeberg verdwenen. Dat heeft niets met ontvoeringen en dat soort dingen te maken. Wie wil er nou kinderen van de Galgeberg! Ze lopen gewoon weg. En na een tijdje zijn ze weer terug, want ze hebben geen persoonscard.'

'O.' Meer kon Richard niet zeggen.

'Eigenlijk willen ze ook niet anders', verklaarde Marcel. 'Die van de Galgeberg kunnen niet wennen aan een normaal leven.' Vlak daarop vroeg hij: 'Hoe lang blijven jullie?'

'Niet lang', antwoordde Richard. 'We maken een trektocht.'

'Dan wens ik jullie prettige dagen.' Marcel stak zijn hand op en liep terug naar de receptie.

Richard dook de tent in en trok Wesley mee. Hij fluisterde: 'Waar is Rasja?'

'Weet ik niet.'

'Ik had toch gezegd dat ze in de tent moest blijven!'

'Ja. Ik dacht ook dat ze daar nog zat. Daarom wou ik die kerels tegenhouden.'

'Zou ze weer naar het toiletgebouw zijn gegaan?'

'Ik ben haar niet tegengekomen. Zal ik gaan kijken?'

Richard dacht na. De weg naar het toiletgebouw liep over open terrein. Het was mogelijk dat Rudo en Alexander de camping van buitenaf in de gaten hielden. Als Rasja inderdaad in het toilet-gebouw was zou ze daar niet uit kunnen lopen alsof er niets aan de hand was. Hij zei: 'Als je haar vindt, zeg dan dat ze moet blijven waar ze is. Stop haar desnoods in een douchecabine. Dan ga ik kijken of die Galgebergers nog ergens rondhangen.'

Hij wilde het tentdoek optillen, toen er van buiten geschuifel klonk. Een hoofd vol warrig blond haar stak naar binnen. 'Hallo, daar ben ik weer.'

'Rasja!' Richard greep haar bij een arm en rukte haar naar binnen. 'Waar kom je vandaan? Waar heb je gezeten?'

'In een boom.'

'Wat!?' Richard verslikte zich bijna.

'Ik ben in een boom geklommen', verklaarde Rasja.

'Maar je zou toch in de tent blijven!'

'Ja, maar toen hoorde ik Rudo aankomen en...'

'Hóórde jij dat?'

'Ja. Zijn auto maakt altijd zo'n rottig jankend geluid. En toen zag ik tussen de bosjes door dat ze met jou praatten. En toen dacht ik: ik moet me verstoppen, want ze komen vast hierheen. Nou, en dat was ook zo.' Ze lachte een beetje onzeker. 'Of heb ik het niet goed gedaan?'

'Niet goed gedaan...?' Richard duwde beide handen tegen zijn slapen. Hij zei: 'Ja hoor, je hebt het heel goed gedaan. Ik heb met Rudo en Alexander gewoon een praatje gemaakt. Best gezellige kerels. Ik heb me nergens zorgen over gemaakt.'

Rasja's blik werd twijfelend. 'Echt waar?' Ze wachtte niet op antwoord, vloog Wesley onverwachts om de hals en drukte haar lippen op de zijne. 'Ik vond jou fantastisch, weet je dat! Jij wou die rotkerels tegenhouden, want jij dacht natuurlijk dat ik nog in de tent zat.'

'Eh... ja', zei Wesley.

'Ik heb alles gezien', praatte Rasja verder. 'Ook dat die man ze wegstuurde. Was dat de baas van de camping?'

'Ja.' Richard bekeek haar met ongeloof en verbazing. Toen sloeg hij het tentdoek opzij en wees naar de rechte populierestammen. 'Ben jij daar in geklommen?'

'Ja. Maar het gaat alleen op blote voeten.' Rasja was al bijna weer buiten. 'Zal ik het nog eens laten zien?'

'Nee!' Hij sleurde haar terug. 'Jij doet nu precies wat wij zeggen. Of wil je terug naar de Galgeberg?'

'Nee!'

Wesley stak Rasja's sandalen omhoog. 'Die lagen hier nog.'

'Oei!' Het was voor het eerst dat Rasja een kleur kreeg. 'Hebben ze die gezien?'

'Dat denk ik niet. Anders hadden ze dat wel gezegd.'

Ze knikte, terwijl ze haar sandalen aanschoot. 'Rudo en Alexander zijn stommelingen. Het enige wat ze kunnen is schreeuwen en slaan.'

'En letus maken', prevelde Wesley.

'Ja! Dat kunnen ze heel goed.' Spijtig liet ze erop volgen: 'Toch jammer dat ik niets heb meegenomen. De tijd gaat zo verschrikkelijk snel. Ik heb nu al weer beestachtige honger!'

Richard deed de zak met broodjes open. Hij zei: 'Dan hoop ik dat we genoeg hebben.'

Pascal de Vlaming.

Terwijl ze de straatjes van Lierop door liepen, bleef die naam in Richards hoofd dreunen. Die man wist natuurlijk helemaal niets, hield hij zich voor. Waarschijnlijk hadden ze Rasja in dat koffiehuis gewoon voor de gek gehouden. Iemand van de Galgeberg werd natuurlijk niet serieus genomen.

'Nummer vijftien', zei Rasja. Haar gezicht stond ongewoon ernstig en vastbesloten. 'Kijk, hier staan de nummers op straat.'

'Ja.' Richard was nog steeds op zijn hoede. Bijna een uur geleden was Rasja langs het water de camping af geslopen in de richting van Lierop. Een kwartier later waren Wesley en hij weggereden en halverwege het dorp hadden ze haar opgepikt. Daarna hadden ze hun fietsen neergezet bij een kerk met zijtorens en een hoge koepel, die was ingericht als museum voor eenentwintigste-eeuwse kunst.

'Ik zeg gewoon tegen hem dat ik een persoonscard wil hebben', zei Rasja.

'Ja.' Eigenlijk waren ze getikt, dacht hij. Als die Pascal de Vlaming werkelijk bestond, zat-ie natuurlijk niet op zulke mededelingen te wachten.

'Hier is het', zei Rasja.

Ze stonden voor een huis dat eruitzag als een antieke boerderij, met lage deuren en een rieten dak. Achter het hek lag een tuin met vruchtbomen en bloemen. Naast het huis stond een grijze auto met een oranje nummerbord. Naar de zijdeur liep een klinkerpad met een ouderwetse signaaldrempel.

Alles was goed onderhouden. Niets wees op illegale activiteiten.

'Laat mij maar eerst.' Aan Rasja's schitterende ogen was te zien dat ze genoot van de spanning. Gevolgd door Richard en Wesley liep ze het pad op, tikte de drempel aan en wachtte bij de deur.

Vijf seconden later klonk een mannenstem door een onzichtbare luidspreker: 'Wie zijn jullie?'

Richard meende een licht accent te horen, maar hij was er niet zeker van.

'Ik ben Rasja', zei Rasja. 'Woont hier Pascal de Vlaming?'

De man deed of hij haar vraag niet gehoord had. Maar zijn stem kreeg een ongeduldige klank toen hij vroeg: 'Wie zijn die jongens?'

'Richard en Wesley, vrienden van mij.'

'Wat willen jullie?'

'Wij willen hulp.'

Even was het stil. Daarna klonk het: 'Waarom komen jullie hierheen?'

'We hebben gehoord dat Pascal de Vlaming illegalen helpt.'

'Waar hebben jullie dat gehoord?'

'In het koffiehuis.'

De man vloekte. Aan het geluid hoorden ze dat er een stoel verschoven werd. De zijdeur zoefde open.

Ze stapten naar binnen alsof ze bang waren hun voeten te branden. En opeens stond er een man voor hen: klein van stuk, maar met rechte schouders; een hoekig hoofd met glanzend zwart haar, een brede neus en een kin met een kuiltje; donkere ogen die hen aanstaarden en niet één keer knipperden.

Zonder een spoor van angst staarde Rasja terug. 'Ben jij Pascal de Vlaming?'

Opnieuw negeerde de man haar vraag. In plaats daarvan zei hij: 'Wie van jullie is illegaal?'

Rasja tikte tegen haar borst. 'Ik.'

'Heb jij geen persoonscard?'

'Nee.'

'Waar kom je vandaan?'

'Uit Vlaanderen.'

'Plaats?'

'Aalst.'

Richard kromde zijn tenen van verbazing. Waar haalde ze dat vandaan? Daar prikte die man toch zo doorheen!

'Je liegt!' snauwde de man. 'Jij hebt een Brabants accent, geen Vlaams.'

Rasja sloeg haar ogen neer. Ze zei veel zachter: 'Ik denk dat dat komt door mijn moeder. Die kwam uit Brabant. Maar nu is ze dood.'

'En je vader?'

'Mijn vader is weggelopen toen ik nog klein was. Ik weet niet waar hij nu is. Misschien is hij ook wel dood.'

'Waarom ben je naar Nederland gekomen?'

Even aarzelde ze. Toen kwam haar antwoord: 'Mijn moeder heeft me vaak over Nederland verteld. En ik wil geld verdienen.'

'Geld verdienen...' Hij haalde zijn neus op. 'Denk je dat dat hier zo gemakkelijk is?'

'Ja.'

'Hoe oud ben je?'

'Zestien.'

Zijn ogen bleven haar vasthouden tot hij ten slotte naar Richard en

Wesley wees. 'En wat hebben die jongens ermee te maken?'

'Dat zijn mijn vrienden. Zij willen me geld lenen.'

Er liep een spotlachje langs zijn lippen toen de man zei: 'Moet ik dat geloven? Vertel me eens in welke straat jij in Aalst gewoond hebt.'

'In de Kattestraat.' Het kwam eruit zonder haperen. En toen: 'Nu weet ik nog niet of jij Pascal bent of niet.'

Hij knikte nauwelijks merkbaar.

'Wil jij dan zorgen dat ik een persoonscard krijg?'

Pascal bekeek haar aandachtig en schudde toen zijn hoofd. 'Waarom zou ik?'

'Omdat je een paar dagen geleden die andere Vlaamse meisjes ook hebt geholpen.'

Pascal leek te bevriezen. Maar zijn donkere ogen schoten vuur. Hij vroeg toonloos: 'Hoe kom je daarbij?'

'Gehoord in het koffiehuis.'

'Van wie?'

'Van een man.'

'Hoe zag-ie eruit?'

'Klein en mager met een grote neus en een uitgerekte oorlel. Daar zat-ie steeds aan te trekken toen...'

'Raymond', siste Pascal. 'Dat zal...' Hij maakte de zin niet af en liep een paar keer driftig heen en weer voor hij kortaf zei: 'Een persoonscard kost je vijftienduizend en...'

'Ik had gedacht tienduizend', viel Rasja hem in de rede.

Pascal stak zijn vierkante kop naar voren. 'Nu moet jij goed luisteren! Als ik zeg vijftienduizend, dan is dat vijftienduizend! En anders kun je opdonderen! Als jij zo graag een persoonscard wilt hebben, breng je mij vanavond om acht uur al jouw persoonlijke gegevens. EN VIJFTIENDUIZEND GULDEN!'

Rasja knikte haastig. Ze stotterde: 'Ik h-hoop dat ik z-zoveel kan krijgen. Ik moet nog een betaalring hebben.'

Pascals wantrouwen groeide zichtbaar. Hij zei: 'Als je me beduvelt draai ik je nek om.' En tegen de beide jongens: 'Of betalen jullie die vijftienduizend?'

Wesley schraapte zijn keel. Hij zei: 'We doen ons best.'

Pascal maakte een handgebaar. De deur ging open. Even later stonden ze buiten.

'Leuke man', zei Wesley.

Richard gaf geen antwoord. Maar toen ze terugliepen naar het museum gingen zijn gedachten snel. Pascal wist van die Vlaamse meisjes, dat stond vast. Dus moesten ze hem in de gaten houden. De vraag was alleen hoe. Het was onmogelijk hem vierentwintig uur per dag te bespioneren. Dan konden ze...

'Handig gedaan', zei Wesley tegen Rasja. 'Die kerel weet meer. Ik vraag me alleen af hoe jij zo fabelachtig kunt liegen.'

'Op de Galgeberg kan iedereen liegen', antwoordde Rasja opgewekt. 'Maar ik heb niet alles gelogen. In het koffiehuis zat echt een man aan zijn oor te trekken.'

'En die heeft jou verteld over die meisjes?'

'Nee, dat heb ik zelf bedacht.' Meteen vervolgde ze: 'Maar tegen jullie lieg ik niet, want jullie zijn leuk.'

Nog steeds zei Richard niets, maar zijn verbazing over Rasja nam toe – de ene keer was ze naïef als een kind, het volgende moment een geraffineerde leugenaarster.

Wesley vroeg: 'Ben jij wel eens in Aalst geweest?'

'Nee.'

'Hoe weet jij dan dat daar een Kattestraat is?'

'Van Rudo. Die gaat er af en toe heen. Ik vond Kattestraat een grappige naam. Daarom heb ik hem onthouden.'

'Wat doet Rudo in Vlaanderen? Mag hij de grens over? Heeft hij een persoonscard?'

'Rudo verkoopt letus', antwoordde Rasja op een toon alsof dat alles verklaarde. 'Hij weet waar hij langs moet.' En toen: 'Ik ga vanavond terug naar Pascal. Goed?'

Richard schudde zijn hoofd. 'Nee. Die man wil vijftienduizend gulden en zo veel hebben wij niet.'

'Niet?' Rasja was verbaasd. 'Maar gisteravond vroeg je moeder of je wel genoeg geld had. Je kunt toch zoveel krijgen als je hebben wilt.'

'Nee, dat kan ik niet. Bovendien vertrouw ik die Pascal absoluut niet.'

'Dat is waar', zei Wesley. 'Ik vond dat die kerel jou wel erg gauw wilde helpen. En wat wil hij eigenlijk met jouw persoonlijke gegevens? Voor een valse persoonscard heb je die toch niet nodig!'

'Ook niet mijn handafdruk?'

'Dat is dan ook het enige.'

Ze kwamen terug bij het kruispunt met de museumkerk aan de ene en een bakstenen huis aan de andere kant. Aan de gevel wapperden vlaggen loom in de wind. Op het plein voor de deur stonden fietsen en een kleine auto.

Wesley vroeg: 'Dat is zeker het koffiehuis?'

'Ja. Zullen we wat gaan drinken?' Zonder op antwoord te wachten liep Rasja op de ingang af.

Maar Richard riep haar terug. 'Wacht!' Terwijl hij naar de auto keek, was het of er in zijn hoofd een alarmsignaal afging. Van wie was die auto? Waar waren de parking en de ingang van de dichtstbijzijnde autotunnel? Wie mochten in deze buurt bovengronds rijden, alleen de bewoners zelf?

'Wachten?' vroeg Rasja. 'Waarom? Misschien zit die lellentrekker wel binnen. Dan kunnen we nog wat vragen stellen.'

'Nee', zei Richard. 'We gaan naar het museum.'

'Wat? Naar binnen?'

'Nee, we gaan op de trap zitten.'

'Alleen maar zitten? Wat stom!'

'We kijken ook', zei Richard.

'Kijken naar wàt?'

'Dat weet ik nog niet.'

Rasja's blik werd ontevreden. 'Ik heb dorst. Waarom gaan we niet naar het koffiehuis?'

Richard kon geen reden bedenken, maar het was of iets hem tegenhield – als een smeulend vuur van argwaan. Hij zei: 'Ik heb geen zin in drinken.'

'Maar ik wel', hield Rasja vol.

Met een gebaar van ergernis pakte hij zijn bidon en stak haar die toe. 'Alsjeblieft!'

'Wat zit daar in, water?'

'Ja.'

Ze schudde haar hoofd. 'Ik hoef geen water. Ik wil scurry. En ik heb ook weer honger.'

Richard zei op vermoeide toon: 'Hou op met zeuren.'

'Ik zeur helemaal niet! Ik zeg alleen dat ik dorst en honger heb. Als ik een betaalring had, haalde ik zelf wat. Dan kocht ik ook nieuwe kleren en een paar oorringen.'

Wesley zei: 'Je kunt een betaalring krijgen als je genoeg geld hebt en een persoonscard.'

'Dat heb je gisteren ook al gezegd, maar daar schiet ik niks mee op.'
'Goed', zei Richard met een zucht. 'We gaan naar het koffiehuis. Maar nu niet. We wachten nog even.'
'Waarom?'
'Omdat ik het zeg!' Hij keerde zich om en ging bij de ingang van het museum op een muurtje zitten.

Even later leunde Rasja vertrouwelijk tegen hem aan. Ze vroeg: 'Ben je nou kwaad?'
'Nee. Maar ik kan het wel worden!'
'Op de Galgeberg waren ze...'
'We zijn hier niet op de Galgeberg!' viel hij haar in de rede.
Rasja keek zuinig toen ze zei: 'Ik wou alleen maar zeggen dat ze op de Galgeberg vaak kwaad op mij waren.'
'O.' Bijna had hij gezegd dat hij zich dat wel kon voorstellen, maar hij hield zijn mond.

Rasja zei: 'Als ik geen persoonscard krijg en ook geen betaalring, kan ik vast niet bij jullie blijven.'
Zonder zijn ogen van het koffiehuis af te houden vroeg Richard: 'Heeft niemand uit jouw dorp een persoonscard?'
'Bijna niemand. Rudo heeft er een, omdat-ie soms naar Eindhoven gaat of naar Helmond.'
'Of naar Vlaanderen', vulde Wesley aan.
'Ja. Maar de meesten blijven altijd in het dorp.'
Richard wachtte tot een paar bezoekers het museum binnengingen, voor hij zei: 'Volgens mij is de Galgeberg het meest bizarre dorp van Nederland.'
'Wàt voor een dorp?'
'Bizar – vreemd, gek, idioot.'
Rasja trok haar wenkbrauwen op. 'Vind je mij dan ook idioot?'
'Dat heb ik niet gezegd.'
Ze sloeg haar arm om zijn schouder. 'Maar je vindt mij wèl aardig, hè?' Ze wachtte niet op antwoord en vervolgde: 'Jij hebt sterke spieren, dat heb ik gevoeld – vannacht.'
Wesley begon weer op zijn aparte manier te lachen.
Terwijl Richard zijn best deed om geen kleur te krijgen, zag hij van dichtbij de twinkellichtjes in Rasja's ogen. Half mompelend zei hij: 'Ik voel ook wel eens wat.'
'O ja? Wat dan?'

Hij maakte een afwerend gebaar. 'Dat kan ik je niet allemaal uitleggen. Dat is...' Hij stopte en staarde naar twee mannen die het koffiehuis verlieten en in een auto stapten.

Rasja gaf een kneep in zijn nek. 'Wat is...?'

Hij schudde haar van zich af. 'Stil!' En tegen Wesley: 'Zie je dat? Die zijn van de politie uit Eindhoven! Hoe heten ze ook weer?'

Wesley's stem was laag toen hij zei: 'Zadelhof en De Nolte.'

'Ja! Kijk uit, ze mogen ons hier niet zien!'

Rasja vroeg ademloos: 'Politie? Zouden ze mij zoeken?'

Richard gaf geen antwoord. Uit zijn ooghoeken zag hij dat de mannen in de auto iets tegen elkaar zeiden. Daarna reed de wagen zacht zoemend het plein af.

12

Er dreven schapewolkjes langs de hemel. Uit het westen waaide een lauwe wind en in de straten van Lierop hing de vage geur van verdroogde bossen en heidevelden.

Maar daar lette Richard niet op. Hij gromde: 'Die kerels hebben een spoor.'

'Zouden ze mij zoeken?' herhaalde Rasja op benauwde toon.

'Nee.'

'Er zijn illegalen verdwenen', legde Wesley uit. 'Dat heb je gisteravond zelf gehoord. Die lui zijn van de vreemdelingenpolitie.'

'O.'

'Ik wil weten waarom ze in het koffiehuis zijn geweest', zei Richard. Zonder verder na te denken stak hij het plein voor het museum over. Gevolgd door Wesley en Rasja stapte hij naar binnen.

Een eenvoudig interieur met houten tafels en stoelen; een vloer van stenen plavuizen; in het midden een bar en tegen de wanden oude landbouwgereedschappen.

'Lijkt ook wel een museum', zei Wesley.

'Gaan we nu wat drinken?' vroeg Rasja.

Richard zocht een plaats vanwaar hij zowel de deur als het plein voor het museum in de gaten kon houden.

Wesley stootte Rasja aan. Met een hoofdknik naar een groepje bezoekers bij de bar vroeg hij: 'Zit Raymond daarbij?'

Rasja draaide zich om. 'Wie?'

Hij kneep haar in de arm. 'Niet zo opvallend kijken! Je weet toch wie ik bedoel – die lellentrekker!'

'O ja!' Rasja's ogen flitsten heen en weer. Toen schudde ze haar hoofd. 'Ik zie hem nergens.'

Een man in een witte pofbroek en een blouse met wijde mouwen kwam naar hun tafel. 'Wat zal ik jullie brengen?' Hij had levendige ogen die hen in een paar tellen opnamen.

'Scurry', zei Rasja. 'Een groot glas.'

'Voor ons blow-up', zei Richard.

De man knikte. Met een blik op Rasja zei hij gedempt: 'De politie was hier.'

Richard probeerde een uitdrukkingsloos gezicht te zetten. 'Wat wil je daarmee zeggen?'

'Ze zijn op zoek naar illegalen. Ik bedoel maar...'

'O...' Richards gedachten gingen snel. Waarom gaf die man hun een waarschuwing?

Wesley zei: 'Ik heb gehoord dat er nogal wat illegalen zijn ontsnapt.'

Zonder antwoord te geven keerde de man terug naar de bar en schonk glazen vol. Toen hij die even later voor hen neerzette, zei hij: 'Als ik illegaal was zou ik hier niet blijven.'

Wesley keek hem onderzoekend aan. 'Waarom niet?'

De ander haalde onwillig de schouders op. 'Je moet niet zoveel vragen. Ik dacht dat ik duidelijk genoeg was.' Hij legde een betaalplaat op tafel. 'Eén scurry, twee blow-up, dat is achtenvijftig gulden.'

Richard activeerde zijn ring en tipte de plaat aan. Op neutrale toon zei hij: 'We zullen onthouden wat je gezegd hebt.'

De man knikte en verdween via een deur achter de bar.

Rasja greep Richards hand en bekeek zijn ring. 'Hoeveel staat er nu nog op?'

'Dat kun je zo niet zien.'

'Dat kun je toch láten zien!'

'Jawel. Maar daar heb jij niets mee te maken.'

Ze trok een zuur gezicht. 'Jullie willen mij niet helpen met een persoonscard.'

Richard boog zich naar haar toe. 'Rasja, nu moet jij eens goed luisteren! Wij hadden jou midden op de heide achter kunnen laten, wij hadden jou van de camping kunnen sturen, wij hadden jou domweg kunnen laten barsten! Maar dat hebben we niet gedaan. Nou moet jíj geen onmogelijke eisen stellen. Scurry kunnen wij betalen, maar geen persoonscard van vijftienduizend gulden!'

Rasja keek gekwetst. 'Hadden jullie mij soms liever achtergelaten?' Meteen vervolgde ze: 'Als ik letus had ging ik dat verkopen, dan had ik zo vijftienduizend gulden.'

'Dan zie je maar dat je die troep krijgt. Wij beginnen niet aan die handel!'

Rasja zette het glas aan haar mond en dronk met klokkende geluiden. Tussen een paar slokken door zei ze onduidelijk: 'We kunnen ook gaan jatten.'

'Wàt zeg je!?'

'Jatten!' Ze zei het zo luid dat andere gasten omkeken.

Richard wilde dat hij zich onzichtbaar kon maken. Hij siste Rasja toe: 'Als jij even je kop dichthoudt, zou dat wel prettig wezen.' Hij tikte nadrukkelijk op zijn betaalring en fluisterde: 'Van zo'n ding kun je geen geld stelen.'

'Rudo zegt dat het wel kan.'

'Ja, je kunt iemand afpersen door hem een mes op de keel te zetten. Dat lijkt me net iets voor Rudo. Maar je krijgt nooit meer dan wat er 's morgens op geprogrammeerd is.'

'Heb jij dat ook gedaan – programmeren?'

'Ja, natuurlijk.'

'Hoeveel dan?'

'Geen vijftienduizend!'

Er vonkte iets in haar ogen. 'Dat vind ik flauw.'

'Het kan me niet schelen wat je ervan vindt.' Met een gebaar van ergernis pakte Richard zijn glas en dronk het in één teug leeg. 'Tenslotte zijn we hier niet naar toe gekomen om jou een persoonscard te bezorgen.'

Rasja slikte iets weg. Ze zei: 'Jullie zoeken die Vlaamse meisjes.'

'Dat heb je heel goed begrepen.'

'En als je ze vindt en ze hebben geen persoonscard, wat doe je dan?'

Secondenlang bleef het stil. Toen antwoordde hij op strakke toon: 'Dat zie ik dan wel.'

'Ga je dan toch iets jatten?'

'Nee.'

'Je kunt iets jatten en dan verkopen', hield Rasja vol.

'Maar daar beginnen wij niet aan!'

'Zo'n fiets zoals die van jou is vast wel vijftienduizend waard.'

Richard gaf niet dadelijk antwoord. Natuurlijk ging hij haar niet vertellen dat Claus en Angeline er vijfentwintigduizend voor hadden betaald. Hij zei met een zucht: 'Zo'n fiets is beveiligd. Zonder de juiste code kun je er niets mee beginnen.'

'En als je hem vergeet te beveiligen?'

Hij knikte nadrukkelijk. 'Dan kun je hem jatten.' Om van haar gezeur af te zijn stond hij op en liep het gangetje naar de toiletten in.

Hij opende een deur en stond plotseling oog in oog met de eigenaar van het koffiehuis.

Met een snel gebaar deed de man de deur achter hem dicht. Hij zei: 'Ik wil je nog even zeggen dat ik geen moeilijkheden wil met illegalen.'

Een paar tellen lang zei Richard niets, maar inwendig kwam hij meteen in opstand. Waarom moest die man zich met hen bemoeien! 'Ik neem aan dat je mij begrepen hebt', zei de ander. 'Jullie kunnen het beste zo snel mogelijk vertrekken.' Hij wilde langs Richard terug naar het gangetje, maar deze versperde hem de weg.

Hij vroeg: 'Wat is er in deze buurt aan de hand met illegalen?'

De man schudde zijn hoofd. 'Ik heb je al eerder gezegd dat je niet zoveel moet vragen.' Hij dempte zijn stem toen hij vervolgde: 'Jullie lijken me prima jongens, maar het kind dat jullie bij je hebben is zo'n flutje van de Galgeberg. Ze was hier gisteravond ook met haar brutale bekkie. Als je 't mij vraagt moet je haar zien te lozen.'

Richard wilde zeggen dat hij dat zelf wel zou uitmaken, maar hij hield zich in. In plaats daarvan vroeg hij: 'Wat heeft Pascal de Vlaming met illegalen te maken?'

De man schrok zichtbaar. 'Waarom wil je dat weten? Wat zijn jullie voor jongens?'

Richard dacht aan Wesley's vlugge antwoord op dezelfde vraag van Rudo. Hij antwoordde: 'Wij zijn journalisten. Er zijn in deze buurt illegalen verdwenen.'

De ander kreeg een afwerende trek op zijn gezicht. 'Daar heb ik niets mee te maken en...'

'Ik zeg ook niet dat jij er iets mee te maken hebt', onderbrak Richard hem. 'Ik wil gewoon weten wat hier gebeurt.'

'Daar kan ik niets over zeggen.'

'Waarom niet?'

'Omdat ik van niets weet.' Ditmaal wilde hij Richard opzij duwen, maar deze week geen centimeter.

Hij vroeg: 'Wie is Raymond?'

'Raymond...?' De caféhouder likte langs zijn lippen. 'Wat moet jij van Raymond?'

'Wat heeft hij te maken met Pascal de Vlaming?' was Richards wedervraag.

Met een bruuske beweging greep de eigenaar van het koffiehuis

Richard bij zijn blouse. In afgebeten zinnen zei hij: 'Ik zeg je nog één keer: verdwijn! Uit mijn café. Uit Lierop! En kom alsjeblieft niet terug!'

'Zeg me eerst waar Raymond woont', hield Richard vol.

'Nee!'

Richard zag het strakke gezicht voor zich en besefte dat het zinloos was nog meer vragen te stellen. Hij deed een stap opzij. De caféhouder passeerde hem en sloeg de deur dicht.

Even later liep Richard langzaam terug naar het tafeltje met Wesley en Rasja. Hij zei: 'We gaan.'

'Wat?' vroeg Rasja verbaasd. 'Nu al? Ik wil nog een scurry.'

'Jij krijgt geen scurry meer.' Zijn antwoord kwam mechanisch. In gedachten was hij nog bij het gesprek met de eigenaar van het koffiehuis. Het was of diens woorden het smeulende vuur binnen in hem hadden aangeblazen tot een brand.

'Maar ik heb nog dorst', zei Rasja.

Zonder iets te zeggen pakte hij Rasja hardhandig beet en sleurde haar de deur uit. Buiten zette hij zijn multikom aan en snauwde haar toe: 'Wat is Rudo's nummer?'

Er kwam verbazing in haar ogen. 'Wat ga je dan doen?'

'Hem waarschuwen natuurlijk! En schiet een beetje op!'

Rasja's verbazing werd ontreddering. Met haar handen half voor haar mond stamelde ze: 'Rudo waarschuwen? D-dat moet je niet doen.'

'Dat doe ik wèl! Ik ben dat eindeloze gezeur van jou spuugzat!'

Ze schudde angstig haar hoofd. 'Ik wil bij jullie blijven.' En toen: 'Rudo heeft geen nummer, geen multikom bedoel ik.'

'Dat lieg je!'

'Nee, het is waar!'

'Dat ga ik dan even controleren.' Hij begon nummers in te toetsen tot Rasja aan zijn arm ging hangen.

'Richard, nee...!'

Hij probeerde haar van zich af te schudden, maar ze klemde zich vast als een wanhopig dier.

'Richard, stop alsjeblieft! Ik zal niet meer zeuren!'

'Je hebt ook gezegd dat je niet tegen ons zou liegen.'

'Ja, maar ik dacht...' Ze brak af en sloeg haar handen voor haar gezicht.

In de straat naast het museum verschenen fietsers die stopten bij het koffiehuis. Richard voelde hun nieuwsgierige blikken. Iemand riep: 'Hé, kun je wel! Meisjes pesten!'

Hij smoorde een verwensing en zette de multikom uit.

Wesley stond erbij met gemaakte onverschilligheid. Alleen zijn wenkbrauwen stonden vragend.

'Sta niet zo stom te kijken!' beet Richard hem toe. En tegen Rasja: 'Ga daar zitten, bij het museum.'

Rasja liet haar handen zakken. In haar ogen stond een mengeling van angst en ongeloof. 'Wat gaan jullie dan doen?'

'Dat zul je wel zien!'

Ze protesteerde niet meer, keerde zich om en stak het plein over.

Met zacht gefluit liet Richard de lucht uit zijn longen lopen. Hij zei: 'Ik word gek van dat kind!'

'Ja', zei Wesley. 'Dat zie ik.'

'Je doet net of je dat leuk vindt!'

Wesley schudde zijn hoofd. 'Niet leuk, interessant.'

'Interessant?' stoof Richard op. 'Ik zie het interessante er niet van in!'

'Jij doet net of je die Rudo gaat waarschuwen', antwoordde Wesley. 'Maar dat gebeurt toch niet.'

'Maar ik was het wèl van plan!'

'Wàs...' zei Wesley. 'Je was het van plan, maar het komt er niet van.' Hij grinnikte zachtjes bij het rijm.

Richard lachte niet mee, maar zijn woede zakte. Hij gromde: 'Wat moeten we met haar? Ze is toch af en toe onmogelijk!'

'Ja', zei Wesley. Zijn ogen flitsten op een speciale manier heen en weer toen hij vervolgde: 'Maar we moeten haar niet wegsturen. We hebben haar nodig om meer over Pascal de Vlaming te weten te komen.'

Richard wees naar het koffiehuis. 'Daarbinnen zijn ze bang voor Pascal. Die eigenaar wilde niets vertellen, ook niet over Raymond. Hij zei dat we weg moesten gaan, zo gauw mogelijk.'

'Dat doen we dus niet', antwoordde Wesley opgewekt. 'Want dan wordt het pas echt interessant.'

'Of link.'

'Link?' Wesley schudde zijn hoofd. 'Dat zal wel meevallen. We neuzen gewoon rond, net als journalisten.' Hij liet erop volgen: 'Hoe groot is volgens jou nu de kans om die meisjes te vinden?'

Richard keek Wesley strak aan in een poging zijn gedachten te peilen. Hij dacht ook aan die ene zin die in zijn hoofd had geklonken alsof iemand hardop tegen hem praatte: *Je zult de meisjes vinden.* Hij zei aarzelend: 'Eén op honderd?'

Wesley schudde nadrukkelijk zijn hoofd. 'Eén op tien. Of misschien wel één op drie.' En alsof het om een wiskundig bewijs ging: 'Nestor van de Galgeberg stuurde ons deze kant op. Rasja hoorde gisteravond van Pascal de Vlaming. Jouw moeder zei dat er illegalen spoorloos zijn. De politie is ook op zoek naar illegalen. En dat allemaal in één dorp: Lierop. Is dat toeval?'

Richard zweeg. Bij het museum zag hij Rasja zitten, onafgebroken in hun richting starend – als een hond die wacht op een bevel van haar baas. Waarom waren ze haar tegengekomen, dacht hij. Waarom was ze niet veel eerder van de Galgeberg gevlucht? Waarom was ze gisteravond uitgerekend naar het koffiehuis in Lierop gegaan? Hij zei ten slotte: 'Misschien is er geen toeval.'

'Nee', zei Wesley met een grijns. 'Er is intuïtie.' Vlak daarop zei hij: 'Je moet snel antwoorden – naar wie zou jij nu het eerste toe gaan?'

'Naar Raymond', antwoordde Richard.

Wesley's grijns werd breder. 'Dacht ik ook.'

Rasja kwam van het muurtje af. Treuzelend draaide ze rond op haar hakken. Toen kwam ze langzaam hun kant op, maar op een paar meter afstand bleef ze staan. Haar lippen trilden toen ze zei: 'Ik wil bij jullie blijven.'

'Dat is aardig van je.' Richard kon er niets aan doen dat zijn stem sarcastisch klonk. Hij vervolgde: 'Ik hoop alleen dat je niet zo moeilijk meer doet.'

Als bij toverslag kwam de glans terug in haar ogen. Enthousiast greep ze Richard bij zijn arm. 'Mag het echt?'

Hij knikte kort.

Met een juichkreet wilde ze hem om de hals vliegen, maar hij weerde haar af. 'Doe dat maar bij Wesley, die vindt het leuk.'

Wesley kreeg niet de kans te protesteren.

'Jullie zijn goed!' riep Rasja met haar armen om zijn hals. 'Steengoed, weet je dat!' Ze liet hem even plotseling los en vroeg: 'Wat gaan we nu doen?'

'We gaan jouw vriendje Raymond opzoeken', zei Wesley.

Het duurde tien minuten voor ze iemand vonden die hun kon vertellen waar Raymond woonde. 'Raymond Muller? Langs het museum en dan de eerste straat links, het laatste huis.'

Het was niet ver: een eenvoudig huis van één verdieping met een flauw glooiend zadeldak en een kleine zonnekoepel, die aan één kant groen was uitgeslagen.

'Ze zijn hier gek op koepels', zei Wesley, terwijl hij zijn fiets neerzette.

'Het is de vraag of hij thuis is', zei Richard. En tegen Rasja: 'Hoe oud is die Raymond?'

Rasja haalde haar schouders op. 'Dertig, denk ik. Misschien ook wel veertig, of nog ouder.'

'Allemaal heel duidelijk', mompelde Wesley. Hij maakte een hoofdbeweging naar het huis. 'En ook heel stil.'

'Ja.' Richard liet zijn blikken over de woning glijden alsof hij elk detail wilde opnemen: de kleine half doorzichtige ramen waarachter geen beweging te zien was; de dakgoot, het ventilatiekanaal en de vlakke deur van kunststof; de slecht onderhouden tuin met het toegangspad van rode tegels; de signaaldrempel...

Het zag er verlaten uit en op de een of andere manier beviel hem dat niet. Toch liep hij het tuinpad op, tikte de drempel aan en wachtte. Er gebeurde niets.

'Niet thuis', constateerde Wesley.

'Of hij wil niet opendoen', zei Rasja.

'Waarom zou hij niet opendoen?'

De vraag bleef in de lucht hangen, toen Rasja door kniehoog gras en onkruid naar de achterkant van het huis liep. Even later wenkte ze. 'Hier is nog een deur. Er zitten krassen op, kijk maar.'

'Van een hond', stelde Wesley vast. 'Zo te zien een grote. Als die wel thuis is stel ik voor een eindje te gaan fietsen tot Raymond terug is.'

Richard knikte langzaam. Wesley had gelijk – ze konden hun tijd beter besteden. Pascal de Vlaming was vast belangrijker dan Raymond Muller. Hij stond op het punt terug te lopen toen Rasja zei: 'Geef me even een zetje.'

'Een zetje? Waarvoor?'

Ze wees naar de zonnekoepel en schopte haar sandalen uit. 'Ik wil even naar binnen kijken.'

'Waarom? Die man is niet thuis.'

'Misschien slaapt hij.'

'Slapen? Je denkt toch niet dat ie precies onder die koepel ligt?'
'Maar ik kan toch wel even kijken?', hield ze vol.
'En als de buren jou zien?'
'Dan zeg ik dat Raymond mijn oom is. Dat ik met hem had afgesproken en dat ik het raar vond dat hij niet opendeed.'
Even aarzelde Richard. Toen speurde hij de weg af die naar het zuiden liep in de richting van de heide. Niemand te zien. Ook aan de kant van het dorp was alles stil.
Met een vlugge beweging pakte hij Rasja bij haar middel en tilde haar op. Als een kat greep ze zich vast aan de dakgoot en klauterde omhoog. Een paar tellen later sloop ze op handen en voeten naar de koepel en keek omlaag.
Seconden van intens wachten. Toen kwam ze weer overeind – wankelend, als iemand die uit een draaimolen stapt. Struikelend en glijdend liep ze terug naar de rand van het dak en sprong plompverloren omlaag.
In een reflex stak Richard zijn armen uit, maar hij kon niet voorkomen dat haar linkervoet veel te hard op de grond stootte. Terwijl ze een kreet van pijn slaakte, begon hij zachtjes te schelden. 'Ben jij helemaal gek! Wie springt er nou van drie meter...'
Maar Rasja kneep hem wild in zijn armen. 'Hij is dood!' bracht ze uit.
Richard staarde haar verbijsterd aan. 'Wie? Raymond?'
'Ja.' Het kwam er verstikt uit. 'En de hond ook.'
'Dat lieg je!'
'Nee! Hij ligt er heel raar bij. En hij heeft allemaal bloed op zijn gezicht.' Half hinkend trok ze hem mee. 'We moeten hier weg!'
Richard liet zich meetrekken. Maar tegelijkertijd was hij zich bewust van gevaar. Raymond dood... Vermoord? De gedachte alleen al verlamde zijn denken. Waarom...? En die hond...?
Wesley greep zijn fiets. Op strakke toon zei hij: 'Niemand mag weten dat wij hier zijn geweest.'
'Niemand...?' Hij keek Wesley verwilderd aan. 'We hebben de weg gevraagd. We zijn het halve dorp doorgefietst. Misschien hebben ze Rasja wel op het dak zien zitten.'
'Misschien ook wel niet', antwoordde Wesley. 'Kans van één op tien.'
'Jij met je stomme kansen!' Richard bedacht zich niet langer, sprong

op zijn fiets en jakkerde met Rasja achterop in de richting van de bossen. Daar sloeg hij bij een splitsing rechtsaf. Een smal pad. Hobbelig en bochtig. Links en rechts greppels. Overhangende struiken. Boomwortels. Hij vloog het bos door, zwiepte een kuil in en uit en remde ten slotte op een open plek.

Wesley stopte naast hem – hijgend en met een bleek gezicht. Hij zei hees: 'Hier hadden we niet op gerekend.'

Richard leunde voorover op zijn stuur. Wie had Raymond omgebracht, vroeg hij zich af. Pascal de Vlaming? Het was de eerste naam die hem te binnen schoot. Of had die caféhouder er iets mee te maken? Wanneer zouden ze het ontdekken? Of zouden zijzelf de politie moeten waarschuwen? Zij hadden immers ontdekt wat er gebeurd was! Terwijl zijn gedachten rondtolden keek hij beurtelings van Wesley naar Rasja, die op de grond haar enkel zat te wrijven. Hij zei: 'Waarom zijn we eigenlijk gevlucht?'

'Waarom?' Wesley keek hem ongelovig aan. 'Omdat wij bij dat huis waren, natuurlijk!'

'Maar wíj hebben niets gedaan!' zei Richard met grote nadruk. 'Wij hebben die moord ontdekt. We hadden de politie moeten waarschuwen!'

Wesley opende zijn mond voor een antwoord, maar hij zei niets. Zijn ogen stonden onrustig en met zijn witachtige huid, zijn plakkerige haren en zijn bezwete gezicht zag hij er gehavend uit.

'Dan ga ik nú de politie waarschuwen', zei Richard.

Hij wilde zijn multikom inschakelen, maar Wesley deed meteen een stap naar voren en legde zijn hand over de toetsen. Nauwelijks verstaanbaar zei hij: 'En Rasja dan?'

'Rasja?' Richard keek niet-begrijpend.

'Ze zullen ontdekken wie ze is', fluisterde Wesley. 'Dan zullen ze haar terugbrengen naar de Galgeberg.'

Richard keek naar Rasja, die onafgebroken haar voet bleef masseren. In haar smoezelige broek en shirt en haar blote armen en benen zag ze er tegelijk armoedig en aantrekkelijk uit.

Maar toen ze opkeek was haar blik angstig en onzeker. 'Ze denken vast dat ik het heb gedaan.'

'Jij? Hoe kom je daar nou weer bij?'

'Mijn sandalen', antwoordde ze benauwd. 'Die heb ik bij dat huis laten liggen.'

13

Ze hadden Rasja nooit moeten meenemen.

Voor de tiende keer ging die gedachte door zijn hoofd. Ze hadden haar moeten dumpen. Ze hadden tegen Rudo moeten zeggen: alsjeblieft, ze is voor jou, dan zijn wij haar kwijt.

Want vanaf het moment dat Rasja was komen opdagen had ze hun alleen maar moeilijkheden bezorgd: de ruzie met de jongens uit Someren, het zenuwengedoe op de camping en nu die stomme sandalen weer.

Hij probeerde zijn kalmte te bewaren toen hij zei: 'Die had je beter wèl kunnen meenemen.'

Rasja kauwde op haar vingers. 'Denk je dat de politie ze vindt?'

'Dat dènk ik niet, dat weet ik zeker.'

Wesley zei: 'Dan ga ik ze ophalen.'

'Wat? Je bent gek!'

'Waarom? Als niemand de politie waarschuwt, kan het nog wel uren duren voor ze die man vinden.'

'Maar ze kunnen je ook betrappen.'

'Ze liggen in het gras bij de hoek', zei Rasja hoopvol.

'Weet ik.' Wesley keerde zijn fiets en stapte op.

Richard probeerde hem niet langer tegen te houden. Hij zei alleen: 'Als je terug bent waarschuwen we de politie.'

Wesley knikte en verdween op het bospad.

Richard liet zich op een stronk zakken. Boven hem blies de wind in de boomtoppen. Rondom hem kraakte het van droogte.

Rasja trok haar benen. 'Ik kon er niets aan doen', zei ze. 'Ik vergat ze zomaar.'

Hij knikte.

Haar ogen kregen een afwezige uitdrukking toen ze zei: 'Zijn gezicht zat vol bloed.'

'Ja.'

'Wie zou hem vermoord hebben?'

'Geen idee.' Natuurlijk had hij wel een idee. De naam Pascal bleef in zijn hoofd rondspoken.

'Zou Rudo het gedaan hebben?'

'Rudo?' Hij keek haar stomverbaasd aan. 'Wat heeft Rudo te maken met Raymond Muller?'

'Misschien heeft Rudo hem Ietus verkocht en heeft-ie niet betaald.'

Hij schudde zijn hoofd. 'Daar geloof ik niets van. Dat is absoluut onwaarschijnlijk.' En toen hij zag hoe ze opnieuw haar voet begon te wrijven: 'Doet het erg pijn?'

'Gaat wel. Ik denk dat ik wel kan lopen.' Zonder onderbreking vervolgde ze: 'Als Wesley mijn sandalen niet vindt, moet ik nieuwe hebben.'

Richard gaf geen antwoord. Hij steunde zijn hoofd in zijn handen, terwijl hij zich met gesloten ogen probeerde te ontspannen.

Rasja zei: 'Ik hoop dat ik altijd bij jullie kan blijven.'

'Dat heb je ook al eerder gezegd.'

'Dan kan ik in Amsterdam geld verdienen. Als ik er lang genoeg ben geven ze me vast wel een persoonscard.'

Richard dacht aan de moeilijkheden die ze bij overheidsinstanties zou tegenkomen. Hij vroeg: 'Waar wil jij geld mee verdienen? Wat kun jij goed?'

'In bomen klimmen.'

Ondanks alles schoot Richard in de lach. 'Daar kun je in Amsterdam ver mee komen.'

Ze hield haar hoofd scheef. 'Echt waar?' Opgewekter liet ze erop volgen: 'Als je lacht is je gezicht heel leuk, Richard. Dat heb ik nog niet zo vaak gezien.'

Richard snoof. 'Er valt ook niet zo veel te lachen.'

Rasja's gezicht stond peinzend toen ze zei: 'Op de Galgeberg lacht niemand.'

'Niemand?'

'Ik was de enige. En soms kleine kinderen.'

Even gingen Richards gedachten terug naar de trieste kolonie kortlevers op de Strabrechtse heide; naar de lusteloosheid van de bewoners; naar de agressie van Rudo en Alexander.

Maar hoe zou híj zich voelen als hij wist dat hij niet ouder zou worden dan dertig?

Dat ze die mensen niet konden helpen! Met gespecialiseerde hormoon-therapieën bijvoorbeeld. Maar dat kostte natuurlijk handen vol geld. En dat gaven ze liever uit aan ruimtereizen en autotunnels.

'Ik vind Wesley ook leuk', zei Rasja. 'Hij praat grappig. Jullie zijn zeker al lang vrienden.'

'Twee dagen.'

Haar mond viel open. 'Twee dagen? Dat kan niet!'

'Waarom kan dat niet?'

'Omdat jullie...' Ze haperde. 'Jullie hebben geen ruzie. Rudo en Alexander hebben haast altijd ruzie.'

'Dat zegt niks', antwoordde hij. 'Hoe langer je elkaar kent hoe groter de kans op ruzie.'

Ze hield haar hoofd scheef. 'Gaan wíj dan ook steeds meer ruzie maken? Dat zou ik helemaal niet leuk...'

Ze stopte toen Wesley als een wilde kwam aanrijden en haar de sandalen toegooide. 'Er was iemand in dat huis', zei hij gejaagd.

'Wat?' Richard vloog overeind. 'Iemand van de politie?'

'Dat weet ik niet. Ik zag iets bewegen achter het raam. En even later ging de zonwering dicht.'

'Automatisch natuurlijk.'

'Nee! Ik weet zeker dat ik iets zag.'

'Hebben ze jou niet gezien?'

'Weet ik niet.'

'Als het de moordenaar nou eens was', zei Rasja ademloos.

'Dan moet er nu meteen een melding naar de politie', antwoordde Richard.

Wesley greep hem bij zijn arm. 'Maak verbinding met dat huis.'

'Wat zeg je nou!?'

'Als je antwoord krijgt weet je zeker dat er iemand is.'

'Maar daar schieten we toch niets mee op!'

'Jawel, misschien ontdekken we wie het gedaan heeft.'

Richard aarzelde. Het was een absurd, maar tegelijkertijd opwindend idee. Als in het huis van Raymond Muller inderdaad iemand rondhing zouden ze dat onmiddellijk kunnen doorgeven. Hij toetste Raymonds naam en adres in op zijn multikom, waarna diens verbindingsnummer op het scherm verscheen.

'Lens uitschakelen!' zei Wesley.

'Natuurlijk.' Het klonk zelfverzekerd, maar Richard kon niet verhinderen dat zijn hand beefde toen hij het toestel bediende.

Het duurde geruime tijd voor er iets klikte. Een brokkelige stem klonk: 'Wie is daar?'

Richard voelde zijn hart bonzen. Wesley had gelijk! Hij zei: 'Ik eh... ik heet Richard. Ik ben journalist.'

'Wat wil je?' De stem was ongeduldig; het scherm bleef zwart.

'Inlichtingen', antwoordde Richard.

'Inlichtingen? Waarover?' En toen: 'Laat je gezicht zien!'

Wesley schudde heftig zijn hoofd.

'Kan niet', antwoordde Richard. 'Mijn eh... mijn lens is defect.'

Er klonk een geluid als van een zware ademhaling. 'Ik geef geen inlichtingen, aan niemand.'

Er viel een stilte waarin Richard besprongen werd door een ontstellende gedachte. Hij vroeg: 'Jij bent toch Raymond Muller?'

'Ja.'

Rasja verstijfde. 'Dat... dat kan niet', fluisterde ze. 'Dat, dat...'

Richard zei gespannen in de microfoon: 'Ik wil je spreken.'

'Onmogelijk.'

'Waarom onmogelijk?'

Geen antwoord. Alleen een geluid alsof er iets zwaars verschoven werd.

En plotseling kreeg Richard het gevoel dat de man op het punt stond de verbinding te verbreken. Hij zei vlug: 'Het gaat over Pascal de Vlaming.'

Uit het toestel kwam geen geluid meer, maar de verbinding bleef.

Richard had het zweet in zijn handen. Wat moest hij nu zeggen – dat ze bij zijn huis waren geweest en gezien hadden dat hij voor dood op de grond lag? Dat ze de politie...

Het luidsprekertje kraakte. 'Wat heb jij met Pascal te maken?'

Richard zocht naar een uitvlucht, maar hij kon niets bedenken. Onhandig zei hij: 'Illegalen.'

'Illegalen?' Raymonds stem was opeens geladen met agressie. 'Zeg wat je wilt!'

'We zoeken Vlaamse meisjes. En...'

'We?' onderbrak Raymond hem. 'Wie zijn *we*?'

'Mijn vr... mijn collega en ikzelf.'

Opnieuw liet Raymond een grimmige stilte vallen. Daarna vroeg hij: 'Waar zijn jullie nu?'

'Ergens in het bos.'

Als antwoord gromde Raymond: 'Vanavond om negen uur in Moorsel, ingang Parking-Zuid.' Licht geruis volgde – de verbinding was verbroken.

Met het gevoel dat er iets uit de hand dreigde te lopen zette Richard zijn multikom uit. Wat wilde die Raymond opeens? Tòch inlichtingen geven? Rasja zei hulpeloos: 'Hij was echt dood, dat heb ik gezien.' Geërgerd schudde Richard zijn hoofd. 'Ja hoor, hij was echt dood!' Tegen Wesley zei hij: 'Vanavond gaan we naar Moorsel.'

Prachtige villa's, schitterend aangelegde fiets- en wandelpaden, een luisterrijk park en bloeiende tuinen: Moorsel. Een gehucht dat in de loop van de eenentwintigste eeuw was uitgegroeid tot een welvarend dorp met meer dan tweeduizend inwoners. Een plaats met sjieke boven- en ondergrondse huizen voor het ruimtevaart-personeel; met luxueuze parkings en driebaans-autotunnels naar de grote steden.

En met uitbundig verlichte terrassen, toen Richard en Wesley om tien voor negen langs een sfeervol pad het dorp in fietsten en stopten bij een punt waar verschillende wegen samenkwamen op een plein. Richard wees naar de overkant, waar een kegelvormig liftgebouw stond met de aanduiding P-ZUID. 'Daar is het, kan niet missen.' En toen: 'Ik ga naar die lift. Blijf jij hier? Je weet maar nooit.' Wesley knikte en was even later onzichtbaar in de schaduw van een reusachtige kastanje.

Richard beveiligde zijn fiets, slenterde naar de liftingang en ontdekte dat hij daar een goed overzicht had over de omgeving: de wegen en huizen voor hem, de ruisende fonteinen links en rechts, en het park erachter.

Hij keek op zijn horloge – nog twee minuten. Raymond Muller zou nu al in de buurt moeten zijn. Maar hij was er niet gerust op. Wat was het voor een man? Agressief, zoals hij voor de multikom had geklonken? Was hij wel dezelfde als degene die Rasja in dat huis had zien liggen?

Misschien hadden ze Rasja toch moeten meenemen, want zij kende Raymond. Maar een paar uur geleden hadden ze haar opnieuw de camping binnengesmokkeld en haar bezworen dat ze in de tent moest blijven tot zij terug waren.

Bij het zachte geluid van roldeuren keerde hij zich om naar de lift; flarden muziek stegen op uit de diepte van de parkeerplaats; vlak daarna klonk het vrolijke gepraat van mensen die het dorp inliepen. Geen Raymond.

Wel een stuk of zes jongens en meisjes die even later lachend en met veel lawaai de lift omlaag namen.

Gevolgd door stilte.

Hij wachtte. Minutenlang.

Boven hem werd de hemel diepviolet, in het westen donkerpaars. Op de ruimtehaven in het noorden schitterden lichtbundels.

Hij stond op het punt Wesley een seintje te geven, toen achter de liftingang een schaduw verscheen. Een stem fluisterde: 'Kom!'

Een moment van aarzeling. Toen liep Richard langzaam om het gebouwtje heen.

'Deze kant op!' De schaduw wenkte hem naar een plek waar Wesley hem onmogelijk kon zien.

Richard bleef staan.

'Schiet op!'

Hij verroerde zich niet. Het enige dat hij zag was een tamelijk kleine gestalte die driftig naar hem gebaarde.

'Je wou toch inlichtingen!'

'Ja.'

'Ben je alleen?'

'Ja.'

'Waar is je maat?'

'Die is er niet.'

'Je liegt!' De stem kreeg een sissende klank en was moeilijk verstaanbaar. 'Een kwartier geleden heb ik twéé fietsers gezien.'

Richard begreep dat verder ontkennen geen zin had. Hij zei: 'Mijn collega is in de buurt.' En toen: 'Ben jij Raymond Muller?'

De man kwam uit het donker achter de liftkegel te voorschijn. 'Zeg wat je wilt!'

Richards adem stokte. Voor hem stond een schrale, donker geklede man met een hoekig gezicht en vlossig haar. Om zijn hoofd zat een slordig verband, zijn linkerwang was gekneusd en zijn onderlip gezwollen.

Zijn stem hield de sissende klank toen hij vroeg: 'Wat weet jij van Pascal de Vlaming?'

Richard kneep zijn vingers samen. Elk antwoord kon nu verkeerd vallen. Maar tijd winnen ook. Zonder omwegen zei hij: 'Wij zoeken illegalen.'

'Waarom?'

'Wij zijn journalisten.' Terwijl hij het zei merkte Richard hoe zwak dat klonk. Haastig vervolgde hij: 'Er zijn Vlaamse meisjes ontsnapt en...'

'Hoe weten jullie dat?'

'Van eh... van de HV.'

'En wat willen jullie nu?'

'Die meisjes spreken.' En toen Raymond geen antwoord gaf: 'We denken dat jij meer weet.'

'Waarom denken jullie dat? Zijn jullie...' Hij stopte en ging met een van woede vertrokken gezicht vlak voor Richard staan. 'Wacht even! Hebben jùllie soms die meid van de Galgeberg op mij af gestuurd?'

'Nee.'

Dat was waar – Rasja was uit eigen beweging naar het koffiehuis gegaan.

'Maar jullie hebben mij wèl aan Pascal verraden!'

'Nee!' Nu was Richards ontkenning fel. 'We zijn alleen bij Pascal geweest voor een persoonscard.'

'En daar hebben jullie mijn naam genoemd!'

'We wisten niet eens hoe je heette!' Het gesprek ging een kant op die Richard helemaal niet beviel. Als hij iets wilde bereiken, moest hij de man afbluffen.

Hij vroeg: 'Heeft Pascal jou in elkaar geslagen?'

Raymond gaf geen antwoord, maar zijn ogen gloeiden.

'En jouw hond?'

De man leek ineen te krimpen. 'Wat weet jij van mijn hond? Heb je soms...'

'Nee!' viel Richard hem op dringende toon in de rede. 'Daar hebben wij niets mee te maken. Wij wilden alleen inlichtingen. Daarom zijn we om een uur of twaalf vanmiddag naar jouw huis gegaan, maar toen er niemand opendeed is een van ons op het dak geklommen om door de koepel te kijken.'

Raymonds gezicht zag er verwrongen uit. Hij fluisterde: 'Jullie hebben het dus gezien.'

Richard knikte. 'Eerst wilden we de politie waarschuwen, want we dachten dat jij eh... nou ja, het zag er allemaal niet zo best uit. Maar een poos later zagen we iets bewegen en toen hebben we contact opgenomen.'

Het duurde een tijd voor Raymond iets kon zeggen. Daarna waren zijn woorden bijna zakelijk: 'Ze kwamen om elf uur – twee jongens van Pascal. Mij sloegen ze buitenwesten. Toen ik bijkwam was mijn hond Sitah dood.'

Opnieuw kwamen er mensen uit de lift, die het plein overstaken en in een van de straten verdwenen. Maar Richard zag hen nauwelijks. Hij vroeg: 'Wat weet jij van die Vlaamse meisjes?'

Het was voor het eerst dat Raymond aan zijn oor trok, terwijl er naast woede sluwheid op zijn gezicht verscheen. Hij zei: 'Hoeveel is je dat waard?'

Richard reageerde verbaasd. 'Moet ik daarvoor betalen?'

'Natuurlijk!' Raymonds stem werd snauwerig. 'Inlichtingen kosten geld. Een journalist moet dat weten.'

Richard probeerde zich te beheersen. Die man wist iets, dat stond vast. En dat moest hij uit hem zien te krijgen ook! Kortaf vroeg hij: 'Hoeveel?'

'Vijfduizend.'

'Vijfduizend!?'

'Ja, wat dacht jij dan! Dat ik me voor minder in elkaar laat slaan?'

'Zo veel heb ik niet', antwoordde Richard.

'Dat is dan jammer. Ik dacht dat ik iets met je kon regelen. Niet dus.' Hij keerde zich om.

Richard stond onmiddellijk naast hem. 'Wacht! Ik heb even tijd nodig.'

Raymond bleef staan. Op kille toon zei hij: 'Vijf minuten.'

Richard slikte een verwensing in, draaide zich om en holde het plein over naar de plek waar Wesley stond. 'Je had gelijk', hijgde hij. 'Pascal heeft hem in elkaar geslagen en zijn hond vermoord. Daarom is-ie razend en wil-ie ons meer vertellen. Maar het is een gluiperd, want hij wil er geld voor hebben.'

'Hoeveel?'

'Vijfduizend.'

Wesley liet een zacht gefluit horen. 'Heb je dat?'

'Ja, maar nu niet. Ik kan het pas morgen programmeren. Ik vraag mijn vader of hij vijfduizend extra wil overmaken.' Hij zette zijn multikom aan, toetste een nummer in en wachtte.

Er kwam niets – geen geluid, geen beeld.

'Niet thuis', constateerde Wesley. 'En geen multikom bij zich.'

'Die hebben ze altijd bij zich', zei Richard. 'Maar ze zitten natuurlijk weer in een theater. Dan zetten ze hem af.'

Hij maakte een gebaar van moedeloosheid toen Wesley zei: 'Geef mij dat ding even.'

'Wat wil je dan?'

'Mijn moeder vragen.'

Richard dacht aan het eenvoudige appartement op een van Amsterdams diepste woonlagen. Hij vroeg: 'Kan ze dat betalen?'

Zonder antwoord te geven toetste Wesley het nummer in en vrijwel onmiddellijk klikte de verbinding: 'Hallo?'

'Joyce, met mij.' Wesley praatte met zachte stem.

'Wesley! Wat leuk! Jullie zitten zeker in de tent? Hebben jullie het naar je zin? Wanneer komen jullie weer thuis? Ze zeggen dat het slechter weer wordt, we krijgen regen en storm. Maar van mij...'

'Joyce, ik moet je wat vragen. Er is haast bij.'

'Haast?' Het beeldschermpje floepte aan en toonde Joyce's verbaasde gezicht.

'We hebben geld nodig, nu meteen. Vijfduizend. Kun je dat op mijn ring zetten?'

'Zo veel? Wat zijn jullie dan aan het doen?'

'Dat kan ik nu niet uitleggen.'

'Zeg dat ze het terugkrijgt', fluisterde Richard.

'Je krijgt het terug', herhaalde Wesley.

Joyce's toon werd ongerust. 'Jullie doen toch niets gevaarlijks?'

'Nee!'

Even aarzelde ze. Toen kwam er een kort knikje. 'Een moment.'

Wesley activeerde zijn betaalring en wachtte gespannen tot de cijfertjes op het display versprongen. 'Ja, oké! Joyce, je bent geweldig! We hebben nu geen tijd meer, ik bel je later wel.' Hij gaf Richard zijn multikom terug, waarna ze samen het plein overstaken.

Raymond dook op uit de schaduw van het liftgebouw. 'En?'

'Drieduizend', zei Richard. 'Meer konden we niet krijgen.'

'Dat is te weinig.'

'Het is alles wat we hebben.'

Raymond ademde zwaar. Ten slotte gromde hij: 'Kom op met dat geld.'

Wesley stelde het bedrag in en tikte ermee op Raymonds ring.

Deze mompelde iets onverstaanbaars en zei toen: 'Ze zitten in een schuilplaats in de bossen vlak bij de Lieropse heide.'

'Wie, die Vlaamse meisjes?'

'Ja.'

Richard voelde zijn hart onnatuurlijk snel bonzen. 'Hoe weet jij dat?'

'Ik heb ze er zelf heen gebracht.'

'Kun je dat bewijzen?'

'Nee!'

'En wat gebeurt er in die schuilplaats – wachten ze op Nederlandse persoonscards?'

Raymond antwoordde kortaf: 'Jij hebt je inlichtingen.'

Hij wilde zich omdraaien, maar Richard greep hem vast. 'Wáár zitten ze precies?'

'Hiervandaan recht naar het zuiden. Twee kilometer. Er is een lage heuvel bij een stapel boomstammen. Vanaf Lierop is er een pad.' Hij rukte zich los en verdween met vlugge stappen.

Het duurde even voor Wesley zei: 'Tweeduizend minder, handig gedaan.'

'Maar drieduizend te veel', antwoordde Richard. 'Zeker voor zo'n onbetrouwbaar type.'

'Denk je dat-ie ons stond te flessen?'

'Dat weet ik niet. Dat gaan we uitzoeken.'

'Wanneer? Nu?'

'Ja, nu.'

14

Ruwe bomen, stekelige takken, hobbels, kuilen, greppels – het bos aan de rand van de Lieropse heide leek een rimboe die speciaal was aangelegd voor overlevingstochten.

In die rimboe ploeterden Richard en Wesley voort. Hun fietsen hadden ze achtergelaten op het punt waar het bos begon. De lantaarn hadden ze meegenomen.

'Ik heb het aantal stappen geteld', zei Wesley. 'We zijn ongeveer op de helft.'

Richard gaf geen antwoord. Volgens hem bood het aantal stappen in deze ruigte geen enkel houvast voor de werkelijk afgelegde afstand. Hoe vaak stonden ze stil? Hoe vaak hadden ze zich voetje voor voetje door struiken moeten worstelen?

Terwijl hij zich afvroeg of ze toch niet beter het pad vanaf Lierop hadden kunnen nemen, zei Wesley: 'Maar goed dat je geluisterd hebt.'

'Ik geluisterd? Hoezo?'

'Naar je intuïtie.'

'O.' Richard kon de twijfel niet uit zijn stem halen.

'Er is nu een kans van één op één dat we die meisjes vinden', zei Wesley.

'Nee, één op drie. Het kunnen ook andere Vlaamse meisjes zijn. We zijn namelijk zo stom geweest om niet te vragen hoe ze eruitzagen. En Raymond kan alles hebben gelogen.'

Wesley bleef staan. 'Dat heeft-ie niet. Dat weet ik zeker. Volgens mij runt Pascal de Vlaming een organisatie die illegalen het land binnensmokkelt. Compleet met het maken van valse persoonscards. Daar verdient-ie natuurlijk grof aan.'

'Die meisjes zijn niet binnengesmokkeld', zei Richard. 'Die zijn uit zichzelf gekomen.'

'Hoe weet jij dat?'

'Dat eh... dat denk ik.'

Wesley zei bedachtzaam: 'Als Pascal illegalen aan persoonscards helpt, vraag ik me af wat-ie doet als ze die niet kunnen betalen. Laat-ie ze lopen of geeft-ie ze aan bij de politie?' Meteen liet hij erop volgen: 'Of zou-ie ze voor zich laten werken? Stel je voor dat Rasja zonder betaalring in haar eentje naar Pascal was gegaan...'

Richard zweeg, maar zijn stemming werd er niet beter op. Als Wesley gelijk had konden ze behoorlijk in de problemen komen. Tenslotte was Pascal niet het type voor een vriendschappelijk gesprek.

Alsof hij bezig was met een berekening zei Wesley: 'Natuurlijk wil Raymond wraak nemen op Pascal. Daarvoor wil-ie ons gebruiken, want hij denkt dat wij journalisten zijn die alles aan de grote klok hangen.'

Richard luisterde maar half, knipte zijn lantaarn aan en vervolgde zijn tocht tussen de stammen.

'Ik zou die lamp uitdoen', zei Wesley. 'Pascal is vast niet gek op bezoekers.'

Richard bromde een antwoord en doofde het licht. Natuurlijk had Wesley gelijk. Maar het werd er niet gemakkelijker op – in de donkergrijze duisternis vielen alleen dingen op die nòg donkerder waren. Takken striemden hun armen, dorens krasten hun benen en ze verzetten hun voeten alsof ze in een veld met valkuilen liepen. Daardoor stuitten ze volkomen onverwachts op het pad. Het liep oost-west en was geplaveid met gewone stenen.

Richard dempte zijn stem toen hij zei: 'Zijn we hier eerder langsgekomen?'

'Nee.' Wesley's antwoord was beslist. 'Een eind verder ligt een groot ven. Daar zijn we aan de zuidkant geweest. Ik weet alleen niet of we nu rechts- of linksaf moeten.'

'Rechtsaf', zei Richard. 'Nu moeten we die boomstammen nog zien te vinden.'

Het kostte hun tien minuten. Toen zagen ze de stapel liggen – bij het sterrenlicht weinig meer dan een verzameling onregelmatige cirkels op de plek waar de stammen waren afgezaagd.

'Hier moet het dus ergens zijn', fluisterde Wesley.

In de diepe schaduw aan de zijkant van het pad slopen ze verder tot Richard in elkaar dook en een sissend geluid liet horen. 'Daar rechts ligt een soort heuvel.'

'Alleen maar een heuvel?'

Richard tuurde tussen de bomen door tot zijn ogen traanden. 'Ik zie verder niks.'

'Ook geen licht?'

'Nee.'

'Als het die schuilplaats is, moet er ergens een ingang zijn.'

'Ja.'

'Met elektronische bewaking', zei Wesley.

Richard bleef het bos afspeuren, maar behalve licht geritsel tussen de struiken was er niets te zien of te horen. Bovendien leek het of de duisternis voortdurend dieper werd. Hij gromde: 'Op deze manier kunnen we hier de hele nacht wel blijven zitten.'

'Tenzij we de bewaking testen', zei Wesley. 'Er was opwinding in zijn stem toen hij verder ging: 'Ik loop gewoon naar die heuvel toe. Als er een alarm afgaat ben ik weg.'

'Moet je vooral doen', antwoordde Richard. 'Dan krijg je meteen die kerels van Pascal op je nek.'

'Die vinden me nooit in dit bos', zei Wesley zelfverzekerd. 'Trouwens, als ze mij achterna komen, kun jij gaan kijken wat voor schuilplaats dat is.'

Richard schudde zijn hoofd. 'Kun je niks anders verzinnen? Zoiets lukt alleen in films.'

'Als je niets doet lukt er helemaal niks', zei Wesley. Voor Richard hem kon tegenhouden slipte hij in gebukte houding het pad langs. Bij de houtstapel bleef hij even staan, daarna was hij niet meer dan een schim tegen de donkere achtergrond van de heuvel.

Richard wachtte. Doodstil. Gespitst op de kleinste beweging. Tegelijkertijd realiseerde hij zich dat hij Wesley had meegesleept in een onderneming waarover hij de controle eigenlijk al lang verloren had. Als er iets ergs gebeurde was hij verantwoordelijk.

Minutenlang kwam hij niet van zijn plaats.

Toen kwam nog onverwachts Wesley's gefluister uit het donker: 'Er is een ingang aan de achterkant.'

Richard probeerde rustig te ademen. 'Open of dicht?'

'Open.'

'Is dat waar? Heb je iemand gezien?'

'Een schaduw, meer niet. Er brandt een lampje.'

'Geen bewaking?'

'Niet waar ik geweest ben. Kom mee, dan kun je het zelf zien.'

Als sluipende katten trokken ze om de heuvel heen tot Richard een lichtschijnsel ontwaarde dat uit de grond scheen te komen.

Daar hield Wesley hem tegen en hurkte neer. 'Kijk!'

Richard bewoog zich niet meer.

Het schijnsel werd onderbroken. In het tegenlicht waren de contouren van een man zichtbaar.

Iemand hoestte onderdrukt.

'Je zei dat er geen bewaking was', fluisterde Richard.

'Geen elektronische. En misschien is dat geen bewaker.'

'Hoe lang zou die schuilplaats hier zijn?'

'Geen idee.'

'Dat ze hem nooit ontdekt hebben!'

'Misschien gebruikt Pascal steeds weer nieuwe plekken.'

De man liep een paar keer heen en weer. Toen verdween hij alsof de aarde hem opslokte.

'Hij is weg', zei Wesley. 'Wat doen we nu?'

'Wachten.'

'Wachten? Waarop?'

'Dat weet ik niet.' Richard probeerde de situatie te analyseren, maar dat lukte nauwelijks. Hij begon moe te worden en zijn gedachten raakten in de knoop. Misschien zaten er in dat hol helemaal geen illegalen. Misschien had Pascal er alleen maar een drukkerij van valse persoonscards. Misschien had Raymond hen voor drieduizend gulden opgelicht.

Hij wilde Wesley zijn twijfels toefluisteren toen het licht opnieuw werd afgeschermd. Weer verscheen een man bij de ingang – kleiner van stuk dan de vorige en ook beweeglijker. Hij liep driftig heen en weer, snoof hoorbaar de buitenlucht op en verdween toen iemand hem iets toeriep.

Richard kneep Wesley in de schouder. 'Kon jij dat verstaan?'

'Nee.'

Voor de derde keer werd het licht onderschept, ditmaal door een slanke gestalte met halflang golvend haar en een blouse met korte mouwen.

Richard vergat zijn vermoeidheid. Met al zijn spieren gespannen keek hij toe. Als hij haar gezicht nou even kon zien!

Haar gezicht bleef echter in het donker. Na een paar minuten verdween ook zij.

Wesley's stem was zachter dan gefluister. 'Was zij dat?'
'Dat weet ik niet.'
'Ze zag er wel jong uit.'
'Ja.'
'Je weet zeker ook niet hoe ze heet?'
'Nee.'
Even later zei Wesley: 'Het lijkt wel of ze een voor een gelucht worden.'
Gelucht... Richard kreeg beelden van een ouderwetse gevangenis met bewakers. Hij zei: 'Volgens mij kunnen ze zo weglopen.'
'Dat is waar.' Wesley's stem was nog steeds dicht bij zijn oor. 'Behalve als er binnen...'
'Stil! Daar komt nog iemand!'
Weer een meisje, kleiner dan de vorige. Ze liep meters ver in hun richting, rekte zich uit en floot zacht een melodie die Richard niet kende.
Op dat moment sneed de pieper van Richards multikom door de nacht.
De schrik deed hem naar adem snakken voor hij het apparaat uitzette.
Het meisje verstarde, was toen met vlugge passen terug bij de schuilplaats en bleef daar staan – bewegingloos, op haar hoede.
De afstand tussen haar en de plaats waar de jongens stonden was meer dan twintig meter, maar Richard was bang dat ze zijn hart kon horen bonzen.
Het duurde geruime tijd voor Wesley lispelde: 'Je had dat ding vergeten uit te zetten?'
'Nee!'
'Niet? Hoe kan dat...'
'Hou je kop nou!'
Het meisje stond nog steeds bij de ingang. Haar gezicht was in het donker, het licht achter haar zette haar haren in een rossige gloed.
Toen ze voor de tweede keer in hun richting liep, deed ze dat omzichtig en waakzaam.
Tot Richards verbijstering begon Wesley zacht te fluiten. Met een verwensing wilde hij hem in zijn nek grijpen, toen het meisje begon terug te fluiten – dezelfde weemoedige melodie die hij zoëven had gehoord.

Daarna kwam ze zo dichtbij dat hij het geritsel van haar kleren kon horen. 'Wie is daar?' Haar stem was zacht en helder. Haar accent onmiskenbaar Vlaams.

Zonder zich te bedenken fluisterde Richard terug: 'Wíj zijn hier.' En toen hij besefte hoe achterlijk dat klonk: 'Ik bedoel – wij zijn vrienden!'

'Vrienden?' In haar stem sloop wantrouwen.

Richard probeerde zijn opwinding de baas te blijven. Hij vroeg: 'Heeft de politie jou in Amsterdam gearresteerd?'

In plaats van een antwoord kwam haar vraag: 'Ben je alleen?'

'Nee, ik ben met een vriend.'

'Laat je zien.'

Wesley kwam overeind. De manier waarop hij in haar richting liep had iets ontspannens.

Richard volgde hem onmiddellijk. Maar zelfs van dichtbij was haar gezicht nauwelijks te onderscheiden.

Zonder een spoor van angst, maar met duidelijk wantrouwen, zei ze: 'Ik ken jullie niet.'

'Ik ben Richard en dat is Wesley', antwoordde hij. 'We komen uit Amsterdam.'

'Wat wil je daarmee zeggen?'

'Ik wil weten of je een vriendin hebt en of jullie een paar dagen geleden in een warenhuis door de politie zijn gepakt.'

'Waarom wil je dat weten?'

'Omdat ik dat gezien heb.'

Hij hoorde dat ze de adem inhield. Daarom vroeg hij haastig: 'Was jij daarbij of niet?'

Haar fluisterstem werd opeens scherp toen ze zei: 'Jullie zijn zeker van de politie!'

'Nee!' Richard twijfelde nu geen seconde meer: dit was een van de meisjes die ze zochten. Hij zei dringend: 'Wij weten alleen dat de politie jullie zoekt.'

'Maar waarom zijn jullie ons achterna gekomen?'

'Omdat...' Opeens moest hij naar woorden zoeken. 'Omdat – ik vond het onrechtvaardig.'

Op koele toon vroeg ze: 'Dus jullie willen ons helpen?'

'Ja.'

'Dat is niet nodig.'

'Waarom niet? Jullie komen toch uit Vlaanderen! Jullie zijn illegaal!'
'Kunnen jullie ons dan persoonscards geven?'
'Eh... nee, niet meteen.'
Haar toon werd bijna agressief toen ze zei: 'Waarom moet ik jullie
geloven?'
Dat was waar, dacht Richard. Ze konden niets doen en zijn verhaal
was zwak en ongeloofwaardig. Wie reisde het halve land door om
meisjes te zoeken die hij hooguit vijf minuten gezien had! Kon hij
zeggen dat haar vriendin zo'n indruk op hem had gemaakt dat hij
haar niet meer kon vergeten?
Hij voelde zich verslagen en belachelijk tegelijk, toen hij Wesley
hoorde zeggen: 'Pascal vraagt vijftienduizend voor een persoonscard. Hebben jullie dat?'
'Dat gaat jullie niets aan! Ik geloof...'
'Anik!' klonk het van de kant van de schuilplaats. 'Waar ben je? Je
moet terugkomen!'
Met een afwerend gebaar naar de jongens keerde ze zich om en begaf
zich naar de plek met het lichtschijnsel.
Een paar passen liep Richard haar na. Hij fluisterde: 'Als je ons zoekt,
we zitten op camping De Otter.'
Ze gaf geen antwoord. Even later was ze verdwenen.
Richard sloop terug naar de plek waar Wesley zat – vermoeid en
met een leeg gevoel.
'Ik zei het je al', mompelde Wesley. 'Kans van één op één.'
'Schei toch uit met die kansen!'
'Je hebt haar gezien', zei Wesley droog.
'Dat was zij niet.'
'Ik bedoel het meisje dat vóór haar uit die schuilplaats kwam.'
'Ik kon niet eens zien hoe ze eruitzag.'
'Precies zoals je gezegd hebt – lang en slank.'
'Ik had haar *gezicht* willen zien!'
Richard veegde over zijn bezwete voorhoofd toen Wesley zei: 'Wat
gaan we nu doen?'
'Terug naar de camping, wat anders! We hebben niets bereikt, hele-
maal niets!'
Wesley kuchte achter zijn hand. 'Je klinkt niet enthousiast.'
'Nee.'
'Maar we hebben die meisjes toch gevonden.'

Richard gromde iets en begon aan de terugweg langs het stenen pad.
'Had je die multikom echt wel uitgezet?' vroeg Wesley.
'Ja, absoluut!'
'Maar dan kan-ie toch nooit afgaan!'
'Dat dacht ik ook. Maar het gebeurde wèl. Ik schrok me dood!'
'Ik snap er niks van', zei Wesley. Even later vervolgde hij: 'Die ene heet dus Anik.'
'Ja.'
'Klinkt leuk. Hoe zou die andere heten?'
'Geen idee.' Richard wou niet zeggen hoe onbenullig die vraag was. Hij vroeg: 'Wat was dat voor liedje dat jij floot?'
'Ken jij dat niet? *I see the future twinkling in your eyes.*'
'Nooit eerder gehoord.'
'Als ik het niet gefloten had, was ze vast niet naar ons toe gekomen, denk je niet?'
'Nee.' Richard dacht aan zijn vader, die beweerd had dat klonen niet konden fluiten.
'En nu zitten ze allemaal in dat hol te wachten op de persoonscards van Pascal', zei Wesley. 'Daarom is er geen bewaking, want zonder persoonscard ontsnappen ze toch niet. Ik vraag me alleen twee dingen af.'
'Twee dingen', herhaalde Richard afwezig.
'Ten eerste: hoe komen ze aan geld voor valse persoonscards? En ten tweede: waarom laat Pascal Raymond bijna zijn hersens inslaan en zijn hond vermoorden?'
Richard zocht zijn weg in het donker.
'Alleen omdat Raymond zijn adres aan Rasja had gegeven?' zei Wesley.
Richard dacht aan de drieduizend gulden die ze kwijt waren. Hij zei: 'Raymond is een oplichter. Die zal Pascal ook wel belazerd hebben.'
Een paar minuten liepen ze zwijgend verder tot Wesley zei: 'Hier moeten we het bos in. Tenminste, als we onze fietsen...'
Meer hoorde Richard niet. Als verlamd staarde hij naar het dansende licht dat hen over het pad tegemoetkwam. Toen greep hij Wesley vast en rukte hem de struiken in.
'Wat doe...?'
'Kop dicht! Daar komt iemand aan!'
Hijgend van spanning doken ze ineen.

Het licht kwam dichterbij – rustig, als de lantaarn van een wandelaar die de tijd heeft. Even daarna klonk een zachte, maar duidelijke stem: 'Vijfhonderdduizend, en niet voor minder. Het is gevaarlijk. De politie bespeurt iets. Die was in de buurt vanmorgen.'

Pascal! hoorde Richard. Waar had-ie het over? Wilde hij iets verkopen? Hij tuurde tussen de bladeren, maar de lichtbundel van de lamp bleef op de grond gericht. Alleen twee gedaanten kon hij onderscheiden.

'Je doet net of ik die illegalen van jou ga ombrengen.' Een vrouwenstem. Met iets dwingends, als bij mensen die niet graag worden tegengesproken. 'Maar ik maak alleen gebruik van ze. Ze houden voldoende over voor een volledig herstel. Die schuilplaats van jou is een prima accommodatie en met de juiste analgetica zullen ze...'

De twee verwijderden zich. Hun gesprek werd onverstaanbaar.

Enkele ogenblikken bleef Richard roerloos. En ondanks de warme zomernacht huiverde hij alsof iemand ijs in zijn nek legde.

'Dat ging niet over persoonscards', zei Wesley binnensmonds. 'Die zijn een stuk goedkoper. Wat zijn trouwens analgetica?'

'Pijnstillers.' Richards gedachten maakten sprongen. Waar wilde die vrouw illegalen voor gebruiken?

Genetisch materiaal. Als iemand het hardop had gezegd, had het niet luider in zijn hoofd kunnen klinken.

Was zijn moeder een paar dagen geleden niet thuisgekomen met een verhaal over biologen die bezig waren met het kweken van organen? Hadden die niet geklaagd over gebrek aan gezond genetisch materiaal? En ook over de prijs?

Wie dat genetische materiaal had, kon dus goud verdienen!

Bijna stotterend bracht hij uit: 'Pascal gaat die illegalen verkopen.'

'Wàt zeg je?'

'Hij is helemaal niet van plan voor persoonscards te zorgen, hij levert mensen af aan biologen. Die halen stukjes van organen weg om er nieuwe van te kweken.'

'Je bent gek!'

'Het is waar!'

Geagiteerd wreef Wesley zijn handen. 'Je hebt toch aan één stukje genoeg om meer organen te maken! Je hebt toch niet aldoor nieuwe nodig!'

'Die heb je wèl nodig!' Het was of Richard de tekst van het onderdeel genetica-studie voor ogen had. 'Anders krijg je genetische erosie. Als je massaal gaat kweken, gaan de erfelijke eigenschappen eraan.'

'Dan krijg je organen die niets waard zijn', begreep Wesley onmiddellijk.

'Klopt.'

'Maar die mensen zijn toch niet achterlijk', zei Wesley. 'Wie laat er nou zoiets toe?'

'Illegalen', zei Richard. 'Die hebben geen keus. Die worden bedrogen. Die worden verdoofd.' Het waren zacht gefluisterde woorden, maar het was of er hamers in zijn hoofd klopten. Hij vervolgde hees: 'We moeten terug naar die schuilhut.'

15

De maan kwam op. Lichtende cirruswolken legden een zilveren schijnsel over het landschap. Onder de bomen bleef het echter donker.

Wesley vroeg zacht: 'Heb je de multikom uitgezet?'

'Ja.' Richard bleef de ingang van de schuilplaats observeren. Ten slotte fluisterde hij: 'Hoe lang zijn ze nu binnen?'

'Een half uur ongeveer.'

'Zouden ze nu bezig zijn met...' Hij maakte de zin niet af. De gedachte aan een meisje op een snijtafel maakte hem onpasselijk. Hij siste: 'Maniakken zijn het, die biologen. Denken alleen aan nieuwe uitvindingen.'

Wesley zweeg.

'Ze gebruiken zelfs hersenweefsel', zei Richard. 'Waarschijnlijk om demente bejaarden op te lappen. Daar verdienen ze miljoenen mee.'

Wesley zei op strakke toon: 'Ik dacht dat jij respect voor senioren had.'

'Heb ik ook! Maar ik kan niet tegen die experimenten. Biologen zèggen dat ze eerbied voor de natuur hebben, maar intussen zijn ze constant bezig die natuur te veranderen. Verbeteren, zeggen ze natuurlijk. Maar straks bestaan er geen gewone mensen meer. Dan is alles kunstmatig. En dan...'

Hij stopte abrupt. Ezel die hij was! Wesley was immers zelf kunstmatig. Hij mompelde: 'Sorry, had ik niet moeten zeggen.'

Wesley gaf geen antwoord.

'Ik eh... ik had er niet aan gedacht', zei Richard. 'Maar jij bent ook zo gewoon.'

Dat was waar. In een paar dagen had Wesley zich op een verbluffende manier aangepast. Zijn eigenaardige reacties waren verdwenen. In niets leek hij meer op een 'gestoorde kloon'.

Wesley zei: 'Ik begrijp niet dat de biologen geen kans zien kortlevers zoals die op de Galgeberg te helpen.'

'Geld', antwoordde Richard. 'Wie dat niet heeft, telt niet mee. En misschien willen ze niet geholpen worden.' In gedachten herhaalde hij wat zijn mentor Sylvester daar eens over gezegd had – elke samenleving heeft zijn zwervers, zijn uitgestotenen, zijn onaanraakbaren.

'Rasja telt ook niet mee', zei Wesley op een toon alsof hij voor zichzelf praatte. 'We weten trouwens niet eens of zij ook een kortlever is. Wij verstoppen haar, maar dat kan niet zo blijven. Ze heeft geen geld en geen persoonscard. Als ze dat ontdekken, sturen ze haar terug naar de Galgeberg. Daar kunnen wij niets tegen doen.'

'Misschien dat Claus en Angeline iets kunnen regelen', zei Richard.

'Ook voor Anik en dat andere meisje?' vroeg Wesley.

Richard had er geen antwoord op. Hij vermoedde alleen dat zijn vader niet zou staan te juichen als hij met drie illegale meisjes kwam aanzetten. Vooropgesteld dat hij de twee uit Vlaanderen kon meekrijgen.

Bij de ingang van de schuilhut doemden twee gestalten op. Een lantaarn werd aangeknipt. Een lichtbundel verwijderde zich. Zacht gepraat verstierf. De buitenlamp ging uit.

'Die zijn weg', zei Wesley na een tijdje. 'En volgens mij is er nog steeds geen bewaking.'

'Dan weten ze binnen nog van niets', antwoordde Richard. Hij kwam uit zijn gebukte houding overeind en rekte zijn spieren. 'Die worden aan het lijntje gehouden met persoonscards.'

'Als ze die nou eens krijgen in ruil voor stukjes orgaan', veronderstelde Wesley.

Richard bracht zijn gezicht bij dat van Wesley. 'Zou jij dat doen?'

'Nee.'

'Dan moeten we ze waarschuwen.'

Hij wilde naar voren sluipen, maar Wesley was hem voor. Zonder aarzelen liep hij naar de schuilhut en begon te fluiten: 'I see the future twinkling in your eyes.'

Er gebeurde niets.

Richard ging naast Wesley staan, toen deze opnieuw de melodie floot, luider en scheller.

Secondenlang was er niets anders te horen dan het knisperen van verdrogende denappels. Daarna kwam er een geluid alsof er een luik werd verschoven. Een streep licht viel over de aarden wal voor de ingang. Een meisjesstem zei: 'Zijn jullie daar weer? Waarom gaan jullie niet weg?'

Anik, hoorde Richard. Met een paar passen was hij op de wal. Van bovenaf keek hij in een rechthoekige opening met een trap. Naast de opening stond Anik. Hij fluisterde dringend: 'We willen jullie waarschuwen!'

'Waarschuwen?' Aniks stem klonk als ijs. 'Ik wil dat jullie weggaan. We hebben niets met jullie te maken!'

Richard klemde zijn handen tot vuisten. 'Pascal is een bedrieger', zei hij gesmoord. 'Jullie krijgen geen persoonscards.'

'Wat weet jij daarvan?'

'Dat hebben we gehoord. De vrouw die bij hem was is bioloog. Die wil jullie gebruiken voor experimenten.'

Het duurde even voor Anik een woedend gebaar maakte. Toen snauwde ze: 'Je praat als een zot!'

'Nee, het is waar!' Richard had het haar wel willen toeschreeuwen, maar zijn stem was hees van spanning. 'Dat mens wil stukjes orgaan om nieuwe van te kweken!'

Voor het eerst sloop er aarzeling in Aniks houding. Daarna bukte ze zich over de opening. 'Stefanie, ben je daar? Kom eens even!'

Stefanie... Richard haalde adem tussen zijn tanden. Plotseling voelde hij geen vermoeidheid meer.

Een meisje met donker haar, een rechte neus en een stevige kin stak haar hoofd naar buiten. 'Wat is er?'

'Die jongens zijn er weer, je weet wel.'

'Wat willen ze?' Ze tuurde in Richards richting.

'Ze zeggen dat we geen persoonscards krijgen.'

Met vlugge stappen op het trapje kwam Stefanie naast Anik terecht. 'Hoe komen ze aan die onzin?'

Ze was het! Lang en slank. Donker golvend haar. Felle ogen. Een heldere stem.

Richard herhaalde zacht: 'Pascal bedriegt jullie. Hij wil stukjes orgaan. Die verkoopt hij aan die bioloog voor vijfhonderdduizend gulden.'

Stefanie begon langzaam haar hoofd te schudden. 'Je bent stapelzot krankzinnig.'

'Nee, geloof me nou!' En toen in een hoog tempo: 'Jullie zijn in Amsterdam gearresteerd, waar of niet? Toen hebben ze jullie naar het zuiden gebracht met de bedoeling jullie over de grens te zetten. Maar jullie zijn op de een of andere manier ontsnapt en hier terechtgekomen. Toen heeft Pascal natuurlijk gezegd dat hij voor persoonscards zou zorgen. Maar Pascal de Vlaming is absoluut onbetrouwbaar en...'

'Waarom kom je ons dat allemaal vertellen?' viel ze hem in de rede. 'Wie ben jíj eigenlijk? Ben jij wel betrouwbaar?'

Richard gebaarde heftig. 'In dat warenhuis in Amsterdam vroegen jullie om hulp. Daar was ik bij. Je hebt zelfs aan mij gevraagd waarom ik niets deed! Toen zijn we jullie achterna gegaan en nu hebben we jullie eindelijk gevonden!'

Het klonk nogal theatraal, maar Stefanie was toch onder de indruk. Ze vroeg aarzelend: 'Hoe wisten jullie dat wij hier waren?'

'Intuïtie.' Wesley kwam naast Richard staan en zwaaide met zijn lange armen. 'Richard heeft...'

'Dat is flauwekul!' onderbrak ze hem scherper. 'Bovendien zie ik niet in hoe jullie ons kunnen helpen. Hebben jullie persoonscards voor ons?'

'Nee.'

'Nou dan! Pascal heeft die wèl.'

Richard liet zich van de aarden wal af glijden tot dicht bij de meisjes. Hij zei: 'Pascal heeft zeker gezegd dat jullie vijftienduizend gulden moesten betalen?'

'Wij hoeven helemaal niets te betalen!' antwoordde Stefanie uit de hoogte. 'Want Pascal komt uit hetzelfde land als wij, snap je?'

'Maar hij belazert jullie!' zei Richard wanhopig. 'Pascal is een misdadiger. Vanmorgen heeft hij bijna iemand laten vermoorden!'

Ze trok haar wenkbrauwen op. 'Fantaseer je dat of kun je dat bewijzen?'

Richard keek naar haar gezicht dat door het vreemd invallende licht scherpe schaduwen kreeg. Ze was mooi, intelligent en strijdlustig. Maar ook achterdochtig.

Wesley zei tegen Richard: 'Geef me je multikom even.'

'Wat wil je dan?'

'Contact opnemen met Pascal.'

'Wat!? Ben jij helemáál knetter?'

'Ik zeg gewoon dat ik belangstelling heb voor genetisch materiaal. Dan doe ik een bod. Kijken hoe hij reageert.'

'Dat lukt nooit. Pascal is niet gek. Die wil sowieso weten met wie hij praat. En misschien heeft-ie geen multikom bij zich.'

Wesley antwoordde verbeten: 'Als het wel lukt weten Anik en Stefanie waar ze aan toe zijn.'

Met tegenzin maakte Richard de sluiting om zijn pols los en overhandigde het toestel aan Wesley, die meteen Pascals naam en adres intoetste.

Op het schermpje flitsten letters en cijfers, gevolgd door een hoge pieptoon. Daarna werd het beeld zwart.

Wesley mompelde stomverbaasd: 'Hij doet het niet.'

'Wat? Laat mij dan even!' Richards vingers sprongen over de toetsen. Maar ditmaal jankte alleen de pieptoon.

Hij smoorde een verwensing. 'Dat rotding is kapot!'

'Geweldig gedaan', zei Stefanie sarcastisch.

'Het is het computergedeelte', zei Wesley een beetje verslagen.

Zonder iets te zeggen wilde Anik de trap naar beneden nemen, maar ze werd tegengehouden door een man die zijn hoofd naar buiten stak.

'Wat moeten jullie daar boven? Doe dat luik dicht. Je weet wat Pascal gezegd heeft. En het tocht als...' Hij brak af toen hij Richard en Wesley ontdekte. Toen siste hij: 'Wie zijn dat, verdomme?'

Richard was meteen op zijn hoede. Dit was natuurlijk een van de anderen die wachtte op een persoonscard van Pascal. Maar hij had er geen behoefte aan ze allemaal op sleeptouw te nemen.

Stefanie zei: 'Die jongens beweren dat Pascal ons belazert en dat wij geen persoonscards krijgen.'

De man beklom snuivend het trapje. 'Wie zijn jullie? Hoe komen jullie hier? Wie heeft jullie die onzin verteld?' Hij wachtte niet op antwoord en brieste: 'Sodemieter op! Je hebt hier niets te maken!'

Richard bleef staan. Die man was niet alleen kwaad, zag hij. Die was ook bang.

'Heb je me niet gehoord?' snauwde de ander. Hij deed een greep in zijn zak en haalde een multikom te voorschijn. 'Dan zullen we Pascal even inlichten.'

'Dat wou ik zoëven al doen', zei Wesley. 'Maar onze multikom is kapot.'

Richard hoorde het niet eens. *Deze man was niet illegaal.* Dat wist hij opeens met absolute zekerheid. Het was onwaarschijnlijk dat een illegaal die op een persoonscard zat te wachten, een multikom bij zich had en ook nog onmiddellijk Pascal wilde waarschuwen. *Deze man was een handlanger van Pascal.*

'Met hoeveel zitten jullie in dat hol?' vroeg Wesley. 'En wanneer krijgen jullie...'

Richard snoerde hem de mond. 'Láát hem Pascal inlichten! Dan vertellen wij intussen aan de politie wat er met Raymond is gebeurd.'

De man tegenover hem leek te bevriezen. Ten slotte vroeg hij gemaakt rustig: 'Wat weten jullie van Raymond?'

'Dat Pascal hem bijna vermoord heeft.'

'Hoe kom jij aan die onzin?'

Richard wilde antwoord geven, maar Stefanie was sneller. Haar vraag klonk messcherp: 'Bruno, wie is Raymond?'

Hij maakte een afwerend gebaar. 'Dat is niet belangrijk.'

'Dat is wèl belangrijk! Jij schijnt opeens iemand te kennen die wij niet kennen. Hoe kan dat?'

Bruno maakte een ongeduldig gebaar. 'Ik ken wel meer mensen die jij niet kent.'

'Maar niet hier!' Stefanie ging vlak voor hem staan. 'Jij bent gelijk met ons in deze schuilplaats gekomen. Tenminste, dat heb je gezegd. Jij hebt ook gezegd dat je een paar dagen geleden de grens bent overgestoken.'

'Het is de waarheid!' snauwde Bruno.

'Wanneer heb je die Raymond dan ontmoet?'

'Die heb ik niet ontmoet, Pascal heeft zijn naam genoemd.'

Stefanie vroeg: 'Is dat waar?'

'Dat was gisteren', zei Bruno. 'Dat heb jij niet gehoord, want toen lag jij te slapen.'

Anik zei kalm: 'Ik heb het ook niet gehoord, Bruno. En ik lag niet te slapen.'

'Jullie zijn gek geworden!' Bruno probeerde zich te beheersen, maar zijn gebaren waren nerveus. 'Wat willen jullie, opgepakt worden en de grens overgezet? Waarom luisteren jullie eigenlijk naar die wildvreemde idioten? Pak dan meteen je spullen en rot op voor je de boel verziekt! Of denk je dat ik hier voor mijn lol zit?'

'Nee', zei Stefanie ijzig. 'Ik denk dat je liegt.' Ze duwde hem aan de kant, boog zich over de opening en riep: 'Henri, waar zit je?'

Terwijl Bruno niet van zijn plaats kwam, stak een man van een jaar of dertig even later een slaperig hoofd naar buiten. 'Wat is er nou weer?'

'Ken jij een zekere Raymond?'

Henri schudde zijn hoofd. 'Nooit van gehoord.'

'Bruno heeft wel van hem gehoord.'

'Wat kan mij dat schelen!' En toen hij Richard en Wesley ontwaarde: 'Zijn dat nieuwe gasten?'

'Nee, dat zijn geen nieuwe gasten!' snauwde Bruno.

Henri liep een paar treden op – een massieve gestalte met brede schouders. 'Stuur ze dan weg voor we moeilijkheden krijgen.'

Richard besefte dat hij terrein begon te verliezen. Gespannen zei hij: 'Bruno is niet illegaal. Hij doet alsof. Hij werkt samen met Pascal.'

'Wat weet jij daarvan?' vroeg Henri argwanend.

'Alles.' Ditmaal was het Wesley die antwoord gaf. Zijn toon was arrogant als van iemand die geen twijfel kent. 'Wij zijn journalisten. We zijn Bruno gevolgd van Eindhoven tot Lierop. Hij was erbij toen Pascal de eerste keer met die bioloog onderhandelde en ook toen ze Raymond in elkaar sloegen omdat ze bang waren dat hij de zaak zou verraden.' Hij besloot: 'Ten slotte kwamen we hier terecht.'

Henri keek ongelovig en niet-begrijpend.

Maar Bruno hapte naar adem. 'Godvergeten leugenaars! Jullie willen...' Verder ging hij niet. Hij stak zijn multikom weg en haalde een penvormig apparaat te voorschijn dat hij op hen richtte.

Richard had rekening gehouden met een uitval van Bruno, maar niet met een pistool. Hevig geschrokken deinsde hij achteruit, toen hij Wesley hoorde zeggen: 'Kaliber punt 20. Werkt op capsules met samengeperste lucht. Maximaal vijf schoten. Op korte afstand dodelijk.'

'Goed gezien', snauwde Bruno.

'Geruisloos wapen', vervolgde Wesley alsof hij voorlas uit een encyclopedie. 'Populair in kringen van de onderwereld.'

'Jullie multikom!' blafte Bruno hen toe. 'Geef hier!'

Richard dacht er niet aan te protesteren en legde het toestel op de grond.

'Wegwezen!'

Gevolgd door Wesley schuifelde hij achterwaarts de aarden wal af.

Een paar meter. Toen maakte Stefanie een flitsende beweging: met een venijnige trap schopte ze Bruno zijn pistool uit de hand. Met een kreet van pijn en woede wilde Bruno zijn wapen terugpakken, maar ze lichtte hem beentje, graaide het pistool weg en smeet het tussen de struiken.

Een paar seconden was Richard volkomen verbluft. Toen vloog hij op Bruno af, draaide diens arm op de rug en drong hem hardhandig naar de ingang van de schuilplaats. Bruno verzette zich niet, hij vloekte. 'Daar krijgen jullie spijt van!' schreeuwde hij.

'Waar heb ik dat eerder gehoord?' prevelde Wesley.

Richard duwde de man de trap af en gooide het luik dicht.

Het donker viel als een deken om hen heen. In het diffuse maanlicht zag hij Stefanies silhouet, en haar ogen – glanzend van opwinding. Naast haar Anik. Haar houding was een en al verwarring, terwijl Henri erbij stond alsof hij het nog steeds niet begreep.

'Mijn multikom', zei Richard gejaagd. 'Waar...?'

'Die heb ik', antwoordde Wesley. Droog voegde hij eraan toe: 'Bruno heeft er ook een.'

Richard knikte. 'We moeten hier weg!' En gespannen tegen de anderen: 'Gaan jullie mee of niet?'

'Als jullie mij even uitleggen wat er aan de hand is', zei Henri.

'Daar hebben we geen tijd voor', antwoordde Richard.

'Wie zitten er nog meer in dat hol?' vroeg Wesley.

'Niemand.' Dat was Anik. 'Wij waren met ons vieren.'

'Ik begrijp er niets van', klaagde Henri. 'Bovendien ligt mijn gerief nog binnen.'

'Laten liggen!' gebood Richard.

'Daar pieker ik niet over.' Henri's toon werd agressiever. Hij liep naar het luik met de bedoeling het open te trekken, maar Stefanie zette haar voet op het hout.

Ze zei: 'Ik weet genoeg. Wij gaan weg. Wat jij doet kan me niet schelen, maar Bruno blijft...'

Henri duwde haar grommend opzij, opende het luik en stapte de treden af. Het duurde even voor er uit de schuilplaats woedende stemmen klonken.

Richard nam een snelle beslissing. Voor de tweede keer kwakte hij het luik dicht en ging er bovenop staan. 'Ze mogen ons niet achterna komen', zei hij. 'Blokkeren!'

'Met boomstammen', zei Wesley. 'Aan die kant liggen er wel honderd.' Hij rende weg en was even later terug met een stuk hout dat hij achter zich aan sleepte. 'Minstens veertig kilo', hijgde hij, terwijl hij de stam op het luik liet vallen.

De tweede keer vloog Richard met hem mee en de derde keer hielpen ook Anik en Stefanie.

'Genoeg', zei Richard. 'Wegwezen!'

Achter elkaar zochten ze hun weg naar het pad. Toen begonnen ze te rennen. Honderden meters. Tot Wesley uitbracht: 'Hier linksaf!'

Ze doken het bos in en hurkten buiten adem bij elkaar. Ten slotte zei Stefanie: 'We zijn gek, stapelzot en onnozel.'

'Waarom?'

'We kennen jullie niet eens!'

'Dat is Richard en ik ben Wesley', zei Wesley.

'Dat bedoel ik niet, dwazerik! We weten niet eens wat voor *soort* jullie zijn.'

'O.'

'We zijn zomaar met jullie meegegaan zonder ons af te vragen wat er precies aan de hand is.'

'Niet zomaar', antwoordde Richard. 'Je hebt gezien wat voor type die Bruno is.'

'Dat is waar', zei Anik. 'Maar ik wil graag weten waarom jullie ons per se wilden redden en ook waar we heen gaan.'

'Daar vinden we wel een oplossing voor.' Richard zei niet dat hij koortsachtig aan het denken was zonder een oplossing te vinden.

'We zijn nu ook spullen kwijt', zei Anik.

'Veel?'

'Een broek, een paar truien, dat soort dingen.'

'Daar vinden we ook wel een oplossing voor', zei Wesley.

'Ik denk dat we het beste naar de camping kunnen gaan', zei Richard.

'Wat voor camping?' In Stefanies stem stak argwaan de kop op.

'Camping De Otter,' zei Wesley. 'Rustig gelegen in een bosrijke omgeving.'

'Wesley, hou op met die flauwekul!' gebood Richard. 'We moeten eerst onze fietsen terugvinden.'

Ze stonden op het punt aan de tocht door het bos te beginnen, toen een fel licht over het pad naderde.

Meteen lag Richard plat op de grond. Een suizend geluid van banden – toen was het voorbij.

'Pascal', fluisterde Wesley. 'Binnen tien minuten weet hij wat er gebeurd is.'

Ze verloren geen tijd meer.

Stefanie en Anik stelden geen vragen meer.

Maar toen ze een half uur later de fietsen terugvonden waren ze doodmoe en gehavend.

'We zijn stapelzot en onnozel', herhaalde Stefanie, terwijl ze haar kleren afklopte.

'Dat heb je al gezegd', antwoordde Wesley. 'Maar je was nòg gekker als je in dat hol was gebleven.'

Richard veegde het zweet van zijn gezicht, maar hij kon geen oog van Stefanie afhouden. Fantastisch was ze: mooi, handig, niet bang uitgevallen. En toen ze opkeek ontmoette hij voor het eerst haar blik.

Zeker tien seconden hield ze hem met haar ogen gevangen. Toen ontspande haar gezicht in een lach. Ze zei: 'Jij bent dus Richard?'

'Ja.'

'Richard, je bent misschien heel stoer, maar je ziet er niet uit!'

Wesley begon op zijn bekende manier te grinniken.

Richard lachte mee, maar zelfs de spieren van zijn gezicht waren moe en pijnlijk. Hij zei: 'We gaan naar de camping.'

16

Camping De Otter zag er vredig uit: sfeervolle lampen; een kam-
peerder die op zijn gemak naar de toiletten wandelde; drie mannen
bij de ingang die een gedempt gesprek voerden.
Richard stopte honderd meter voor de toegangsweg.
Achter hem vroeg Stefanie: 'Waar staat jullie tent?'
'Voorbij de ingang en dan rechtsaf.'
'Hoe komen we daar?'
'Daarlangs.' Wesley wees naar een smalle opening in de struiken. 'En
dan langs het water. Vlak bij de tent staan populieren.'
'En als ze ons vatten?'
'Wij zorgen dat dat niet gebeurt', antwoordde Richard. Ongemak-
kelijk voegde hij eraan toe: 'Er is nog wel een moeilijkheid: Rasja is
er ook.'
'Wie is Rasja?'
'Een meisje dat wij zijn tegengekomen. Ze zit in de tent.'
'We hópen dat ze er zit', zei Wesley.
Stefanie maakte fluitgeluidjes tussen haar tanden. 'Ook illegaal?'
'Ze komt uit Nederland, maar ze heeft geen persoonscard.'
'Is dat jullie hobby?' vroeg Anik. 'Illegale meisjes verzamelen?'
Wesley lachte klokkend. 'Richards hobby, ik ben maar een mee-
loper.'
Anik en Stefanie stapten af. Ze zagen er verfomfaaid uit, maar hun
houding bleef trots. Anik zei: 'Ik begrijp nog steeds niet hoe jullie
ons gevonden hebben en helemáál niet waarom jullie ons zijn ge-
volgd.'
'Vanuit Amsterdam', vulde Stefanie aan.
'Dat heb ik al gezegd', antwoordde Richard. 'Jullie vroegen om
hulp en toen...'
Stefanies vinger prikte op zijn borst. 'Sta jij altijd voor iedereen
klaar?'
'Eh... nee.'
'Waarom dan wel voor ons?'

Als Richard met haar alleen was geweest, had hij gezegd dat hij meteen weg van haar was geweest. Nu zei hij: 'Ik vond het niet rechtvaardig dat ze jullie arresteerden om jullie het land uit te schoppen.'

'Niet rechtvaardig', herhaalde Stefanie. 'Dat klinkt mooi.'

'Ze zeggen dat Nederland te vol is', vervolgde Richard. 'Daarom loeren ze op vreemdelingen. Maar ik vond het fantastisch toen we hoorden dat jullie ontsnapt waren. Hoe hebben jullie dat eigenlijk voor elkaar gekregen?'

Met een vlugge blik naar Anik zei Stefanie: 'We hadden geluk. Ze letten even niet op. Toen konden we zó wegwandelen.'

'Uit het politiebureau?' vroeg Wesley.

Stefanie knikte. Ze vroeg snel: 'Wat gaan we nu doen? Als Pascal een echte crimineel is zal-ie het er niet bij laten zitten.'

'Jullie slapen vannacht in onze tent', antwoordde Richard.

'Bij Rasja?'

Hij knikte.

'En jullie?'

'Wij slapen buiten.'

'Wat doen we morgen?'

'Morgen vertrekken we naar Amsterdam.'

'Waar we weer gepakt worden', zei Stefanie.

'Nee!' Hij zei het fel en hartstochtelijk.

Ze trok haar wenkbrauwen op. 'Hoe weet jij dat zo zeker?'

'Gewoon, dat wéét ik.'

'Intuïtie', zei Wesley onduidelijk.

'Wat zeg je?' vroeg Stefanie.

'Wesley, hou op', zei Richard.

Anik vroeg: 'En als ze de camping vannacht controleren?'

'Dat doen ze niet', antwoordde hij zelfverzekerd. En toen: 'Wesley en ik gaan via de ingang. We zien jullie straks bij de tent.'

Stefanie zei: 'Je vraagt niet eens of wij dat ook willen.'

Hij keek haar aan zonder iets te zeggen.

Ten slotte haalde ze haar schouders op. 'Goed, we hebben toch geen keus.'

Terwijl de meisjes tussen de struiken verdwenen fietsten Richard en Wesley naar de ingang. Bij de doorgang naast de receptie draaide een van de mannen zich om: campingbeheerder Marcel.

'Jullie zijn laat op pad', zei Marcel.

'Ja.' Richards antwoord was kortaf. Wat had die man er mee te maken hoe laat zij op pad waren!

'Leuke meisjes ontmoet?' vroeg Marcel.

Richards nekharen stonden meteen overeind. Wat had Marcel gezien – dat zij met Stefanie en Anik stonden te praten? Dat die de camping waren binnengeglipt?

'Allemaal leuke meisjes in Lierop', zei Wesley. 'We blijven nog een paar dagen.'

'Kan ik me voorstellen', grijnsde een van de andere mannen. 'Zo te zien hebben jullie aardig liggen rotzooien.'

Met een gemaakt lachje reed Richard hen voorbij. Dat stomme gepraat altijd! Eén verkeerd antwoord en ze zaten in de problemen. Hij vroeg: 'Zouden ze iets gezien hebben?'

'Nee.' In Wesley's antwoord lag geen twijfel.

'Met Marcel moeten we uitkijken, da's een bemoeial.'

Ze draaiden het veldje op.

Stefanie en Anik waren er nog niet.

Onhoorbaar ritste Richard hun tent open.

De lucht van zweet en etensresten sloeg hem tegemoet. Hij fluisterde: 'Rasja!'

'Ja...! Allemachtig, wat zijn jullie lang weggebleven! Ik heb al die tijd...'

'Ssst! Niet zo hard!'

'Die rotlamp van jullie doet het niet', zei Rasja op fluistertoon. ''t Is hier hartstikke donker.'

'Wacht!' Richard haalde de batterij van zijn fiets. 'Kom op met die lamp!'

Uit de tent klonken geluiden van iemand die de boel overhoop haalt.

Toen: 'Ik kan hem nergens vinden.'

Richard had zin om te vloeken. Hij siste: 'Laat mij even!'

Hij wilde de tent in duiken, maar stuitte op Rasja.

'Kijk uit, hier liggen tarmabroodjes.' Haar adem rook naar kaas, uien en tomaten.

'Tarmabroodjes? Hoe kom jij daaraan?'

'Anik en Stefanie zijn er', zei Wesley gedempt.

Richard graaide in het donker om zich heen. Ten slotte vond hij de lantaarn onder een hoofdkussen. Hij zette hem op de lage stand en sloot de batterij aan. De flauwe lichtkegel onthulde een chaos van kleding en tassen.

Verwensingen inslikkend kroop hij achterwaarts de tent uit.

'Kan dat, met z'n drieën in één tent?' vroeg Stefanie.

Rasja schoot achter Richard aan. 'Jullie hebben ze gevonden! Wat leuk, wat hartstikke...!'

'Hou je kop nou even!' beet Richard haar toe. 'De hele camping kan het horen!' En tegen Anik en Stefanie: 'Jullie kunnen het beste meteen naar binnen. Er is ruimte genoeg.'

Stefanie stak haar neus in de tent.

'Ook stank genoeg', zei ze.

Richard keek Rasja vernietigend aan.

Maar deze zette een onschuldig gezicht. 'Ik had me best willen douchen, maar ik mocht de tent niet uit.'

Richard vroeg met lage stem: 'Hoe kom jij dan aan die broodjes?'

'Die eh... die heb ik gevonden.'

'Gevonden? Waar?'

'Ik moest naar het toilet en toen...'

'Je bent dus wèl buiten de tent geweest!'

'Ja, wat had ik dan gemoeten – de hele boel onder plassen? Dàn had het pas gestonken.'

Wesley gniffelde snuivend, maar Richard had te veel problemen aan zijn hoofd om te lachen.

'Ergens stond een tafel met broodjes', legde Rasja uit. 'Een hele stapel. Ze lagen er zomaar. Daar heb ik wat van meegenomen, want ik dacht: jullie hebben vast honger als je terugkomt.'

Richard hikte van verbazing. 'Heb jij die broodjes domweg gepikt? Gestolen? Achterovergedrukt?'

'Gejat', vulde Rasja aan.

Stefanie begon zachtjes te lachen. Ze zei: 'Jij bent dus Rasja?'

'Ja! En jij?'

'Ik heet Stefanie en dat is Anik.'

Rasja knikte stralend. 'Jullie zijn Vlamingen, dat hoor ik meteen. Hebben jullie in de Kattestraat gewoond?'

'De Kattestraat?' vroeg Stefanie verbaasd.

'Ja, in Aalst.'

Wesley zei: 'Niet alle Vlamingen wonen in de Kattestraat in Aalst.'

'Wij komen uit Oudenaarde', zei Anik.

'Nou zijn we met ons drieën', zei Rasja. 'Hebben jullie ook geen persoonscard?'

'Nee.'

'En ook geen betaalring?'

'Die hebben ze ons afgenomen.'

'Wat een rotstreek!' barstte ze uit. 'Als ik een betaalring...' Richard greep Rasja in haar nek en kneep haar mond samen tot een hoopje verwrongen lippen. 'Hou je nou je mond of niet!'

'Kmg toch wlwat zegg'n', sputterde Rasja.

'Ja, maar zachtjes. HEEL ZACHTJES! Marcel is nog wakker. Die staat bij de ingang.'

'O.'

Richard bracht de tent in orde. Uit zijn tas haalde hij twee extra dekens die hij in het gras legde. Tegen de meisjes zei hij: 'Jullie kunnen naar binnen.'

'Waar zijn de toiletten?' vroeg Anik.

Richard keek bedenkelijk. Het liefst wilde hij de meisjes voor morgen de tent niet uit hebben, maar dat was natuurlijk onmogelijk. 'Je kunt ook achter de bosjes', zei Rasja. 'Maar daar zitten muizen.'

'En geen douches', zei Stefanie.

Rasja schaterde, sloeg haar hand voor de mond en dook de tent in. Onderdrukt lachend zei ze: 'Als je gaat douchen ga ik mee. Douchen is leuk.'

Stefanie en Anik kropen naar binnen.

Richard zei: 'Ik heb liever dat jullie wachten tot Marcel vertrokken is. En als jullie naar het toiletgebouw gaan, doe het dan onopvallend.'

'Willen jullie een broodje?' vroeg Rasja. 'Ze zijn verschrikkelijk lekker.'

'Zeker omdat ze gejat zijn', zei Wesley.

Met lichte tegenzin pakte Richard een broodje. Maar Anik en Stefanie hapten gretig. Met volle mond vroeg Anik even later: 'Hoe gaan we naar Amsterdam, op de fiets?'

Dat was een probleem waar Richard wèl een oplossing voor had. Hij zei: 'Met de auto.'

'Hoe kom jij aan een auto?'

'Van mijn vader.' Hij keek op zijn horloge. 'Half twaalf, hij zal nu wel thuis zijn. Ik vraag het hem even.'

Hij pakte zijn multikom, toen Anik haastig haar broodje weglegde.

'Ik ga naar de wc.'

Voor iemand kon reageren was ze de tent uit.

Richard keek vragend naar Stefanie. 'Wat is er met haar? Voelt ze zich niet goed?'

'De broodjes van Rasja', zei Wesley.

'Dat eh... ik denk dat ze dringend moet', zei Stefanie.

'Dat komt niet van die broodjes', zei Rasja verontwaardigd. 'Ik moet soms ook zomaar, dan fluttert het heel hard.'

Richard slikte en legde zijn broodje weg. Daarna tikte hij het nummer van zijn ouders.

'Mag ik jouw broodje?' vroeg Rasja.

Richard wuifde met zijn hand.

Het toestel klikte.

'Hallo!' De opgewekte stem van zijn vader.

'Claus, met Richard.'

'Ha, die Richard!' Claus' vrolijke gezicht verscheen op het scherm.

'Laat je even zien!'

'Kan niet. Veel te donker.'

'Zit je in de tent?'

'Ja.'

'Hoe gaat het met de meidenjacht?'

Richard voelde het bloed naar zijn hoofd stijgen. Hij antwoordde nijdig: 'Hou op met die onzin! Je doet net of ik een kannibaal ben!'

En toen zachter: 'We hebben die meisjes gevonden.'

'Donders! Dat vind ik knap! Zijn ze aardig? Zien ze er een beetje prettig uit? Breng je ze mee?'

'Ja. Maar er zijn een paar probleempjes.'

'Vertel op!'

'Kan ik nu niet uitleggen. Ik heb alleen je auto nodig.'

Claus vertrok geen spier. 'Is dat alles?'

'Morgenvroeg willen we terug naar Amsterdam', zei Richard. 'En liever niet met de trein of op de fiets.'

'Moeten wij zorgen voor twee extra slaapplaatsen?'

'Drie', zei Rasja met heldere stem.

Claus keek verbaasd. 'Wie zei dat?'

Richard antwoordde op vermoeide toon: 'Er zijn drie meisjes. We kwamen er nog een tegen. Zodoende.'

Claus wreef over zijn kin. 'Toch niet te veel probleempjes met de politie?'

'Nee.'

'Goed. Waar moet die auto heen?'

'Parking Moorsel. Zo vroeg mogelijk en graag met wat extra energie.'

'Moorsel... Bij het ruimtevaartcentrum? Weet je toevallig de parkeercode?'

'Nee.'

'Oké, zoek ik wel op.' Hij glimlachte met een knipoog. 'Zeg Richard...'

'Ja?'

'Kijk je een beetje uit?'

'Doe ik.'

'Prima. Groeten van Angeline. Tot morgen.'

Het beeld werd zwart.

Stefanie knikte waarderend. 'Toffe pa heb jij.'

'Ja!' viel Rasja haar bij. 'En Richards moeder is ook een leukerd.'

'Hij is dus niet kapot', zei Wesley.

'Wat?'

'Jouw multikom.'

'Nee, dat is waar!' En tegen Stefanie: 'In het bos vloog hij opeens op tilt. Ik had hem afgezet, maar hij piepte als een gek. Dat hoorde Anik, want die stond toevallig buiten die schuilplaats.'

'Toevallig', zei Wesley.

'Ja', zei Stefanie.

'En later deed-ie helemaal niks', zei Wesley.

'Nee', zei Stefanie.

Het waren simpele antwoorden, maar de toon waarop ze het zei activeerde bij Richard een zwak waarschuwingssignaal. Het leek wel of zij het níet vreemd vond dat zijn multikom zomaar weigerde, dat zij het zelfs normaal vond dat er zoiets gebeurde.

Ongemerkt legde hij zijn lantaarn zo neer dat het licht op haar gezicht scheen. Maar ondanks haar duidelijke vermoeidheid werd hij meteen gevangen door de gloed van haar ogen.

Ze was echt buitengewoon. Nee – superbuitengewoon, dàt was het. Vergeleken bij haar was Denise een trut en Rasja een troel.

Stefanie vroeg: 'Hoe hebben jullie ons gevonden? Pascal was er absoluut zeker van dat niemand er achter zou komen waar wij zaten.'

'Toeval', antwoordde Richard. 'En een beetje geluk.'

'Intuïtie', zei Wesley.

Stefanie glimlachte en herhaalde zachtjes: 'Toeval, geluk en intuïtie...'

Richard hoorde haar aan alsof hij naar muziek luisterde.

'Intuïtie van Richard', zei Wesley. 'Ik heb geen intuïtie.'

Stefanie keek verwonderd.

Wesley zei: 'Ik eh... ik ben een beetje niet echt. Ik zeg het maar voordat je er op een andere manier achter komt. Ik ben een kloon.'

Ze haalde lichtjes haar schouders op. 'Nou en?'

Wesley staarde haar geruime tijd aan. Toen zei hij: 'Jij vindt dat niet gek?'

'Nee.'

'Maar ik heb dus geen intuïtie.'

Ze schoot in de lach. 'Dat lijkt me onzin.'

'Dat probeer ik hem ook aan zijn verstand te brengen', zei Richard. 'Maar hij gelooft me niet.'

'Hoe kom je aan intuïtie?' vroeg Rasja op een toon alsof het om scurry ging.

'Daar kòm je niet aan', antwoordde Richard. 'Die heb je of die heb je niet.'

'Met intuïtie weet je zomaar wat je het beste kunt doen', legde Wesley bereidwillig uit.

'Zoals vanavond, toen ik die broodjes pikte?'

'Dat was geen intuïtie', antwoordde Richard. 'Dat was diefstal.'

'Pff! Die paar broodjes?'

'Ze zijn lekker', zei Stefanie.

Wesley zei op een speciaal toontje: 'Ergens op de camping heeft nu een klein jongetje honger omdat jij zijn broodjes hebt gejat.'

'Dan heeft dat jongetje pech gehad', antwoordde ze vlot.

Stefanie proestte kruimels rond.

Rasja onderdrukte een nieuwe schaterlach. 'Met jullie erbij is het nòg gezelliger!' zei ze genietend. 'En morgen gaan we naar Amsterdam!'

Anik kwam terug. Ze vroeg: 'Is het gelukt, ik bedoel – met die auto?'

Richard knikte. 'We vertrekken morgen zo vroeg mogelijk. Jullie gaan langs het water en wachten op ons buiten de camping. Naar Moorsel is het hooguit een kwartier. Naar Amsterdam ongeveer anderhalf uur.'
'Als alles goed gaat', zei Anik. Ze vouwde zich op in een hoekje van de tent en zag er opeens klein en kwetsbaar uit.
'Alles gáát goed!' Richard hoopte dat er genoeg overtuiging in zijn woorden klonk om geloofwaardig te zijn.
'Maar zonder persoonscard zijn we nog steeds illegaal', zei Stefanie. Hij gebaarde nonchalant. 'Mijn vader en moeder hebben relaties. Die kunnen wel iets regelen.' En met een blik op haar vuile broek en shirt: 'Ze zorgen ook voor andere kleren.'
Stefanie keek hem zwijgend aan.
'Echt waar', zei hij nadrukkelijk. 'Ik vind dat jullie het recht hebben in Nederland te blijven, als jullie dat willen.'
'Vind ik ook', zei Rasja. 'Jullie zijn zeker uit Vlaanderen gevlucht voor overstromingen?'
'Zoiets', antwoordde Stefanie. Ze wreef over haar gezicht. 'Ik ben moe. Ik ga douchen en slapen.'
'Ik ook!' zei Rasja geestdriftig. Op samenzweerderstoon vervolgde ze: 'Richard, op wie ben je nou verliefd, op Stefanie of Anik? Ik denk Stefanie. Waar of niet?'
Richard had veel zin haar de nek om te draaien. Met een onhandig lachje naar Stefanie pruttelde hij: 'Wie zegt dat ik verliefd ben?'
'Ik!' riep Rasja op een juichtoon. 'Dat heb ik al lang gezien. Er zit pimpelseks in je ogen!'
'Je hoeft niet zo te schreeuwen', zei hij woedend.
'Pimpelseks?' vroeg Wesley.
'Ja. Nooit gehoord? Dan zijn je ogen anders. Dan gaan ze...'
'Rasja!' snauwde Richard. Opnieuw wierp hij een vlugge blik op Stefanie. Op haar gezicht zag hij een mengeling van verwarring en ongeloof. Ze vroeg: 'Wat Rasja zegt – is dat waar?'
Richard had het gevoel eruit te zien als een gestoorde. Maar hij besefte dat hij op dit moment onmogelijk een liefdesverklaring kon afleggen. Hij zei moeilijk: 'Nou kijk... ik vond – vind jullie gewoon leuk. Aardig, bedoel ik.'
'Ben je ons dáárom achterna gekomen?'
'Ook, ja. Maar ik ben...'

'Probeer je ons soms te versieren?'

'Nee!' Richard herstelde zich. Het ging hem absoluut niet om een onbenullig avontuurtje. En Stefanie mocht dan superbuitengewoon zijn, hij hoefde zich ook niet in een hoek te laten drukken. Hij zei: 'Als ik meisjes wou versieren, was ik wel in Amsterdam gebleven.'

Stefanie bleef hem aankijken met haar grafiet-ogen. Ze zei gevaarlijk kalm: 'We zijn niet met jullie meegegaan omdat jullie zulke aardige jongens zijn.'

'Ze zijn wèl aardig', zei Rasja.

Stefanie deed of ze het niet gehoord had. 'We zijn alleen meegegaan omdat we geen keus hadden. Het enige dat wij willen is een Nederlandse persoonscard. Ik hoop dat jullie daar op de een of andere manier voor kunnen zorgen, maar verwacht niet dat we op de knieen gaan liggen en honderd keer "dank je wel" roepen.'

'Eén keer is ook goed', zei Wesley.

'Leuk, leuk, leuk!' ratelde Rasja.

Vanuit de hoek kwam de stem van Anik: 'Richard en Wesley hebben zich voor ons uitgesloofd, Stefanie. Ken jij anderen die dat ook gedaan hebben?'

'Dat kan me niet schelen', antwoordde Stefanie. 'Ik ben niet van plan me te laten inpakken. Dan maar géén persoonscard!'

Richard zweeg. Zijn hoofd leek van hout en zijn ogen deden pijn van moeheid. Zo'n reactie had hij niet verwacht. Maar die had hij wel kùnnen verwachten. Hij zei ten slotte slapjes: 'We zijn allemaal moe. We gaan slapen. Morgen praten we verder.'

Samen met Wesley kroop hij naar buiten, haalde het luifeltje van de tent en spande dat tussen hun fietsen. Daarna rolden ze zich in hun dekens.

Even later zag hij de meisjes in de richting van het toiletgebouw lopen. Hij durfde echter niet te gaan slapen voordat ze alle drie terug waren.

Hij sloot zijn ogen, maar opende die even later weer. Onder het luifeltje door kon hij een stukje hemel zien met zilveren wolken. Om de maan hing een pastelkleurige kring. Uit het water steeg damp op die zich als nevel over het land verspreidde.

Voorboden van regen?

Met zijn multikom was het een kleinigheid de weersverwachting te horen, maar hij was te moe om zich te bewegen.

Wesley fluisterde na een tijdje: 'Richard, ben je nog wakker?'

'Ja.'

'Niet makkelijk, die twee. Vind je niet?'

'Nee.'

'Ik vraag me af waarom ze uit Vlaanderen zijn gevlucht. In elk geval niet vanwege overstromingen, want Oudenaarde ligt hoog genoeg.'

'Nee.' Overstromingen, Oudenaarde – het interesseerde Richard weinig. Stefanies felle woorden hadden hem hard geraakt. Zou ze van zichzelf zo venijnig zijn? Of was het een pantser waarachter ze zich verschool? Hij wist het niet. Hij wist alleen dat het anders was gelopen als Rasja haar mond had gehouden.

Hij zei binnensmonds: 'We hadden haar het bos in moeten sturen.'

'Wie?'

'Rasja natuurlijk! Die ziet kans binnen vijf minuten de hele boel te verpesten.'

Wesley zei zachtjes: 'Volgens mij is er met Anik en Stefanie iets vreemds aan de hand. Het is net of ze ergens bang voor zijn. Dat wij iets ontdekken, bijvoorbeeld.'

'Ik zou niet weten wat.'

'Iets crimineels.'

'Iets crimineels?' Richard siste verachtelijk. 'Je bent gek! Als er één crimineel is, is het Rasja! Broodjes jatten alsof het niks is!'

Wesley vroeg: 'En als wij morgen de camping voor twee betalen, terwijl we met ons vijven zijn, wat is dat dan?'

Richard draaide zich om. Hij gromde: 'Ik ga slapen!'

17

Een kille wind maakte Richard wakker.
Hij opende zijn ogen en ontdekte een bewolkte hemel. Grijs licht
viel over het land en de populieren aan de waterkant ruisten ruste-
loos. In de lucht hing een vochtige geur.
Hij keek op zijn horloge. Half acht. Allemachtig, veel later dan hij
dacht.
Hij rolde uit zijn deken en kroop onder het luifeltje uit.
Toen zag hij Stefanie. Ze zat voor de tent met haar handen om haar
knieën gevouwen.
Ze glimlachte naar hem.
Hij lachte terug, een beetje schaapachtig, met de slaap nog op zijn
gezicht. 'Hallo.'
'Dag', zei ze.
Hij schraapte zijn keel. 'Goed geslapen?'
'Ik was vroeg wakker.' Ze vervolgde, zo zacht dat hij zich moest
inspannen om haar te verstaan: 'Het spijt me van gisteravond.'
'O.'
'Ik had het niet moeten zeggen.'
Richard was te verbluft om antwoord te geven. Was dit hetzelfde
meisje dat hem met bliksemende ogen had gezegd hoe ze over hem
dacht?
'Jullie willen ons echt helpen, nietwaar?'
'Ja.' Een ander antwoord kon hij niet verzinnen.
'Rasja heeft ons verteld wat er allemaal gebeurd is.'
'O.'
'Pascal is een gevaarlijke kerel. Jullie wisten dat, maar toch zijn jullie
naar die schuilplaats gekomen.'
'Ja.'
'Dat is goed van jullie.'
'Ja.'
Haar lach klaterde. 'Zeg je 's morgens altijd ja?'

'Nee.' Meteen drong het tot hem door hoe onbenullig dat klonk. Daarom zei hij: 'Jij bent opeens heel anders. Dat had ik niet verwacht.'

'Ik bèn ook steeds anders', was haar antwoord. 'Tenminste, dat zegt Anik altijd.'

Richard vroeg zich af hoe ze het voor elkaar kreeg er zo fris, monter en onbezorgd uit te zien. Want zelf was hij daar nog lang niet aan toe. Drie illegale meisjes naar Amsterdam brengen, eventuele controles omzeilen en vervolgens persoonscards op de kop tikken – dat was niet eenvoudig. Integendeel, dat was praktisch onmogelijk. Het enige dat hij moest doen was het onmogelijke presteren en niet laten merken dat hij nog ver van een oplossing af was.

Het leek wel of Stefanie zijn gedachten raadde toen ze ernstiger vroeg: 'Ben je niet bang dat ze ons in Amsterdam opnieuw arresteren?'

Hij wuifde luchthartig. 'Absoluut niet! We pakken het professioneel aan. Als we hier maar ongezien kunnen wegkomen.'

Rasja stak een warrig hoofd uit de tent. 'Nu zijn we allemaal wakker', kwetterde ze. 'Nee, tòch niet! Wesley ligt nog te ronken. Wesley, wakker worden! We gaan naar Amsterdam!'

Richard schoot op haar af. 'Als jij je kakel niet houdt, ga je niet mee!'

Rasja keek onthutst. 'Ik mag ook niks zeggen.'

'Natuurlijk mag je wel wat zeggen. Maar je bent net een alarm dat verkeerd is afgesteld.'

De lach brak meteen door op haar gezicht. Met haar handen als een toeter voor haar mond begon ze: 'Joe-ie-joe-ie...'

'Rasja!'

'Wat nou weer? Ik doe het toch zachtjes!'

Met een wanhoopsgebaar naar Stefanie zei Richard: 'Dat kind is een ramp!'

'En de ramp heeft honger', zei Rasja. 'Ik heb nog één broodje, maar daar heb ik vannacht op liggen slapen. Nu is het een beetje plat.'

'Smakelijk eten', zei Wesley.

'Wesley!' juichte Rasja. 'Je bent wakker!' En tegen Richard: 'Gaan we nu weg?'

'Ja.'

Richard vouwde het luifeltje op en toen Anik ook te voorschijn kwam, wees hij langs het water. 'Jullie met z'n drieën die kant op.

Zorg dat niemand je ziet. Wacht op ons op dezelfde plek als gister-avond. Wij ruimen de spullen op.'
'Wanneer eten we dan?' vroeg Rasja.
'Later.'
'Maar ik heb nú honger.'
Hij greep Rasja bij haar shirt. 'WE ETEN LATER, BEGREPEN!'
Rasja keek beledigd. Tegen Stefanie zei ze: 'Hij is niet altijd aardig.'
Anik wreef over haar blote armen. Ze vroeg: 'Hebben jullie het niet koud?'
Zonder iets te zeggen haalde Wesley een sweater uit zijn tas. 'Trek maar aan. Ik heb hem niet nodig.'
'Ik heb het ook koud', zei Rasja.
Richard smeet een shirt in haar richting. Aan Stefanie vroeg hij: 'Jij ook?'
Ze schudde haar hoofd. 'Ik heb het nooit koud.' Gevolgd door Anik en Rasja liep ze naar de waterkant en gleed langs het talud omlaag. Even later waren de drie onzichtbaar.
Tien minuten, meer tijd hadden Richard en Wesley niet nodig om de tent af te breken, de spullen in hun tassen te proppen en naar de uitgang te rijden.
Bij de receptie stond een jongen van een jaar of twintig. 'Jullie zijn vroeg! Bang voor regen?'
'Ja', zei Wesley.
De jongen zei grijnzend: 'Twee personen, twee overnachtingen. Dat is vierhonderdvijftig gulden.'
Richard tikte met zijn ring op de betaalplaat.
Ze lieten de camping achter zich op het moment dat een groep van vijftien, twintig fietsers uit de richting Asten voorbijreed, gevolgd door een auto met een oranje nummer.
'Die gaan vast naar Moorsel', zei Richard. 'Als we er achter aan rijden vallen we minder op.'
Ze verspilden geen tijd en vonden binnen een halve minuut de meis-jes bij de opening in de struiken. Terwijl Rasja bij Wesley achterop ging zitten, trok Richard zijn zadel uit in de verste stand.
'Dat kan nooit', zei Anik.
'Dat móet!' antwoordde hij. 'Vooruit, opschieten!'
Ze persten zich op de fiets.
'Straks krakt-ie in elkaar!' lachte Rasja.

Richard reageerde er niet op. Zijn fiets was sterker dan carbonstaal, die zou twintig mensen kunnen houden.

Ze maakten vaart tot dicht achter de andere fietsers. Tien minuten later reden ze de lanen van Moorsel in.

Anik vroeg: 'Wat doen we als die auto niet in de parking staat?'

'Die staat er!' Het was een van de weinige dingen waarvan Richard zeker was. Zijn vader had de auto geprogrammeerd met de parkeercode van Moorsel. Daarna had de wagen vanzelf zijn weg gevonden.

'En als-ie nou eens gejat is?' zei Rasja.

'Dan jatten wij een andere', zei Wesley.

Rasja schaterde. 'Dat doen ze op de Galgeberg ook altijd!'

'Wat is de Galgeberg?' vroeg Stefanie.

'Daar heb ik gewoond', antwoordde Rasja. 'Maar ik ga nooit meer terug. Ik blijf in Amsterdam.'

Ze sloegen rechtsaf en suisden omlaag naar de parking van Moorsel: een koepelvormige ruimte met sfeervolle verlichting en zachte muziek.

De fietsbaan eindigde bij een automaat, waar autopassagiers bezig waren lege energiecellen om te wisselen voor nieuwe.

Richard stopte en toetste het nummer van hun auto in op zijn multikom. 'C 15', las hij van het display. 'Dat is aan de andere kant.'

Even later hadden ze de plek gevonden.

'Is dat jullie auto?' vroeg Rasja onder de indruk. 'Wat een mooie!'

Dat was waar. Laag was hij, met een neus als een afgeplatte kogel. Minstens twee meter breed, tintelend donkerblauw en met een kristalheldere cockpit van geharde kunststof. Brede, profielloze banden, naadloos sluitende deuren en verende bumpers.

'Ik wist wel dat jullie steenrijk waren', zei Rasja. 'Daar kunnen we makkelijk met z'n vijven in.'

'De fietsen?' vroeg Stefanie.

'Die gaan achterin.' Richard stelde zijn multikom in op afstandbediening, toetste een nummer in en wachtte.

Er gebeurde niets.

Hij snauwde een verwensing. 'Hij doet het niet!'

'Wat doet het niet?' vroeg Wesley.

'De auto. Hij gaat niet open.'

'Verkeerd nummer?'

'Nee. Nummer 349571624, dat weet ik zeker. Kijk maar, anders zou-ie wel aangeven dat het fout was.' Driftig activeerde hij de multikom opnieuw, maar de auto bleef gesloten.

Anik zei opeens: 'Ik voel me niet zo goed. 't Is hier benauwd. Ik ga even naar buiten.'

Richard schudde zijn hoofd. 'Blijf alsjeblieft hier.'

'Maar ik heb frisse lucht nodig.'

'Ik ga mee', zei Stefanie vlug. Ze wachtte niet op antwoord en pakte Anik bij de arm. Even later schoot de lift omhoog.

Richard kreeg het warm. Er was iets met die rottige multikom. Of anders met de auto. Zou zijn vader hem verkeerd hebben afgesteld? Onwaarschijnlijk. Een tijdblokkade? Nòg onwaarschijnlijker.

Terwijl andere auto's de rij verlieten op weg naar de tunnels, zei Wesley: 'Ik denk dat je het beste contact kunt opnemen met je vader.'

'Als ik hem kan...'

Verder kwam hij niet. Rasja rukte hem plotseling wild aan zijn arm.

'Richard, kijk!'

Geërgerd draaide hij zich om. 'Wat nou weer?'

'Daar! Vlak bij de lift!'

Hij hoefde niet te vragen wat ze bedoelde: een lage, rode auto met een oranje nummerplaat kwam van de afrit en reed langzaam in hun richting. 'Rudo en Alexander!' Rasja dook omlaag naar de zijkant van de auto. Daar bleef ze bewegingloos zitten.

Die zijn ons gevolgd. Dat was Richards eerste gedachte. Vlak daarop begreep hij dat ze in geen geval Rasja mochten ontdekken.

Zaten ze maar in de auto, dan kon hij de verduistering inschakelen. Waarom ging die rotwagen ook niet open!

In een vertwijfelde poging perste hij zijn vingers op de toetsen. Met een zoevend geluid schoof de kap terug.

Secondenlang stond hij er ongelovig naar te kijken. Toen kwam hij in actie. 'Rasja, hierheen! Snel!'

Maar Wesley hield hem tegen. 'Niet doen, Rasja! Ze hebben ons gezien!'

Wesley had gelijk. Na een flauwe bocht kwam de rode wagen naast hen tot stilstand.

Alexander bleef zitten.

Rudo stapte uit. Hij zei niets. Er lag een verbeten trek op zijn gezicht.

182

Gevaar. Richard voelde het tot in de toppen van zijn vingers. Maar hij moest gewoon doen, alsof er niets aan de hand was, alsof ze elkaar 'toevallig' tegenkwamen. En hij moest ze vooral negeren. Met een achteloos gebaar wilde hij zijn fiets in de laadruimte leggen, toen Rudo zijn mond opendeed. 'Waar is ze?'

Richard besefte dat het zinloos was uitvluchten te bedenken. Terwijl hij Wesley's fiets naast de zijne legde, zei hij op agressieve toon: 'Wat doen jullie hier? Hebben jullie haar nòg niet gevonden?'

Rudo's lach was onprettig. Hij zei: 'Ik wil geen rotsmoesjes. Ik wil Rasja.'

'Dan moet je zien dat je haar vindt!' Richard zei het onverschillig, maar zo voelde hij zich niet. Waar was Rasja opeens gebleven? En waarom kwamen Stefanie en Anik niet terug?

'We zùllen haar ook vinden.' Rudo kwam dichterbij en leunde op de auto.

Alexander stapte uit en liep om zijn wagen heen. Hij zei: 'We kunnen verdomd lastig worden.'

'Dat heb je ook al eerder gezegd', beet Richard hem toe. 'Je moet eens wat bijleren.' Tot het uiterste gespannen sloot hij het portier van de bagageruimte. Ze waren van plan hen aan te vallen, dat voelde hij, dat *wist* hij.

Wesley zei timide: 'Richard, laat ze. Waarom zouden we niet vertellen waar ze is?'

Richard was verbijsterd.

Voordat hij kon protesteren zei Wesley tegen Rudo: 'Ze is in Someren.'

'Someren?'

Wesley knikte. 'Op de hei waren jòngens uit Someren. Zij hebben haar meegenomen.'

Richard slikte. Dat was doorzichtig, veel te doorzichtig. Daar zouden die twee niet in trappen.

Rudo en Alexander trapten er niet in. 'Jongens uit Someren? Onmogelijk!' Rudo liep op Wesley toe. 'Die uit Someren willen geen meisjes van ons.'

Wesley schoof achterwaarts alsof hij iets angstvallig bewaakte. Hij zei: 'Waarom zouden wij haar dan wèl willen?'

'Jullie willen haar meenemen naar Amsterdam. Wat anders!'

'Maar waarom?'

'Waarom!?' snauwde Rudo. 'Dat is precies wat ik van jullie wil weten! Rasja is van ons! Daar blijven jullie met je klauwen vanaf!'

Richard besloot tot een laatste offensief. Op snijdende toon zei hij: 'Denken jullie echt dat wij zitten te springen om zo'n luizekop van de Galgeberg? Als die meid weggelopen is, ga haar dan zoeken en laat ons met rust!'

Terwijl hij het zei zag hij uit zijn ooghoeken Stefanie en Anik terugkomen.

Rudo volgde zijn blik. Meteen veranderde zijn gezicht in een grijns. 'Die horen ook bij jullie?'

'Die horen wèl bij ons', verbeterde Wesley.

Rudo knikte. 'Jullie hebben er zeker geen bezwaar tegen dat wij hun ook een paar vragen stellen?'

Richard verstrakte tot in zijn botten. Wat wisten Anik en Stefanie? Wat had Rasja hun verteld? Hij antwoordde: 'Die weten nog minder dan wij.'

'Dat willen we graag zelf horen!' Rudo wachtte tot de meisjes dichtbij waren voor hij zijn eerste vraag afvuurde. 'Kennen jullie Rasja?'

Stefanie keek verwonderd. 'Rasja?'

Richard deed verwoede pogingen haar met zijn ogen te waarschuwen. Maar Stefanie scheen het niet te merken. Ze vroeg: 'Wie zijn jullie eigenlijk?'

'Familie van Rasja', antwoordde Rudo. En toen argwanend: 'Jullie zijn Vlamingen. Illegaal soms?'

Stefanies ogen begonnen te vonken. 'Wat gaat jou dat aan!'

'We kunnen jullie aangeven', zei Alexander.

'Dan moet je dat doen!' snauwde ze.

Samen met Anik wilde ze naar de auto lopen, maar Alexander hield haar tegen. 'Wij kunnen ook zorgen voor persoonscards.'

Stefanie deed alsof ze het niet hoorde.

'Tienduizend gulden', zei Alexander. 'Da's voor niks.'

Ze wilde zich losrukken, maar hij hield haar vast. 'Of je zegt waar Rasja is of we geven jullie aan!'

'Alexander, laat haar los', beval Rudo. 'Je ziet dat Rasja er niet bij is. Van mij mogen ze oprotten.'

Het kostte Richard moeite om zijn onverschillige houding te bewaren. Hij had Rudo's sluwheid onderschat, want als zij vertrokken zat Rasja in de val. Ze had zich natuurlijk tussen de auto's verstopt. Als ze alleen achterbleef kon ze nergens heen.

Nergens?

Richard keek vluchtig naar het begin van de tunnel. Maar hij verwierp die gedachte meteen weer. Autotunnels waren kaal en glad. Daar zou ze zich nooit kunnen verstoppen. Daar was het zelfs levensgevaarlijk.

'Wij gaan wanneer wíj willen', zei Wesley nadrukkelijk.

Rudo kwam dreigend op hem af. 'Dan willen wij je graag een handje helpen.' Hij wees naar de open auto. 'Instappen en wegwezen!'

Wesley en Anik gehoorzaamden. Richard en Stefanie bleven staan.

Drie auto's verder kwam Rasja te voorschijn – bleek en ontredderd, maar met fonkelende ogen. Ze zei op schrille toon: 'Ik wil niet terug naar de Galgeberg.'

Rudo zei: 'Rasja, kom hier!'

Rasja bleef staan.

'Jij hoort niet bij die stenenvreters', zei Rudo op overredende toon. 'Jij hoort in ons dorp.'

'Ik ga naar Amsterdam', zei Rasja.

'Amsterdam?' Rudo schoot in de lach. 'Amsterdammers laten je stikken en verrotten. En ze hebben geen letus.'

'Ik wil geen letus meer!'

Rasja begon langzaam naar de auto te lopen. Toen ze dichtbij was wilde ze met een snelle sprong naar binnen, maar Alexander ving haar op.

Ze begon meteen te schoppen en te krijsen. 'Laat me los, puistenbek! Ik wil niet terug naar de Galgeberg!'

Alexander sleurde haar naar hun auto. Hij deed het zonder moeite.

Rudo grijnsde. 'Bedankt voor de oppas. Tot ziens.'

Richard beefde van woede, maar hij kon weinig doen. Ze waren sterk, die twee. En ver weg, bij de muur met energiecellen stond maar één man, die geen aandacht voor hen had. Het was praktisch onmogelijk Rasja nu nog te bevrijden. Veel gemakkelijker was het haar achter te laten. En misschien ook veel beter, want ze was een lastpost.

Hij koos voor het onmogelijke: hij sloeg Alexander met de zijkant van zijn hand tegen het hoofd.

Alexander wankelde. Rasja ontglipte hem. Ze ging er niet vandoor, ze sprong hem op de rug en krabde zijn gezicht open.

Rudo had kennelijk op een uitval gerekend. Razendsnel was hij achter Richard en stompte hem in de rug. Happend naar adem keerde Richard zich om, maar de pijn maakte hem weerloos. Alexander herstelde zich vloekend en gooide Rasja van zich af.

Voor de tweede keer wilde Rudo uithalen, toen Stefanie zijn vuist greep. 'Laat dat, smeerlap!'

Hij wrong zich gemakkelijk los.

Een been dat flitsend omhoogging, meer zag Richard niet. Het volgende moment zakte Rudo in elkaar.

Stefanie vloog om de auto heen, ontweek een vuistslag en trof Alexander tweemaal op dezelfde manier.

Toen duwde ze Richard en Rasja de auto in. 'Vlug, rijden!'

Het duurde seconden voor Richard kon reageren. Mist zweefde voor zijn ogen en zijn handen trilden. Toch zag hij kans de kap te sluiten en de routecomputer te programmeren.

De wagen gehoorzaamde zoemend en verliet de rij. Even later schoten ze de tunnel in.

Richard liet zich achteroverzakken en sloot zijn ogen. Zouden ze hen achterna komen? Zouden ze de politie waarschuwen?

Nee, niet aan denken! Over anderhalf uur waren ze in Amsterdam. Dan was alles anders.

Hij deed zijn ogen open. Naast hem zat Stefanie, op de bank achterin zaten de anderen.

Stefanie keek opzij. De vonken in haar ogen smeulden na en haar wangen hadden een warme kleur.

Hij wrong zijn pijnlijke rug in een andere houding. 'Dat deed je fantastisch', zei hij. 'Waar heb je dat geleerd?'

'Ballet.'

'Ballet?' Richard zag beelden van jongens en meisjes die dansten op muziek, geen vechtpartijen.

'Ik heb het nog nooit eerder gedaan', zei Stefanie. 'Maar het was niet moeilijk.'

'O.'

Rasja zei: 'Ik hoorde hun botten kraken, maar ik was wel hartstikke bang.'

'Wij ook', zei Anik.

Een halve minuut zwijgen. Toen vroeg Rasja: 'Richard, ben ik echt een luizekop?'
'Jij een luizekop? Hoe kom je daarbij?'
'Dat heb jij gezegd – luizekop van de Galgeberg.'
'Ik?' Hij kon het zich nauwelijks herinneren.
'Klopt', zei Stefanie.
Hij schudde zijn hoofd. 'Nee Rasja, jij bent geen luizekop. Anders hadden we jou niet meegenomen.' Hij keek naar de auto's die hen inhaalden en naar langssnellende tunnelwanden. Hij keek ook naar de klok die de tijd aftelde – nog één uur en vijftien minuten, dan waren ze in parking Amstelveld.
'Brede tunnel,' begon Rasja te kwebbelen. 'Drie banen naast elkaar.'
'De rechterbaan is voor honderdvijftig kilometer per uur', legde Wesley uit. 'De middelste tweehonderd en de linker tweehonderdvijftig.'
'We kunnen dus nog harder', zei Rasja.
'Ja', antwoordde Richard. 'Maar dat doen we niet, want dat kost meer energie.'
Terwijl de stuurknuppel lichte correctiebewegingen maakte, vroeg Wesley: 'Waar heb je hem op geprogrammeerd, Amsterdam?'
'Ja.'
'Zou ik niet doen. Rudo en Alexander weten dat we daar heen gaan. Kun je het niet veranderen?'
'Waar wil jij dan heen?'
Wesley zei aarzelend: 'Misschien is Rotterdam beter. Al is het maar voor een paar uur.'
Anik zei onverwachts: 'Ik denk dat Wesley gelijk heeft.'
Richard stelde geen vragen meer, bestudeerde de routekaart op het scherm en toetste de nieuwe bestemming in. De automatische radio met verkeersinformatie gaf geen bijzonderheden. Vijf minuten later schoot de wagen tussen Uden en Oss een zijtunnel in. Op de klok stond nul uur, vijfendertig minuten.'
Rasja zei: 'Nu vinden Rudo en Alexander ons nooit meer. Maar ik heb wel honger.'

18

Ze bereikten de sneltunnel naar Rotterdam bij 's-Hertogenbosch. Daar gleden ze in een colonne van honderden auto's, die met een onderlinge afstand van een meter voortjoegen.

Over die verkeersstroom maakte Richard zich geen zorgen, want elke wagen was voorzien van een radarsysteem dat botsingen met andere auto's of tunnelwanden onmogelijk maakte. Het enige dat vertraging kon opleveren was extra verkeer, maar dat werd meestal opgelost door snelheidsvermindering, korte wachttijden in de parkings of automatische omleidingen via parallel lopende routes. Vrachtverkeer was er niet. Alle goederenvervoer vond plaats in afzonderlijke tunnels, waar cilindervormige containers met perslucht doorheen geschoten werden.

Hij maakte zich wel zorgen over de controle. Die zou in Rotterdam wel eens efficiënter kunnen zijn dan in Amsterdam. En ook gemakkelijker, want Rotterdam was een eiland. Politie en douane hoefden alleen maar havens en tunnels in de gaten te houden.

Ze mochten dus absoluut niet opvallen, ook al zouden ze er maar een paar uur blijven. Misschien was het zelfs beter in een van de parkings te wachten.

Rasja drukte speels op de toetsen van een paneel bij de achterbank. De HV floepte aan. Muziek vulde de kleine ruimte.

Richard zei op vermoeide toon: 'Rasja, doe me een lol en zet die HV uit.'

'Maar dat is leuke muziek!'

'Dat zal best, maar ik kan er nu even niet tegen.'

Ze gehoorzaamde mokkend, maar vroeg even later: 'Als we in Rotterdam zijn, gaan we dan eerst eten?'

'Misschien.'

'Misschien? Ik sterf van de honger.' En toen: 'Ik zag net een zijtunnel naar een restaurant, kunnen we daar niet heen?'

'Nee, dat kan niet.'

'Waarom niet?'

'Daarom niet.' Richard had geen zin haar uit te leggen dat oponthoud de kans op controle alleen maar groter maakte.
Wesley zei: 'Alle tunnelrestaurants hebben een politiepost.'
'O.' Een tijdlang was het stil. Toen zei Rasja: 'Waar is het leuker, in Amsterdam of Rotterdam?'
'Amsterdam', zei Wesley.
'Waarom?'
'Daar is het gezelliger.'
'In Vlaanderen zeggen ze dat Rotterdammers alleen maar werken', zei Stefanie. 'Is dat waar?'
'Dat is waar', grinnikte Wesley.
'Dat is onzin', zei Richard. 'Ook Rotterdammers werken niet meer dan zestien uur per week.'
Anik vroeg: 'Studenten ook?'
'Nee, die hebben meer tijd nodig.'
'Dan ga ik niet studeren', zei Rasja.
'Jullie zien eruit als studenten', zei Stefanie tegen Richard en Wesley. Richard knikte. 'Wesley doet wiskunde en ik gezondheidswetenschap. En jullie?'
Stefanie gaf niet dadelijk antwoord. Even leek het zelfs of ze nog een antwoord moest verzinnen. Ten slotte zei ze: 'Wij waren bezig met een opleiding. Maar we zijn weggestuurd.'
'O.'
Richard probeerde er iets van te begrijpen. Stefanie was inderdaad niet het type van de trouwe, leergierige student.
Maar Anik? Hij kon zich nauwelijks voorstellen dat zij moeilijkheden zou veroorzaken, want ze was vriendelijk en innemend. Hij had zich zelfs verbeeld dat hij zich prettiger voelde als zij in de buurt was.
Maar weggestuurd worden van een opleiding, was dat een reden om naar het buitenland te vluchten?
Hij stond op het punt dat te vragen, toen Rasja zei: 'Op de Galgeberg doet niemand een opleiding.'
'Jij kunt toch lezen en schrijven?' zei Wesley.
'Ja, maar niet goed.'
'Dan ga ik je dat leren', bood hij aan.
'Ballet lijkt me anders ook leuk', antwoordde ze. Ze leunde voorover naar Stefanie: 'Duurt het lang voordat je dat kunt?'

'Ik ben begonnen toen ik zeven was.'

'En nu ben je zestien?'

'Ja.'

'Pff, negen jaar! Kun je dan pas je benen hoog opzwiepen?'

'Nee', lachte Stefanie. 'Dat kan al na één jaar.'

De auto minderde vaart. Op de routecomputer verscheen de tekst:

ROTTERDAM – 00.04 UUR

KIES PARKING >

KRALINGEN – CENTRUM – NOORD – WEST – ZUID – HAVENS

Richards hand zweefde boven de toetsen, toen Anik plotseling zei: 'Centrum.'

Hij aarzelde. Was dat verstandig? Zelf zou hij voor Kralingen of Zuid kiezen.

'Doe maar wat Anik zegt.' In Stefanies toon klonk iets gebiedends.

Richard bediende de toetsen.

De tekst veranderde:

CENTRUM

KIES PARKING >

HOFPLEIN – COOLSINGEL – BLAAK

SCHOUWBURG – WEENA – LIJNBAAN

'Coolsingel', zei Anik.

Opnieuw deed hij wat ze zei en vroeg toen over zijn schouder: 'Ben jij vaker in Rotterdam geweest?'

'Nee.' Haar glimlach was flauwtjes. 'Ik eh... ik heb wel eens een plattegrond van Rotterdam gezien.'

'O.' Hij begreep er niets van. Hoe kon iemand die Rotterdam nauwelijks kende zo stellig zeggen welke parking ze moesten nemen?

'Heb jij intuïtie?' vroeg Wesley aan Anik.

'Soms.'

'En komt die altijd goed uit?'

'Nee', antwoordde ze. 'Was het maar waar.'

De auto boog af naar rechts. Aan weerskanten gleden andere wagens mee. Een scherpe bocht naar links volgde. De tunnel werd dieper. De snelheid nam verder af. Het kompas gaf aan dat ze recht naar het zuiden reden. Even later zoefden ze de parking binnen – dertig meter onder de grond.

De wagen zocht een open plaats en kwam tot stilstand. Het zoemen van de motor hield op.

Richard rekte zijn rug, die nog steeds een beetje pijn deed. 'Wat doen we, blijven we hier?'

'Hier blijven?' Rasja schoot overeind. 'Hoe komen we dan aan eten?'

'Ik heb ook honger', zei Stefanie.

'Goed', zei Richard. 'We gaan de stad in.'

Vijf minuten later bracht de lift hen naar de begane grond. De parking-hal waarin ze terechtkwamen had marmeren wanden en hoge ramen. Op een ovalen zuil in het midden stond in verscheidene talen:

WELKOM IN ROTTERDAM, STAD VAN DE TOEKOMST,
TIEN METER BENEDEN ZEENIVEAU

In de hal was het druk. Liften uit ondergrondse woonlagen voerden nieuwe bezoekers aan, die in stromen hun weg zochten.

Met open mond stond Rasja te kijken. 'Zoiets heb ik nog nooit gezien!'

Richard gaf haar een duw. 'Sta niet te gapen, Rasja. We vallen op.'

Met een blik op haar sjofele kleren gromde hij: 'Ik vraag me af of we niet beter weer ondergronds kunnen gaan, dan haal ik wel eten.'

'Gaan we Rotterdam dan niet bekijken?'

Met een zucht antwoordde hij: 'Rasja, zijn wij naar Rotterdam gekomen om de stad te bekijken? Nee! Zijn wij naar Rotterdam gekomen omdat het zo gezellig is? Nee! Wij zijn hier alleen om Rudo en Alexander niet achter ons aan te krijgen!'

'Toch ook om te eten', zei Rasja. Meteen vroeg ze: 'Is het in Amsterdam net zo?'

'Nee, in Amsterdam is het niet zo. In Amsterdam is alles anders!'

'Beter', zei Wesley.

Ze verlieten de hal, die uitkwam op een boulevard waar het krioelde van de mensen. Overal waren winkels, boetieks en kiosken. Wandelpaden waren geplaveid met doorzichtige kunststof, waar fietsers onderdoor reden. Op tien meter hoogte suisden telecabines heen en weer. Nog eens tien meter daarboven was over de volle breedte van de boulevard een overkapping gespannen van staalglas. Aan weerszijden stonden gebouwen van gepolijst graniet, antracietkleurig basalt en gevlamd marmer. Reusachtige torens waren het, in allerlei vormen, tientallen verdiepingen hoog.

'Dit is dus de Coolsingel', zei Stefanie.

'Ze zijn hier gek op marmer', zei Wesley.

'Het regent', zei Rasja.

Ze wees naar de druppels die langs de overkapping omlaag rolden en zich verzamelden in glooiende goten. Aan de noordkant van de overkapping kwamen de goten samen in een brede stroom, die eindigde in een vijftien meter hoge waterval. Het ruisen ervan was duidelijk te horen.

'Dat wil ik zien', zei Rasja.

'Dat is bij het Hofplein', zei Wesley. 'Maar ik dacht dat je honger had.'

'Heb ik ook!' Ze trok Richard enthousiast aan zijn mouw. 'Daarginds staat een leuk eethuis!'

Dat moest Richard toegeven. Vijftig meter verder, in de richting van de waterval stond een schitterend bouwsel, versierd met alle mogelijke soorten beeldhouwwerk. CENTURIES stond erop in goudkleurige letters.

'Daar hebben ze vast lekkere dingen', zei Rasja smakkend.

'Ook dure', mompelde Richard. Die morgen had hij zijn ring geactiveerd met de rest van zijn geld: ongeveer vijftienhonderd gulden, en hij voelde er weinig voor dat allemaal aan eten uit te geven. Bovendien wilde hij hier niet langer blijven dan nodig was, want op de een of andere manier had hij het gevoel dat ze bekeken werden. Terwijl ze de kant van het Hofplein op liepen, speurde hij zo ongemerkt mogelijk om zich heen, maar hij ontdekte niets anders dan druk pratende, wandelende en winkelende mensen.

Stefanie kwam dicht naast hem lopen. Ze vroeg: 'Je vertrouwt het niet?'

'Nee.'

'Denk je dat die Rudo en Alexander ons zijn gevolgd?'

'Nee, eerder Pascal.'

'Pascal? Hoe kan die nou weten dat wij in Rotterdam zijn?'

'Pascal heeft helpers. Die zullen ontdekken dat wij op die camping zijn geweest en nogal haastig zijn vertrokken. Ze zullen ook te weten komen dat wij jullie op de fiets hebben meegenomen. Er zijn mensen die dat gezien hebben. Er is zelfs een kans dat hij met Rudo en Alexander gaat samenwerken.'

'Kans van één op vijftig', zei Wesley, die zijn woorden had opgevangen.

Richard zei: 'In Amsterdam zou ik me een stuk prettiger voelen.'
'Waarom?'
'Omdat ik daar de weg ken.'
Stefanie legde haar arm op zijn schouder. 'Niet bang zijn.' Meteen voegde ze eraan toe: 'Ik vertrouw je.'
Richard was even van slag; toen was het of de zon begon te schijnen. Als vanzelf sloeg hij zijn arm om haar middel en drukte haar tegen zich aan.
Ze zei: 'Jullie hebben ons geholpen zonder dat jullie wisten wie wij waren. Iedereen die wij tegenkwamen wilde alles van ons weten. Jullie niet. Jullie hebben niet eens vervelende vragen gesteld.'
'O.' Richard was opeens blij dat Rasja hem zulke vragen onmogelijk had gemaakt.
Alsof Rasja voelde dat hij aan haar dacht, zo snel keerde ze zich om. Meteen jubelde ze: 'Zie je wel, Stefanie is ook verliefd!'
Stefanie begon te lachen. Richard maakte een gebaar dat Rasja haar klep moest houden. Aniks ogen fonkelden vrolijk. En Wesley liep op zijn eigenaardige manier te grinniken.
Zo kwamen ze bij CENTURIES en Richard dacht niet meer aan hoge prijzen. Behalve knapperige tarmabroodjes bestelden ze groentesoep, geroosterde koeken, kruidige kaas, salades met gebakken eieren en een verrukkelijke saus. Ze dronken pittige scurry en namen ten slotte ijs met chocolade en zoete vruchten.
Ook de rekening van veertienhonderdvijfentwintig gulden kon hem weinig schelen. Hij voelde zich volmaakt gelukkig. Pas toen ze weer op straat liepen, stak het duiveltje van onrust de kop weer op.
'Ik heb nog nooit zo lekker gegeten', zei Rasja opgetogen. 'En nu gaan we naar de waterval.'
Richard aarzelde. 'Moet dat nou?'
'Dat heb je beloofd', zei Rasja.
'Dat heb ik helemaal niet beloofd!'
'Jawel! En hij is nu veel groter, kijk maar. Nee, er zijn vier watervallen!'
Rasja had gelijk. Het was harder gaan regenen en ook de overkappingen boven het Weena, het Pompenburg en de Schiekade stortten hun water in vijvers, waar fonteinen een feestelijk decor vormden.
'Ze zijn hier gek op watervallen', zei Wesley.
'Mooi!' juichte Rasja. 'Hartstikke mooi!'

Het plein wàs mooi. In het midden stond één enkele zuil van hooguit een decimeter dikte als steun voor een enorme glazen koepel. Onder de koepel hingen diamantvormige lampen in patronen van bekende sterrenbeelden. Aan de kant van de boulevards lagen tuinen met schitterende bloemen; bomen raakten bijna de overkapping; overal vlogen vogels. De tientallen banken waren allemaal bezet; de meeste mensen stonden echter bij de vijvers, die kolkten onder het geweld van de watervallen en fonteinen.

'Fantastisch', hoorde Richard iemand zeggen. 'Dat hebben we een tijd gemist. Alles wordt schoongespoeld.'

'Regen is prima', zei een ander. 'Als het maar niet harder gaat waaien.'

Richard volgde zijn blik tot ver boven de koepel.

Daar joegen wolken voorbij. Een dunne mast zwiepte. Het gaf hem een onbestemd gevoel.

Hij keerde zich naar de anderen om te zeggen dat het beter was om te vertrekken, toen hij Pascal zag. Samen met een man van een jaar of dertig stond hij aan de andere kant van de vijvers, onder de overkapping van de Schiekade. Toen ze beiden langzaam in hun richting begonnen te lopen, zagen ze eruit als toeristen die de stad verkenden.

Richard greep Stefanie bij de hand en dook omlaag.

Ze was compleet verrast. 'Wat is er?'

'Pascal!'

'Pascal?' Haar ogen werden groot van schrik.

'Hij staat daarginds!'

'Het is niet waar.'

'Ik weet het zeker!' En tegen de anderen: 'Wegwezen!'

Wesley reageerde onmiddellijk en trok Anik mee. Maar Rasja stond te kijken alsof ze een geest had ontdekt.

'Rasja, kom hier!'

'Maar ik heb hem helemaal niet gezien!'

Richard had geen behoefte aan discussies. Hij snauwde: 'Kom je mee of blijf je hier?'

Rasja keerde zich om.

Samen glipten ze door de menigte, terug naar de parking-hal.

Daar hield Wesley hen tegen. 'We kunnen beter niet naar de auto gaan.'

'Waarom niet?'

'Tien tegen één dat Pascal weet hoe wij hier gekomen zijn, twintig tegen één dat-ie onze auto in de gaten laat houden.'

'Maar wat moeten we dan?'

'Wachten', zei Wesley kalm.

'Waar? We kunnen toch niet op een bankje gaan zitten niksen?' Stefanie wees naar een zwartglazen gebouw schuin tegenover de parking-hal. 'Daar kunnen we wachten.'

Richard bekeek het bouwwerk. Rank en glanzend was het, met matzwarte pilaren, die van onderen smal en van boven breed waren, waardoor het leek of het gebouw op zijn kop stond. Een zwarte plaat naast de ingang vermeldde:

BLACK HOLE – MUSEUM OF THE FUTURE

Richard aarzelde. Had Stefanie gelijk? Zou Pascal hen hier niet zoeken?

'Wat betekent "black hole"?' vroeg Rasja.

'Zwart gat', zei Wesley. 'Het is een museum van de toekomst.'

Haar ogen kregen een schichtige uitdrukking. 'Zwart gat? Daar hoef ik niet in. Dat is vast duur.'

'Musea zijn gratis', zei Wesley op de toon van een reisleider.

Richard nam een snelle beslissing. 'We gaan.'

Ze staken de boulevard over. Deuren openden en sloten zich – ze stonden in een hal waar onzichtbare lampen een ijl licht verspreidden.

Van alle kanten klonk zachte muziek, maar de voetstappen van de tientallen bezoekers waren volkomen geruisloos. Stemmen hoorden ze alleen van mensen die dicht bij hen stonden.

Stefanies hand gleed in die van Richard. Ze fluisterde in zijn oor: 'Ik hoor haast niets meer, alleen muziek. Het lijkt wel of ik doof ben. Hoe kan dat nou?'

'Weet ik niet.'

Rasja rukte aan zijn arm. 'Ik wil weg! Ik vind het hier waardeloos!' Haar stem kwam uit een ruimte die ver weg lag.

Richard schudde zijn hoofd. 'We blijven!' Zijn woorden klonken luid, maar doofden tegen een onzichtbare muur.

'Die muziek is ook waardeloos!' schreeuwde Rasja.

'Pascal vindt ons hier nooit!' riep hij terug.

Wesley kwam met een opgewekte grijns naar hen toe. 'Absorptie!' riep hij van dichtbij. 'Alle geluid wordt weggezogen! Alleen de luidsprekers zijn zo opgesteld dat je de muziek wel hoort. Het moeten er honderden zijn!'

'Honderden luidsprekers?'

'Ja!'

Rasja zei bang: 'Straks worden wij ook weggezogen.'

Wesley lachte geluidloos en met schitterende ogen. Het leek wel of hij Pascal vergeten was, toen hij naar een tunnelvormige gang wees. Zijn mond vormde een zin: 'Die kant op.'

In de gang verstomde de muziek. In plaats daarvan stroomden woorden naar hen toe. *Toekomst is verleden. Gisteren is de toekomst van eergisteren. Wie sneller is dan het licht, kan zijn verleden zien, wie langzamer is, zijn toekomst.*

Rasja leek haar bangheid kwijt te raken. 'Ik snap er niets van!' riep ze in Richards oor.

'Ik ook niet!'

Gesproken woorden zijn verleden, zei de stem. *Ze verdwijnen zoals de woorden in deze ruimte. Woorden worden vergeten, tenzij onthouders ze in herinneringen willen vasthouden.*

'Dat snap ik wel', zei Richard.

Jouw toekomst ligt niet vast, jouw toekomst maak je zelf. Jouw toekomst bestaat in plannen, voornemens, opleidingen en denkbeelden. Maar wie sneller is dan het licht, heeft geen toekomst.

'Sneller dan het licht', zei Stefanie. 'Dat kan toch niet?'

'Nee', zei Richard. 'Alleen in theorie.'

'Dan vertellen ze hier prietpraat', zei ze praktisch. En toen verbaasd: 'Ik hoor opeens iedereen. Alles is weer gewoon!'

Stefanie had gelijk. Van alle kanten klonk opgelucht gepraat. De muziek was opgehouden. Het licht werd sterker.

De tunnelgang kwam uit in een zaal met rijen gemakkelijke stoelen. Op een wandvullend projectiescherm verscheen een zee met schuimende golven. Een melodieuze vrouwenstem zei: *Dit is geen verleden en ook geen toekomst, dit is nú: vijf kilometer van de plek waar jullie zitten. Hoge golven en harde wind. Maar maak je geen zorgen, want er is een dam. Toen vijftig jaar geleden de Grote Overstromingen kwamen, begrepen wij wat er zou gebeuren. Wij wisten wat de toekomst zou brengen. Daarom is deze stad een wonder van de toekomst!*

'Ze vinden zichzelf geweldig', zei Stefanie.

'Rotterdammers', grinnikte Wesley.

Het beeld versprong naar een eiland, omgeven door een hoge muur. Binnen de muur ontelbare gebouwen, rechts een waterplas met vlak daarbij insteekhavens voor veerboten; in het midden een langgerekt meer met landtongen en kleine eilanden. Over het meer drie bogen die er op het eerste gezicht uitzagen als reusachtige bruggen.

Rotterdam van bovenaf, zei de stem. *Schepping van vernuft en techniek. Integratie van wonen, werken en vrije tijd. De modernste havens van de wereld. Ondergrondse fabrieken met honderd procent recycling. Vervoer zonder haperingen. Geen kneuterige herbouw van aftandse bouwwerken, maar architectuur van de tweeëntwintigste eeuw.*

'Dat is een trap naar Amsterdam', gromde Wesley.

Richard hoorde het niet eens. Zijn gedachten waren ergens anders. Hoe had Pascal hen zo snel achterhaald? Hoe zouden ze hier ongemerkt kunnen wegkomen? Waren ze in dit museum echt veilig? De stad kwam dichterbij, alsof ze in een dalend vliegtuig zaten. De bruggen werden tweehonderd meter hoge arcaden in de kleuren van de regenboog. De pijlers aan weerskanten van het meer waren spitse torens van een glanzende schoonheid.

Hier wonen senioren. Niet zoals bij andere steden in wrakke appartementen, maar in woonbogen die uniek zijn in de wereld. Er is echter een project dat nog verder gaat: een arcade van oost naar west. Tien kilometer lang, tweehonderd meter breed en duizend meter hoog – een stad op zichzelf met dertigduizend bewoners.

'Ze zijn hier gek op arcaden', zei Wesley.

'Als zo'n boog nou eens knakt?' vroeg Rasja.

'Dan hebben ze pech gehad', antwoordde hij.

Stefanie zei: 'Tussen Antwerpen en Brussel hebben ze grote driehoeken gebouwd, die in elkaar passen.'

'Bestaat Antwerpen dan nog?' vroeg Wesley.

Ze knikte. 'Het oosten.'

Nu is Rotterdam nog een eiland. Maar dat zal niet zo blijven. De zee heeft zijn hoogste peil bereikt. Het verdronken land wordt weer drooggelegd, want wat onze grootouders niet konden, kunnen wij wel: megadijken bouwen. Dan herrijzen ook andere steden. Den Haag, Leiden, Delft, Alkmaar, Haarlem en Leeuwarden – nieuwe steden op oude fundamenten.

'En Amsterdam?' riep iemand uit het publiek.

Met Amsterdammers weet je het nooit, antwoordde de stem vlot. *Wie weet verhuizen ze straks met zijn allen naar Friesland.*

'Buitengewone humor', zei Wesley. 'Ik heb het hier wel gezien. Gaan jullie mee?'

Terwijl ze de zaal verlieten ging de stem door met te vertellen dat de zee helaas nog steeds vervuild werd door oude gifbelten die door de golven werden losgeweekt. Dan werden de stranden bij Bergen op Zoom, Gorinchem en Utrecht overspoeld met bijtende chemicaliën, dan was...

De rest werd onverstaanbaar, toen een deur dichtgleed. Het schemerdonker van een halachtige ruimte omsloot hen.

Maar aan de andere kant bevond zich een bar, waar lampen een aangenaam licht verspreidden. Er stonden tafels en stoelen, en er klonk prettige muziek. Vier mannen zaten aan een tafel te kaarten.

'Ik heb dorst', zei Rasja. 'Gaan we hier wat drinken?'

'Nee', antwoordde Richard. Ze moesten hier niet te lang blijven, hield hij zich voor. Ze moesten toch proberen met de auto te ontsnappen. En als Pascal die liet bewaken, zouden ze een truc moeten verzinnen.

Over een verende vloerbedekking liepen ze naar het midden van de zaal, toen een van de kaartende mannen keihard vloekte. Tegelijkertijd stond hij op, trapte zijn stoel weg en schopte de tafel om. In zijn hand lag een mes. Het duurde even voor de anderen eveneens overeind kwamen. Maar plotseling glansde de loop van een pistool. Een sissende stem beval: 'Weg dat mes!'

Richard, Wesley, Anik, Stefanie en Rasja – ze stonden als versteend. Dit was levensgevaarlijk!

De man met het mes wachtte geen seconde en dook in hun richting. De man met het pistool richtte zijn wapen. Een blauw-witte vlam spoot naar hen toe.

Rasja gilde.

Stefanie en Anik grepen elkaar vast.

Richard liet zich vallen, maar hij wist dat hij te laat was. Hij voelde... niets.

Hij keek op en zag de vier aan hun tafel zitten alsof er niets gebeurd was.

Verbijsterd staarde hij naar het tafereel, toen Wesley zenuwachtig begon te lachen. 'Niks aan de hand, het is een film.'

'Een film...!?'

Het antwoord kwam uit een luidspreker. *Projectie op schermen van*

geladen deeltjes. Nu nog uiterst kostbaar, maar over twintig jaar de gewoon-
ste zaak van de wereld.

Wesley's ogen glansden van opwinding. 'Dit is helemaal, absoluut, niet normaal meer fantastisch! Ik wist dat het bestond, maar we zijn er allemaal in getrapt! Moet je kijken wat er gebeurt als je erheen loopt!'

Ze liepen erheen, aarzelend, alsof ze bang waren de kaartende mannen te storen. Maar toen ze dichtbij waren, verdween het beeld in het niets, zoals een regenboog verdwijnt als je hem nadert. Er stonden geen tafels, er was geen bar, er brandden geen lampen. Er was slechts een kale muur.

'Niet normaal meer fantastisch', herhaalde Richard grommend. 'Ik kreeg zowat een hartverlamming.' En toen: 'Het is half twaalf. We gaan weg.'

'De uitgang is die kant op', zei Anik.

In hoog tempo liepen ze door gangen, lieten zich meevoeren over rolbanen en propten zich met andere bezoekers in liften.

Ze passeerden zalen met diagnosecomputers, ruimtesondes en maquettes van supertreinen die door vacuüm tunnels tienduizend kilometer per uur haalden. Er werden proeven genomen waarbij apparaten niet op stemcommando, maar met gedachtenoverbrenging werden bediend. Er was een expositie over teletransport van materie. In een laboratorium werd uitgelegd hoe klonen gemaakt werden.

Een paar minuten bleef Wesley staan luisteren. Toen hij zich omkeerde lag er een blik in zijn ogen die Richard niet kende.

Met een verachtelijk gebaar zei hij: 'In de toekomst worden klonen sterker, sneller, en intelligenter.'

'Ook beter?' vroeg Anik.

Wesley keek haar verrast aan. Toen kwam er een glimlach. 'Dat hebben ze niet gezegd.'

Ze glimlachte terug en legde even vertrouwelijk haar hand op zijn schouder.

Een moment was Richard bang dat Rasja zich weer zou gaan aanstellen, maar tot zijn opluchting zei ze niets. Ze keek alleen.

Ze bereikten de bovenste verdieping en stuitten op een bordje PERSOONSCONTROLE.

Richards haren kwamen meteen overeind. Daar had hij niet op

gerekend. Als Stefanie, Anik en Rasja gesnapt werden, konden ze geen kant op.

Hij zocht naar een middel om de controle te omzeilen toen Wesley zei: 'Richard, die controle is niet echt. Die is toekomst.'

'O.' Sukkel die hij was! Waarom ontdekte hij dat nou zelf niet! Hij passeerde de 'controle', ving een paar woorden op en bleef toen als verstijfd staan.

Controle vindt nu plaats met behulp van persoonscards. Dat is primitief. Persoonscards kunnen vergeten worden of vervalst. Binnenkort is er een betere methode: bloedcontrole. Ieder individu heeft zijn eigen unieke basis- bloedbeeld. Zelfs bij ziekten, inspanningen of het gebruik van medicijnen en drugs blijft dat bloedbeeld onveranderd. Slechts één druppel uit de vinger is voldoende om vast te stellen...

Richard luisterde niet meer. Heftig greep hij Stefanie bij haar schouders. 'Heeft Pascal jullie bloed afgenomen?'

Ze keek hem met grote ogen aan. 'Ja. De eerste avond. Hij zei dat hij dat nodig had om...'

Hij liet haar niet uitspreken. 'Dáárom weet Pascal dat wij hier zijn! We moeten hier weg! Meteen!'

'Maar hoe kan dat nou?' begon Rasja. 'Pascal heeft toch niet gezien dat wij...'

'Rasja, niet zeuren! Meekomen!'

Hij wachtte geen protesten meer af, rende een gang door en belandde in een hal met liften. Een van de deuren stond open. Gevolgd door de anderen schoot Richard naar binnen en tikte twee knoppen aan: BG en SNEL.

De lift gehoorzaamde en leek te vallen als een steen.

Tot de vierde etage. Toen remde hij abrupt en stond stil.

Richard begon te schelden, ramde op knoppen en rukte aan de deur.

Er gebeurde niets. De lift zat vast. In de deur zat geen beweging.

Hij onderdrukte de neiging deuken in het metaal te trappen. Maar hij balde zijn vuisten van teleurstelling.

'Hij is kapot', zei Wesley.

19

Wesley krabde langdurig in zijn haar voor hij naar het bedienings-
paneel wees. 'Er zit ook een alarmknop op. Die heb je vergeten.'
Richard probeerde zijn ademhaling normaal te krijgen. Hij vroeg:
'Wil jij die gebruiken?'
'Ja. Of weet jij iets beters?'
Richard wist niets beters. Ze zaten vast in een ruimte van twee bij
twee meter. Daar konden ze alleen uit als ze van buitenaf werden
geholpen. Daar moesten technici aan te pas komen. Mogelijk kwam
zelfs de politie kijken. En dat was het laatste wat ze moesten hebben.
'Ze hebben gauw genoeg in de gaten dat de lift het niet doet', zei
Wesley.
Richard snoof. 'Schieten we daar wat mee op?'
'Nee.'
'Misschien is er geen stroom meer', zei Rasja.
'Kans van één op duizend', zei Wesley.
Ze keek niet-begrijpend.
'Hij bedoelt dat een stroomstoring praktisch onmogelijk is', zei
Richard.
'Maar hoe kan die lift dan zomaar stilstaan?'
'Aardmannetjes van de Galgeberg', verklaarde Wesley vriendelijk.
'Die vinden het grappig om liften stil te zetten.'
Rasja keek verschrikt. 'Kan dat echt?'
Richard zei met een zucht: 'Wesley, doe niet zo verschrikkelijk
leuk.' En tegen Stefanie en Anik: 'Ik ben bang dat wij de alarm-
knop...'
Met een vlugge beweging legde Stefanie haar hand op zijn mond.
'Ssst! Even niets zeggen!' Haar toon was dwingend.
Richard was stomverbaasd. Toen pas zag hij Anik staan: met haar
gezicht naar de liftwand en met gebogen hoofd als een kind dat
gestraft wordt.

En hij begreep er niets van. Wat was er nou weer met Anik? Hetzelfde als in de parking van Moorsel? Benauwd? Engtevrees misschien? Hij fluisterde Stefanie toe: 'Wat heeft zij?'

Als antwoord legde Stefanie een vinger tegen haar lippen. Richard zweeg. Maar vragen bestormden hem. Waarom deed Anik zo vreemd? Was het een reactie op hun vlucht uit de schuilplaats van Pascal? Of had het iets met die bloedafname te maken? Rasja zei op schrille toon: 'Wanneer komen we hier uit? Ik wil niet langer...'

'Stil!' beval Stefanie.

'Waarom moet ik stil zijn? En waarom staat Anik zo raar...?

Stefanie greep Rasja woedend bij haar blouse. 'Als jij hier zo graag uit wilt moet je je mond houden!'

Rasja gehoorzaamde, maar haar mond trilde.

Wesley stond erbij met gefronste wenkbrauwen.

Stefanie keek naar Richard met een gespannen glimlachje.

En bijna een minuut lang was er slechts het geluid van hun ademhaling.

Toen kwam de lift met een schokje in beweging. Licht suizend als bij een zwakke wind overbrugde hij de afstand naar de begane grond.

Richard zei niets, maar de vragen stapelden zich op. Wat was er met die lift? Werden storingen automatisch verholpen? Gebeurde dat van buitenaf? Of had Anik er iets mee te maken? Maar was dat niet volslagen onmogelijk?

Anik keerde zich om. Haar gezicht was bleek. En het was of haar ogen op een onbekende verte waren gericht.

Richard besloot zijn vragen voor later te bewaren.

De deuren gleden open. Een heldere stem zei: *Tot ziens in de toekomst.*

Toen bereikten ze via een glooiende rolbaan de uitgang aan de zijkant van het museum.

Een pleinachtige straat, glimmend van de regen. Torenhoge gebouwen. Een gevel met een bedrieglijk echt lijkende vlam: het kantoor van een energiemaatschappij. Een fluorescerend bord met de naam 'Meent'. Verderop gebouwen in de steigers, opgebroken bestrating, versperringen met waarschuwingslichten.

Richard bleef waakzaam. Want als Pascal hen met een bloeddetector volgde moesten ze snel zijn. Desnoods moesten ze zich in twee groepjes splitsen om hem op een dwaalspoor te brengen.

Huiverend in de koude wind zei Wesley: 'Kunnen we niet beter ondergronds gaan?'

Richard aarzelde. Onder stukken doorzichtig wegdek zag hij fietsers voorbij flitsen. Bovengronds liep een handjevol kleumende voetgangers. Ten slotte zei hij: 'Als we Pascal en die kerels van hem nou eens weglokken?'

'Wáár weglokken?' vroeg Wesley. 'Uit de parking?'

'Ja. Dan gaan wij er in de auto vandoor.'

Wesley zei bedenkclijk: 'Vraag één: wie moet die lui weglokken? Vraag twee: wat doen wij als ze ons achterna komen?' Vlak daarop vervolgde hij: 'Heb jij afstandsbediening op je multikom? Ik bedoel – kun jij die auto sturen naar elke plek die je wilt?'

'Nee. Dat kan alleen mijn vader.'

'Dan vraag je je vader of die de auto terughaalt. Als Pascal hem ziet wegrijden gaat-ie er meteen achteraan, omdat-ie denkt dat wij ergens anders instappen.'

'En hoe komen wíj dan in Amsterdam?' vroeg Richard.

'Met de boot', zei Rasja.

Ze waren allemaal verrast. 'Met de boot?'

'Er liggen boten in een haven', antwoordde ze. 'Dat heb ik gezien. Of kan dat niet?'

'Ja', zei Wesley. 'Dat kan. Ik zou het zelfs geniaal willen noemen. Als we genoeg geld hadden.'

Richard rekende snel. Een overtocht naar Amsterdam kostte waarschijnlijk vijf- tot zeshonderd gulden per persoon. Voor hun vijven dus een kleine drieduizend. Hij zei: 'Ik vraag mijn vader om iets extra's.'

'Ik heb nog vijfentwintighonderd,' zei Wesley.

Richard probeerde even niet te denken aan de reactie van zijn vader als die hoorde hoeveel ze al hadden uitgegeven. Terwijl ze nog steeds in de luwte van het museum stonden, tikte hij het nummer in op zijn multikom. De verbinding was er onmiddellijk.

Claus zag er even opgewekt uit als altijd. 'Ha Richard! Leven jullie nog? Ik had jullie al lang thuis verwacht. Waar zitten jullie? Toch geen pech, hoop ik?'

'Nee, we zijn in Rotterdam. Ik wou je vragen...'

'Rotterdam? Wat doen jullie in dat achtergebleven gebied? Zijn jullie verdwaald of zo?'

'Claus, luister nou even. Onze auto staat in parking Coolsingel, die moet je terughalen.'

'Waarom? Is je multikom defect?'

'Nee. Maar er loopt een figuur rond die het niet kan hebben dat wij de meisjes uit Vlaanderen hebben gevonden. Zodra wij er in de auto vandoor gaan zit-ie ons op de bumper.'

Claus klakte met zijn tong. 'En hoe komen jullie dan terug?'

'Met de boot.'

'De boot? Welke geitekop heeft dat bedacht? Dat kost je handenvol geld!'

'Claus, we kunnen niet anders! We hebben dus extra geld nodig.'

Claus knikte nadrukkelijk. 'Ik had het zelf kunnen bedenken.'

'Ongeveer drieduizend', zei Richard.

Claus' gezicht versomberde. 'Dat is twee dagen hard werken! Je wilt het zeker meteen hebben?'

'Ja. Dan zijn we tegen de avond in Amsterdam.'

Claus hield zijn hoofd scheef. 'Heb je er toevallig ook aan gedacht dat boten bij storm wel eens in de haven blijven liggen?'

'Storm?' Richard had er niet aan gedacht. Op de plek waar zij stonden had hij ook weinig van een storm gemerkt. Hij zei: 'Dat beetje wind noem ik geen storm.'

Claus antwoordde effen: 'Richard, dat jij midden tussen die Rotterdammers zit betekent niet dat je ook domme dingen mag zeggen.'

Met het gegrinnik van Wesley in zijn oren zei Richard: 'Als er geen boten varen hoor je nog van ons. Geef me nu dat geld maar.' Hij wachtte en zag de cijfers op zijn geldring naar 3085 springen. Toen zei hij: 'Bedankt. Je krijgt het van me terug.'

Claus lachte met een knipoog. 'Ik hoop dat je geheugen goed blijft.' Ernstiger voegde hij eraan toe: 'Kijk een beetje uit met figuren die rondlopen. Of moet ik de politie een seintje geven?'

'Nee!'

'Maar als ik voor zessen niets van je hoor doe ik dat wel.'

Aan de toon van zijn vader hoorde Richard dat het geen zin had te protesteren. Daarom zei hij alleen: 'Goed, tot vanavond.'

Toen hij de multikom uitschakelde zei Stefanie opnieuw: 'Toffe pa heb jij.'

Richard knikte. Zijn vader wàs tof. Al deed-ie af en toe behoorlijk irritant.

Wesley gaf hem een wenk van ongeduld. 'We moeten opschieten. Nemen we de rolbaan?'
'Ja.'
'Is dat een weg die vanzelf gaat?' vroeg Rasja. 'Net als in Eindhoven en Helmond?'
'Ja.'
'Waar liggen die boten precies?' vroeg Wesley.
'Ergens in het noordoosten.'
'In de buurt van een grote plas', zei Rasja. 'Maar gaan we niet eerst wat drinken? Ik heb dorst.'
'Drinken halen we op de boot', besliste Richard. Aan de mogelijkheid dat ze op de boot ook gecontroleerd konden worden wilde hij liever niet denken.

Ze liepen de Meent af tot bij een kruising, ontdekten dat ze voor de haven de richting Kralingen moesten hebben en namen de lift naar een van de ondergrondse rolbanen. Op de middelste strook schoten ze even later met een vaart naar het oosten – langs een drukke straat met winkels en theaters; langs sportzalen, een speelhal en een zwembad; ten slotte langs kantoren en appartementen. Het ging snel: in een minuut of zeven lieten ze drie kilometer achter zich. Daarna stapten ze over op de minder drukke rolbaan naar de Terbregse haven.

Wesley zei bewonderend: 'Minstens twee keer zo snel als in Amsterdam. Als die boot ook zo gaat zijn we om vier uur thuis.'
'Kun je zitten op zo'n boot?' vroeg Rasja zeurderig. 'Mijn voet doet zeer en ik word hartstikke moe van die rolbaan.'
'Dan ga je zitten', zei Richard.
'Hier zitten? Dat durf ik niet. En daar heb ik ook geen zin in.'
'Dan doe je het niet!'
'Je hoeft niet zo te bekken', zei ze verongelijkt. En vlak daarop: 'Je vader is ook niet aardig, want die zei dat ik een geitekop was.'
'Dat heeft-ie niet gezegd.'
'Dat heeft-ie wèl gezegd.'
Richard zuchtte. 'Oké, dan heeft ie het wel gezegd.'
'Maar dat is helemaal niet zo.'
'Nee.'
'Ik laat me niet uitschelden.'
'Natuurlijk niet.'

'Als ik in Amsterdam ben koop ik mooie spullen en dan zie ik er net zo uit als Anik en Stefanie.'

'Ja.'

'Dan zegt je vader vast geen geitekop tegen mij.'

Richard balde zijn vuisten. 'Rasja, hou op! Ik word knettergek van jou!'

Rasja staarde hem aan met gloeiende ogen. En even had Richard de onaangename sensatie dat ze niet op een rolbaan stonden, maar terug waren in de ruigte van de Galgeberg – op de plek waar Rasja hen de weg had versperd; waar ze had gedreigd met Rudo en Alexander. Maar hij had geen tijd om daar over na te denken. De rolbaan eindigde in een bovengrondse hal, waar de stroken in elkaar schuivend onder de vloer verdwenen.

Hij oriënteerde zich snel: geribbelde muren, reclamepanelen, spitsboogvensters, een reusachtige klok en ticketautomaten. Boven verschillende uitgangen signaleringen met HOTEL, HAVEN, CENTRUM, ROTTERDAM-EXPO, STADION en BIBLIOTHEEK. Naast de automaten borden met vertrektijden: BREDA-13.20, UTRECHT-14.00, GRONINGEN-vervalt, AMSTERDAM-13.30, BERGEN OP ZOOM-vervalt, HILVERSUM 16.00.

Een vlugge blik op de klok: 13.20.

Richard verspilde geen tijd en bediende een van de automaten. Op het display verscheen een bedrag van 3200. Allemachtig, wat duur! Zoveel had hij niet eens.

'Ik betaal bij', zei Wesley.

Ringen tikten tegen de betaalplaat. Even later had Richard vijf tickets in zijn hand.

Via een gang met schuifdeuren kwamen ze terecht in een kleinere hal. Hier spatte regen tegen de ramen en toen er een deur openging, waaide zeelucht naar binnen. Weer een gang. Geen persoonscontrole. Wel ticketcontrole. Ten slotte een lichte deining onder hun voeten: ze stonden op de boot.

Een slank ovaal, overkoepeld met heldere kunststof zoals bij de ramen van een auto; gemakkelijke banken, overtrokken met zeegroene, slijtvaste carlon; een zachtverende vloerbedekking; een kleine bar en een drankenautomaat.

'Het is hier klein', zei Stefanie zachtjes.

Richard knikte. Niet groter dan twintig bij vier, schatte hij, maar met een schitterend uitzicht aan alle kanten, een comfortabele cockpit voor de kapitein en plaats voor ongeveer tachtig passagiers. Het waren er veel minder. Aan stuurboord voerden twee mannen van een jaar of veertig een gedempt gesprek. Vlak achter de cockpit zat een jongen van Richards leeftijd met stekeltjeshaar. Hij had een verrekijker bij zich en zijn hoofd schoot heen en weer alsof hij niets wilde missen. Aan de andere kant zaten vier senioren – drie vrouwen en een man. 'Die boot loopt als een trein', hoorde Richard de man zeggen. 'Van golven merk je niks. En van storm nog minder.'

Rasja liet zich op een bank zakken en wreef over haar benen. 'Ik heb het koud', klaagde ze. 'En mijn voet doet nog steeds zeer.'

Richard zei niets. Hij nam zich voor haar de rest van de dag geduldig aan te horen.

'Je hebt natuurlijk je voet verstuikt met die sprong', zei Wesley.

Anik ging naast haar zitten. 'Mag ik eens naar je voet kijken?'

'Wat wil je dan?' vroeg Rasja wantrouwig.

'Niets', zei Anik. 'Alleen kijken.'

Rasja trok een sandaal uit en legde haar linkerbeen op de bank.

'Waar doet het pijn?'

'Hier.' Rasja wees een plek aan tussen enkel en wreef.

Niets aan te zien, dacht Richard geërgerd. Dat stomme kind stelde zich aan. Op de Coolsingel had ze nergens last van.

Anik legde twee vingers op Rasja's voet. Ze sloot haar ogen, haalde diep adem en begon kleine cirkels te maken, zeker een minuut lang. Daarna hield ze haar hand met gespreide vingers boven de voet en maakte ten slotte bewegingen alsof ze iets uit de enkel pakte.

Richard keek toe en zijn ergernis maakte plaats voor verbazing. Waar was Anik mee bezig? Dacht ze nou werkelijk dat dat gewrijf... Het volgende moment wist hij het: Anik kon genezen! Ze was paranormaal begaafd. Wie weet kon ze nog veel meer – in de toekomst kijken, mensen opsporen, geesten zien.

Geesten zien...? Zijn hoofd duizelde. Daar waren programma's over geweest. Maar nog nooit had hij iemand ontmoet die dat kon.

'Je kriebelt', giechelde Rasja.

Richard fluisterde Stefanie toe: 'Is Anik paranormaal?'

Stefanie legde een vinger tegen haar lippen.

Anik deed haar ogen open en maakte een gebaar alsof ze iets weggooide. Toen zei ze tegen Rasja: 'Ga eens staan.'

Rasja gehoorzaamde en bekeek Anik met open mond. 'Het is over', stamelde ze. 'De pijn is weg.'

'Helemaal?' vroeg Anik.

'Ja! Of...' Ze aarzelde en steunde met haar volle gewicht op haar linkervoet. 'Misschien voel ik nog een ietsiepietsie.'

'Als je nog een poosje rustig blijft zitten, gaat dat ook over', zei Anik. 'Echt? Maar hoe kan dat nou? Hoe heb je dat gedaan? Waar heb je dat geleerd?'

'Dat heb ik niet geleerd.' De uitdrukking op Aniks gezicht was op een speciale manier aandachtig. 'Dat gaat zomaar.'

'O.' Rasja hield geen oog van Anik af. 'Kun je mij dat wel leren?' Anik schudde haar hoofd.

'Niet? Wat jammer nou.'

'Niks jammer', zei Stefanie een beetje kortaf.

'Maar je kunt er toch een hoop geld mee verdienen!'

'Daar wil ik geen geld mee verdienen!' zei Anik onverwacht scherp. 'Waarom niet? Dat is toch leuk! Als ik...'

'Ik wil er nu niets meer over horen!' viel Anik haar in de rede. Ze keerde zich met haar gezicht naar het raam.

Rasja zweeg. Maar haar blik flitste heen en weer tussen Anik en Stefanie. Ten slotte liet ze zich op de bank zakken. Ze prevelde verbaasd: 'Ik ben nu ook niet koud meer.'

Tussen de banken kwam een man aanlopen van een jaar of vijfendertig. 'Ik ben Hans', riep hij op krachtige toon. 'Ik neem het tochtje naar Amsterdam voor mijn rekening.' Hij nam plaats in de cockpit en programmeerde instrumenten. Ergens onder hen klonk gezoem. De deining veranderde in een trilling. Vlak daarop voer de boot de haven uit.

Even leek hij door de wind te worden gegrepen. Toen rees hij een meter boven de golven uit en ging er zacht schommelend met grote snelheid vandoor.

Wesley tikte Richard op de schouder. 'Kijk!'

Richard draaide zich om. Van de haven was al weinig meer te zien dan een flitsend geel licht. Maar de skyline van Rotterdam zelf was indrukwekkend: een woud van woontorens en kleurige arcaden; contouren van een gebouw in de vorm van een kolossale zandloper; verder naar het westen iets wat eruitzag als een kraan van honderden meters hoog.

Vergeleken daarbij leek de bruin-groene, twaalf meter hoge zeemuur nietig en kwetsbaar.

Het duurde echter niet lang of de stad vervaagde in regen en wolken. Weldra waren ze alleen op een schuimende zee.

'Wat heb ik je gezegd!' zei de man op de bank naast hen. 'Als een trein! Deze boot vaart niet òp, maar bóven het water.'

'Ik vind het tòch eng', zei een van de vrouwen. 'Kijk eens wat een golven!'

'Met de trein heen en de boot terug', zei de vrouw naast haar lachend. 'Dat wou jij zelf.'

'Maar ik had niet gedacht dat het zou gaan stormen.'

'Niks stormen', zei de kapitein. Hij had de cockpit verlaten en leunde nonchalant tegen een bank. 'Windkracht zeven, hooguit.'

'Tòch vind ik het eng', antwoordde ze.

Hij lachte vrolijk. 'Eng wordt het pas bij windkracht twaalf.'

'Maar waarom zijn de veren naar Bergen op Zoom en Groningen dan vervallen?' vroeg ze.

'Geblokkeerde havens', antwoordde hij. 'Rotzooi van de zeebodem. Die komt steeds weer bovendrijven. Maar ik kan jullie geruststellen: Amsterdam is open. En anders varen we gewoon naar Hilversum. Of Amersfoort. Kun je in het paleis even bij Willem aanwippen. Maar normaal zijn we om drie uur binnen. Hoewel...'

Hij keek om zich heen en telde de passagiers. 'We zijn met ons dertienen, dan wordt het misschien toch nog link.'

'Man met humor', mompelde Wesley.

Richard hoorde het nauwelijks. Zijn aandacht ging naar Anik, die stil naar buiten zat te kijken. Er was iets heel speciaals met haar, begreep hij. Daarom was Stefanie natuurlijk blij dat ze geen vragen hadden gesteld. Maar dat kon toch niet zo blijven!

Hij wilde haar een wenk geven, toen de jongen met de verrekijker enthousiast op hem af kwam.

'Hebben jullie die flat gezien? Hélemáál schééf gezakt! Allemáál modder natúúrlijk.' Hij legde een eigenaardige nadruk op woorden met lange klinkers, terwijl zijn wenkbrauwen steeds omhoogschoten.

'Gouda', zei Hans. 'Het heeft nogal wat gekost om daar een vaargeul te maken. Bij Almere krijgen we nog een paar van die kolossen. En op de plek van verdronken Amsterdam stikt het van de gekantelde

viaducten. Vooral dat smerige betonijzer is een probleem. Al kan dit bootje tegen een stootje. Dat rijmt, hahaha!'
Wesley kreunde zachtjes.
Hans wees naar buiten. 'Hier ergens lag Woerden. Een jaar of tien geleden stonden er nog torens boven water. Heb ik van horen zeggen. Maar die zijn allemaal verdwenen. Bij goed weer kun je hier overigens wel de Domtoren van Utrecht zien. En een eindje verder...' Hij brak de zin af en wees naar bakboord. 'Zien jullie die schuimstrepen? Allemaal van verzopen vuilnisbelten. Als je daar gaat zwemmen kun je het vel van je botten schrapen!'
Richard zag grijs water met langgerekte slierten bruin-geel schuim en onwillekeurig huiverde hij. Dat zou onherroepelijk op de kust terechtkomen. Dan werden stranden afgesloten. Dan duurde het weken voor het vuil was opgeruimd.
'Ik heb gehóórd dat ze alles wéér dróóg willen máken', zei de jongen met de verrekijker.
Hans begon te grijnzen. 'Wááár heb jij dat gehóóórd?' vroeg hij opzettelijk langgerekt.
'Museum van de Tóekomst', was het antwoord.
'En gelóóóf jij dat?'
'Wáárom zou dat níet kunnen?' De toon van de jongen was argeloos.
'Vergééét het máááár', zei Hans. 'Dáááár hebben ze nóóóit geld genóóéég vóóór.'
Rasja schaterde het uit. De senioren lachten gemaakt mee. Richard begon zich te ergeren.
Stefanie keerde zich naar Hans. Ze vroeg ijzig: 'Ben jij het gewend anderen belachelijk te maken?'
Richard schrok. Daar moest ze zich niet mee bemoeien! Daar kwamen alleen maar moeilijkheden van.
Hans liet zijn grijns zakken. Hij zei: 'Heb ik jou om commentaar gevraagd?'
'Nee, dat krijg je gratis!'
Hans leunde niet meer ontspannen tegen de bank. Hij zei: 'Mag ik vragen hoe lang jij in Nederland woont?'
'Dat mag je wel vragen, maar daar heb jij natuurlijk niets mee te maken!'
Stefanies antwoorden waren fel, direct en brutaal. Met haar hoge

jukbeenderen, haar halfgeopende lippen en haar vulkaanogen leek ze een tijgerin.

Onder normale omstandigheden had Richard genoten. Maar nu kneep hij zijn tenen samen. Waarom hield ze haar mond niet!

Hij wilde een sussende opmerking maken, toen Hans zei: 'Ben jij uit Vlaanderen gekomen om mij te vertellen wat ik wel en niet mag doen?'

'Ja!' antwoordde ze vinnig. 'En zo te horen was dat hard nodig.'

Hans slikte iets weg. De lijnen in zijn gezicht werden strak. Zijn stem klonk toonloos toen hij zei: 'Ik heb nog geen antwoord op mijn vraag hoe lang jij in Nederland bent.'

Richard wist dat het fout ging. Hij wist ook dat Stefanie al een antwoord klaar had. Daarom was hij haar voor met de vraag: 'Is dat nou zo belangrijk?'

'Natuurlijk is dat belangrijk!' snauwde Hans hem toe. En met een brede armzwaai naar buiten: 'Je ziet toch verdomme zelf hoe Nederland erbij ligt! Alles verzopen hier! En hoeveel hebben we overgehouden? De helft. Met twaalf miljoen mensen. TWAALF MILJOEN! Is dat soms niet genoeg? Moeten we er nog meer bij hebben?'

'Dat slaat nergens op', zei Richard met onderdrukte woede.

Hans deed twee stappen in zijn richting. 'Slaat dat nergens op? Dan heb jij zeker gaatjes in je hoofd! Snap jij niet dat elke buitenlander er één te veel is, of ie nou uit Frankrijk, Italië of Vlaanderen komt!'

De seniorman zei: 'Vroeger waren alle grenzen open.'

'Vroeger is vroeger!' riep Hans uit. 'Vroeger is een eeuw geleden. Toen haalden ze wel meer stommiteiten uit, dat zie je aan de smeerzooi die hier ronddrijft! Want voor je het weet ben je vergiftigd!'

'Misschien heb je wel gelijk', zei een van de vrouwen.

'Natuurlijk heb ik gelijk!' zei Hans. 'En mag ik dan allergisch worden als ik Vlaams hoor praten?'

'Nee, dat mag niet.' De kalme stem kwam van een van de mannen op de bank bij het raam. 'Tenzij je kunt aantonen dat het Vlaamse meisje illegaal is. Anders kun je beter meteen je excuses aanbieden.'

'Excuses?' brieste Hans. 'Ik vreet nog liever mijn eigen tong op.'

'Dan weet je zeker dat je vergiftigd wordt', zei Wesley.

Het duurde even voordat dat antwoord tot Hans doordrong. Met een vloek greep hij Wesley bij zijn shirt. 'Ook een grote bek?' siste hij. 'Of moet ik je...' Hij stopte, terwijl er een berekenend lichtje in

zijn ogen verscheen. Hij zei: 'Laat me je persoonscard zien.'
'Waarom?' vroeg Wesley.
'Omdat ik het zeg!'
'Dan moet je mij loslaten.'
Met tegenzin duwde Hans hem van zich af.
Er viel een stilte waarin het fluitend zoemen van de boot onna-
tuurlijk luid klonk. Mocht de kapitein van een toeristenboot per-
soonscards controleren, vroeg Richard zich af. Hij wist het niet. Hij
had ook geen tijd om daar over na te denken. Hij zei op agressieve
toon: 'Jij hebt geen bevoegdheid voor persoonscontrole.'
Hans staarde hem aan, maar hij gaf niet dadelijk antwoord. Ten
slotte zei hij beheerst: 'Voor we in Amsterdam aanleggen wil ik jullie
persoonscards zien.'
Stefanie keerde hem hooghartig de rug toe.
Anik zat vlak naast Rasja met haar vuisten onder haar kin. Aan de
knokkels was te zien hoe gespannen ze was.
Rasja zag er kinderlijk onschuldig uit.
Een van de vrouwen stak haar persoonscard omhoog. 'Hans, je hebt
volkomen gelijk. De politie is veel te slap om al die illegalen op te
sporen.'
Rasja draaide zich naar haar toe. Ze zei: 'Ouwe schimmeltrut!'
Richard verstijfde. Maar toen ging hij tot actie over en sleurde Rasja
naar zich toe. 'Weet je wel wat je zegt!'
Rasja keek verbaasd.
'Deze vrouw is senior, sukkel!'
'Nou en?'
'Senioren moet je met respect behandelen!'
Rasja probeerde zich los te trekken. 'Bij ons op de Galgeberg...'
'Daar zijn natuurlijk geen senioren', viel hij haar in de rede. 'Maar
we zijn hier niet op de Galgeberg!'
Hans schonk de senioren een blik van verstandhouding. 'Jullie horen
het, tuig van het zuiverste water.' En tegen Richard: 'Laat je per-
soonscard zien.'
'Nee', zei Richard.
'Hij heeft gelijk, Hans', zei de man bij het raam effen. 'Jij hebt geen
bevoegdheid voor persoonscontrole.'
Hans wierp de man een vernietigende blik toe, gromde iets onverstaanbaars en liep toen terug naar zijn cockpit. Daar drukte hij een

toets in. Zijn stem klonk tot ver in de cabine: 'Haven Amsterdam...
Waarschijnlijk illegalen aan boord. Verzoek om persoonscontrole
bij aankomst.'

20

Ze zaten in de val.

Hoewel hij zijn best deed aan iets anders te denken, bleef dat zinnetje in zijn hoofd hameren. Binnen een uur zouden politiemannen hen controleren en arresteren. De drie meisjes zouden worden afgevoerd. Wesley en hij zouden waarschijnlijk worden vrijgelaten. Maar een boete van tienduizenden guldens zou volgen.

De jongen met de verrekijker knikte hem toe alsof hij hem moed wilde inspreken. 'De zéé is móói', zei hij. 'Kíjk, dáár heb je het Schíereíland Góói.'

Richard antwoordde niet.

'Straks varen we de Flévozéé in', zei hij.

'Ja.'

De seniorman wendde zich tot de jongen. 'Ben jij al op een van de nieuwe eilanden geweest?'

'Néé, nog níet.'

'Ik op alle drie', zei de man. 'Flevo, Swift, Schokland... allemaal even mooi. Met een fantastische natuur: bossen, duinen, stranden en duizenden vogels.'

'Máár er lópen géén tunnels', zei de jongen.

'Klopt. Hebben ze expres gedaan. Anders zouden er nog meer toeristen komen.'

De boot zwenkte naar stuurboord. De jongen riep enthousiast: 'Het Góóise Gat! Nu zíjn we bíjna in de Flévozéé!'

Hij had gelijk. De schuimende rollers van de Noordzee werden gebroken. De golfslag werd kort en venijnig.

'Gevaarlijke stromingen', zei de seniorman. 'Je moet hier niet gaan zwemmen.'

'Bij Nunspéét en Zwolle wel', zei de jongen. 'Dáár liggen móóie stranden.'

Richard gromde iets onverstaanbaars. De stranden van Nunspeet en

Zwolle konden hem niets schelen. Het enige dat hem interesseerde was dat de haven van Amsterdam dichterbij kwam met een snelheid van honderd kilometer per uur.

Rasja staarde woedend naar de rug van de kapitein. 'De stomme schijtkever', zei ze zachtjes. 'Straks moet ik terug naar de Galgeberg. Kun je hem geen hengst voor zijn kop geven?'

'Dat kan wel, maar dat doe ik niet.'

'Jij kunt die boot toch ook besturen.'

Hij haalde zijn schouders op.

'We pikken hem gewoon mee en varen naar een andere haven', hield ze vol. 'En dan met een omweg naar Amsterdam.'

Richard gaf geen antwoord. Het kapen van een toeristenboot leek hem even onzinnig als het varen met een onderzeeër op de Rijn.

Wesley zei gedempt: 'Bij de controle in Amsterdam moeten we de aandacht voor de meisjes afleiden. Als dat lukt komen we een heel eind.'

'Hoe wil je dat doen?' Richard keek met een scheef oog naar de jongen met de verrekijker, maar die was druk pratend naast de seniorman gaan zitten.

'Ik doe net of ik ziek word', zei Wesley. 'Niet zo'n klein beetje, heel erg. Schreeuwen van de pijn, overgeven, bewusteloosheid, dat soort dingen.'

'Kun jij dat?'

'Ik probeer het gewoon.'

Richard schudde zijn hoofd. 'Binnen de minuut hebben ze door dat je de boel belazert.'

'Precies genoeg tijd om 'm te smeren', antwoordde Wesley.

'En als ze jou naar de gezondheidskliniek brengen?'

'Dan zeg ik dat ik dat vaker heb gehad. Zeevrees, bedoel ik. Thalattafobie. Met afschuwelijke angsten, uitbreken van zweet, duizelingen en misselijkheid.'

'Thalattafobie', mompelde Richard. 'Nooit van gehoord. Klinkt ook verschrikkelijk onwaar.'

'Geeft niet', zei Wesley monter. 'Als het maar *waarschijnlijk* klinkt. Sinds de Grote Overstromingen hebben veel mensen er last van. Vooral bij storm.'

'Maar als jij "genezen" bent houden ze je vast', zei Richard. 'Net zolang tot wij ons melden.'

Na een korte stilte zei Stefanie tegen Richard: 'Misschien kun je het beste je vader inlichten.'

'En zeggen dat alles fout gegaan is?'

Opnieuw stilte.

Ten slotte zei Rasja: 'Ik wil niet terug naar de Galgeberg.'

Richard zuchtte. 'Dat weten we, Rasja.'

'Als Stefanie niks gezegd had, was er ook geen controle geweest.'

Richard boog zich naar haar toe. 'Wil jij beweren dat het Stefanies schuld is?'

'Ze had niks moeten zeggen', zei Rasja.

'Dat moet jij nodig zeggen!' snauwde hij. 'Jij hebt in twee dagen meer stommiteiten uitgehaald dan een ander in twee jaar!'

'Dat is niet waar!'

'Dat is wèl waar! Op de camping...'

Stefanie legde haar hand op zijn schouder. 'Richard, Rasja heeft gelijk, ik had mijn mond moeten houden.'

Ze keek hem aan op een manier die hij nog niet eerder had gezien. Ongelooflijk was ze. Ongelooflijk charmant. En trots. En hartveroverend mooi.

Maar straks zouden ze haar arresteren en over de grens zetten.

De zin dreunde zo luid in zijn hoofd dat hij het liefste de inventaris van de boot in elkaar had geslagen. Maar hij beheerste zich. Hij zei: 'Misschien is het plan van Wesley zo gek nog niet.'

Ze hield haar hoofd scheef als iemand die aandachtig luistert.

'Dan neem ik jullie mee naar mijn huis', vervolgde hij. 'En dan... Nee! Ik weet het! Ik breng jullie naar Sylvester!'

'Sylvester...?'

'Waarom staan jullie te fluisteren?' vroeg Rasja. 'Willen jullie me soms kwijt?'

'Rasja, hou even je mond!' gebood hij. En zachtjes tegen Stefanie: 'Sylvester is mijn mentor. Absoluut betrouwbaar. Die wil ons vast helpen.'

'Als je illegalen helpt, word je toch gestraft.'

'Kan me niets schelen! En het kan Sylvester vast ook niets schelen. Jullie zíjn hier en jullie blíjven hier! En als dat niet lukt ga ik met je mee naar Vlaanderen.'

Zijn woorden klonken opeens zo duidelijk dat Anik, Wesley en Rasja hem verbaasd aankeken.

Stefanie schudde haar hoofd. 'Vlaanderen is net als Nederland: buitenlanders zijn niet welkom.'

'Behalve als toerist', zei Wesley.

'Maar toeristen moeten elke dag melden waar ze zijn.'

Anik kwam dicht bij hen staan. Ze zag er nog steeds gespannen uit en haar grijze ogen stonden onrustig. Ze zei: 'Ik wil niet terug naar Vlaanderen.'

'Waarom niet?' vroeg Wesley.

'Omdat...' Ze haperde. 'Ze willen een onderzoek. En dan...' Het sonore zoemen van de motor hield plotseling op. De boot minderde vaart alsof iemand hard op een rem trapte. Het volgende ogenblik klapte hij op het water.

Richard verloor zijn evenwicht, gleed weg en greep zich vast aan een bank. Rasja rolde meters ver over de vloer tot ze gestuit werd door het onderstel van de drankautomaat. Wesley zette zich schrap tussen tafel en bank. Stefanie en Anik deden verwoede pogingen houvast te krijgen aan een buis.

De andere passagiers klemden zich aan hun banken vast.

Iemand gilde: 'We zijn gestrand! We zitten op de rotsen!'

'Híer zíjn géén rotsen! Híer is alléén máár zand!' Dat was de jongen met de verrekijker. 'Máár de kapiteín is weg!'

'De kapitein weg?' De stem sloeg over van paniek. 'Waar is de kapitein!?'

Richard probeerde zich staande te houden. Het ging moeilijk. De boot lag dwars op de wind en slingerde gevaarlijk.

Weer die gillende stem: 'We slaan om!'

Dat leek niet overdreven. De boot helde over. Water spoelde langs de ramen.

Wesley hees zich op aan een verticale stang en probeerde bij Richard in de buurt te komen. 'De motor is uitgevallen', zei hij gesmoord. 'En de kapitein is gevloerd.'

Richard draaide zich om naar de cockpit. Door de opening zag hij Hans liggen. Zijn gezicht was bleek en zijn hoofd wiegde met de slingering van de boot.

'Hij knalde met zijn kop ergens tegenaan', verklaarde Wesley.

Rasja kroop op handen en voeten naar hen toe. 'Au, mijn kont! Ik kwam precies tegen dat rotding aan! En nou...' Ze stopte toen ze de kant van de cockpit op keek. Het volgende moment kwam er heftig

uit: 'Allemachtig! Is-ie dood? Dan kunnen wij ergens anders heen!'
'Sukkel!' snauwde Richard. 'Wij kunnen nergens heen. De motor doet het niet.'

Een van de mannen worstelde zich naar voren en boog zich over Hans heen. Even later richtte hij zich op en schudde zijn hoofd. 'Bewusteloos!' riep hij. 'Ik ga proberen de motor weer aan de gang te krijgen!' Zich met een hand vasthoudend aan de bestuurdersstoel drukte hij toetsen in. Het ging aarzelend en onwennig. En er gebeurde niets. Alleen een rode lamp begon met korte tussenpozen te flitsen.

Automatisch noodsignaal, wist Richard. Binnen een paar minuten zouden ze op de wal in actie komen met reddingboten en heli's. Mogelijk werd de hele boot opgetild en aan land gebracht.

Maar zo ver was het nog lang niet. De golven smeten met de boot als met een bos stro. Regen raasde tegen de ramen. Groenachtig schuim spatte over.

'Dáárginds zíjn duínen!' riep de jongen met de verrekijker.

Richard volgde zijn blik. Op de deinende horizon lag een grijze rand. Ervoor zweefden de kleuren oker en wit.

Terwijl hij ernaar keek trok zijn maag samen. Misselijkheid verstopte zijn keel.

Weer een golf, hoger dan tot nu toe. Ze werden meegesleurd en neergekwakt. Een van de vrouwen smoorde een gil. De seniorman liet zich van de bank zakken en gaf over.

Richard wendde zich af en ontmoette de blik van Anik – angstige ogen in een wit gezicht. En op hetzelfde ogenblik wist hij wat zij dacht: ze zouden stranden. Hij wist ook wat dat betekende: de boot kon kapseizen en vollopen.

Slikkend tegen de misselijkheid zei hij: 'We moeten eruit.'

Stefanie greep hem bij zijn shirt. 'Nu?'

'Nee, straks. Alle kans dat we op een zandbank terechtkomen. Jullie kunnen toch zwemmen?'

'Ik niet', zei Rasja benauwd.

Richard had het kunnen weten. Op de Galgeberg bestonden geen zwembaden. En het gespartel in heidevennetjes stelde niets voor.

'Ik kan wel in bomen klimmen', zei Rasja.

'Ja, dat weten we! Maar daar hebben we nu weinig aan.'

'Achterin hangen reddingsgordels', zei Wesley. 'Ik zal...'

De rest van zijn woorden ging verloren in een stormvlaag die de boot op zijn kant zette.

Gegil en geschreeuw. Een van de seniorvrouwen gleed van de bank en bonsde tegen de glaswand. De man in de cockpit hing met één hand aan een deurbeugel voor hij met zijn volle gewicht tegen het instrumentenbord klapte. Het noodsignaal ging uit.

Terwijl Richard zich met een been schrap zette tegen een bank, zag hij dat Anik haar evenwicht verloor. Een wilde greep – toen had hij haar te pakken. 'Vasthouden! Aan die stang!'

De boot balanceerde op een golftop voordat hij terugsloeg op het water. De klap kwam hard aan. In een van de ramen sprong een barst.

'Bootje kan tegen een stootje', zei Wesley.

Richard reageerde er niet op. Hij was al bezig zich hand over hand naar achteren te werken tot bij de plek met de reddingsgordels. Er hingen er drie: feloranje ovalen van kunststof – licht genoeg om te drijven, zwaar genoeg om drenkelingen toe te werpen. Met de reddingsgordels kroop hij terug en gaf er een aan Rasja. 'Hou vast!'

'Hier ook een!' Dat was de andere man bij het raam. Hij had zich over de seniorvrouw ontfermd die versuft tegen hem aan hing.

'Ik ook!' gilde een andere vrouw.

Terwijl Richard hun de gordels toeschoof, wankelde de man uit de cockpit terug naar de passagierscabine. Zijn gezicht was van pijn vertrokken, maar zijn stem klonk luid en duidelijk. 'Geef me nog een reddingsgordel!'

'Heb ik niet meer!' schreeuwde Richard terug.

'Maar Hans is bewusteloos!'

'Hier komt er een!' riep Wesley. Met een onverwachte beweging rukte hij Rasja de gordel uit haar handen en smeet hem in de richting van de cockpit.

Ondanks het slingeren van de boot stuiterde Rasja overeind. 'Stomme kloteklapper! Dat ding is van mij!'

'Hans heeft hem meer nodig', antwoordde Wesley.

'Maar ik kan niet zwemmen!'

'Jij bent niet bewusteloos', zei hij resoluut. 'En bij de kant is het ondiep. Daar kun je lopen.'

'Lopen? In die golven?'

Richard keek naar buiten en ontdekte dat de kust gevaarlijk dichtbij kwam. Hij ontdekte ook de schuimmassa's die het strand af en toe aan het oog onttrokken. En hij wist dat Rasja gelijk had: in zo'n branding kon je niet lopen, daar kon je je hooguit drijvende houden. Vooropgesteld dat ze uit de boot konden komen. Maar met de ontsnappingsluiken in het dak leek dat geen groot probleem. Aan de mogelijkheid dat de boot honderdtachtig graden zou kantelen wilde hij liever niet denken.

'Ik kan echt niet zwemmen!' jankte Rasja.

'Wij houden je vast', zei Stefanie.

De man voorin sleepte Hans uit de cockpit en legde hem zo neer dat hij niet heen en weer kon rollen. Toen riep hij: 'Wie kan me helpen?'

'Ik!' De jongen met de verrekijker gleed naar voren.

'Zodra de boot vastzit luiken opengooien!' commandeerde de man.

'En zoveel mogelijk elkaar vasthouden!'

'We worden kletsnat!' jammerde een van de seniorvrouwen.

'Wat dacht jij dan', zei haar vriendin. 'Het regent pijpestelen!'

Wesley begon met zijn merkwaardige keelgeluid te lachen.

De seniorman richtte zich op. Zijn gezicht had de kleur van grijs papier. 'Er valt niets te lachen', kreunde hij. 'We moeten hier uit. Zo gauw mogelijk.'

De boot sidderde. Grondzeeën hieven hem op en smakten hem neer. Schuim bedekte de ramen.

Toen kwam de branding.

Een seconde hoopte Richard dat de boot zo weinig diepgang had dat de golven hem over de zandbanken zouden tillen. Maar toen hij een harde bons onder zijn voeten voelde wist hij dat dat niet zo was.

'Hou vast!' schreeuwde hij.

Weer een bons, gevolgd door een geluid als van een zaag die door staal ging. Ten slotte een dreun die de kiel deed kraken. De boot helde over – veertig, vijftig graden. Daarna lagen ze stil.

Dat wil zeggen: de boot lag stil. Het was tegelijkertijd het moment waarop de branding op hen los beukte. Tonnen water spoelden over de cabine. En waar Richard bang voor was gebeurde: met elke golf kantelde de boot een paar graden verder. Aan de achterkant spoelde water naar binnen.

Hij klom op de zijkant van een tafel en rukte aan de sluiting van een ontsnappingsluik. Het mechanisme gehoorzaamde soepel: een stuk van het dak schoof weg als bij een geoliede machine.

Een nieuwe golf kwam over. Watervallen stortten omlaag. Richard was onmiddellijk doornat, maar hij merkte het nauwelijks. 'Jullie eerst!' schreeuwde hij tegen de senioren. Ze krabbelden naar het luik. Nog half verdoofd stapte de vrouw met de reddingsgordel samen met de man die haar hielp door de opening. Ze werden meteen in zee gespoeld. 'Ik ga niet!' gilde een van de anderen. 'Je moet!' snauwde haar vriendin. 'Je kunt toch zwemmen!' 'Maar mijn tas! Ik ben mijn tas kwijt!' 'Láát die tas!' Geholpen door Richard sleurde ze de ander overboord. Tegelijk met de seniorman verdwenen ze in fonteinen van water en schuim.

Terwijl de twee bij de cabine worstelden om Hans naar buiten te krijgen, hees Richard Rasja en Wesley omhoog. Vlak daarna Stefanie en Anik. 'Aan de kleren vasthouden!' riep hij. 'Dan heb je...' Een stortvloed spoot naar binnen en smoorde zijn woorden. Hoestend van het zoute water schreeuwde hij: 'Allemaal tegelijk! Nu!' 'Kan niet!' riep Stefanie. 'Veel te nauw! Ga jij met Anik!' Ze greep Rasja en Wesley vast en sprong naar buiten.

Richard verloor hen onmiddellijk uit het oog. Verderop zag hij alleen nog een glimp van de reddingsgordel waarmee de anderen Hans naar het strand probeerden te krijgen. Toen grepen Anik en hij elkaar vast en doken de zee in.

Het water was niet koud. In de lange zomer was het opgewarmd tot boven de twintig graden. Maar dat was dan ook het enige voordeel. Want zwemmen was bijna onmogelijk. Een zuigende stroming sleepte hen terug naar de boot. Erachter verhief zich een metershoge breker.

Wild trappend, en klauwend met zijn ene vrije arm probeerde Richard bij de boot weg te komen. Met als enig resultaat dat de afstand gelijk bleef.

De breker sloeg tegen de boot alsof hij hem wilde versplinteren. Terwijl hij Anik verbeten vasthield voelde Richard dat hij omhoog gesleurd werd. Het volgende moment doken ze onder.

Dof gonzend water. Een scherm van gele strepen. Verlies van oriëntatie. Paniek.

Waarom voelde hij geen grond? Waar was die zandbank? Waren ze bezig te verdrinken?

Hij hield zijn adem in tot hij dacht dat zijn longen zouden barsten. Naar boven moest hij. En Anik vasthouden! Het water kolkte in zijn oren. Van ver weg klonk een schreeuw. Anik rukte aan zijn blouse. Hij probeerde zich te verzetten, maar ze was sterker dan hij. Toen was hij opeens boven. Ademen, hoesten, kokhalzen – hij deed alles tegelijk. Zout en zand beten in zijn ogen. Toen voelde hij grond onder zijn voeten. GROND! God zij dank! 'Hierheen!' riep Anik. Ze trok hem mee. Samen ploeterden ze naar de kant. De eersten die hij ontdekte waren de senioren, drijfnat en ontredderd. Vlak naast hen zat Rasja, haar haar in slierten voor haar gezicht. Maar waar was Stefanie? Richard liet Anik los en strompelde het strand op. 'Waar is Stefanie?' Rasja wees naar een plek schuin achter hem. In de bulderende wind keerde Richard zich om. De zee was grijs-groen en vol schuimstrepen. De toeristenboot lag nu helemaal op zijn kant. Niet ver daar vandaan stond Stefanie tot over haar middel in het water. Ze stak beide handen omhoog en riep iets wat hij niet verstond. Alleen de wanhopige klank in haar stem drong tot hem door. Toen begreep hij het: Wesley was er niet. Mijn God... Wesley! Opnieuw besprong de paniek hem. Zonder zich te bedenken vloog hij het water in. 'Wesley!' Zijn kreet werd gemakkelijk overstemd door het brullen van de branding. Maar hij stormde verder, struikelend en vallend – tot hij Stefanie bereikte. 'Waar is Wesley!?' 'Weet ik niet!' Stefanies stem was hoog en schril. 'Hij hield Rasja vast en opeens was hij weg!' Verwilderd speurde Richard het water af. 'Wesley...!' Hij zag niets, behalve de twee die de kapitein met behulp van de reddingsgordel aan land brachten. 'Wesley...!!!' Golven rolden aan, braken op het strand en trokken zich terug. Wrakhout en oud plastic stapelden zich op. Wier en schelpen markeerden de grens tussen land en water. Toen zag Richard hem: een glimp van iets blonds en een hand met een stuk groene stof, minstens twintig meter verder.

'Stefanie, dáár!' Hij sprong meer dan hij waadde. Hij struikelde opnieuw, kwam in een kuil terecht, kreeg water binnen en vocht met de golven. Toen had hij hem te pakken en sleepte hem naar de kant.

Het ging moeizaam en voor Richard duurde het een eeuwigheid. Was Wesley lang onder geweest, vroeg hij zich af. Had hij veel water binnen gekregen? Hijgend sleepte hij hem naar een plek buiten het bereik van het water. Daar legde hij hem op zijn zij, het ene been hoger dan het andere.

Wesley bewoog zich niet. Zijn gezicht zag er grauw uit, zijn ogen waren gesloten en zijn lippen hadden een paarse kleur. In zijn rechterhand klemde hij het stuk groene stof.

Met bevende vingers pakte Richard zijn pols. Hij voelde niets. Toen zijn hals. Ook niets.

Ten slotte boog hij zich voorover en drukte zich met zijn oor op zijn borst. Niets.

Stefanie en Anik vielen op hun knieën naast hem neer. 'Is... is hij dood?'

'Weet ik niet.' Richard hoorde zijn eigen stem als uit de verte. 'Ik hoor geen hartslag. Maar het stormt ook zo!'

'Mond op mond!' besliste Stefanie. Ze legde Wesley haastig op zijn rug, trok zijn hoofd achterover en kneep zijn neus dicht. Met haar mond op de zijne begon ze te blazen. Met kleine pauzes – eenmaal, tweemaal... tienmaal. Ten slotte ging ze even rechtop zitten om te rusten.

'Hij ademt wel uit', zei Anik gespannen.

Richard luisterde opnieuw, vurig hopend dat hij het bekende kloppen zou horen.

Niets.

'Hartmassage', zei Stefanie gejaagd. 'Kun jij dat?'

Zonder iets te zeggen zette Richard de muis van zijn rechterhand tegen Wesley's borstbeen, iets links van het midden, en duwde er met de andere hand krachtig en ritmisch op. Terwijl hij telde om dat ritme vast te houden, schoten bange vragen door zijn hoofd. Hoe lang waren ze nu bezig? Twee minuten? Vier minuten? Was tien minuten zonder zuurstof niet het maximum? Of gold dat niet voor een kloon?

Als in een roes bleef hij doorgaan tot Stefanie hem aanstootte. 'Stop! Hij beweegt!'

Ze boog zich voorover om opnieuw met de ademhaling te beginnen, toen Wesley kuchte. Vlak daarop maakte hij een heftige beweging als iemand die kramp krijgt. Het volgende ogenblik gulpte water uit zijn mond.

'Vlug, op zijn zij!' Bliksemsnel keerde Stefanie hem om en duwde hem bijna met zijn gezicht in het zand. Weer een straal water, gevolgd door een hevige hoestbui. Daarna begon hij te braken.

Het gebeurde zo onverwacht dat Stefanie de helft over zich heen kreeg. Maar het scheen haar niet te deren. Terwijl ze de smurrie van zijn mond veegde, klopte ze hem zachtjes op de rug. Daarna boog ze zich naar hem toe. 'Toe maar, Wesley.'

Wesley haalde adem. Het ging snel en oppervlakkig en aan zijn gezicht was te zien dat het pijn deed.

Richard bleef naar hem kijken. De storm joeg over hem heen, maar hij merkte het nauwelijks. Hij zag ook niet dat Rasja en de mannen uit de boot naar hen toe liepen. Hij zag alleen het witte, besmeurde gezicht van zijn vriend.

'Hij komt bij', fluisterde Anik.

Ze wachtten, een minuut lang.

Toen sloeg Wesley de ogen op.

21

De man die een van de seniorvrouwen naar de wal had gebracht hurkte neer. Hij zei rustig: 'Dat had niemand jullie kunnen verbeteren. Fantastisch!'

Richard gaf geen antwoord. Hij vond er niets fantastisch aan, hij was uitgeput. Hij beefde alsof hij koorts had en vlekken zweefden voor zijn ogen.

'We hebben het gehaald', zei de man. 'Allemaal. Maar Hans is nog buiten kennis. We moeten hulp halen.'

Wat hij zei drong nauwelijks tot Richard door. Hij keek naar Stefanie, die zich over Wesley boog om hem tegen de striemende regen te beschermen. Zíj had hem gered. Zij was niet in paniek geraakt, zij had precies geweten wat er gedaan moest worden.

Stefanie keek op – alsof ze zijn gedachten voelde. En ze glimlachte. Het volgende moment sloeg hij zijn armen om haar hals. Maar hij zei niets. Hij had de grootste moeite zijn tranen te bedwingen.

Rasja drong zich naar voren. 'Kijk mijn broek eens!' riep ze boven de wind uit. Met de ene hand wees ze op de fladderende scheur in de pijp van haar korte broek, met de andere hield ze de bovenste zoom vast. 'Die heeft Wesley kapot getrokken.'

Met tegenzin keerde Richard zich om. Rasja's broek interesseerde hem geen barst. Al was-ie aan flarden! 'Leg er maar een knoop in', zei hij kortaf.

'Dat kan niet. En als ik hem loslaat sta ik in mijn blote kont.'

'Dan stá je maar in je blote kont!'

Rasja keek beledigd. 'Maar ik heb het hartstikke koud! En als Wesley niet zo hard getrokken had, was mijn broek...'

'Wou jij Wesley de schuld geven!' stoof hij op. 'Jíj kunt niet zwemmen. Daarom heeft Wesley jou vastgehouden! En toen is-ie bijna...'

Hij stopte en keek om.

Wesley probeerde een glimlach. 'Ik ben bijna... verdronken.' Hij vroeg het niet, hij stelde het vast.

Richard knikte zonder iets te zeggen.

Wesley stak de lap stof omhoog. 'Slechte... kwaliteit', zei hij hees.
'Maar jij kunt óók niet zwemmen', zei Rasja. 'En hoe kom ik nou aan een andere broek?'
'Dat zien we nog wel', antwoordde Richard.
'Maar ik kan zo toch niet blijven rondlopen!'
Anik sprong op. 'Nu is het genoeg!' beet ze Rasja toe.
Rasja keek verongelijkt. 'Ik mag nooit wat zeggen.'
'Jij mag wel wat zèggen, maar je moet ophouden met zagen!'
Rasja was een stuk groter dan Anik, maar de felheid van haar woorden overrompelde haar. Ze zei niets meer. Ze keerde zich om en ging met haar rug in de wind staan.
De man maakte een vaag gebaar en stond op. Hij vroeg: 'Heeft een van jullie toevallig een multikom?'
'Ja, ik.' Richard haalde het toestel uit zijn binnenzak.
'Waarschuw de politie. Zeg dat er een ambulance of een heli moet komen. Voor Hans. Wij durven hem niet te vervoeren.'
Richard knikte, maar op hetzelfde moment bevroor hij. Politie... Het woord galmde in zijn hoofd als een alarmsignaal. Als de politie kwam zouden zij ook meegenomen worden. Ze zouden onderzocht worden. En dan zou blijken...
Zijn gedachten gingen snel. De politie mocht hen nooit op het spoor komen! Hij had zijn multikom nooit moeten pakken!
'Weet je het nummer?' drong de man aan. 'Driemaal nul.'
Richard klemde zijn tanden opeen. Weigeren kon niet. Wie weet kwam voor Hans de hulp dan te laat.
Hij klikte de multikom aan.
Op het display lichtte een flikkerend puntje op.
De verrassing schoot door hem heen. Hij zei vlug: 'Hij is defect.'
'Defect?' De toon van de man werd ongeduldig. 'Hoezo defect?'
'Gewoon, hij doet het niet. Kijk maar. Ik denk dat er vocht bij gekomen is.'
'Vocht in een multikom? Is-ie dan niet waterdicht?'
'Normaal wel. Maar ik denk...'
'Laat maar!' viel de man hem in de rede. En toen: 'We kunnen hier niet blijven. Zoek beschutting. Ik ga hulp halen.' Hij wachtte niet op antwoord en liep in hoog tempo in de richting van de duinen.
Terwijl Richard zijn multikom wegstak kwam de jongen met de verrekijker aanlopen. 'Híer vlakbíj ligt géén zand', zei hij. 'Het is

dáár allemáál vette kleí. En het stinkt óók. Ik denk dat we in de búúrt van Ermeló zíjn. Hélemáál dáárginds is een strandweg. Dáár stáát óók een pavíljóen. Máár er is níemand te zíen.'

Dat was geen wonder. De wind was aangewakkerd tot een volwassen storm. Gewoon stilstaan was onmogelijk en een mengsel van zeewater, regen en vochtig zand stoof over het strand.

Richard lag nog steeds op zijn knieën toen hij Wesley vroeg: 'Kun je lopen?'

'Ik probeer het.' Geholpen door Stefanie en Richard werkte Wesley zich omhoog, tot hij opeens hijgde van de pijn. 'Au, mijn ribben!'

Richard beet op zijn lippen. Had hij bij de massage te hard gedrukt? Had Wesley zijn ribben gekneusd? Of misschien zelfs gebroken? Voorzichtig hielpen ze hem overeind. Daarna schuifelden ze het strand over.

'Gaat het?' vroeg hij gespannen.

'Duizelig', zei Wesley.

Dat antwoord maakte Richard extra nerveus. De hersenen, dacht hij. Die hadden minutenlang geen zuurstof gehad. Zouden ze beschadigd zijn?

Ze bereikten de voet van de duinen vlak na de senioren, maar de enige beschutting bestond uit opgestapelde bazaltblokken van oude polderdijken.

'We moeten verder', zei de seniorman. 'We raken totaal verkleumd.'

'Wonen hier geen mensen?' vroeg een van de vrouwen klappertandend.

'Natuurlijk wonen hier mensen. Achter de duinen.'

'Ze moeten toch dat noodsein hebben opgevangen', veronderstelde ze.

'Dat is maar kort in de lucht geweest. Waarschijnlijk zoeken ze ons al. Maar daar kunnen wij niet op wachten.'

'Ik lóóp wel vóórop!' riep de jongen. Gewapend met zijn verrekijker draafde hij de glooiing op en wees toen naar het noorden. 'Aá lóó 'n pad!'

'Wat zegt-ie?' vroeg Stefanie.

'Ik geloof dat-ie een pad gevonden heeft', zei Richard.

'En hij heeft nog steeds zijn verrekijker', mompelde Wesley verbaasd.

In het rulle zand zwoegden ze omhoog tot een plek met jong helmgras. Daar keerde Richard zich om.

De zee was grijs en wit. Brede rollers braken op het strand. De boot lag op zijn kop in de branding. Wolken joegen over.

Bij de duinvoet was de man die bij Hans was achtergebleven bezig met het opwerpen van een kleine zandheuvel als beschutting tegen de ergste vlagen. Het gaf Richard een schuldig gevoel, maar hij besefte dat hij weinig kon doen. Ze moesten verder. Ze moesten uit handen van de politie blijven.

Terwijl ze de helling omlaag namen zei hij: 'Ik ben bang dat we een behoorlijk eind moeten lopen.'

Wesley knikte. Aan zijn gezicht was te zien dat elke ademhaling hem pijn deed en hij hoestte voortdurend. Hij zei: 'We moeten eerst die senioren... zien kwijt te raken. En ook die "verrekijker"...'

Richard keek zorgelijk. 'Het is verdacht als we er zomaar vandoor gaan.'

'Je moet net doen... of je multikom weer werkt...' zei Wesley. 'Je neemt zogenaamd contact op... met je vader. En dan zeg je... dat hij ons moet komen halen... van parking Ermelo. En dan vraag je... om politiehulp.'

Richard keek Wesley aan. Het idee was slim. Het was ook gemeen, maar hij kon niets beters bedenken. Wel maakte hij zich minder zorgen om Wesley's hersenen.

'Hoe ver moeten we lopen?' vroeg Rasja.

'Dat zei ik toch, een flink eind.'

'Waarheen?'

'Als daarginds Ermelo ligt', zei Wesley. 'Kunnen we beter een eind... naar het zuiden gaan.'

'Maar ik heb het koud en ik heb ook dorst.'

'Dan had je op de boot wat moeten drinken', zei Richard.

'Dat heb ik vergeten.'

Richard zweeg.

Anik zei huiverend: 'We moeten onze kleren drogen.'

'Waar?' vroeg Stefanie.

Niemand wist een antwoord.

Achter de senioren aan ploeterden ze verder en zochten ten slotte hun toevlucht in de luwte van schrale struiken, waar de jongen met de verrekijker hen opwachtte.

'Voorlopig blijven we hier', besliste de man. 'Dit is te zwaar voor Jacqueline.' En tegen de jongen: 'Jij had het over een pad. Ik zie nergens een pad.'

'Ik dacht dat er één was', zei hij ongelukkig.

De vrouw die Jaqueline heette en in de boot een harde val had gemaakt zei: 'Gaan jullie maar verder. Ik blijf hier.'

'Absoluut niet! Wij blijven allemaal!'

'Samen uit, samen thuis', zei een van de andere vrouwen in een poging om grappig te wezen.

Richard wisselde blikken van verstandhouding met Wesley en pakte voor de tweede keer zijn multikom. 'Hij doet het!' riep hij verrast uit. 'Ik probeer mijn vader te bereiken!'

Hij toetste willekeurig nummers in, terwijl hij naar het nog steeds oplichtende puntje keek. Daarna schermde hij het toestel af en ging zo staan dat de anderen onmogelijk iets konden zien of horen. Een minuut lang stond hij in zichzelf mompelend te gebaren. Ten slotte draaide hij zich om. 'Gelukt!' Het viel niet mee om in plaats van spanning opluchting in zijn stem te leggen.

'Wat is gelukt?' vroeg de man. 'Heb je de politie gewaarschuwd?'

'Dat ook. Ze sturen een heli. Maar mijn vader komt naar parking Ermelo.'

De man fronste zijn voorhoofd. 'Wil je zeggen dat jullie daar nu heen gaan?'

'Klopt.'

Hij wees naar Wesley, die opnieuw een hoestbui kreeg. 'Hij ook?'

Wesley lachte een beetje moeilijk. 'Ik haal het wel... Ik voel me al stukken beter.'

De ander wierp hun een onderzoekende blik toe. Hij zei: 'Zeg eens eerlijk – hebben jullie persoonscards of niet?'

'Natuurlijk hebben we die', antwoordde Richard.

'Als je géén persóónscard hebt word je gearrestéérd', zei de jongen.

'Debiele hanekop', mompelde Rasja.

Richard gaf haar een stomp. Tegen de senioren zei hij: 'Wij gaan. De politie komt jullie zo halen.' Zonder antwoord af te wachten keerde hij zich om. Geholpen door Stefanie trok hij Wesley de volgende helling op. Toen hij even later omkeek zag hij de senioren als kleumende vogeltjes achter de struiken zitten.

'Daar komen moeilijkheden van', zei Stefanie.

'Moeilijkheden? Waarom? De politie vindt ze heus wel.'
'Dat is waar. Maar zij vertellen de politie over ons en ook welke kant wij op zijn gegaan.'
'Gaan we nu naar Ermelo?' vroeg Rasja.
Richard schudde zijn hoofd. 'Natuurlijk niet.'
'Waar dan heen?'
'Misschien naar Harderwijk', antwoordde hij vaag. 'Of naar Nijkerk. Of Apeldoorn.'
'En hoe komen we dan in Amsterdam?'
'Met de trein.' Het was het eerste antwoord dat hem te binnen schoot.
Ze liepen verder, vonden een pad tussen lage struiken dat hen naar een plek voerde waar de duinbegroeiing overging in bos. Hier en daar stonden resten van pas afgebroken woningen. Het pad werd een weg van grove klinkers.
Tussen de bomen luwde de wind. Maar de storm deed de stammen kraken. Een fijne regen sproeide over hen heen.
'Ik heb nog nooit in een trein gezeten', zei Rasja. 'En ik heb ook nog nooit van Apeldoorn gehoord. Is dat ver?'
'Dertig kilometer', zei Wesley.
'Moeten we dat hele eind lopen?'
Richard gaf geen antwoord. Hij wist ook geen antwoord. Ze moesten zo ver mogelijk weg van de plek waar de boot was gestrand. Daarna moesten ze een parking opzoeken. En een visafoon om zijn vader een seintje te geven. Die zou de auto sturen. Tenminste, als Pascal niet op de loer lag.
'Huizen', zei Anik plotseling.
Ze bleven staan. Tussen de bomen waren daken zichtbaar – koepelvormig, zoals van het huis van Raymond in Lierop.
'Gaan we schuilen?' vroeg Anik rillend.
'Ja!' viel Rasja haar bij. 'Dan kunnen we ook wat drinken. En misschien hebben ze wel een andere broek voor me.'
Richard keek bedenkelijk. 'Te riskant. Hoe minder mensen weten welke kant wij opgaan hoe beter.'
Stefanie legde haar hand op zijn arm. Ze zei ernstig: 'Als we geen onderdak vinden worden we ziek.'
'We zoeken een parking op', antwoordde hij. 'De eerste die we tegenkomen.'

Ze sjokten de weg af en ontdekten na een paar kilometer een camping, waar ze met een boog omheen trokken. Tien minuten later kruisten ze een prachtige fietsbaan die Postweg heette. Richtingborden wezen naar Putten, Ermelo en Garderen. Wandelroutes gingen naar grafheuvels en de Marthaberg. Wesley bleef staan en leunde tegen een boom. 'Ergens moet hier de sneltunnel tussen Amsterdam en Amersfoort lopen', zei hij. 'Of zijn we daar al voorbij?'

'Ik heb nergens vluchtgangen gezien', zei Richard. 'En ook geen ventilatieschachten.'

'Zeker geen kaart bij je?' vroeg Wesley.

'Ligt in de auto', antwoordde Richard somber.

'Die ventilatieschachten zijn hier gecamoufleerd', zei Wesley. 'Met het oog op de natuur.'

Richard knikte. Voor de natuur werd alles gedaan, dacht hij. Daarvoor werden gebouwen gesloopt, akkers verlaten en wegen opgebroken. Tienduizenden hectaren werden beplant met bossen en op verscheidene plaatsen was de afwatering ontregeld om moerassen te vormen. Wild werd met rust gelaten en jagen was verboden. Natuurkennis was de belangrijkste wetenschap geworden. In tempelvormige natuurcentra was gelegenheid voor bezinning en meditatie.

Richard had dat altijd prachtig gevonden. En in de groep van Sylvester was hij een van de meest enthousiaste natuurliefhebbers.

Maar op dit moment kon die natuur hem gestolen worden. Hij verlangde juist hevig naar een bruisend bad, een comfortabele bank en een pittige maaltijd.

Van opzij keek hij naar Stefanie. Ze was kletsnat en zag er koud uit – voor het eerst. Maar in haar ogen bleef vuur smeulen en alleen de manier al waarop ze haar voeten neerzette deed zijn hart sneller kloppen.

Ze was absoluut uniek. Ze had iets gevaarlijks, maar tegelijk iets zachtaardigs, alsof ze voortdurend iemand wilde beschermen. Als vanzelf keek hij ook naar Anik, die met gebogen hoofd liep als iemand die bang is over oneffenheden te struikelen. Mysterieus. Een ander woord kon hij voor haar niet bedenken. Ze had Rasja's enkel genezen. Maar in de lift van het Museum van de Toekomst waren dingen gebeurd waar hij met zijn verstand niet bij kon. Hij was er alleen van overtuigd dat zij...

Het volgende moment stonden zijn gedachten stil. Slechts één zin flitste door zijn hoofd: *Anik had de motor van de toeristenboot laten uitvallen.*

Die ontdekking overdonderde hem zo dat hij even het gevoel had te zweven. Kon dat echt? Had Anik het met opzet gedaan, vlak nadat Hans de politie had opgeroepen voor controle van persoonscards? Of was het allemaal toeval? Was niemand anders iets opgevallen? Ook Wesley niet?

Hij wierp een snelle blik naast zich.

Wesley stapte voort, maar het kostte hem duidelijk moeite. Hij ademde zwaar en zijn mond had een verbeten trek. Maar toen hij opzij keek lag er een glans in zijn ogen die Richard niet kende. Hij stopte meteen. 'Wat heb jij? Voel je je niet goed?'

Wesley glimlachte. 'Beetje pijn in m'n ribben. Verder voel ik me prima. Uitstekend zelfs. Kan niet beter.'

'Maar je kijkt zo eigenaardig.'

'Kijk ik eigenaardig?'

'Ja. Net of je... of je zoiets als koorts hebt.'

Wesley's glimlach bleef. 'Maak je geen zorgen. Ik heb geen koorts. Ik voel me alleen een beetje typisch. Alsof... alsof ik net geboren ben.'

Anik keek op. Haar blik was onderzoekend toen ze vroeg: 'Weet jij hoe dat voelt – geboren worden?'

Richard hapte van verbazing. Wat een godsonmogelijke vraag! Zoiets wist niemand! Alleen onder hypnose meenden sommigen zich dat te herinneren. Of was Wesley daar ook anders in? Had een kloon andere herinneringen?

Wesley knikte Anik toe. Hij zei: 'Ik denk dat ik het nu weet.'

Het was een antwoord dat Richard niet geruststelde. Integendeel, hij vond het complete wartaal.

Zijn gedachten waren bezig vast te lopen toen Rasja zei: 'Ik krijg wèl koorts.'

Hij keerde zich om met de bedoeling haar opnieuw de mond te snoeren, maar hij slikte zijn woorden in.

Kletsnat, koud en moe; rood omrande ogen; een kapot short; haar rechterbeen bloot tot aan haar heup met de blauwe striem waar Alexander haar getrapt had – een hoopje ellende dat op haar benen stond te trillen.

In een opwelling sloeg Richard zijn arm om haar schouder. 'Kom op Rasja, even doorzetten. We zijn er zo!'
'Wáár zijn we zo?' bibberde Rasja. 'In Apeldoorn?'
'Nee. In eh...' Hij stopte. Hij was niet in staat iets geloofwaardigs te verzinnen.
'In de Galgeberg', zei Wesley.
'Nee!' Rasja's ogen werden groot van schrik.
'Grapje', zei Wesley grinnikend.
Haar lippen trilden. 'Dat vind ik niet leuk. Ik wil nooit meer naar de Galgeberg.'
'Weet ik', zei Wesley. 'We gaan naar Amsterdam. Liftend.'
Richard gromde. Wat Wesley zei kon helemaal niet. Natuurlijk hadden alle autotunnels liftplaatsen, maar nergens kon de politie gemakkelijker controleren dan daar. Liften stond gelijk met je aangeven.
Terwijl hij zich nog steeds afvroeg wat er met Wesley aan de hand was zei hij tegen Rasja: 'Je moet het echt nog even volhouden. Als we een parking vinden kunnen we naar huis.'
Ze vonden geen parking. Integendeel, het bos werd steeds dichter. En donkerder. Wel hield het op met regenen, maar onder de druipende bomen merkten ze daar weinig van.
Ze zagen niemand en fietsbanen ontbraken. Ze raakten hun richtinggevoel kwijt en sloegen lukraak nieuwe voetpaden in met nietszeggende aanwijzingen als Solse Gat, Speuld en Drie.
Richard probeerde zijn multikom weer. Tevergeefs.
Dat had ook iets met Anik te maken, dacht hij. Zijn multikom was absoluut waterdicht en had nog nooit geweigerd, maar sinds zij er was ging er van alles mis. Het was een wonder dat zijn horloge het nog deed.
'Hoe laat is het?' vroeg Stefanie, die hem zag kijken.
'Vier uur.'
'Het is zo donker. Het lijkt veel later.'
'Komt door de bomen', zei Wesley.
'Ik vind het vreemd dat er niemand anders in het bos is', zei Anik.
'Met dit weer blijft iedereen thuis', zei Richard. 'En ik vermoed dat we midden in een super-natuurgebied zitten.'
'Super?' vroeg Stefanie.
'Daar mag je alleen wandelen', legde hij uit. 'Wild moet met rust

gelaten worden en je mag zelfs niet fotograferen. Lawaai is helemaal verboden.'
'Fietsers maken toch ook geen lawaai.'
'Die gaan te snel. Als er een ree op de baan staat schrikt-ie zich wezenloos.'
'Nou en?' zei Rasja. 'Ik schrik me ook wel eens wezenloos.' Ze was erin geslaagd de flarden van haar broek aan elkaar te knopen en zag er wat minder beklagenswaardig uit.
'Jij bent ook een soort wild', kon Wesley niet nalaten te zeggen.
Rasja snoof. 'Ik heb nergens wild gezien.'
'Ze hebben ons wel gezien', zei Richard. 'Of anders geroken.'
'Maar ik stink toch niet meer!' antwoordde ze verontwaardigd.
Stefanie lachte zachtjes. 'Dieren ruiken mensen altijd.'
Richard zei: 'Het barst hier van het wild – herten, reeën, konijnen, marters, wilde zwijnen, haviken...'
'Wilde zwijnen!?' vroeg Rasja verontrust.
'Ja', zei Wesley. 'En wolven.'
Ze keek hem ongelovig aan. 'Je bent gek.'
Richard grinnikte geluidloos. Hij zei niet dat er binnen omheinde natuurterreinen op de Veluwe inderdaad wolven liepen. Hij was al lang blij dat Rasja niet constant meer liep te jammeren.
Nu moesten ze alleen nog het bos uit zien te komen.
Maar dat was groter dan hij gedacht had, en toen ze een half uur later opnieuw stilstonden bij een kruising, begon hij de moed te verliezen. Nog anderhalf uur, dan zou zijn vader de politie inlichten. Dat had-ie tenminste gezegd. Alle kans dat hij het nog eerder deed, als hij van die schipbreuk hoorde.
Schipbreuk met een toeristenboot... Hij kon zich niet herinneren dat zoiets eerder was gebeurd. Maar het kon hem op dit moment ook weinig schelen. Veel belangrijker was het dat een legertje politiemannen straks de bossen zou gaan uitkammen.
'Daarginds is het lichter', zei Stefanie. Zonder op de anderen te wachten liep ze naar een plek waar de bomen minder dicht opeen stonden.
Even later stond Richard naast haar. Voor hen lag een laagte van ongeveer honderd bij vijftig meter. De bodem was bedekt met mosachtig gras en afgevallen bladeren. Rondom stonden beuken en eiken – recht en hoog, de kruinen deinend op de wind.

'Vreemde kuil', zei Richard. Hij sloeg zijn arm om haar heen en toen hij voelde hoe ze onder zijn aanraking rilde: 'Je hebt het nog steeds koud?'

Ze knikte, duwde zijn arm weg en ritste haar natte jack los. Daarna begon ze haar blouse uit te trekken.

Richard was stomverbaasd. 'Wat ga je nou doen!?'

'Ik wil warm worden.' Vlug trok ze de rest van haar kleren uit, rukte beuketwijgen af en begon zichzelf te slaan.

Met open mond keken de anderen toe, totdat Stefanie stopte. 'Jullie ook', zei ze gebiedend. 'Anders word je ziek!'

Een korte aarzeling. Toen gehoorzaamden ze, gooiden hun kleren over een tak en sloegen zichzelf links en rechts op de naakte huid.

Totdat Stefanie met een lachje op Richard toeliep en hem onverwachts op zijn billen mepte.

'Au! Valserd!' Hij haalde uit, miste en vloog haar achterna.

Rasja wachtte tot hij vlak langs haar rende en liet haar twijgen geniepig zwiepen.

'Auuuu!'

Ze schaterde. 'Nou heb je knalrooie billen!'

Ze gingen elkaar te lijf. Ze vergaten hun problemen. Ze joelden en schreeuwden.

Het deed pijn.

Het gloeide.

Rasja zat vol striemen.

Anik kreeg de huid van een roze baby.

En Stefanie vloog als een danseres tussen de stammen door, lachend, opgetogen, haar lenige lichaam zwenkend van links naar rechts.

Richard probeerde haar in te halen, maar dat was onbegonnen werk. Ten slotte gaf hij het op, ademloos, maar ook verrukt. Wat was ze mooi, verschrikkelijk allemachtig mooi! Slank; benen met soepele spieren; stevige billen; rechte schouders; prachtige borsten...

Een opwindende warmte joeg door hem heen.

Nog steeds buiten adem keerde hij zich om en begon zijn kleren uit te wringen. Er kwamen slechts drupjes water uit.

Toen zag hij Wesley. Hij steunde met zijn hoofd tegen een boom en zijn armen hingen slap neer.

'Wesley!' Richard greep hem vast alsof hij bang was dat hij in elkaar zou zakken.

Maar Wesley schudde zijn hoofd. 'Gaat... zo over...' hijgde hij. 'Slechte... conditie.'

Slechte conditie... Richard kon zich wel voor zijn kop slaan. Ezel die hij was! Wesley had niet alleen een slechte conditie. Die had minstens een liter zeewater in zijn longen gehad. Hij had hem nooit moeten laten rondrennen. Hij zei haastig: 'Ik wring je kleren wel even uit.' Wesley knikte. 'Het was... leuk', bracht hij uit. 'En ik ben... warm.' Ze waren allemaal warm.

Richard voelde zijn huid tintelen en toen hij zijn kleren aantrok verbeeldde hij zich dat de damp er af sloeg.

Rasja wrong zich in haar kleren. 'Doen we dit morgen weer?' 'Ja', zei Wesley. 'En overmorgen, en overovermorgen... Op de Dam in Amsterdam. Wedden dat iedereen... komt kijken!'

Richard grijnsde. Wesley's humor was terug. Van wartaal was geen sprake meer.

Onhoorbaar voor de anderen zei hij tegen Stefanie: 'We komen terug in Amsterdam, desnoods kruipend.' Nog zachter vervolgde hij: 'Stefanie, je bent fantastisch.'

22

Rasja liep naar de bodem van de kuil. Ze scheen dorst en kou vergeten te zijn. Ze riep over haar schouder: 'Net het Kranenmeer!'
'Kranenmeer?' vroeg Wesley.
'Ja, een moeras bij de Galgeberg.'
'Ik wil hier weg', zei Anik plotseling. ''t Is hier eng.'
'Eng?' zei Rasja, terwijl ze de helling op scharrelde. 'Niks eng. Alleen glibberig. En er zijn hier geeneens wilde zwijnen. Hoe zien die er eigenlijk uit?'
'Groot, woest, harig, met slagtanden en gemene ogen', zei Wesley. 'En stapelgek op meiden. Zoiets als Richard als-ie achter Stefanie aan zit.'
Stefanies lach klaterde door het bos.
'Leuk', gromde Richard. 'Bijzonder leuk zelfs.'
Anik lachte niet mee en keerde zich om naar het pad.
Stefanie volgde haar meteen. 'Is er iets?'
Ze haalde haar schouders op. 'De sfeer staat me niet aan.'
Terwijl Richard langzaam met hen mee liep keerde, hij zich nog eenmaal om. Anik had gelijk, dacht hij. Er hing iets onbehaaglijks in de lucht. Het leek wel of dat uit die kuil kwam. Die had hij meteen al eigenaardig gevonden. Al kon hij niet zeggen wat het was, want hij zag eruit als duizend andere laagten: een grote kom, omringd met bomen zoals bij een zuilengalerij; moerassig met zuur mos en taai gras; met grijs licht uit een sombere hemel.
En een verweerd bord met het opschrift: SOLSE GAT – MOERAS – LEVENSGEVAARLIJK
Ze liepen verder. Minutenlang. Zwijgend.
Maar Richards gedachten stonden niet stil. Misschien had hij het zich alleen maar verbeeld, hield hij zich voor. Misschien was Anik overspannen en had hij daar iets van gemerkt.
Dat was niet onmogelijk, want gedachten en gevoelens bestonden uit hersenstroompjes. Wie weet had hij die stroompjes van Anik

opgevangen. Wie weet had de omgeving er iets mee te maken: de harde wind, de dichte plantengroei, de luchtvochtigheid... Hij raakte verstrikt in half-wetenschappelijke redeneringen. En hij werd moe.

Hoe groot was dit bos eigenlijk? Waarom stonden nergens huizen? Waarom kwamen ze niemand tegen?

Hij zag dat Wesley langzamer ging lopen.

Rasja stond af en toe stil om druppels van bladeren te zuigen.

Richard had liever gehad dat ze weer was gaan zeuren.

Hij wilde zeggen dat ze beter even konden rusten, toen Stefanie bleef staan.

'Een uitkijktoren.' Ze zei het alsof ze zojuist een simpele bezienswaardigheid had ontdekt.

Tussen de bomen turend zag Richard drie betonnen pijlers met daar bovenop slanke torens in de groene tint van beukestammen. Ver boven de boomtoppen verstrengelden de torens zich met elkaar tot een platform met overkapping.

Brandtoren met HV-bewaking, dacht hij. Dat betekende dat ze misschien al gezien waren.

Dat betekende ook: mensen die hen konden helpen.

Die eten en drinken voor hen hadden.

Die hen konden aangeven bij de politie...

'Er wonen mensen bij', zei Stefanie.

Een oud huis, zag Richard. Twee verdiepingen, bakstenen muren, een pannen dak en grote ramen. Aan de ene kant dichte struiken, aan de andere kant een tuin vol bloemen en bronskleurige beelden in vormen die hij nooit eerder had gezien.

'Laten we erheen gaan', zei Anik. Er was iets dwingends in haar stem.

'Maar als ze de politie waarschuwen?'

'Waarom zouden ze dat doen? We zijn alleen maar verdwaald en door de regen overvallen.'

Richard gaf geen antwoord, maar toen ze verder liepen voelde hij zich niet op zijn gemak.

Het bospad kwam uit op een viersprong, waar het begin lag van een pas aangelegde fietsbaan. Vlak ernaast stond het huis.

Ze hadden de fietsbaan nog maar nauwelijks bereikt toen de deur openging.

Voor hen stond een man van een jaar of zestig die hen onderzoekend opnam. Hij had blond haar en een fris gezicht met heldere ogen, een brede neus en een stevige kin. Hij was gekleed in een groen jack en een nauwsluitende broek van een gladde stof.

'Jullie zien eruit alsof jullie verdwaald zijn.' Hij had een diepe, verdragende stem. 'En met die regen is het ook niet zo gezellig in het bos.'

Richard knikte verbijsterd. Bijna woordelijk wat Anik had gezegd! 'Waar komen jullie vandaan?'

Als Richard zijn hulp niet nodig had gehad, had hij met een vriendelijke glimlach gezegd dat hij daar eigenlijk niets mee te maken had. Nu zei hij: 'Van eh... van Ermelo.'

'Da's behoorlijk ver.'

'Ja.' De man was niet tevreden, zag Richard. Waarschijnlijk was het zijn gewoonte uit te vissen wie er in de buurt van de brandtoren rondspookten. 'We waren aan het wandelen', legde hij uit. 'En toen begon het te regenen. Op de terugweg raakten we de weg kwijt.'

De ander schoot in de lach. 'Hebben jullie geen richtingbordjes gezien?'

Het kostte Richard weinig moeite er dom uit te zien. Stommeling die hij was! Aan zulke dingen moest hij denken. Die man mocht absoluut geen argwaan krijgen.

'We hebben dorst', zei Rasja.

'Aha! Zeg dat dan meteen! Jullie zoeken een restaurant of zo.'

'Ja', zei Richard. Het kwam er nogal onbenullig uit, maar misschien was dat nu het beste.

'Van mij kun je drinken krijgen zoveel je wilt. Kom binnen! Kun je ook kennis maken met Viola. Ik heet Jasper.'

Terwijl hij voor hen uit liep gaf Richard de anderen een waarschuwende blik: niet te veel zeggen, laat mij het woord maar doen.

Het interieur was eenvoudig: witstenen wanden met fresco's die er wat verkleurd uitzagen; een gladde, leren bank; een zeskantige tafel; planten voor de ramen.

'Dit is Viola', zei Jasper.

Een seniorvrouw van ongeveer dezelfde leeftijd, zag Richard. Slank, een smal gezicht, donkerblond haar, bruine ogen en een mond die voortdurend glimlachte. De naam Viola paste goed bij haar.

Hij had nog maar nauwelijks gezegd hoe ze heetten of Viola stond op, liep naar een andere kamer en kwam terug met een lange broek, glanzend lichtblauw met witte stippen. 'Alsjeblieft', zei ze tegen Rasja. 'Trek die maar aan.' Rasja was stomverbaasd. 'Zo'n mooie broek?' 'Je mag hem houden', zei Viola met een glimlach. Het was voor het eerst dat Rasja een kleur kreeg. 'Zo'n m-mooie broek', herhaalde ze stotterend. Viola zei lachend: 'Jouw eigen broek is aan flarden. Het lijkt wel of jullie gevochten hebben.' 'We zijn door een dicht bos gekomen', zei Richard vlug. 'Bij het Solse Gat', zei Wesley. 'Het Solse Gat!' Jasper grijnsde enthousiast. 'Nog spoken gezien?' Secondenlang was Richard niet in staat een woord uit te brengen. Toen vroeg hij met een gemaakt lachje: 'Spoken?' 'Vooral 's nachts', zei Jasper. Aan zijn stem was niet te horen of hij het meende. 'Dan komen...' 'Jasper, laat ze eerst wat drinken', onderbrak Viola hem. 'Vertellen kun je altijd nog.' En tegen hen: 'Jullie scurry zeker? Alle kinderen drinken scurry.'

Richard knikte. Geen overbodige vragen meer stellen, hield hij zichzelf voor. De scurry opdrinken, de visafoon gebruiken en wegwezen.

Rasja trok haar nieuwe broek aan. 'Hij zit hartstikke goed!' jubelde ze. 'Zo'n broek heb ik nog nooit gehad!'

Viola zette glimlachend glazen neer. 'Gaan jullie toch zitten.' Ze konden niet weigeren.

Rasja dronk haar glas leeg. Ze vroeg gretig: 'Zijn hier echt spoken?' Richard had zin haar een schop te geven. Waarom hield dat stomme kind haar mond niet!

'Vierduizend jaar geleden woonden hier al mensen', zei Jasper enthousiast. 'Zonaanbidders waren dat. Hun grafheuvels liggen overal. Veel later hebben monniken een klooster gebouwd, maar die maakten er een goddeloze bende van. Ze zeggen dat de duivel zelf het bier brouwde. Toen is op een kerstavond de bliksem ingeslagen en het hele klooster brandend als de hel de grond in gezakt.' Rasja keek ongelovig.

'Waar gebeurd!' Jasper liet zijn stem dalen toen hij vervolgde: 'Nu

240

komen de geesten van de monniken in de nacht uit de grond en zweven tussen de bomen van het Solse Gat, hahaha!'
Richard begon er spijt van te krijgen dat ze de brandtoren hadden ontdekt. Met een scheef oog keek hij naar Anik; maar het enige bijzondere aan haar waren haar opeengeklemde lippen.
'Maar misschien komt er een dag dat het Solse Gat ondergaat in een watervloed.' Jaspers stem klonk opeens veel ernstiger. 'Want we leven in de eindtijd.'
'O.' Van een eindtijd had Richard nog nooit gehoord.
'God heeft een plan met deze wereld', zei Jasper. 'De overstromingen van de vorige eeuw waren een waarschuwing. Maar de mensen wilden niet luisteren. Eerst hebben ze de wereld verziekt en vervuild – net zoals de monniken van het Solse Gat zijn ze tekeergegaan. Later zijn ze hun eigen goden gaan maken. Ze denken zelfs dat ze beter zijn dan God. Want ze maken nu hun eigen schepselen, de klonen. Superintelligente wezens, *maar geen schepselen van God!*'
Richard kromde zijn tenen. Dit liep compleet uit de hand. Van opzij gluurde hij naar Wesley, maar die zat onbekommerd te luisteren. Zelf wachtte hij koortsachtig een pauze af om naar de visafoon te kunnen vragen.
'Die klonen zijn onder ons', zei Jasper met doordringende stem. 'Onzichtbaar en ongrijpbaar. Gemaakt en gestuurd door het BIAC. Weten jullie wat dat is? Het Biological Institute of Advanced Creation. ADVANCED CREATION! De hoogmoedigen! Alsof ze beter zijn dan God! En straks nemen ze de macht over!'
'Is dat erg?' vroeg Wesley op onschuldige toon.
'Erg!?' zei Jasper met stemverheffing. 'Meer dan erg is het! Verschrikkelijk! Want die klonen krijgen een speciale opleiding. Waarvoor? Om ons te regeren! Ten slotte mogen wij ons neerbuigen voor ons eigen maaksel!'
De grootste waanzin die ik ooit gehoord heb! Met veel moeite kon Richard die zin inslikken. In plaats daarvan vroeg hij dringend: 'Mogen we jouw visafoon even gebruiken?'
Jasper scheen zijn vraag niet eens te horen. 'Dan komt het moment waarop God zal ingrijpen', zei hij. 'Vuur zal neerdalen. En de aarde zal gelouterd worden!'
'Ik snap er niks van', zei Rasja. 'Klonen zijn toch...'
Richard zette zijn nagels in haar been.

'Au! Kloothommel! Je hoeft me niet zo vals te knijpen!'
Verbaasd hield Jasper zijn mond.
Met hese stem vroeg Richard opnieuw: 'Jouw visafoon, mogen we
die gebruiken?
'De visafoon?' Het leek of Jasper terugkwam van een andere planeet.
'Natuurlijk mag dat. In de kamer hiernaast.'
Richard stond haastig op. Als hij hier langer bleef werd-ie gek.
Hij vroeg: 'Is er dichtbij een parking?'
'Dichtbij? Wat noem je dichtbij?'
'Ik heb geen flauw idee waar we zijn.'
'We zijn hier in Drie', zei Viola. 'De dichtstbijzijnde parking is in
Garderen. Aan een zijtak van de sneltunnel Amersfoort-Apeldoorn.'
'Is dat ver?'
'Voor jonge mensen zoals jullie ongeveer een half uur lopen.'
Rasja keek zuur. 'Moeten we nou weer lopen?'
'Met zo'n broek wil dat beter', zei Wesley opgewekt.
Richard was al in de andere kamer en toetste het nummer in op de
visafoon – een goedkoop tweedimensionaal model.
Opnieuw reageerde zijn vader onmiddellijk. 'Allemachtig, ein-
delijk! Waar blijven jullie? We zitten al uren op jullie te wachten!'
'Claus, luister!' Richard hield het toestel vlak bij zijn gezicht. 'We
komen wat later.'
'Dat had ik al begrepen!'
'We hebben de auto weer nodig.'
'De auto? Jullie komen toch met de boot!'
'We hebben schipbreuk geleden.'
Er gebeurde iets zeldzaams: Claus gaf geen antwoord.
'De boot is gestrand in de buurt van Ermelo', legde Richard op
gedempte toon uit. 'Wij zijn hem gesmeerd, de bossen in. Nu zitten
we in Drie.'
'Eén, twee, drie', mompelde Claus.
'Doe es een keer serieus!' zei Richard nijdig.
'Serieus? Ik ben nog nooit zo serieus geweest! Maar mag ik misschien
even bijkomen? Mag ik even naar adem happen? Of moet ik ge-
woon zeggen: interessant, zo'n schipbreuk. Weer eens wat anders!
En waar ligt in godsnaam Drie?'
'Op de Veluwe. Je moet de auto sturen naar parking Garderen. Zorg
alsjeblieft dat-ie open kan, want mijn multikom is kapot.'

'Jouw multikom van tienduizend gulden?'

'Ja, mijn multikom van tienduizend gulden.'

Claus spitste zijn lippen. 'Zijn die meisjes nog bij jullie?'

'Ja.'

'En die figuur die je op de hielen zit?'

'Hebben we niet meer gezien.'

'Dus ik hoef de politie niet in te lichten?'

'Dat is het laatste wat je moet doen!' siste Richard. En toen: 'Over een half uur zijn we in Garderen.' Hij wachtte niet op antwoord en klikte de visafoon uit. Terug in de andere kamer zei hij tegen Jasper en Viola: 'Bedankt voor jullie gastvrijheid. We moeten gaan.'

Viola knikte en glimlachte.

'Garderen is die kant op', zei Jasper toen ze buiten stonden. 'Langs de Dodenweg.'

Ze liepen het pad op – een zanderige weg tussen hoge dennen. Hier en daar lagen plassen. Onder de bomen hing de geur van vochtige aarde. Onzichtbare vogels zongen.

De wind was gedraaid. Achter dunne wolken scheen een fletse zon.

'Leuke man, die Jasper', zei Wesley effen.

'Leuke man?' hapte Rasja meteen. 'Die vrouw was aardig, maar die kerel kletste als een graslul. Ik snapte er niks van. Dat geouwehoer over spoken en klonen!' Zonder overgang vroeg ze aan Anik: 'Of heb jij in het bos ook spoken gezien?'

Anik bleef staan, aarzelend, alsof ze niet wist wat ze moest antwoorden. Ten slotte zei ze: 'Er was iets kwaadaardigs op die plek.' Ze keek Richard aan. 'Volgens mij heb jij dat ook gevoeld.'

'Richard is goed in intuïtie', zei Wesley.

Richard hoorde hem niet eens. Dit was het moment, dacht hij. Nu moest hij meer weten. Nu moest hij *alles* weten.

'Iets wat kwaadaardig is kan bezit van je nemen', zei Anik. 'Dan doe je dingen die je normaal nooit zou doen.'

Rasja keek niet-begrijpend. Ze zei: 'Ik vond die kuil juist leuk.'

Anik glimlachte 'Jij bent natuurlijk anders dan ik.'

'Kun je wel zeggen', zei Wesley.

Met een korte blik naar Stefanie vroeg Richard: 'Anik, jij bent paranormaal, nietwaar?'

Anik knikte. In haar grijs-groene ogen lag een aandachtige uitdrukking. Het leek wel of ze blij was met die vraag.

'Jij hebt Rasja's voet genezen', zei Richard. 'Jij ziet dingen die anderen niet zien. Maar wat er met de lift en de boot gebeurde, dat begrijp ik niet. Of kwam dat niet van jou?'

Anik knikte opnieuw.

'Daar kunnen we beter niet over praten', zei Stefanie.

'Jawel', zei Anik. 'Ik vind dat ze het moeten weten.' Ze vervolgde: 'Waar ik ben gaan soms zomaar dingen kapot. Vooral elektronische. Helemaal vanzelf. Ik kan er niets aan doen.'

Rasja vroeg verbijsterd: 'Echt waar? Heb jij die boot laten stoppen?'

'Ik denk het wel. Ik weet het niet zeker.'

'Expres?'

'Nee', zei Richard ongeduldig. Ze zegt toch dat ze er niets aan kan doen.' Meteen ging hij verder: 'Maar die lift deed het later toch wel.'

'Als ik me heel sterk concentreer begint het soms weer te werken', zei Anik. 'Maar dikwijls lukt dat niet.'

'Zoals Richards multikom.' Wesley zei het op een toon alsof hij zich nergens over verbaasde.

Ze schudde haar hoofd. 'Ik denk dat hij nu gewoon kapot is gegaan, misschien door een harde klap of door het zeewater. Alleen gisteravond in het bos gebeurde er iets mee.'

Gisteravond in het bos... Voor Richard was dat een halve eeuw geleden. Maar hij begon allerlei dingen te begrijpen. Hij vroeg: 'Jullie ontsnapping uit het politiebureau in Eindhoven, ging dat...?'

'Ja', viel ze hem in de rede. 'De elektronische beveiliging viel uit.'

'Handig', zei Wesley.

'Niks handig!' Aniks antwoord was ongewoon fel. 'Ik wou dat het nooit meer gebeurde. Ik wou dat ik het kwijt was!'

Ze liepen verder. Zwijgend.

Richard probeerde zich in te denken wat er allemaal kon gebeuren met Anik in de buurt: visafoons die niet werkten, deuren die niet open wilden, betaalringen die weigerden, databanken die gesloten bleven, treinen en auto's die uitvielen. En langzamerhand drong het tot hem door dat Anik in staat was rampen te veroorzaken.

Maar had ze dan nooit eerder moeilijkheden gehad? Iedereen in haar omgeving moest toch hebben gemerkt dat er iets bijzonders met haar was!

Hij vroeg: 'Anik, heb je dat altijd gehad?'

'Nee...' Haar antwoord kwam aarzelend alsof ze niet goed wist hoe ze het vertellen moest. 'Het begon twee jaar geleden. Zomaar... Dan ging de visafoon, maar niemand meldde zich. Eerst dachten ze dat het een storing was, maar later begrepen ze dat het door mij kwam, want als ik bij Stefanie was gebeurde het ook. Waar ik kwam ging van alles stuk. Elektronische apparaten in huis, multikoms, de schoolcomputer... Mijn ouders werden er helemaal gek van. Ten slotte stuurden ze mij naar het parapsychologisch instituut in Kortrijk.'

'Konden ze je daar helpen?'

'Helpen!?' Haar stem schoot uit. 'Niemand was van plan mij te helpen. Want ik was een interessant geval, een psychokinetisch onderzoeksobject'

'Een wàt?'

'Psychokinese betekent dat iemand met zijn geest dingen kan beïnvloeden.'

'Ik snap er niks van', klaagde Rasja. 'Hoe kun je nou...?'

'Stil even!' gebood Richard. En tegen Anik: 'Hoe lang ben je daar geweest?'

'Een paar weken. Toen ben ik naar huis gevlucht.'

Gevlucht. Het woord alleen al deed Richard denken aan gevaarlijke ontsnappingen en wilde achtervolgingen.

'Maar iedereen vond dat ik terug moest naar dat instituut', zei Anik.

'Nee, dat is niet waar. Stefanie heeft steeds gezegd dat ik niets tegen mijn wil moest doen. Maar zij was de enige. Alle anderen bleven zeggen dat het voor mijn eigen bestwil was, vooral mijn ouders. En toen ben ik toch maar gegaan.'

'Wat deden ze met je?' vroeg Wesley.

'Nieuw onderzoek. Hersenen, bloed, spieren, zenuwen, alles. En proeven, eindeloze proeven.'

'Was je niet bang?'

'Natuurlijk had ik angst. Vooral toen er militairen kwamen.'

'Militairen!?' Richards mond viel open.

'Ze dachten geloof ik dat ik elektronische wapens kon uitschakelen', zei Anik. 'Op commando.'

'Altijd wel gedacht dat militairen gek zijn', zei Wesley.

'Een paar maanden duurde dat. Maar toen kon ik het niet meer uithouden.'

'Je bent weer ontsnapt', zei Richard.

'Doordat de elektronische bewaking uitviel', vulde Wesley aan.
'Nee.' Haar lachje was wrang. 'Er stond een venster open. Daar ben
ik uit geklommen. Stefanie heeft mij geholpen.'
De laatste zin klonk eenvoudig. Maar Richard begreep dat dat niet
eenvoudig was gegaan. In zijn fantasie zag hij Stefanie en Anik op de
vlucht door het Vlaamse land, met politiemannen en militairen als
bloedhonden op hun spoor. Hij zei: 'En toen zijn jullie de grens
overgestoken.'
Anik knikte. 'Dat was niet moeilijk. Veel moeilijker was het om in
Nederland niet ontdekt te worden. Maar we hoopten in Amsterdam
een schuilplaats te vinden. Want we dachten dat Amsterdam een
vrije stad was.'
'Heel vrij', zei Wesley monter. 'Nergens controle. Behalve op stations, bij scholen, theaters, warenhuizen, liften...'
'Wesley, hou op', onderbrak Richard hem. Meteen vroeg hij aan
Anik: 'Hoe lang waren jullie in Amsterdam voor ze jullie pakten?'
'Eén dag.' Ditmaal kwam het antwoord van Stefanie. 'Eigenlijk
ging alles goed tot dat warenhuis. Daar viel opeens de elektronische
bewaking uit. Ze kregen ons in de gaten toen we er vandoor wilden
gaan.' Ze voegde er zachter aan toe: 'Begrijpen jullie dat wij een
beetje angst hebben voor Amsterdam?'
'Ja.' Er was een opvallende helderheid in Wesley's stem toen hij
verder ging: 'Maar je hoeft nu niet bang te zijn. Wij zullen jullie
helpen. Absoluut!'
Anik bleef staan, legde haar handen op zijn schouders en kuste hem
spontaan. Ze fluisterde: 'Wesley, ik ben blij dat ik je ontmoet heb. Je
bent een schat.'
Wesley zei niets. Maar het leek wel of hij de afschuwelijke ervaring
van de schipbreuk al lang vergeten was. Zijn ogen straalden. Zijn
hele gezicht straalde.
En toen ze verder liepen in de richting van Garderen, begon hij
zachtjes te fluiten: 'I see the future twinkling in your eyes.'

23

De weg maakte een bocht naar links. Het bos werd dunner. Na honderd meter passeerden ze een groepje huizen in de vorm van paddestoelen, zoals die rond 2100 veel gebouwd waren. Het zand van de Dodenweg ging over in het fijn geruwde oppervlak van een fietsbaan.

'Ik heb nergens zwijnen gezien', zei Rasja. 'En ook geen herten of eekhoorns. Helemaal niks.'

'Je hebt vogels gehoord', zei Stefanie.

'Pff, die hoor ik elke dag.'

'We hebben te veel lawaai gemaakt', zei Wesley.

'Jíj hebt te veel lawaai gemaakt', zei Rasja verwijtend. 'Jij loopt aldoor te fluiten!'

Dat was waar, dacht Richard. Zo vrolijk als nu had hij Wesley nog niet gezien. Onwaarschijnlijk vrolijk zelfs! Was dat normaal voor iemand die bijna verdronken was en rondliep met gekneusde ribben?

Terwijl hij Wesley af en toe onopvallend observeerde bereikten ze een knooppunt van bochtige fietsbanen.

Richard bekeek de omgeving alsof hij een foto nam: hoge beuken; links en rechts lomp uitziende huizen; een eeuwenoude kerk met een gedrongen toren; een vervallen woning met het jaartal 1811 op de gevel; verderop een molen; dichtbij een witgeschilderd restaurant met het opschrift 'De Bonte Koe'; fietsers en wandelaars die hen nieuwsgierig opnamen.

'Waar zijn we hier?' vroeg Rasja.

'Garderen.' Ze vielen op, dacht Richard. Ze zagen er waarschijnlijk ook opvallend uit: vermoeid, piekerige haren, besmeurd, verpieterd door zeewater en regen, Rasja in een broek die tien jaar uit de mode was.

'Gaan we in dat restaurant nog wat drinken?'

'Nee.' Hoe eerder ze weg waren hoe beter, hield hij zich voor. Hoe laat was het nu? Kwart over vijf. Als alles meezat stond de auto over een half uur in de parking.

'Hier wonen ook jongeren bovengronds', zei Wesley. Hij wees naar een aantal fonkelnieuwe huizen met spitse daken. Mannen en vrouwen van een jaar of dertig liepen in en uit. Op het grasveld ervoor speelden kinderen. Ernaast lag een hellingkegelbaan, waar senioren houten ballen tegenaan wierpen die terugrolden tot de plaats waar de kegels stonden. Een verouderde energiebol ving de stralen van de dalende zon op.

'Primitief', zei Wesley. 'Alle kans dat ze ondergronds wonen hier nog niet hebben uitgevonden. Maar waar is die parking eigenlijk?'

'Daar.' Richard stak de fietsbaan over naar een plein tegenover het restaurant. Half verscholen achter struiken stond een gebouwtje in de vorm van een paddestoel. Boven de ingang was de letter P aangebracht.

'Ze zijn hier gek op paddestoelen', zei Wesley met een lachje.

Ze stapten het gebouwtje binnen en daalden af naar een ruimte van honderd bij honderdvijftig meter met een bronsgroene vloer. Het dak had een geraffineerde kleur blauw, waardoor het bijna leek alsof ze in de open lucht stonden. Gestileerde sparren verspreidden een aangenaam licht. Tegen de wanden bloeiden bloemen onder stralende daglichtlampen. Verspreid in de parking lagen vijvers met kleine niveauverschillen, verbonden door een glinsterende beek. In het water flitsten forellen. Bij de vijvers stonden banken. Geparkeerde auto's waren bijna onzichtbaar achter muren vol klimplanten. De toegang naar de autotunnel liep in een sierlijke lus. De hoofdnummers van de parkeerstroken hingen aan onzichtbare kabels.

'Allemachtig', mompelde Wesley. 'Zó primitief is het nou ook weer niet.'

Op het parkeer-infopaneel toetste Richard het nummer van hun auto in. Even was hij bang dat Anik de computer zou ontregelen, maar het scherm lichtte gehoorzaam op: AUTO 325-AMS-111 NIET AANWEZIG IN PARKING GARDEREN, na vijf seconden gevolgd door de mededeling: AUTO 325-AMS-111 ONDERWEG VIA SNELTUNNELS A50 en A1. AANKOMST 17.50. WIL JE WACHTEN OP INFORMATIE? Richard tikte JA en keerde zich om. 'Een half uur', zei hij. 'Ik stel voor dat we hier blijven.'

'Er is hier geen restaurant', zei Rasja.

Richard ging er niet op in. Zijn aandacht was voor Stefanie, die er bleek en bezorgd uitzag. Hij ging op een bank zitten en trok haar naast zich. 'Moe?'

'Een beetje.'

Opnieuw keek hij op zijn horloge. 'Over anderhalf uur zijn we in Amsterdam.'

'En dan?'

'Dat heb ik je al gezegd: we gaan naar Sylvester. Daar worden jullie niet gecontroleerd. Sylvester zat vroeger in het stadsbestuur.'

Ze knikte, maar hij zag dat ze er niet gerust op was. Hij zou haar ook moeilijk kunnen overtuigen. Waarschijnlijk had ze te veel onbetrouwbare mensen meegemaakt. Dat ze het had volgehouden om Anik te helpen! Want zonder haar zou Anik nog in dat parapsychologisch instituut zitten. Stefanie was echt een fantastische vriendin! Zijn bloed ging sneller stromen, maar tegelijk stak de onzekerheid de kop op. Zou Stefanie haar vriendin nooit in de steek laten?

Hij joeg die gedachte uit zijn hoofd en vroeg: 'Heb jij ouders?'

Stefanie knikte.

'Weten ze dat jullie naar Nederland zijn gevlucht?'

'Ja. Ze vonden het niet plezant maar ze hebben altijd gezegd dat ik nooit iets moest doen tegen mijn geweten.'

'O.' Werktuiglijk volgde Richard met zijn ogen een auto die vanuit de tunnel een parkeerplaats zocht. Waarschijnlijk zaten haar ouders zich nu af te vragen wanneer Stefanie iets van zich zou laten horen. Stefanie zei glimlachend: 'Met een goede multikom zou ik nu met hen kunnen praten.'

Een goede multikom... Richard haalde het apparaat uit zijn zak, maar het display bleef een flikkerend puntje vertonen. Hij vroeg: 'Had Pascal geen multikom? Of hebben jullie daar niet naar gevraagd?'

'Jawel. Maar die mochten wij niet gebruiken. Hij zei dat de politie dan kon peilen waar wij zaten.'

'Onzin', zei Wesley. 'Er zijn minstens zes miljoen multikoms in Nederland. Die gaat de politie nooit allemaal peilen. Die Pascal is een smerige leugenaar. Hoe hebben jullie hem eigenlijk gevonden?'

'Híj heeft òns gevonden', zei Anik. 'Toen we in Eindhoven uit het politiebureau ontsnapt waren, zijn we naar een Vlaams restaurant gegaan. Want we dachten...'

Richard sperde zijn ogen open. 'Chez Antoine', viel hij haar in de rede.

Anik keek verbaasd. 'Chez Antoine? Nee, het heette anders. Waarom zeg jij Chez Antoine?'

'Toeval', zei Wesley. 'Daar is Richard gek op.'

'Het was een ondergronds restaurant', zei Anik. 'Of eigenlijk een café. Ik vond het er niet zo fris. Maar we waren nogal in paniek en toen hebben we gevraagd of iemand ons kon helpen. En na een poos kwam...'

'Pascal', zei Richard.

'Nee, iemand anders. Die heeft ons naar de schuilplaats in het bos gebracht.'

Wesley vroeg aan Anik: 'Hebben jullie nooit door gehad wat Pascal met jullie van plan was?'

Anik schudde haar hoofd. 'Pascal was heel vriendelijk.'

'De vriendelijkheid van een aasgier', zei Wesley theatraal.

'Ik geloof dat Pascal ook wel eens op de Galgeberg is geweest', deelde Rasja mee.

Richard was verrast. 'Gelóóf je dat of weet je dat zeker?'

'Dat eh... dat weet ik zeker.'

'Waarom kom je daar nu pas mee aan?'

'Omdat ik er nu pas aan denk.'

'Is het belangrijk om dat te weten?' vroeg Wesley.

'Misschien niet. Maar ik snap eindelijk waarom die Nestor zei: "De weg naar het oosten is goed." En "je moet Lierop niet voorbijrijden".' En tegen Stefanie en Anik: 'Zonder die man hadden wij jullie nooit gevonden.'

'Nestor heeft nog nooit iemand van buiten het dorp geholpen', zei Rasja.

'Maar nu wel', zei Wesley onverstoorbaar. 'Dat komt natuurlijk doordat hij en ik van dezelfde club zijn. Als ik tijd heb ga ik een praatje met hem maken. Wie weet worden we wel vriendjes.'

'Je moet niet teruggaan naar de Galgeberg', zei Rasja, terwijl ze dicht tegen Wesley aan schoof.

In Wesley's ogen glommen lichtjes. 'Waarom niet? Misschien kan ik Nestor wel ergens mee helpen.'

'Rudo en Alexander slaan je verrot', zei ze ernstig. 'Dat zijn etterstralen!'

'Etterstralen? Daar ben ik niet bang voor. En anders neem ik jou mee als je ballet hebt geleerd. Jij schopt ze de hele Strabrechtse heide over.'

Rasja pakte zijn hand en knuffelde haar wang tegen de zijne. Ze zei: 'Je bent een schat, Wesley. Misschien kan ik wel bij jou blijven.'

Richard wierp een vlugge blik op Anik. Het was de eerste keer dat hij zag dat haar ogen lachten.

Minuten verstreken. In de parking werd het drukker. Tientallen auto's suisden naar binnen, waarna de passagiers uitstapten en hun wagens vlak naast elkaar in de rijen gleden. Even later kwamen er kinderen uit de lift, die bootjes in het water van de bovenste vijver gooiden. Hun opgetogen geschreeuw verplaatste zich met de stroom mee.

Voor de tiende keer keek Richard op zijn horloge. Nog twee minuten.

Als zijn vader nou maar niet vergeten had de automatische ontgrendeling te programmeren! En als er op de route naar Amsterdam maar geen controle was. En als...

Twee heldere signalen klonken.

Richard stond meteen bij het infopaneel.

AUTO 325-AMS-111 OVER 1 MINUUT OP B25. WACHT JE OP INFORMATIE? Zijn vingers bewogen zich snel: NEE. En tegen de anderen: 'B25 is die kant op!'

Ze verspilden geen tijd en renden naar parkeerstrook B. Twintig seconden later kwam hun auto aanglijden en stopte bij plaats 25. Ergens binnen in de wagen zoemde iets, gevolgd door zacht geklik. Richard opende de kap. Terwijl ze instapten zag hij dat zijn vader hun bagage had uitgeladen. Hij zag ook hoe Anik haar best deed zich te ontspannen.

Dat was het dus, flitste het door zijn hoofd. Zolang ze ontspannen was gebeurde er niets. Dat betekende dus dat hij ook zijn kalmte moest bewaren. Dat ze allemaal hun kalmte moesten bewaren.

'Waar programmeer je hem op?' informeerde Wesley. 'Parking Amstelveld?'

'Nee, Weteringschans.'

'Wat!?' Even leek het of Wesley zijn vrolijkheid kwijt was. 'Dat is toch dicht bij het politiebureau!'

'Het is ook dicht bij Sylvester', antwoordde Richard. 'En wind je niet op. Er kan nu niets meer gebeuren.'
Wesley zakte achterover en sloot met een blijde glimlach zijn ogen.
'Je hebt gelijk', prevelde hij. Vlak daarop zei hij tegen Rasja: 'Hou je vast, Amsterdam komt eraan!' De auto maakte een korte draai en reed naar de tunnelingang op het moment dat een grijze wagen hen tegemoet kwam. Even nog zagen ze de lichten van parking Garderen. Daarna doken ze de schemering in.
'Is Amsterdam ver?' vroeg Rasja.
Richard tikte op het scherm. 'Vierendertig minuten.'
'En hoe heet die man ook weer waar we naar toe moeten?'
'Sylvester.'
'Dat is toch niet zo'n ouwe zeverzak als die in het bos?'
Richard keerde zich om. 'Als je dat van Sylvester zegt, schop ik je de gracht in.'
Rasja wreef over haar lippen. 'Ik dacht het zomaar.'
'Ik denk ook wel eens wat', antwoordde Richard geprikkeld. 'Ik denk bijvoorbeeld dat jij het beste je mond kunt houden totdat we bij Sylvester zijn.'
Zonder haar reactie af te wachten toetste hij het nummer van zijn vader in op de boord-multikom. Maar de verbinding bleef uit. 'Niet thuis', gromde hij. 'En ook geen multikom bij zich. Eens kijken of ik Angeline kan bereiken.' Opnieuw bewogen zijn vingers over de toetsen, waarna het scherm onmiddellijk aanflitste.
'Richard!' Het gezicht van zijn moeder stond bezorgd. 'Wat zijn jullie in hemelsnaam aan het doen? Claus kwam met een krankzinnig verhaal over een schipbreuk. Is dat waar of...?' Ze onderbrak zichzelf met de vraag: 'Zijn dat die Vlaamse meisjes die je daar bij je hebt?'
'Ja.'
Rasja boog zich naar voren. 'Ik ben niet Vlaams. Ik kom van de Galgeberg.'
'De Galgeberg...?' Angelines levendige gezicht drukte verbazing uit.
'We geven haar een lift', zei Richard, terwijl hij Rasja terugduwde op de achterbank.
Angeline keek nadenkend. Toen zei ze: 'Ik zorg dat ik straks thuis

ben. Dan leg ik spullen klaar, want jullie zien eruit alsof je in de modder hebt gezeten.'

'We gaan eerst naar Sylvester', zei Richard. 'Vanwege de controle.'

'O. Weet Sylvester dat?'

'Nee, ik ga het hem meteen vertellen.' Vlak daarop vroeg hij: 'Weet je waar Claus is? Ik kan geen contact met hem krijgen.'

'Ergens in de stad, denk ik. Zodra hij er is zeg ik dat jullie eraan komen.'

'Oké Angi. Bedankt.'

'Waar zitten jullie nu?'

'In de sneltunnel bij Apeldoorn.'

'Doe je voorzichtig?'

'Tuurlijk.'

Hij drukte de eindtoets in en stond op het punt verbinding te zoeken met Sylvester, toen Wesley hem aan zijn mouw trok. 'Niet schrikken, ik geloof dat er een auto achter ons aan rijdt.'

Richard schrok wel en draaide zich om.

Op een afstand van vijfentwintig meter ontwaarde hij een wagen van een verouderd model met kleine bumperlampen en een oranje nummerbord. Voorin zaten twee figuren, maar door het onrustige tunnellicht kon hij hen onmogelijk herkennen. Maar dat was ook niet nodig. Voor Richard was er maar één mogelijkheid.

'Rudo en Alexander!' zei hij hees.

Rasja lag meteen op haar knieën op de achterbank. 'Rudo en Alexander? Nee, die zijn het niet! Die hebben een rooie auto. Dit is een grijze!'

'Een grijze...?' Richard vergat dat hij zich had voorgenomen kalm te blijven. 'Wie heeft er verdomme een grijze auto met een oranje nummer? Zitten ze wel achter ons aan?'

'Vanaf parking Garderen', antwoordde Wesley rustig.

'Maar dat kan toch toeval zijn!'

Wesley schudde zijn hoofd. 'Geen toeval. Ik heb die auto eerder gezien. In de tuin van Pascal de Vlaming.'

'Weet je dat zeker?'

'Absoluut. Nummer 218-LIE-544.'

'Dat wil ik dan wel eens zien.' Richards handen waren klam en hij moest zichzelf tot kalmte dwingen om de routecomputer te bedienen.

De auto schoot naar de linkerrijbaan. De snelheid vloog naar twee-honderdvijftig.
'Oei', zei Rasja.
'Ze komen achter ons aan', zei Wesley op een toon alsof hij niet anders had verwacht.
Richard maakte een woedend gebaar. 'Bedenk liever iets om die rotzakken uit te schakelen.'
'Misschien hoeven we ze niet uit te schakelen', zei Wesley. 'We rijden gewoon naar Amsterdam, parking Leidseplein. Daar gaan we eruit.'
'Ben je gek? In parking Leidseplein wemelt het altijd van de agenten.'
'Ik denk dat Pascal dat ook weet', zei Wesley. 'Daarom zal-ie ons niet graag achterna komen.'
Richard gaf geen antwoord. Hij wachtte tot Pascals auto dichtbij was. Toen gaf hij de routecomputer een nieuwe opdracht.
De auto verliet meteen de snelbaan, minderde vaart en vond feilloos een open rijplaats op de rechterstrook.
Pascal vloog hen voorbij en zwenkte honderd meter voor hen naar rechts. Tussen hun wagen en de zijne reden nu vier andere.
'Knap gedaan', zei Wesley. 'Nog een paar keer en we zijn hem kwijt.'
'Niks kwijt', zei Richard verbeten. 'Die kerel heeft een bloeddetec-tor.'
'Ik geloof niet in bloeddetectors', zei Wesley kalm. 'Pascal is onze auto domweg naar Amsterdam gevolgd. De rest van de middag heeft-ie gewacht tot hij weer ging rijden. En zo kwam hij in Garde-ren terecht.'
'En zo kwam hij in Garderen terecht!' Richard kon er niets aan doen dat zijn stem oversloeg. 'En zo komen wíj straks in Amsterdam terecht! Daar staat die smeerlap ons op te wachten. We hadden vanmorgen evengoed kunnen doorrijden.'
'Niet als we vóór Amsterdam afslaan en een eindje omrijden', zei Wesley.
'Wat? Wéér een andere weg?'
'Gewoon een stuk van sneltunnel A25. Langs Ommen.'
'Doe maar wat Wesley zegt.' Aniks stem klonk opvallend rustig.
Richard liet de lucht uit zijn longen ontsnappen. Hij had het warm

en het bloed bonsde tegen zijn slapen. Toch tikte hij met trillende handen op de toetsen. Daarna wachtte hij, terwijl hij zowel de wagen van Pascal als de afstand tot de A25 in de gaten hield. Nog 12 kilometer, nog 10... 8... 7... 6...

Volkomen onverwachts liet de computer een ritmisch alarmsignaal horen. Tegelijkertijd floepten in de tunnel oranje en rode signaallichten aan. De auto remde en kwam met honderden andere wagens tot stilstand. De automatische radio naast de computer klonk: VERKEERSINFORMATIE – AUTOSNELTUNNEL A50 GEBLOKKEERD WEGENS VERZAKKING. VERKEER NAAR AMSTERDAM VIA TUNNEL A25. FILETIJD 5 MINUTEN

Richard luisterde intens. Maar hij had het gevoel dat zijn armen van lood werden.

Met een zucht zei hij: 'Een verzakking, dat mankeerde er net aan.'

'Het had erger gekund', zei Wesley onverstoorbaar. 'Een brand bijvoorbeeld. Of een overstroming.'

Richard keek hem vermoeid aan. Hij zei: 'Volgens mij ben jij niet helemaal normaal.'

24

De file groeide. De signaalflitsen verplaatsten zich naar achteren. Uit de radio klonk een herhaling van de verkeersinfo, gevolgd door geruststellende muziek. Terwijl Richard Pascals auto onafgebroken in het oog hield telde de routecomputer de filetijd af.

Het ging traag en toen Wesley met de muziek begon mee te fluiten snauwde hij: 'Hou op met die zenuwenherrie! Ik word er stapelgek van!'

Maar Wesley lachte hem blijmoedig toe. 'Met muziek krijg ik vaak de beste ideeën.'

'Ja, dat merk ik!' antwoordde Richard sarcastisch. 'Ik heb al twintig fantastische ideeën gehoord!'

Stefanie boog zich naar hem toe en legde haar handen tegen zijn wangen – koele handen die verfrissend over zijn verhitte gezicht gleden. Ze zei dicht bij zijn oor: 'Richard, je moet je niet zo opwinden. Lach eens wat vaker, net als Wesley. Je hebt ons tot nu toe geweldig geholpen, maar niet alles gaat zoals jij dat wilt. Bovendien hoef je voor Pascal op dit ogenblik geen angst te hebben. Hij kan weinig uitrichten. In de file is hij machteloos.'

Richard pakte haar handen vast. Hij fluisterde over zijn schouder: 'Pascal wil jullie terug hebben, want hij is natuurlijk bang dat wij hem bij de politie aangeven.'

'En als hij ons niet krijgt, vertelt hij de politie dat wij illegaal zijn', antwoordde ze.

'Dat lijkt me dus een patstelling', zei Wesley. 'Daar moeten we dus een foefje op verzinnen.'

'Hoe lang duurt die file nog?' vroeg Rasja een beetje benauwd.

Wesley tikte op het scherm van de routecomputer. 'Twee minuten, achtenveertig seconden.'

'Kan ik er dan even uit? Ik moet plassen.'

Richard liet Stefanies handen los en keerde zich om. 'Ben je mal! Je kunt er nu niet uit.'

'Maar ik moet hartstikke nodig!'

'Dan hou je het nog maar even op.'

'Dat kan niet.'

'Had dan ook niet zo veel gedronken!'

'Ik heb helemaal niet veel gedronken. Ik heb maar één glas scurry gehad.'

'Twee minuut vijfendertig', zei Wesley.

'Daarginds is een tunneldeur', zei Rasja. 'Achter de auto.'

'Da's een nooduitgang', gromde Richard. 'Geen plasuitgang.'

Wesley begon te lachen op een manier alsof hij daar nooit meer mee zou ophouden.

Anik zei: 'Richard, laat haar maar even gaan.'

'Maar achter die deur is geen wc, alleen een vluchttrap!'

'Ik ben zo terug', zei Rasja. 'Echt waar!'

Richard aarzelde. Dat kind had ook altijd wat. Het zou een wonder zijn als er geen nieuwe moeilijkheden van kwamen.

'Tweehee minuut vijhijftien', hinnikte Wesley.

'Oké!' siste Richard, terwijl hij op de ontgrendelingsknop drukte. 'Maar dan als de bliksem!'

De kap zwaaide open. Rasja sprong uit de auto, rende langs de tunnelwand en verdween.

Richard liet zich achteroverzakken, maar de spanning trilde door zijn lichaam. Als Pascal wilde kon hij Rasja nu grijpen en ontvoeren. Dan zou... Nee, toch niet! Daar had Pascal het lef niet voor. Niet met tientallen autopassagiers in de buurt.

'Eén minuut vijftig', zei Wesley.

'Wesley, doe me een lol! Ik zie ook dat het nog één minuut vijftig is.'

'Zesenveertig', zei Wesley met een grijns.

Richard sloot zijn ogen. Dit was ècht niet normaal meer. Niemand zou in zulke omstandigheden zó reageren. Het leek wel of hij te veel gedronken had. Van Wesley hoefde hij geen serieuze plannen meer te verwachten. Hij zou het alleen moeten opknappen.

'Jij bent niet alléén verantwoordelijk', zei Anik opeens.

Hij draaide zich om. 'Heb je het tegen mij?'

Ze knikte.

'Waarom zei je dat?'

'Omdat ik vind dat Stefanie gelijk heeft: niet alles gebeurt zoals jij wilt.'

'Dat was mij ook al opgevallen.' Hij kon het niet helpen dat het er een beetje sarcastisch uit kwam.

'Eén minuut twintig', zei Wesley.

'Je moet gebeurtenissen niet forceren', zei Anik.

Hij zweeg. Zelfs van Stefanie en Anik kon hij zulk gepraat op dit moment moeilijk verdragen.

'Gebeurtenissen zijn als takken van een boom', ging Anik verder. 'Dikke en dunne takken. Dunne kun je buigen, dikke niet. Als je dat toch probeert knappen ze.'

'Wil je daarmee zeggen dat je kleine gebeurtenissen wel kunt beïnvloeden maar grote niet?'

'Zoiets.'

Een dringend signaal klonk. Op het scherm van de multikom verscheen het gezicht van een man – hoekig, brede neus, donker haar en een kuiltje in de kin: Pascal.

Geschrokken veerde Richard overeind. Dit had hij niet verwacht. Wat zou die kerel willen?

Als vanzelf ging zijn hand naar het toestel om microfoon en lens aan te zetten.

Maar Wesley greep zijn arm en duwde hem terug.

Richard was overdonderd. 'Wat doe je nou!?'

'Pascal hoeft niet te weten hoe wij erbij zitten', zei Wesley snel.

'Maakt dat wat uit?'

'Natuurlijk maakt dat wat uit!' Wesley staarde naar het scherm als iemand die op het punt staat een belangrijk probleem op te lossen.

'Misschien is dit een van de kleine gebeurtenissen die wij...'

Hij werd onderbroken door Pascal. 'Waarom reageren jullie niet? Heeft jullie multikom het begeven?'

'Zie je wel!' Onwillekeurig dempte Wesley zijn stem. 'Hij is onzeker. Kan nooit kwaad.'

'Ik weet dat jullie mij zien en horen!' Pascals toon werd geïrriteerd. 'Ik heb gemerkt dat jullie nerveus worden. In jullie situatie zou ik dat ook worden. Want jullie kunnen geen kant op. Daarom doe ik jullie een voorstel.'

Wesley tikte op de routecomputer. 'Nog twintig seconden.'

'Jullie mogen die Vlaamse meiden houden', zei Pascal. 'Dan neem ik dat snolletje van de Galgeberg mee. En dan praten we nergens meer over.'

Richard luisterde met verbijstering.

'Vijftien seconden', zei Wesley.

'Schakel lens en microfoon in', gebood Pascal. 'Dan kunnen we zaken doen. Ik heb weinig tijd. Over tien seconden rijden we. Ik sta jullie in Amsterdam op te wachten. Je moet nu ja of nee zeggen.'

'Belachelijke onzin', prevelde Wesley. En toen: 'Acht seconden.'

Richard had nooit voor mogelijk gehouden dat tientallen gedachten tegelijk door zijn hoofd konden schieten. Maar het gebeurde. Pascal loog. Hij probeerde hen te overbluffen. Hij moest weten dat ze hem zo konden aangeven bij de politie. Hij...

En waar bleef Rasja!

Honderd meter voor hen begonnen de auto's te rijden.

'Vijf seconden', zei Wesley. 'Vier... drie...'

Rennende voetstappen achter hen. Een wilde sprong die de veren van de auto deed trillen. Een hijgende stem: 'Ben ik op tijd?'

'Nul', zei Wesley.

De kap ging dicht, de auto kwam in beweging, versnelde en reed vijftien seconden later honderdvijftig kilometer per uur.

'Het is boven móói!' zei Rasja opgetogen. 'Er is een soort heuvel met schitterende huizen en ik heb ook een rivier gezien. Daar...'

Ze brak af en staarde naar het scherm van de multikom. Toen fluisterde ze: 'Dat is Pascal!'

Pascals ogen vernauwden zich. 'Ik geef jullie honderdduizend extra. Dan is dat geitekoppie voor mij.'

Rasja staarde naar het scherm van de multikom. Toen vroeg ze argwanend: 'Geitekoppie? Wat bedoelt-ie daarmee?'

Niemand antwoordde.

'Ben ik dat soms?' Heel even zat ze bewegingloos. Toen wrong ze zich naar voren. 'Vetbol!' schreeuwde ze. 'Spekreet! Opgeblazen berelul! Als ik jou..!'

Wesley drukte zijn hand tegen haar mond.

'...parking Vijzelgracht', zei Pascal voor hij de verbinding verbrak. 'Over twintig minuten.'

'Wat zei-ie nou?' vroeg Richard.

'Dat ie op ons wacht in parking Vijzelgracht', zei Wesley.

'Dicht bij een politiebureau dus', zei Richard. Zijn ogen volgden de langssnellende wanden, de afslag naar een tunnelrestaurant en de groene lichten bij een splitsing, maar hij zag ze niet echt. In gedachten zag hij parking Vijzelgracht voor zich – lang en smal met vijf ondergrondse etages; eentonig grijze muren en grasgroene rolbanen. Daar zou Pascal hen opwachten. En als zij een andere parking opzochten zou hij onmiddellijk het nummer van hun auto aan de politie doorgeven.

Behalve als ze Pascal konden misleiden.

'Doen jullie het?' vroeg Rasja met bevende lippen.

'Wat?'

'Gaan jullie mij aan Pascal verkopen?'

'Misschien is dat het beste', antwoordde Richard.

Tranen sprongen in Rasja's ogen. Toen sloeg ze haar handen voor haar gezicht en begon te snikken.

Richard had meteen spijt. Stommeling die hij was. Waarom kon hij zijn mond niet houden! Dat kind was nu natuurlijk doodsbang.

'Richard, dat is niet lief van je', zei Stefanie.

Hij gaf geen antwoord. Wat moest hij ook zeggen.

'Jij bent helemaal niet van plan Rasja kwijt te raken', vervolgde ze.

'Natuurlijk niet.'

'Ze heeft ons immers fantastisch geholpen.'

Maar ook een hoop ellende bezorgd. Hij zei het niet, hij dacht het.

'Ik vind dat je voor Rasja even zoveel moet doen als voor ons.'

'Ja.' Richard voelde zich opgelaten. En hij wilde dat Stefanie ophield met die verwijtende toon. Om zich een houding te geven gromde hij: 'We hebben nog tien minuten om te bedenken hoe we Pascal kunnen bedonderen.'

'W-willen jullie mij dan niet kwijt?' vroeg Rasja huilerig.

'Absoluut niet', antwoordde Wesley opgeruimd. 'Het was maar een grapje. Daar is Richard dol op – op grapjes.'

Richard keek hem loerend aan. Het was of Wesley de laatste was die zich zorgen maakte over Pascal.

Wesley tikte op de multikom. 'Ik dacht dat je Sylvester nog wou waarschuwen.'

Richard schrok op. Dat was waar. En het moest nog snel gebeuren ook!

Hij toetste het nummer in. Maar het duurde onmogelijk lang voor het vertrouwde gezicht van zijn mentor verscheen.

'Richard! Wat gezellig! Ik heb een paar keer geprobeerd jou te bereiken, maar ik had geen kans.'

'Nee, mijn multikom is kapot. We zitten nu in de auto en...'

'Waar?'

'Vlak bij Amsterdam, in de buurt van Ommen.'

'Aha! Je hebt een heel gezelschap, zie ik. Wie zijn dat allemaal?'

'Sylvester, luister! Dat kan ik nu niet uitleggen. We zitten in de problemen.'

'O.'

'Die meisjes zijn illegaal.'

Sylvester floot een langgerekte toon.

'En er rijdt een kerel in onze buurt', zei Richard dringend. 'Pascal heet-ie, die komt ongeveer gelijk met ons in Amsterdam aan. Hij wil die meisjes hebben. Anders geeft-ie ze aan bij de politie. Kun jij ons helpen?'

Sylvester luisterde met opgetrokken wenkbrauwen. Toen zei hij: 'Ik neem aan dat jij niet krankzinnig bent. Maar het lijkt wel zo. Wat wil die Pascal met die meisjes?'

'Gebruiken voor orgaankweek.' Richard hoorde zelf hoe grof dat klonk, maar hij kon het niet anders zeggen.

'Wat!?'

'We moeten die kerel kwijt', zei Richard. 'En kunnen we die meisjes bij jou brengen?'

'Illegale meisjes', mompelde Sylvester. 'Welja, waarom ook niet! Is die Pascal alleen?'

'Nee, ik geloof dat-ie iemand bij zich heeft. Waarschijnlijk zijn ze nog gewapend ook.'

'Je moet ze allebei verrot slaan', fluisterde Rasja vanaf de achterbank.

'Wat zegt dat meisje?' vroeg Sylvester.

'Dat we ze allebei verrot moeten slaan.' Richard had die mogelijkheid al lang bedacht en verworpen. Pascal zou zich niet laten verrassen. Waarschijnlijk had-ie zo'n gemeen luchtpistool bij zich.

'Dat kun je beter laten', zei Sylvester. 'Welke parking moeten jullie hebben?'

'Vijzelgracht. Daar wacht Pascal ons op.'

'En als jullie naar een andere parking gaan?'

'Dan geeft-ie dat meteen door aan de politie. Hij kent natuurlijk ons autonummer.'

'Juist. Natuurlijk.' Sylvester zei het alsof het om een interessant probleem ging. Toen vervolgde hij: 'Misschien weet ik iets. Parking Vijzelgracht is hier dichtbij. Ik ga erheen.'
'Prima!'
'Samen met Denise', zei Sylvester.
'Denise?' Richard had iedereen wel om hulp willen vragen behalve Denise.
'Een afleidingsmanoeuvre', verklaarde Sylvester. 'Binnen tien minuten zijn we in de parking. Tenminste, als ik Denise zo snel kan bereiken.'
'O.'
'Ze kan buitengewoon goed toneelspelen', zei Sylvester. 'En dat is precies wat ik nodig heb. Wij leiden Pascal af en intussen gaan jullie naar mijn huis. Of is dat niet de bedoeling?'
'Dat is de bedoeling', antwoordde Richard slapjes. Hij vond het geen geweldig plan. Omslachtig, doorzichtig en nog gevaarlijk ook. Maar op dit moment kon hij niets beters bedenken.
'Hoe ziet Pascal eruit?' vroeg Sylvester.
'Zwaar, lomp, vierkante kop, stierenek.'
'Een opgeblazen berelul', neuzelde Wesley.
'Wat zeg je?'
'Niets', antwoordde Richard. Haastig zei hij: 'Hij rijdt in een oud model auto, grijs met oranje nummerbord.
'Nummer 218-LIE-544', zei Wesley.
'We vangen hem op', zei Sylvester. 'Maak je maar geen zorgen!'
Zijn hoofd verdween van het scherm. In de auto klonk geruime tijd slechts het zoemen van de elektromotor.
Minuten later vroeg Rasja: 'Richard, Denise is toch jouw vriendinnetje?'
Richard slikte een verwensing in. Dat stomme kind zag kans om in één seconde alles te verzieken. Hij antwoordde gemaakt vriendelijk: 'Nee Rasja, Denise is niet mijn vriendinnetje. Dat heb ik je ook al eerder verteld. Denise zit toevallig in dezelfde leergroep als ik, maar Denise is mijn type niet. Denise is mooi maar dom.'
'En Stefanie is mooi en slim', zei Rasja.
Hij gaf geen antwoord. Hij hoorde alleen het zachte gelach van Wesley, Stefanie en Anik.
'Daarom ben jij natuurlijk verliefd op Stefanie', zei Rasja.

'Ja', gaf hij toe op de toon van iemand die tegen een kleuter praat. 'Heel erg verliefd.'

'Dat dacht ik wel. Ik zag het duidelijk toen je in het bos achter haar aan rende.'

Richard voelde het bloed naar zijn hoofd stijgen.

De drie anderen proestten het uit.

'Ik ben eigenlijk verliefd op Wesley', bekende Rasja. 'Maar ik denk dat Wesley op Anik verliefd is.'

'Dat wordt moeilijk', lachte Anik. 'Krijgen we nu ruzie, Rasja?'

Rasja schudde haar hoofd op besliste wijze. 'Met jou krijg ik nooit ruzie. Jij hebt mijn voet beter gemaakt.'

Richard deed zijn best niet meer naar het kinderlijke gepraat te luisteren.

Nog zeven kilometer naar de Vijzelgracht, zag hij. Vier minuten veertig seconden.

Waarschijnlijk was het het beste dat Pascal vóór hen de parking bereikte. Als Sylvester en Denise op tijd waren, konden ze zich meteen met die kerel bezighouden, hoewel hij zich afvroeg wat die twee konden beginnen. Maar misschien viel dat toch wel mee, want Sylvester kon heel ongemakkelijk zijn.

De tunnel splitste zich: de hoofdtak liep door naar Meppel en Hoogeveen, de zijtak boog af in de richting van Amsterdam. De snelheid nam af, maar aan de druk op zijn oren voelde hij dat ze dieper wegdoken.

'Zijn we er nu bijna?' vroeg Rasja.

'Nog een paar kilometer', antwoordde Wesley. En plotseling veel ernstiger: 'Rasja, je doet straks precies wat wij zeggen. Oké?'

Ze knikte. 'Gaan we naar Sylvester?'

'Ja.'

'Dat is toch een senior?'

'Ja.'

'Ik vond hem best aardig', stelde ze vast. 'Geen zeverzak.'

Wesley grinnikte ingehouden, terwijl hij naar de rij auto's wees. 'Pascal eerst?'

Richard knikte, tot het uiterste geconcentreerd.

Nu geen fouten maken. In de parking niet vlak naast Pascal terechtkomen. Waarschijnlijk was het het beste de automatische plaatszoeker uit te schakelen en het laatste stuk zelf te sturen.

Een nieuwe bocht. Een lichte helling omhoog. Afslagen naar andere parkings.

Tussen hen en Pascal reden nu nog twee andere wagens.

Op dat moment gaf de computer een waarschuwingssignaal. Op het scherm verscheen de tekst:

PARKING VIJZELGRACHT VOL

DICHTSTBIJZIJNDE PARKING FREDERIKSPLEIN

TOETS VOOR ANDERE KEUS

Richard zat als verlamd.

Wesley vroeg snel: 'Wil je een andere keus?'

Het duurde even voor Richard zijn hoofd schudde. 'Een andere keus heeft geen zin. Pascal gaat nu zo goed als zeker naar het Frederiks-plein. Wij gaan hem achterna.'

Hij zweeg even en balde toen zijn vuisten. 'Wie weet sla ik hem toch nog verrot!'

25

De boordmultikom floepte aan. Op het scherm verscheen het uitdrukkingloze gezicht van Pascal. Hij zei: 'Parking Frederiksplein.' Daarna werd het scherm weer zwart.

Wesley snoof als een hond. Hij vroeg aan Richard: 'Heeft Sylvester een multikom?'

'Ja.'

'Nummer?'

'Vijf-twee-nul-twee-één-drie-twee-zes-nul.'

Wesley's vingers tipten de toetsen aan. Ze wachtten. Maar de verbinding bleef uit.

'Hij heeft hem dus thuis laten liggen', zei Wesley.

Richard knikte somber. Hij had niet anders verwacht.

De auto reed nu op parkeersnelheid en maakte opnieuw een korte bocht. De tunnel mondde uit in parking Frederiksplein. Een reusachtige spiraal van autobanen. Ringen van parkeerplaatsen met in het centrum een parelkleurige zuil waarlangs drie liften op en neer gingen. Tussen de liftzuil en de parkeerstroken verbindingen met loopbruggen als de spaken in een wiel. Roomwitte wanden van dertig meter diep met een fonkelende verlichting en wandelpromenades vol replica's van beroemde beelden en schilderijen.

'Nog mooier dan Rotterdam!' zei Rasja.

'Hierboven staat het Rijksmuseum', verklaarde Wesley. Vlak daarop zei hij: 'Daar gaat Pascal!'

De wagens spiraalden omlaag. Tussen hun auto en die van Pascal reden nog steeds twee andere.

'Automaat uitschakelen!' zei Wesley opeens.

'Waarom?'

'We moeten niet vlak naast Pascal terechtkomen.'

'Dat snap ik ook, maar...'

'Doe het nou maar!'

Richard zette de routecomputer uit en pakte de stuurknuppel.

Wesley keerde zich vlug om. 'Anik, zie jij kans Pascals auto onklaar te maken?'

Anik ging op het puntje van de bank zitten. 'Wanneer? Nu?'

'Nee, straks.'

'Je bedoelt dat ik ervoor zorg dat hij niet meer kan rijden?'

'Ja. Als de elektronica uitvalt rijdt-ie geen meter meer. En als je zijn multikom ook uitschakelt zou dat helemaal geweldig zijn. Met je geest of je gedachten of weet ik veel hoe je dat doet.'

Anik duwde haar vuisten tegen haar kin. 'Dat gaat niet zomaar. In het instituut in Kortrijk is het maar een paar keer gelukt.'

'Dat kwam natuurlijk omdat je het niet echt wilde', zei Wesley. 'In die lift in Rotterdam ging het toch ook.'

'Ik weet het niet.' Haar toon was aarzelend.

Richard stuurde de auto langs de spiralen. Nog een paar slingeringen. Dan kwamen de vrije parkeerstroken. Dan zouden ze een plaats moeten zoeken.

'Pascal verwacht vast niet dat jullie meteen naar hem toe komen', zei Wesley dringend. 'Maar dat moet je wel doen.'

'Moeten wij naar hem toe gaan?' vroeg Stefanie.

'Ja.'

'Dan krijgt-ie dadelijk argwaan', antwoordde ze.

'Niet als wij eerst ruzie krijgen.'

'Ruzie?' zei Rasja verbaasd. 'Ik wil helemaal geen ruzie.'

'Natuurlijk niet, je doet net alsof!'

Ze keek hem met grote ogen aan.

'Jullie schelden ons uit', zei Wesley. 'Jullie maken ons uit voor leugenaars. En dan rennen jullie alle drie naar Pascals auto.'

Richard zei niets, maar het zweet brak hem uit. Een onmogelijk plan. Veel te riskant ook. Als Pascals auto en multikom bleven werken hadden ze zelfs geen enkele kans. Dan zouden ze de drie meisjes weer kwijt zijn.

Nee, dat niet! Dan zou hij die rotkar van hem in elkaar rammen!

Terwijl hij de auto de laatste ring in stuurde, zag hij dat een sliert wagens hen volgde op zoek naar een parkeerplaats. Ze waren in elk geval niet de enigen, dacht hij.

Als ze nou eens van die drukte gebruik maakten om te ontsnappen...

Hij zei vlug: 'Ik parkeer hem tien plaatsen verder dan Pascal. Dan gaan jullie er als de bliksem vandoor.'

'Eén seintje van Pascal en de politie sluit de parking af', antwoordde Wesley.

'Dan zit-ie zelf ook opgesloten.'

'Dat zal hem een zorg zijn. Ze kunnen hem toch niets maken.'

'Wesley heeft gelijk.' Anik zei het heel rustig. 'Ik ga het proberen.' Stefanie zweeg. Maar haar ogen gloeiden.

Pascals auto maakte een scherpe draai en stopte, gevolgd door de beide andere wagens.

Richard reed door, vijfentwintig meter. Toen gleed de auto de parkeerstrook op. Ze stonden nauwelijks stil toen Pascal op het scherm kwam. 'Stuur dat snolletje hierheen!' gebood hij.

'Snolletje?' Rasja hapte naar adem. Toen barstte ze uit: 'Smerige vetbol! Vuile...'

Wesley greep haar bij haar jack. 'Je moet op òns schelden! Snap je dat?'

Rasja was onthutst. 'Dat kan ik niet.'

'Dat kun je wel, stomme trut!' En tegen Richard: 'Vlug, doe die kap open!'

'Stomme trut?' Rasja werd rood. 'Dat is gemeen! Jij bent zelf een stomme trut! Een kloothommel, dàt ben je!'

De cabinekap ging omhoog. Stefanie en Anik sprongen eruit. Maar Rasja bleef tegen Wesley tekeergaan. 'Je hoeft niet te denken dat ik nog verliefd op je ben! Ballekop!'

'Rasja heeft gelijk!' riep Stefanie luid. 'Jullie zijn alleen maar op eigen voordeel uit! Wij hebben jullie niets gevraagd! Ik weet niet wat jullie van plan zijn, maar wij houden ermee op!'

Richard en Wesley stapten uit.

Op de parkeerstroken tussen hun auto en die van Pascal stopten andere wagens. Maar de meeste autopassagiers bleven staan.

'Magere bleekscheet!' schreeuwde Rasja Wesley toe.

Stefanie trok haar mee naar de auto van Pascal. 'Jullie zijn leugenaars!' schreeuwde ze over haar schouder. 'Kom Rasja, we willen niets meer met ze te maken hebben!'

Samen met Wesley liep Richard achter hen aan. Overal zag hij spottende blikken en hij had zich nog nooit zo achterlijk gevoeld. Dit kon niet, dacht hij. Dit was absoluut belachelijk. Absurd! Dit liep uit de hand. Straks zou hijzelf de politie moeten waarschuwen. En dan waren ze precies even ver als toen ze begonnen.

'Kom bij ons!' riep iemand uit een groepje mannen. 'Bij ons is het veel gezelliger!'

Wesley verkleinde de afstand tussen hen en Pascal. Op de een of andere manier zag hij er verbeten uit. 'Zo hebben we het niet bedoeld!' riep hij de meisjes toe. 'Jullie maken de verkeerde keus!'

Stefanie, Anik en Rasja bereikten de auto van Pascal.

De cabinekap ging open op het moment dat een zwaargebouwde man Richard de weg versperde.

Hij gromde: 'Meisjes lastig vallen is er vandaag niet bij!'

Richard bleef staan. Zo beheerst mogelijk zei hij: 'Wij vallen niemand lastig. Wij hebben alleen verschil van mening.'

'Dat heb ik vaker gehoord.' De man zag eruit alsof hij er graag op los wilde slaan.

Richard gaf geen antwoord. Hij zag Pascal uitstappen. Hij zag Anik doodstil bij de auto staan, als iemand die hevig geschrokken is. Hij zag dat Rasja's boosheid in bangheid veranderde. Hij zag Wesley met een snelle beweging naar voren schieten.

'Jullie vergissen je!' riep Wesley. 'Jullie...!'

'Blijf waar je bent!' snauwde Pascal hem toe. En toen: 'Bruno, zorg jij voor de meisjes!'

Bruno... Richards gedachten sloegen op hol. Dit ging fout. Bruno was de man die hen bij de schuilhut met een persluchtpistool had bedreigd. Die nergens voor zou terugdeinzen als Pascal de meisjes opnieuw in handen kreeg.

Of gebeurde dat niet? Was Anik erin geslaagd Pascals auto uit te schakelen?

Terwijl er meer mensen bleven staan, gebaarde Pascal ongeduldig. 'Instappen.'

Rasja deed een stap achteruit en schudde haar hoofd. 'Ik ga niet mee.'

Bruno greep haar arm vast.

'Nee!' gilde ze. 'Ik wil niet! Laat me los, vieze etterbak!'

Anik maakte een hulpeloos gebaar naar Stefanie en schudde haar hoofd.

Een seconde later sloeg Stefanie Pascal midden in zijn gezicht en trapte Bruno tegen zijn arm.

Pascal wankelde.

Bruno liet Rasja los.

De man die Richard tegenhield keek om. Richard duwde hem woedend opzij en rende naar voren op het moment dat Bruno iets uit zijn zak haalde en richtte. Hij liet zich onmiddellijk vallen, rolde om zijn as en dook weg achter een auto.

Pascal begon te vloeken.

Rasja bleef gillen.

Mensen schreeuwden: 'Kijk uit, een pistool!'

Richard kwam overeind. Stefanie, dacht hij in paniek. Als Bruno haar raakte! Met een wilde sprong was hij bij de meisjes en sleurde hen omlaag. Maar er was niets om achter weg te kruipen.

Voor de tweede keer richtte Bruno zijn pistool.

'Stop! Politie!' De stem kwam van de kant van de lift en sneed door de ruimte. 'Laat dat pistool vallen! Blijf staan! Doodstil!'

Een adembenemende stilte. Slechts van hogere spiralen klonk het suizen van naderende auto's. Maar het geluid van Bruno's vallende pistool was nauwelijks hoorbaar.

Richard richtte zich op.

Pascal en Bruno stonden als bevroren voor hun auto.

Op de brug naar de lift kwamen drie agenten dichterbij, twee vrouwen en een man, gewapend met laserpistolen.

Richard zag in een flits iets bekends, maar hij gunde zich geen tijd daarover na te denken.

Hij fluisterde dringend: 'Nu wegwezen! Maar rustig aan! Doe alsof je er niets mee te maken hebt!'

'Ja, maar...' begon Rasja.

'Rasja, hou je kop!'

Richard duwde de meisjes voor zich uit naar de kant waar de autobaan omlaag liep – zo onopvallend mogelijk, als mensen die zich nergens mee willen bemoeien.

Toen zag hij de twee mannen. Ze stonden bij de wandelpromenade als belangstellende toeschouwers. Het enige verschil was dat ze eveneens laserpistolen in de hand hadden.

Richard bleef staan. Hij kon niet anders. Hij kende die mannen.

Wesley wreef over zijn gezicht. Hij zei: 'Dat zijn onze vriendjes uit Eindhoven, Zadelhof en De Nolte.'

Richard voelde zijn energie wegstromen. Hij wilde schreeuwen, vloeken, huilen – alles tegelijk. Maar hij kon het niet. Hij kon zelfs niet denken.

De politiemannen staken hun wapens weg en kwamen naar hen toe. Zadelhof knikte een paar keer nadrukkelijk voor hij zei: 'Jullie hebben ze dus gevonden.'

Richard gaf geen antwoord.

'Een opmerkelijke prestatie', zei Zadelhof. 'Vooral als je bedenkt wie jullie voor ons hebben opgespoord.' Hij maakte een hoofdbeweging naar Pascal en Bruno.

Richard keek werktuiglijk om. Hij hoorde het zachte klikken van handboeien. Daarna werden de twee weggevoerd. De omstanders bleven in groepjes napraten. Een van de vrouwelijke agenten liep in hun richting. Tevergeefs vroeg hij zich af waar hij haar eerder had gezien.

'Ik moet toegeven dat we jullie een paar keer zijn kwijtgeraakt', zei Zadelhof. 'Op de Strabrechtse heide bijvoorbeeld. En ook...'

'Wie ben jij eigenlijk?' viel Rasja hem in de rede.

'Wij zijn van de politie', antwoordde Zadelhof vriendelijk. 'Wij hebben jouw vrienden een paar dagen geleden ontmoet.'

Stefanies ogen begonnen te vonken. Ze zei tegen Richard en Wesley: 'Is dat waar? Waarom hebben jullie dat niet verteld?'

Richard antwoordde zachtjes: 'Dat vonden wij niet belangrijk.'

'Niet belangrijk!?' Haar stem werd laag van woede. 'Jullie wisten dus dat de politie achter jullie aan zat. En toch bleven jullie naar ons zoeken. Dat is niet dom, dat is het toppunt van achterlijkheid!'

'Waren jullie dan liever bij Pascal gebleven?' Nog niet eerder was de toon van Wesley zo scherp geweest.

'We hebben nu geen behoefte aan discussies', zei De Nolte. 'Ik ben bang dat we jullie alle vijf moeten meenemen.'

'Dat lijkt mij ook het beste.' De stem kwam van de vrouwelijke agent. En tegen Rasja: 'Ik vraag me alleen af wie jij bent en waar jij vandaan komt.'

Rasja zweeg. Haar ogen flitsten als van een gevaarlijke kat.

Wesley zei tegen de agent: 'En ik vraag mij af wie jij bent. Je mag je best even voorstellen.'

'Joan Coban', antwoordde ze kortaf. 'Vreemdelingendienst.'

'Prettige kennismaking!' zei Wesley sarcastisch.

'Jij bent Wesley Simons, nietwaar?'

'Ja. Ik merk dat jullie alles al hebben uitgezocht.'

Joan Coban... Richard wist het opeens weer. Zij was een van de agenten die hem midden in de nacht uit zijn bed hadden gehaald. Ze was efficiënt, gehaaid en fanatiek. Het had geen zin meer uitvluchten te verzinnen. Wesley's agressieve toon zou het alleen maar erger maken. Hij zei: 'We gaan mee.'

'Uitstekend', zei Zadelhof.

'Ik ga niet mee', zei Rasja.

'Waarom niet?' De toon waarop Joan het zei was half geïrriteerd, half vriendelijk.

'Ik wil niet terug naar de Galgeberg.'

'De Galgeberg?' Zadelhof maakte een gebaar alsof het om iets bijkomstigs ging. 'Kortleverskolonie op de Strabrechtse heide bij Geldrop.'

Joan knikte als iemand die alles onder controle heeft. 'We zullen zien.' Ze pakte Rasja bij een arm.

Maar Rasja rukte zich los. 'Ik wil niet naar de Galgeberg! Ik wil hier blijven! Bij Wesley en Richard.'

'Daar praten we straks over', zei Joan.

'Daar wil ik niet over praten!' krijste Rasja. 'Als je me aanraakt krab ik de ogen uit je kop!'

Joan aarzelde. Ze was kleiner dan Rasja. Waarschijnlijk was ze ervaren genoeg om haar te overmeesteren, maar Richard zag dat ze er weinig voor voelde een gillend meisje achter zich aan te slepen.

Zadelhof begreep dat ook, pakte zijn multikom en tipte toetsen aan. Meteen staarde hij verbaasd naar het toestel. 'Hij doet het niet.'

'Wat doet het niet?' De Nolte kwam naast hem staan.

'Mijn multikom', zei Zadelhof. 'Zo dood als een pier!'

Richard voelde zijn hart overslaan. Dat kwam door Anik!

'Hoe kan dat nou?' vroeg De Nolte.

'Weet ik het! Vijf minuten geleden was ie nog prima.'

'Batterij op', zei Wesley met een grijns.

Zadelhof keek hem aan of hij nooit eerder zo'n domme opmerking had gehoord.

Maar Richards hersens werkten koortsachtig. Als ze nu allemaal tegelijk wegrenden konden er minstens twee ontsnappen. Tenzij de agenten hun laserpistolen gebruikten. Of zouden die nu ook onbruikbaar zijn?

'Wat is hier aan de hand!?' De stem kwam van een stevig gebouwde man met grijs haar, een gebruind gezicht en diepliggende ogen.

Sylvester! Tien minuten geleden had Richard hem misschien nog omhelsd, nu had Sylvester geen slechter moment kunnen uitkiezen. Zeker met Denise in de buurt.

'Wie ben jij?' informeerde De Nolte op zakelijke toon.

'Sylvester, mentor van een van deze jongeren.' Sylvester had een imponerende stem die ver reikte. 'Zijn er moeilijkheden?' Zonder op antwoord te wachten vervolgde hij: 'Ik verwachtte ze in parking Vijzelgracht, maar toen ik hoorde dat die vol was ben ik hierheen gekomen. Ik neem aan dat ik hen nu kan meenemen?'

'Nee, dat kan niet', antwoordde Joan.

'Waarom niet?'

'Omdat wij aanwijzingen hebben dat zij illegaal in ons land zijn.'

'Aanwijzingen?' vroeg Sylvester. 'Geen bewijzen?'

'Bewijzen moeten komen van de verdachten', zei Joan formeel. 'Als zij met een persoonscard aantonen dat hun verblijf in Nederland wettig is, gaan ze vrijuit.'

'Heb je hun dat gevraagd?'

Voor het eerst kreeg Joans houding iets onzekers. Ze zei: 'Dat eh... dat zou ik nu kunnen doen.'

'Dat lijkt mij een bijzonder goed idee.' Sylvesters stem kreeg iets onheilspellends.

Maar Richard vroeg zich af waar hij heen wilde. Stefanie, Anik en Rasja – geen van drieën had een persoonscard. Wilde Sylvester tijd winnen? Maar waarom?

Joan hield haar armen strak en haar handen dichtgeknepen. Ze zei: 'Laat je persoonscards zien!'

Het liefste was Richard er vandoor gegaan, maar hij wist dat dat een onzinnige gedachte was.

Hij stond op het punt zijn studiecard te pakken, toen Rasja zei: 'Ik ben mijn persoonscard kwijt.'

Joan glimlachte op een onprettige manier. 'Dat dacht ik wel. Dat zeggen alle illegalen. Vertel dan maar eens waar je hem bent kwijtgeraakt.'

'Toen de boot kapotging', zei Rasja.

'De boot kapot?'

'We hebben schipbreuk geleden', verduidelijkte Wesley snel. 'In de buurt van Ermelo. Volgens mij moeten jullie dat weten.'

Aan Joans gezicht was te zien dat ze het wist.

Richard maakte zich echter geen illusies. Rasja's poging was goed bedoeld maar onbeholpen. Daar schoten ze helemaal niets mee op.

Zadelhof vroeg: 'Jullie zijn toevallig alle vijf je persoonscards kwijt?' Zie je wel, die lui waren niet achterlijk.

Hij keek tersluiks naar Denise, maar die stond te luisteren op een manier alsof ze er weinig van begreep.

Wesley haalde demonstratief zijn studiecard te voorschijn. 'Alsjeblieft!'

Joan keek er nauwelijks naar. 'Ik wil de persoonscards van de meisjes zien.'

Stefanie en Anik bewogen zich niet.

Rasja zei: 'Ik heb hem verloren. Echt waar!'

'Jullie gaan mee', besliste Joan.

'Is het jouw gewoonte mensen te arresteren die hun persoonscard kwijt zijn?' vroeg Sylvester op agressieve toon.

'Dat is niet mijn gewoonte, dat is mijn plicht!' En tegen de meisjes: 'Als ik jullie was zou ik niet tegenwerken.'

'Als ik jou was zou ik eerst navraag doen', zei Wesley.

'Navraag?' Haar toon werd ongeduldig. 'Waarom zou ik?'

Wesley wees naar de multikom aan de riem om haar middel. 'Een kleine moeite. Met dat ding kun je gegevens opvragen en blunders voorkomen.'

Joan haalde diep adem. Toen pakte ze zonder iets te zeggen haar multikom. Maar bijna dadelijk bleven haar vingers boven de toetsen zweven. Ze zei verbaasd: 'Hij doet het niet. Dat is nog nooit gebeurd!' En tegen Zadelhof: 'Geef me de jouwe even.'

Zadelhof schudde zijn hoofd. 'Doet het ook niet.'

Richard kauwde op zijn lippen. Dáár had Wesley dus op aangestuurd. Maar wat schoot hij er mee op?

'Zo komen we er niet uit!' zei Sylvester geërgerd. 'Ik stel voor dat ze alle vijf met mij meegaan. Ik geef jullie mijn adres. Dan kunnen jullie altijd contact opnemen.'

Het leek wel of Joan hem nauwelijks hoorde. Niet-begrijpend staarde ze naar haar multikom. 'Hij heeft nog nooit geweigerd.'

'Dat komt door Anik', zei Rasja. 'Als zij in de buurt is gaat er van alles kapot.'

Richard beet zijn lippen stuk. Dat stomme, achterlijke wezen! Hij kon haar wel vermoorden.

Joans argwaan was bijna zichtbaar. Ze vroeg: 'Wie van jullie is Anik?'

Anik knikte nauwelijks merkbaar.

'Wil jij vertellen dat jij deze multikom kunt storen?'

'Allemaal onzin', zei Wesley in een poging nog iets te redden. 'Dat kan ze helemaal niet.'

'Dat kan ze wel!' riep Rasja. 'In Rotterdam stond de lift stil en toen we op de boot waren...'

Richard ging op haar tenen staan.

Rasja duwde hem gillend van pijn opzij. 'Rotzak! Etter! Kun je niet uitkijken met je lompe poten! Dat is al de tweede keer dat je...!'

'Zo is het wel genoeg!' snauwde Joan. En tegen Anik: 'Ik vroeg je wat. Kun jij deze multikom storen, ja of nee?'

'Wat een onzinnige vraag!' protesteerde Sylvester. 'Zoiets kan niemand!'

Zadelhof deed een stap naar voren. Zijn toon was zelfbewust toen hij zei: 'Ik ben bang dat die vraag niet zo onzinnig is. Een paar dagen geleden zijn er namelijk twee meisjes ontsnapt uit het politiebureau van Eindhoven. Ze konden zo weglopen, want de elektronische beveiliging was uitgevallen.' Hij wees naar Stefanie en Anik. 'Deze meisjes.'

Richard kon geen woord uitbrengen. Hij keek naar Stefanie, maar haar ogen zochten geen contact met hem. Het leek wel of ze was lamgeslagen.

Wesley's gezicht was bleek. Hij zei: 'Dat is het onwaarschijnlijkste verhaal dat ik ooit gehoord heb.'

'Ja', antwoordde Zadelhof grimmig. 'Even onwaarschijnlijk als twee multikoms die tegelijk onklaar raken.' Hij gaf De Nolte en Joan een wenk. 'De meisjes nemen we mee. Die jongens gaan vrijuit. Voorlopig tenminste.'

Denise vroeg geschrokken: 'Worden ze nu opgesloten?'

Joan gaf geen antwoord. Ze klikte de multikom aan haar riem en nam Anik bij haar arm.

'Ik ga het aan mijn vader vertellen', zei Denise.

Joan keerde zich om. 'Wie is jouw vader?'

'Bjorn Rossenberg. Hij is prefect in het stadsbestuur.'

Joan verstrakte. Ze zei afgemeten: 'Ik geloof dat wij niets onwettigs doen.' En tegen de meisjes: 'We gaan.'

'Ik ga niet mee', zei Rasja.

'Wil jij liever boeien om?' vroeg Joan.

Stefanie sloeg haar arm om Rasja. 'Kom', zei ze. 'Je hoeft niet bang te zijn.'

Richard zag hen gaan, de brug over naar de lift.

En hij kon het wel uitschreeuwen. Het liefste wilde hij die fanatiekelingen van de politie naar de keel vliegen, ze in elkaar slaan. Hij zou het kunnen ook!

Maar hij besefte dat zoiets zinloos was. Hij zou het alleen maar erger maken.

De lift zoefde omhoog langs de zuil en verdween uit het zicht. Hij stopte niet.

Sylvester zei: 'Kom, laten we naar huis gaan.'

26

Het uitzicht in Sylvesters bovenwoning aan de Weteringschans was magnifiek: voor het huis het schitterende plantsoen met vijvers, fonteinen, beelden en speelplaatsen; daarachter het met bomen omzoomde Singel. Het heldere water weerspiegelde riet en biezen. In de lucht zwermden vogels.

Verderop liep de weg naar Dedemsvaart. De meeste huizen aan die weg waren al lang afgebroken. Op die plaatsen lagen nu kleine heuvels, beplant met struiken en bloemen.

Achter rijen slanke bomen lagen akkers en weilanden in variaties van donkergroen tot goudgeel.

Wit-grijze wolken dreven langs een lichtblauwe hemel.

'Mooi is het hier', zei Denise.

'Ja.' Richard keek naar wandelaars en fietsers die de stad in en uit gingen. Maar hij zag ze niet echt. Hij was doodmoe. Hij had slecht geslapen. Tot diep in de nacht had hij met Claus en Angeline gepraat. Ook met Sylvester en zijn vrouw Anita. Hij had gepiekerd. Hij had tientallen oplossingen bedacht en verworpen.

Ten slotte was hij al tamelijk vroeg opnieuw naar Sylvester en Anita gegaan.

Daar trof hij ook Denise.

'De lucht is helder', zei Denise. 'Je kunt heel ver kijken.'

Richard gaf geen antwoord. Wat kon het hem schelen hoe ver je kon kijken! Zolang Stefanie en Anik zaten opgesloten kon niets hem meer schelen.

Opgesloten... Het woord had een haast onwezenlijke klank. Misdadigers werden opgesloten, criminelen als Pascal en Bruno. Terecht!

Maar Stefanie en Anik?

Sylvester had contact gezocht met de politie. Daar hadden ze gezegd dat er proces-verbaal zou worden opgemaakt, omdat hij samen met Wesley illegalen had geholpen. Ze hadden ook gezegd dat de

Vlaamse meisjes in het land van herkomst niet in levensgevaar verkeerden; dat ze geen enkele poging hadden gedaan om op een legale manier een verzoekschrift tot toelating in te dienen; dat de omstandigheden onder de vigerende, democratisch tot stand gekomen wetgeving dus niet pleitten voor toelating tot de Nederlandse samenleving.

Mijn god, wat een zin! Konden ze niet gewoon zeggen dat ze Stefanie en Anik het land weer uit flikkerden?

Begrepen ze dan niet dat de meisjes in Vlaanderen doodongelukkig waren?

Voor het meisje Rasja lag de situatie enigszins anders, hadden de autoriteiten Sylvester meegedeeld. Niemand had haar als vermist opgegeven, en de duidelijke tekenen van mishandeling in aanmerking genomen, was het gewenst haar in een opvangcentrum te plaatsen voor passende didactische en pedagogische begeleiding.

Om razend van te worden! Hadden ze Rasja maar teruggestuurd! Hij had haar wel op zijn nek naar de Galgeberg willen zeulen!

Als Stefanie maar had mogen blijven.

'Komt Wesley straks?' De kalme stem van Anita klonk dicht achter hem.

Hij draaide zich om.

Anita was een tamelijk kleine vrouw, gekleed in een moderne zachtrode broek met wijde plooien en een witte blouse zonder mouwen. Aan haar oren droeg ze vlindervormige versieringen die hij ook kende van Angeline. Haar gezicht was onopvallend, maar het straalde iets uit alsof ze voortdurend ergens de humor van inzag. Alleen nu lachten haar ogen niet.

'Wesley heeft gezegd dat hij zou komen', zei Richard.

Ze knikte. 'Ik heb het gevoel dat het toch goed komt.'

Hij haalde zijn schouders op. 'Waarom zeg je dat? Zomaar?'

'Nee, niet zomaar. Het is net als met geluk. Dat krijg je ook niet vanzelf. Daar moet je wat voor doen. Daar moet je wat voor over hebben.'

Hij maakte een afwerend gebaar. 'Ik dacht anders dat ik niet had stilgezeten.'

Ze stak haar handen in de plooien van haar broek. 'Hoeveel is Stefanie jou waard?'

'Hoeveel Stefanie mij waard is?' Enkele ogenblikken keek hij haar niet-begrijpend aan. Toen zei hij een beetje ongemakkelijk: 'Jij bent toch ook wel eens verliefd geweest?'

'Ja, verscheidene keren.'

'Dan weet je het antwoord.'

'Ja', antwoordde ze op een toon alsof het ging om het halen van boodschappen. 'Ik weet het antwoord. Ik zou àlles doen. Ik zou hemel en aarde bewegen. Ik zou brieven schrijven. Ik zou...'

'Gedichten maken', zei Denise.

Anita glimlachte haar toe. 'Dat ook, als dat zou helpen. Ik zou naar de politie stappen en naar de burgemeester, ik zou naar alle stadsprefecten gaan, ik...'

'Mijn vader wil vast wel met je praten', onderbrak Denise haar opnieuw. 'Zal ik hem even waarschuwen?'

'Ik zou nooit opgeven', zei Anita. 'Ik zou voor de deur van het politiebureau gaan zitten en naar de regering in Amersfoort gaan, ik zou het verkeer ontregelen en ten slotte in hongerstaking gaan. Ik zou me door niemand laten tegenhouden.'

'O.' Het was alles wat Richard zei. Het klonk mooi, dacht hij bitter. Maar ook onmogelijk. Hoe zou hij in zijn eentje die ambtenarenbunkers kunnen slopen?

Anita vroeg: 'Ben jij een pessimist?'

'Ik?' Richard snoof geërgerd. Anita was een prima vrouw, maar als ze zo begon ging hij liever naar huis.

'Op de een of andere manier begrijp ik jou niet', zei Anita. 'Soms denk ik: jij bent een doorzetter, maar even later zie ik aan je gezicht dat je er niet meer in gelooft. Daarom denk ik dat jij een pessimist bent.'

'Ik ben een realist', zei Richard afwerend. Hij hield absoluut niet van zulke gesprekken. En als iemand anders dan Anita het tegen hem had gezegd, was hij al lang weg geweest.

'Jij ziet dus zo veel moeilijkheden dat je niet weet waar je moet beginnen', zei Anita.

'Ik zie zo veel moeilijkheden dat ik weet dat het zinloos is', verbeterde hij haar.

'Goed.' Ze liep naar de kast en pakte glazen om iets in te schenken. Als terloops vervolgde ze: 'Dat betekent dat jouw Stefanie teruggaat naar Vlaanderen. Waarschijnlijk vandaag al. Of anders morgen. Dan kun je haar brieven schrijven. Je kunt haar ook oproepen met je multikom. Dan heb je haar gezicht vlak bij je. Je kunt haar horen en lieve dingen tegen haar zeggen. Maar je kunt haar niet aanraken of ruiken. Niet zoenen ook. Het beeldscherm van een multikom is daar niet voor gemaakt. En al gauw...'

'Hou op!' snauwde hij.

'En al gauw krijg je schuldgevoelens', zei Anita onbarmhartig. 'Omdat je vindt dat je er niet alles aan gedaan hebt om haar hier te houden.'

'Ik hèb er alles aan gedaan!'

Anita gaf geen antwoord en schonk de glazen vol.

'Dat is toch wáár! We hebben het halve land afgestroopt en duizenden guldens uitgegeven. Met die stomme griet van de Galgeberg op sleeptouw! Dàt hadden we nooit moeten doen! Dáár krijg ik schuldgevoelens van!'

'Bedoel je Rasja?' vroeg Denise.

'Ja. Wie anders!'

'Dat leek mij toch niet zo'n raar meisje.'

'Geen raar meisje!?' riep hij uit. 'Jij weet niet wat je zegt! Jij hebt haar niet meegemaakt. Maar dat kind is een wanhoop! Een wandelende ramp, dàt is het!'

'Volgens mij was ze bang', antwoordde Denise rustig.

'In de parking, bedoel je? Natuurlijk was ze bang. Dat waren we allemaal. Maar zij zegt dingen die iemand met een béétje hersens absoluut níet zou zeggen!'

'Dat zal ze dan wel leuk vinden', zei Denise.

Richard pakte zijn glas en keerde zich opnieuw naar het raam. Met Denise viel ook niet te praten.

Wat was Stefanie dan anders! Een half woord – en ze begreep wat hij bedoelde. Natuurlijk was ze fel en soms achterdochtig. Maar zou hij dat niet zijn in een land vol vreemdelingenhaters?

Vreemdelingenhaters... dat waren het allemaal! Van hoog tot laag. Nog te beroerd om het kleinste stukje van het land af te staan aan anderen die het nog veel moeilijker hadden. Doodsbang dat ze zelf niet aan hun trekken kwamen!

Hij kneep in het glas tot zijn knokkels wit werden. Het liefste zou hij ze achter hun bureaus vandaan sleuren, in dozen verpakken en op zee dumpen.

Hij zette dat waanidee onmiddellijk uit zijn hoofd.

Natuurlijk was bescheiden aankloppen beter. Dan een gesprek aanvragen, beleefd en voorkomend. Zeggen dat hij de situatie heel goed begreep. Maar toch een verzoek indienen om de meisjes toe te laten. Al was het maar voorlopig. Hij zou die ambtenaren moeten prijzen, met emmers stroop smeren, slijmen en geduld hebben.

En pas als dàt niet hielp...

Hij liep naar de deur.

'Wat ga je doen?' vroeg Anita.

'Nadenken.'

Anita tikte met haar vingertoppen tegen elkaar. 'Dat is tenminste íets. Als ik je ergens mee kan helpen?'

Hij schudde zijn hoofd. Dit zou hij alleen moeten opknappen.

Hij zette zijn glas weg en wilde de kamer verlaten, toen Wesley binnenkwam. 'Hallo. Ga je weg?'

'Ja.'

'Dan ga ik mee.'

'Zal ik ook meegaan?' bood Denise aan. 'Of ga je niet naar mijn vader?'

'Je mag je vader waarschuwen dat we er aankomen', zei hij. En tegen Anita: 'Zeg maar tegen Sylvester dat ik een poosje wegblijf.'

Anita zei: 'Doe geen domme dingen.'

'Ik ga het verkeer ontregelen', antwoordde hij grimmig. 'Het stadhuis in brand steken en bommen leggen in treinen. Is het nou goed?'

Ze verlieten het bovenhuis en namen op het Weteringplantsoen de lift naar de eerste ondergrondse woonlaag. Daar koos Richard de snelle voetgangersbaan naar het centrum.

Wesley vroeg: 'Wat ben je van plan?'

'Zul je wel zien.'

'Naar de vader van Denise?'

'Onder andere.'

Even was het stil. Toen zei Wesley: 'Ik heb de politie-info bekeken. Anik, Stefanie en Rasja zitten in bureau Marnixstraat.'

Richard knikte. Hij keek er niet van op. Daar waren ze de vorige keer ook geweest. Hij zei in een opwelling: 'Wie weet ontsnappen ze nòg eens.'

Wesley schudde zijn hoofd. 'Geen kans. Ze weten het van Anik. Ze houden haar nu constant in de gaten. Ik geloof dat ze haar zelfs interessant vinden.'

Richard zei woedend: 'Dat was niet gebeurd als Rasja haar waffel had gehouden!'

Ze bereikten het knooppunt onder het Muntplein en stapten over op een baan die hen in een lange bocht naar het stadhuis voerde. Een lift bracht hen omhoog naar de derde verdieping bovengronds.

Prachtige gangen, afwisselend boogvormig, zeskantig of driehoekig, met wijnrode en azuurblauwe vloeren. Tentoonstellingsruimten tussen geraffineerd opgestelde coulissen. Transparante plafonds die elk uur van kleur veranderden. Richtingpanelen die oplichtten zodra er bezoekers naderden.

'Prefectuur', zei Richard. 'Dat is hier.'

Een deur zoefde open en dicht. Ze stonden in een cirkelvormige ruimte met gesloten wanden. Een formeel klinkende stem uit een luidspreker zei: 'Leg je persoonscard op de receiver.'

Richard en Wesley haalden hun cards te voorschijn en legden die op een plaat aan de wand.

Opnieuw klonk de stem: 'Wat is het doel van je komst?'

'We willen prefect Bjorn Rossenberg spreken', antwoordde Richard.

'Waarover?'

'Dat weet de prefect zelf.'

Even was het stil. Daarna zei de stem: 'Kamer achthonderdtien.'

In de wand werd een deur zichtbaar die met een zachte fluittoon openging. Er achter lag een kamer in lichtpaars en grijs, met kleine ramen als de patrijspoorten van een schip. Aan een bureau zat een man van midden dertig met donker golvend haar in wie Richard in één oogopslag de gelijkenis met Denise zag.

Hij groette vriendelijk en wees naar een paar gemakkelijke stoelen. 'Als je wilt mag je zitten.' Hij vervolgde dadelijk: 'Ik weet wie jullie zijn en waarvoor jullie komen. Denise heeft mij ingelicht. Ik ben alleen bang dat ik weinig voor jullie kan doen.'

Het eerste obstakel, dacht Richard. Dat begon meteen al goed! Wat kon hij nu het beste doen, in de aanval gaan of zwijgen? Hij besloot tot het laatste en bleef de man tegenover hem strak aankijken.

'Het is een zaak van de vreemdelingendienst', zei Bjorn. 'En dat is mijn afdeling niet.'

Nee, gromde Richard in zichzelf. Wáár je ook komt, het is nooit hun afdeling!

'Jullie moeten dat begrijpen', zei Bjorn. 'Ik ben prefect van onderwijs. Het enige wat ik voor jullie kan doen is aan de prefect van justitie vragen of hij jullie wil ontvangen.'

Richard verbrak zijn zwijgen. Hij zei op koele toon: 'Jammer dat jij ons niet kunt helpen. Denise zal het ook jammer vinden.'

De ander fronste zijn voorhoofd. 'Wat heeft Denise ermee te maken?'

'Ik help Denise wel eens met moeilijke vakken.' In werkelijkheid had hij dat één keer gedaan. Maar dat zou Bjorn nu toch niet navragen.

De prefect bekeek hen peinzend. Toen zei hij: 'Wacht in de hal. Ik neem contact op met Ramon Fridman, de prefect van justitie.'

Richard knikte. De prefect van justitie kende hij niet, hij had hem zelfs nog nooit gezien.

Even later stonden ze buiten de kamer. De deur achter hen ging dicht en werd één geheel met de wand.

'Ze zijn hier gek op onzichtbare deuren', zei Wesley terwijl hij zich op een bank liet zakken. En toen: 'Wat vind je van Bjorn?'

'Echte ambtenaar', antwoordde Richard. 'Houdt zich aan de regels.'

Ze zwegen en wachtten. Bezoekers kwamen en gingen, waarbij steeds dezelfde deur zichtbaar werd, maar de vertrekken erachter volkomen van elkaar verschilden – alsof ze in een onmerkbaar ronddraaiende carrousel zaten. Maar dat interesseerde Richard nauwelijks. Veel belangrijker was dat de tijd verstreek en dat dat niet in hun voordeel was.

Na een tijdje zei Wesley: 'Toch geloof ik dat we goed zitten.'

'Hoe kom je daarbij?'

'Intuïtie.'

'Intuïtie?' Richard keek hem broedend aan. 'Ik dacht dat jij die niet had. Tenminste, dat heb jij steeds beweerd. Je zei ook dat je geen geest had en meer van die onzin.'

'Ik heb me vergist', zei Wesley bedachtzaam. 'Ik heb wèl intuïtie.' Bijna plechtig liet hij erop volgen: 'Ik heb ook een geest.'

Richard keek stomverbaasd. 'Hoe kom je daar opeens bij?'

'Ik heb mijzelf gezien', zei Wesley.

Als Richard een antwoord had gegeven, had hij gezegd dat hij nog niet vaak zo'n wartaal had gehoord. Nu bleef hij Wesley alleen aanstaren.

Wesley zei: 'Gisteren ben ik toch bij die schipbreuk verdronken.'
Richard wilde protesteren, maar hij hield op het laatste moment zijn
mond. Het was waar: Wesley wàs verdronken. Daarna hadden ze
met veel moeite weer leven in hem gekregen.
'Toen is er iets heel merkwaardigs gebeurd', zei Wesley. 'Ik hield
Rasja vast aan haar short, totdat er een golf over me heen sloeg. Ik
ging meteen onderuit en opeens was ik alleen. Het kolkte en bruiste
aan alle kanten. Ik wist ook niet meer welke kant ik op moest. Ik
kreeg water binnen en toen zweefde ik zomaar boven de golven.
Maar ik zag mijzelf drijven. Stefanie was er ook. Ze was alleen. Ik
weet nog dat ik dacht: waar is Rasja? Maar ik was niet bang. Ik zag
Stefanie ploeteren en toen kwam jij. Ik dacht: waar maken ze zich
toch zo druk om? Ik ben híer toch!
Toen was ik opeens in een grot. Nee, een soort tunnel was het, want
aan het einde was licht. Het was er warm. Niet gewoon warm,
maar... ik kan het niet goed zeggen. En het licht was fantastisch,
zoiets had ik nog nooit gezien. Iemand vroeg mij: Wil je terug? En ik
zei: Ja, want ik moet ze helpen. En toen zag ik jullie. We waren op
het strand. Ik moest overgeven en verrekte van de pijn in mijn
borst.'
Richard vergat de koele zakelijkheid van het stadhuis. Hij vergat
ook wat hij straks tegen de prefect van justitie zou zeggen. Hij
luisterde met open mond.
'Nu weet ik dus dat ik een geest heb', zei Wesley. 'Eigenlijk heb ik
twee iks. Ik zag mijzelf drijven, heel duidelijk. Dat was ik-één. Maar
ik zweefde ook in de lucht. Dat was ik-twee. Ik-één was mijn
lichaam, dus moet ik-twee mijn geest zijn. Of niet?'
Richard knikte werktuiglijk. Het klopte. Het verhaal had iets bekends, maar er was geen speld tussen te krijgen. En zoals Wesley het
zei leek het wel wiskunde. Tenzij het pure fantasie was. Maar dat was
onmogelijk, want niemand had hem gezegd wie hem uit het water
hadden gehaald. Dat had hij dus zelf gezien! Hij vroeg: 'Heb je het
aan iemand anders verteld?'
'Nee.'
'Ook niet aan je moeder?'
'Nee.'
'Waarom niet?'
'Ik denk dat ze het niet zou begrijpen.'

Richard knikte, maar hij kon het Wesley's moeder niet kwalijk nemen.

Wesley gaf hem een stomp. 'Kijk niet zo dom! Ik weet nu absoluut zeker dat ik ook intuïtie heb.' Grijnzend voegde hij eraan toe: 'Bij het BIAC zullen ze wel opkijken, denk je niet? Misschien ben ik de eerste kloon met een geest.'

Richard dacht aan de lange tijd dat Wesley levenloos op het strand had gelegen. Hij vroeg: 'Is het echt helemaal waar?'

Wesley keek verwonderd. 'Hoezo, echt helemaal waar?'

'Ik bedoel – heb je er niets bij gefantaseerd?'

'Natuurlijk niet! Waarom zou ik?'

'Je kunt het toch gedroomd hebben. Dan is het net...'

'Het wàs geen droom!' viel Wesley hem in de rede. 'Dromen verdwijnen. Ik kan ze niet onthouden. Wat er gisteren gebeurde weet ik nog precies. Ik hoef er maar aan te denken en ik zie het voor me.'

'Maar op de een of andere manier komt het me bekend voor', zei Richard aarzelend.

'Dat kan', antwoordde Wesley laconiek. 'Gisteravond heb ik gekeken naar de HV-informatiebank, want ik wilde weten of mijn hersens een opdonder hadden gekregen, of ik misschien een beetje gek geworden was. Maar het stond er, bij BUITENZINTUIGLIJKE WAARNEMINGEN. Tienduizenden hebben net zoiets meegemaakt.'

'O.' Richard kwam in een wereld terecht waar hij niets van begreep. Wàt had Wesley precies gezien? En waar was hij geweest, in het hiernamaals?

Bij het woord alleen al gingen zijn haren overeind staan. Het riep gedachten op aan primitieve verhalen over een paradijs met engelen of een hel vol duivels. Maar wetenschappelijk hadden ze het bestaan ervan nooit kunnen vaststellen. Alleen een dode kon erover vertellen.

Was Wesley dan dood geweest? Had hij zich dáárom zo vreemd opgewekt gedragen?

'Sinds gisteren weet ik dus dat ik intuïtie heb', zei Wesley monter. 'En nu heb ik het gevoel dat het wel in orde komt. Met Anik, met Stefanie en ook met Rasja. Wat zegt jouw intuïtie?'

'Niets', zei Richard. Dat was waar. Met het voortdurend zoeken naar een oplossing had hij zich zo afgetobd dat andere ervaringen waren uitgeschakeld.

Een stem klonk uit de luidspreker: 'Richard en Wesley – kamer achthonderdvijftien.'

De wand schoof fluitend open naar een brede gang met zichtbare deuren en een wapendetector. Aan een balie met informatiedisplays zat een man van een jaar of dertig. Hij droeg een passe-partout met de naam Fred. Hij verwelkomde hen met een knikje. 'Jullie willen de prefect van justitie spreken?'

'Ja.' Het kostte Richard moeite zich los te maken van wat Wesley hem verteld had.

'Het spijt me', zei Fred. 'Maar de prefect heeft een bespreking. Hij kan jullie niet ontvangen.'

Het tweede obstakel, dacht Richard. Waarschijnlijk moeilijker dan het eerste. Misschien zelfs onoverkomelijk. Als hij iets wilde bereiken zou hij zich tot het uiterste moeten concentreren. Hij vroeg: 'Waarom niet?'

'Dat hoor je toch – de prefect heeft een bespreking. Als je wilt kun je een afspraak maken.'

'Voor wanneer?'

'Kan enkele dagen duren.'

Richard schudde zijn hoofd. 'Dan is het te laat.'

'Wat is te laat?'

'Dat gaat je niets aan.'

Fred trok een gezicht of hij vaker met lastige bezoekers te maken had.

'Ik wacht hier tot de prefect met ons wil praten', zei Richard.

'Dat is onmogelijk.'

'Waarom?' Richard wees op een bank. 'Er is hier plaats genoeg.'

'Er komen straks meer bezoekers', zei Fred.

'En die kan de prefect wel ontvangen?'

'Die hebben een afspraak.' Freds toon werd ongeduldig.

Richard slikte iets weg. Zo kwam hij er niet. Hij zou het op een andere manier moeten proberen. Voorover op de balie leunend zei hij: 'Jij hebt natuurlijk informatie over de schipbreuk met die toeristenboot gisteren op de Flevozee?'

Fred haalde zijn schouders op. 'De HV heeft het gemeld. Heeft dat iets met jullie bezoek te maken?'

'Alles.' Volhouden, dacht hij. Desnoods leugens verzinnen, als hij de prefect maar te spreken kreeg.

Fred gaf geen antwoord en vloog met rappe vingers over het toetsenbord. Hij zei: 'Toeristenboot gestrand bij Ermelo. Eén gewonde. Oorzaak onbekend.'

'Juist!' zei Richard.

Fred keek hem onderzoekend aan. 'Wil jij beweren dat jullie daar meer van weten?'

'Ja.'

'Dat kun je dan ook aan mij vertellen. Ik geef het wel door.'

Richard zweeg. Hij bleef de ander aankijken als bij een spel wie het eerst de ogen neerslaat.

Fred zei nijdig: 'Als jullie de boel belazeren ben je nog niet klaar met me!' Hij tipte een andere toets aan en draaide zich naar de visafoon. 'Ramon, die twee jongens zijn er nog. Ze weten meer van de schipbreuk bij Ermelo, zeggen ze! Misschien toch interessant.'

Er kwam een zacht, voor Richard onverstaanbaar antwoord. Daarna zei Fred: 'Tweede deur rechts.'

Gevolgd door Wesley liep Richard de gang door. Hij probeerde dat zo ontspannen mogelijk te doen, maar al zijn spieren waren verkrampt. Het ergste was echter dat hij alles kwijt was wat hij zeggen wilde. In zijn hoofd leek het een ongeordende brij. En toen de deur openging stapte hij mechanisch over de drempel.

De kamer van de prefect van justitie was voornaam ingericht met violetkleurige meubels tegen een achtergrond van roze en geel. Er hing een frisse bloemengeur en trapeziumvormige ramen zagen uit op de Amstelgracht. Op een bank aan de linkerkant, naast een beeld van een vrouw met een weegschaal, zaten twee senioren van een jaar of vijfenzestig, zeventig.

Achter een tafel met een computer, een telekom en een antieke klok zat prefect Ramon Fridman: een tengere man met een glad gezicht, een hoog voorhoofd en een licht gebogen neus. Zijn blik was onderzoekend. 'Jullie weten meer over die toeristenboot?'

'Ja.' Een harde, dacht hij. Iemand die recht op zijn doel af ging. Dat moest hij dan ook maar doen. Hij zei: 'Wij hebben twee Vlaamse meisjes ontmoet. En toen...'

'Illegaal?' informeerde Ramon.

'Ja.'

'En nu komen jullie mij vragen om een verblijfsvergunning voor die meisjes?'

'Ja...' Richard was te verbluft om meer te zeggen. Dit ging wel erg snel.

Ramon tikte op toetsen van zijn computer. Toen zei hij: 'Het gaat om de meisjes Stefanie en Anik, nietwaar?'

'Ja.'

'Welke argumenten hebben jullie voor het aanvragen van een verblijfsvergunning?'

Dat was tenminste iets waar Richard over had nagedacht. Hij zei: 'Stefanie en Anik zijn vluchtelingen. In Vlaanderen werden ze tegen hun wil vastgehouden en...'

'Dat hebben ze jullie verteld?' onderbrak Ramon hem opnieuw.

'Ja.'

'En jullie geloofden dat?'

'Of wij dat geloofden?' Het was nooit in Richard opgekomen om het niet te geloven. En langzamerhand begon Ramons arrogantie hem te irriteren. 'Natuurlijk geloofden wij dat', antwoordde hij kortaf. 'Anik zat in een instituut waar ze...'

'Parapsychologisch Instituut in Kortrijk', zei Ramon. 'Mijn Vlaamse collega's hebben mij ingelicht. Maar het meisje Anik zat daar niet tegen haar wil. Dat kan dus nooit de reden zijn geweest om naar Nederland te komen.'

'Ze zat daar wèl tegen haar wil!' protesteerde Richard. 'Ze had geen enkele vrijheid.'

'Was ze in levensgevaar?' informeerde Ramon. 'Werd ze mishandeld?'

'Ja! Ze deden constant proeven met haar.'

'Psychokinese', zei Ramon met een glimlach. 'Ik weet het. Ik heb altijd een beetje medelijden met mensen die daar serieus onderzoek naar doen. Maar kwaad kan het niet, lijkt mij. En van mishandeling is geen sprake. Tenslotte gaat het om wetenschappelijk onderzoek.'

'Wetenschappelijk onderzoek?' zei Richard verontwaardigd. 'Zeg maar gerust wetenschappelijk gemartel! Neurologen doen proeven met hersenen en biologen snijden stukjes orgaan weg om nieuwe te kweken. Wat ze vroeger met dieren deden, doen ze tegenwoordig met mensen.'

'Dat heeft weinig met jullie verzoek te maken', zei Ramon.

'Dat heeft er àlles mee te maken!' antwoordde Richard. 'Stefanie en Anik zijn niet zomaar gevlucht. Ze denken hier in Nederland...'

'Ze hadden moeten bedenken dat er in Nederland te weinig ruimte is', zei Ramon. 'Maar dat hebben...'

Richard stapte naar voren en sloeg zo hard op de tafel dat de klok stond te trillen. 'Mag ik verdomme eindelijk eens uitpraten! Wie zegt dat er in Nederland te weinig ruimte is? Zeg jij dat omdat iedereen het zegt? Heb jij daar zelf serieus onderzoek naar gedaan? Of praat jij iedereen na? En heb jij ook wel eens nagedacht over wat rechtvaardig is? Jij hebt daar zo'n mooi beeld staan, maar doe je er ook wat mee? Of ben jij zo'n bureaucraat die stomme regels maakt en even later zegt: Het spijt me, het zijn nou eenmaal de regels?'

Ramon stond op. Hij zei toonloos. 'Ik laat me niet beledigen.'

Een van de senioren kuchte zacht. 'Ramon, ik heb geen belediging gehoord. Laat die jongen uitspreken.'

'Nederland staat voor de helft onder water', zei Richard. 'Maar de andere helft heeft een fantastische natuur. Want voor die natuur wordt alles gedaan. Maar...'

'Ben je het daar dan niet mee eens?' vroeg Ramon op scherpe toon.

'Natuurlijk ben ik het daarmee eens! Maar ondergronds bouwen we complete steden. Dáár is ruimte, oneindig veel ruimte!'

Ramon sloeg zijn armen over elkaar. Hij zei droog: 'Intussen heb ik nog geen steekhoudende argumenten gehoord om die Vlaamse meisjes in Nederland toe te laten. Nog afgezien van het feit dat illegale migratie niet onder mijn prefectuur ressorteert, maar onder de vreemdelingendienst.

Richard zweeg. Die prefect was een kouwe kikker. Dat Stefanie en Anik in wanhoop naar Nederland waren gevlucht interesseerde hem geen barst!

Het liefst had hij hem aan zijn oren dwars over zijn bureau gesleurd.

Een van de senioren vroeg: 'Is verliefdheid een argument?'

Ramon draaide zich om. 'Verliefdheid?'

De seniorman glimlachte fijntjes. 'Heb jij dat dan niet gezien, Ramon?'

Het kostte Richard al zijn wilskracht om de prefect strak te blijven aankijken.

Ramon trok zijn wenkbrauwen op. Hij vroeg aan Richard: 'Is dat waar? Ben jij verliefd op een van die meisjes?'

Richard klemde zijn lippen opeen. Dat was het laatste wat hij aan een man als Ramon zou bekennen.

288

'En als die verliefdheid morgen weer bekoeld is?' vroeg Ramon met dunne stem.

Toe maar! dacht Richard. Zeg maar dat Stefanie en Anik niet welkom zijn. Dat je geen uitzondering kunt maken. Dat je...

'Heb jij wel eens van Pascal de Vlaming gehoord?' vroeg Wesley opeens aan Ramon.

Ramon ging zitten en knikte. Aan de senioren legde hij uit: 'Crimineel. Gepakt op verdenking van het maken van valse persoonscards.'

'Is dat alles?' stoof Richard op. 'Die kerel hield vluchtelingen gevangen! Hij wilde organen van hen gebruiken! Wíj hebben ervoor gezorgd dat hij gearresteerd is.'

'Dat is maar gedeeltelijk waar', zei Ramon. 'Wij zijn jullie dan ook gedeeltelijk erkentelijk. We laten het meetellen als verzachtende omstandigheden bij jullie hulp aan illegale migranten. Want ik neem aan dat jullie weten dat dat strafbaar is.' Hij vouwde zijn handen. 'Tussen haakjes, Fred zei dat jullie meer wisten van dat ongeluk met die toeristenboot?'

'Dat heeft Fred dan verkeerd begrepen.' Richard zei het knarsetandend. Hij was niet van plan nog ergens aan mee te werken.

'Ik dacht dat jullie wisten wat daarvan de oorzaak was.'

'Dat zijn we vergeten.'

Ramon zei: 'We zullen het onderzoeken.' Hij boog zich naar zijn telekom: 'Fred, wil jij de bezoekers uitlaten?'

Tegen Richard zei hij: 'Ook ik moet mij aan de wet houden.'

Verrekkeling, je kunt barsten! Dat had Richard het liefste gezegd. Maar hij zei sarcastisch: 'Als jij me nodig hebt, kun je altijd op me rekenen.'

27

Richard wist dat hij de kamer moest verlaten. En vlug ook, anders zou hij de inventaris in elkaar slaan.

Daarom was hij volledig verrast toen Wesley bleef staan.

Ramon maakte een ongeduldig gebaar. 'Jullie kunnen gaan. Je ziet dat ik een bespreking heb.'

'Dat zien we', zei Wesley. 'Maar je hebt nog steeds niet gezegd of Stefanie en Anik mogen blijven.'

'Ik dacht dat ik duidelijk genoeg was geweest', antwoordde Ramon geprikkeld.

'Maar ik niet', zei Wesley brutaal. 'Heb jij wel eens van het BIAC gehoord?'

Ramon bleef bewegingloos achter zijn bureau zitten. Alleen in zijn hals zwollen spieren.

'Ik zie dat je ervan gehoord hebt', zei Wesley.

De stem van Fred kwam uit de telekom: 'Moet ik die jongens komen halen?'

Ramon reageerde meteen: 'Nee, wacht even.'

Wesley vervolgde rustig: 'Ik kan je vertellen dat ze bij het BIAC niet blij zullen zijn als ze horen hoe je mijn vrienden behandelt.'

Ramon stond opnieuw op en begon heen en weer te lopen. 'Wat heb jij met het BIAC te maken?'

Een glimlach van Wesley was het enige antwoord.

Ramon herstelde zich. Hij zei: 'Het BIAC bemoeit zich niet met illegalen.'

'Normaal doen ze dat ook niet', antwoordde Wesley. 'Maar ik zal ze de situatie uitleggen. Ik weet zeker dat ze naar mij luisteren.'

De jongste senior vroeg: 'Ik mag aannemen dat jij een kloon bent?'

Wesley knikte beleefd. 'Dat klopt.'

Richards woede maakte plaats voor verbazing. Tegelijkertijd zag hij Ramons onzekerheid toenemen. Was hij bang voor het BIAC?

Wesley zei tegen Ramon: 'We spreken af dat jij het politiebureau aan de Marnixstraat opdracht geeft om Stefanie en Anik vrij te laten. Breng ze naar het huis van Sylvester aan de Weteringschans.' Hij keek naar de klok op het bureau. 'Het is nu half twaalf. Wij wachten daar tot half twee.' Zonder te groeten keerde hij zich om en verliet de kamer.

Richard volgde hem, maar zijn hoofd gloeide.

Pas toen ze de prefectuur uit waren zei hij: 'Daar trapt-ie nooit in!'

'Ramon werd bang', zei Wesley. 'Dat zag je toch!'

'Ja. Maar waarom?'

'Ik denk dat-ie mensen kent bij het BIAC, mensen die wat te zeggen hebben.'

'Dat weet je dus niet zeker?'

'Nee.'

'Maar waarom begon je er dan zomaar over?'

'Intuïtie', zei Wesley. 'En bluf. Heb ik van jou geleerd.'

Ze daalden af met de lift en namen de rolbaan naar de stadsrand.

Toen ze op het Weteringplantsoen bovengronds kwamen, zei Richard: 'Wat doen we als ze Stefanie en Anik niet vrijlaten?'

'Dan laten we Amsterdam onderlopen', zei Wesley.

Ze wachtten in het huis aan de Weteringschans. Ze praatten met Anita en Denise over onbenullige dingen. Ze werden nerveus.

Om kwart voor één kwamen Sylvester en daarna Claus en Angeline binnen.

'En?' Claus beweeglijke gezicht stond belangstellend.

'We wachten op Stefanie en Anik', zei Richard.

'En Rasja', zei Wesley.

'Hoezo? Komen ze vrij?'

'We denken van wel.'

Sylvester keek verbaasd. 'Waarom denken jullie dat?'

Ze vertelden het hem.

Hij keek bedenkelijk. 'Zijn jullie niet een beetje te optimistisch?'

'Optimisme is tenminste positief', zei Anita. 'Van pessimisme is nog nooit iemand beter geworden.'

Richard keek uit het raam, voor de honderdste keer. Hij moest de lift op het plein in de gaten houden, want daar zouden ze waarschijnlijk vandaan komen.

Tenminste àls ze kwamen.

De tijd verstreek. Achter hem kabbelde het gepraat van de anderen. Voor hem fietste een groep kinderen de stad uit. Hij lette er niet op. Hij merkte nauwelijks dat Wesley naast hem kwam staan. Hij bleef kijken tot zijn ogen pijn deden.

Stefanie, Anik en Rasja kwamen niet uit de lift. Ze stonden plotseling voor het huis alsof ze uit de lucht kwamen vallen. En ze wuifden naar hem.

Eén seconde stond hij als aan de vloer genageld. Toen brulde hij: 'Ze zijn vrij!' Hij vloog de kamer uit en de trap af.

Het volgende ogenblik hield hij Stefanie in zijn armen. Hij wilde haar tegelijk iets toefluisteren, maar het lukte slecht.

Over haar schouder zag hij een patrouillewagen van de politie. Hij schonk er geen aandacht aan.

Pas toen Wesley beneden kwam zei Richard: 'Híj heeft het voor elkaar gekregen.' Stefanie knikte met toegeknepen lippen.

Ze liepen naar binnen.

Ze maakten kennis.

Ze praatten allemaal door elkaar.

Rasja hing Wesley om de hals. 'Ik blijf in Amsterdam!' juichte ze. 'Ik hoef niet terug naar de Galgeberg!'

'Misschien mag je hier wel blijven', zei Denise. 'Gaan we samen de stad in. Maar wel met andere kleren aan.'

'Andere kleren?' Rasja gilde van enthousiasme. 'Gaan we die echt kopen? Heb jij een betaalring? Dan gaan we zeker ook scurry drinken! Ik vind Amsterdam fantastisch, weet je dat! En dit huis ook. Ik heb nog nooit zo'n huis gezien!'

Claus gaf Richard een knipoog. 'Geinig opdondertje!'

Richard snoof. 'Geinig opdondertje? Natuurramp kun je beter zeggen. Ik heb nog nooit zo'n hopeloos...'

Hij werd onderbroken door Stefanie, die hem de hal in trok. Haar gezicht stond op een speciale manier ernstig. 'Richard, ik moet je wat vertellen...'

'Ja, natuurlijk! Hoe was het in dat politiebureau? Kregen jullie genoeg te eten? Hebben jullie goed geslapen? Hebben ze jullie verhoord?'

Stefanie knikte. 'Alles.'

'Hoezo alles?'

'Alles wat jij zegt.'

'En na een tijdje hebben ze jullie vrijgelaten', vúlde hij aan.

Stefanie gaf geen antwoord. Ze sloeg haar ogen neer. Over haar wangen gleden tranen.

Richard stond meteen als verlamd. Er was iets fout, wist hij. Er was iets verschrikkelijk fout. Hij stotterde: 'Stefanie, wat is er met jou? Je bent nu toch vrij!'

Ze schudde haar hoofd zonder hem aan te kijken. Ze fluisterde: 'Ik mag hier niet blijven. Beslissing van de vreemdelingendienst. Ik moet terug naar Vlaanderen. Morgenvroeg.'

Richard voelde het bloed uit zijn gezicht trekken. Hij wilde iets zeggen, maar zijn woorden bleven steken.

'Anik mag wel blijven', zei Stefanie. 'Ze zeiden dat ze begrip hadden voor haar situatie.'

'Begrip?' Richard herhaalde het woord alleen. Hij was niet in staat normaal te denken.

'Ze vinden dat ik terug moet omdat ik in Vlaanderen geen gevaar loop.'

'Is dat zo?' Het kwam er hees uit. 'Jij hebt Anik helpen ontsnappen. Is dat soms niet strafbaar? Word jij niet opgepakt zodra je over de grens bent?'

'Dat... dat weet ik niet.'

'Dat weet ik wel!' barstte hij uit. 'Ze arresteren je, net zoals ze dat hier gedaan hebben! Ze sluiten je op!' Hij greep haar bij haar schouders en siste haar toe: 'Stefanie, jij blijft hier in Nederland! Voor jou vind ik een schuilplaats!'

'Maar dat kan niet.'

'Dat kan wèl! Al zal ik het hele land...' Hij stopte toen hij ontdekte dat het in de kamer stil was geworden. Hij keek om.

In de deuropening stonden Anik en Wesley, zwijgend, met bleke gezichten.

Richard liet Stefanie los. Zijn handen waren slap en gevoelloos. Hij zei tegen Wesley: 'Ze heeft het jou verteld?'

Wesley knikte.

Richard zei star: 'En jij had gezegd dat alles goed zou komen!'

Wesley haalde met een gebaar van hulpeloosheid zijn schouders op. Met zijn slungelige armen en vlassige haar zag hij er ongelukkig uit.

Anik kreeg plotseling kleur op haar wangen. Ze zei tegen Richard: 'Wil jij Wesley iets verwijten? Dat is niet eerlijk!'

Richard sloeg zijn ogen neer. Anik had gelijk. Wesley had hem juist enorm geholpen. Dagenlang. Waarschijnlijk zou niemand anders dat gedaan hebben.

Hij zei: 'Sorry Wesley.'

Wesley knikte. Toen zei hij op een verbeten manier: 'Maar we hoeven het niet te nemen. Ik ga naar het BIAC.'

Richard keek twijfelend. Maar een sprankje hoop begon te gloeien.

'Ik vraag me af of dat zin heeft', zei Sylvester.

'Waarom zou dat geen zin hebben?' vroeg Richard op agressieve toon.

'Omdat ik me van de laatste tien jaar geen enkel geval kan herinneren dat iemand als Stefanie in ons land mocht blijven. Want zij wordt niet met de dood bedreigd, zij wordt niet gemarteld, zij...'

'Nee, ze wordt opgesloten!' snauwde Richard.

'Dat is helemaal niet zeker. Sterker nog: ik heb nooit gehoord dat ze er in Vlaanderen een gewoonte van maken zomaar allerlei mensen op te sluiten.'

Richard zocht tevergeefs naar tegenargumenten – het was of er proppen in zijn hoofd zaten.

Hij hoorde Angeline zeggen: 'Richard, als je wilt kun je Stefanie toch in Vlaanderen opzoeken. Met een toeristenvisum zal niemand jou aan de grens tegenhouden.'

'En Stefanie kan hierheen komen', zei Anita.

Richard gaf geen antwoord. Maar de gedachte dat hij Stefanie maandenlang niet zou zien maakte hem woedend. Altijd die rottige bureaucratie! En dat eindeloze geklets om het nog goed te praten ook! Om beroerd van te worden! Dan...

Het signaal van de visafoon brak zijn gedachten af. Op het scherm verscheen een blonde man van een jaar of dertig.

'Die ken ik!' zei Wesley opgewonden. 'Dat is Lars van het BIAC!'

Richard staarde naar het toestel.

Sylvester tipte een toets aan en boog zich naar voren.

'Mijn naam is Lars,' zei de man. 'Ik ben wetenschapper bij het BIAC. Ik wil graag weten of die Vlaamse meisjes naar jouw adres zijn gekomen.'

'Klopt', zei Sylvester. 'Maar het is een tegenvaller dat een van die meisjes hier niet mag blijven.'

'Kan ik me voorstellen', antwoordde Lars vriendelijk. 'Wij hebben ons met de zaak beziggehouden nadat de prefecten van justitie en onderwijs ons de situatie hadden uitgelegd. Het hoofd van ons instituut heeft daarna contact gehad met de vreemdelingendienst. Ik veronderstel dat jullie wel zullen weten waarom dat gebeurd is.'

Richard keek met een scheef oog naar Wesley, die geconcentreerd meeluisterde.

'Helaas hanteert de vreemdelingendienst zeer stringente bepalingen', zei Lars. 'Het toelaten van de beide meisjes zou een onacceptabel precedent zijn, zeiden ze. Het enige wat ze konden doen was een van de meisjes een voorlopige verblijfsvergunning geven, omdat bij de manier waarop zij in dat parapsychologisch instituut behandeld is vraagtekens kunnen worden gezet. Maar dat was een hoge uitzondering.'

Wesley drong zich naar voren. 'Als die vreemdelingendienst niet meewerkt, ga dan naar de regering in Amersfoort!'

'Dat heeft geen zin, Wesley. Ik weet zeker dat niemand van de regering zijn best voor jullie zal doen.'

'Als die meisjes miljoenen meebrachten deden ze dat wèl!' snauwde Richard.

'Het spijt me', zei Lars.

Sylvester knikte. 'We nemen jou niets kwalijk. Jij hebt je best gedaan. Bedankt en tot ziens.'

Lars maakte een gebaar van ik-kan-het-ook-niet-helpen.

Daarna doofde het scherm.

Rasja zei: 'Ik snap er niks van. Die lulhannes had het over een precedent. Wat is dat nou weer?'

Sylvester antwoordde effen: 'Daar bedoelen ze mee dat als Stefanie hier mag blijven, ze ook andere buitenlanders moeten toelaten.'

'Wat een onzin!' zei Rasja. 'Niemand is toch hetzelfde als Stefanie!'

Na een korte stilte zei Claus: 'Richard, ik snap best dat het rot voor je is, maar toch heb ik geen overdreven medelijden met jou. Dat heb ik wel met Stefanie en Anik. Want grotere vriendinnen zijn er niet, dat heb je mij zelf verteld. En nu worden ze uit elkaar geplukt.'

Richard keek zijn vader aan met gloeiende ogen. Op zulk gepraat zat hij nou net te wachten!

Hij wilde een scherp antwoord geven, toen Claus verder ging: 'Het valt me ook op dat Anik en Stefanie heel wat minder overspannen doen dan jij. Jij bent mijn zoon. Maar je bent ook mijn vriend, want ik mag je graag. Maar je moet ophouden tekeer te gaan als een kind dat zijn zin niet krijgt.'

'Ik mijn zin niet krijgen!?' antwoordde Richard woedend. 'Snap je dan niet dat het om meer gaat dan alleen mijn zin? Die politiek om vluchtelingen te laten oprotten vind ik waardeloos!'

'Het is zinloos daar in je eentje tegen te protesteren', antwoordde Claus. 'Als je wat wilt moet je een actiegroep van de grond zien te krijgen. Of anders een nieuwe politieke partij.'

Richard perste zijn lippen op elkaar. Met zijn vader viel niet te praten.

'Ik vind het toch wel zielig', zei Rasja. En tegen Richard: 'Als Stefanie er niet is ben ik zolang jouw vriendin, goed?'

Ze schoten in de lach.

Stefanie legde haar arm op Richards schouder. Tegen Rasja zei ze: 'Als je maar goed op hem past.'

'Doe ik!' antwoordde Rasja geestdriftig. 'Ik hou van Richard. Hij heeft mij van de Galgeberg gehaald, samen met Wesley. En in de tent heb ik bij hem geslapen.'

Richard maakte een gebaar van wanhoop, maar toen hij Stefanies lachende ogen zag, was het of spanning en woede van hem af vielen. Ditmaal was híj het die haar meenam naar een hoekje van de hal. Hij zei: 'Ik ben wel hartstikke blij dat ik je heb gevonden.'

Ze knikte en glimlachte. 'Ik ook.'

'Stefanie, bijna een week geleden zag ik je voor het eerst. En ik kon je niet meer vergeten. Misschien kwam dat ook wel doordat je mij toen hebt uitgescholden.'

'Ik jou uitgescholden?'

'Ja. Je zei hazekop.'

Ze schoot in de lach. 'Heb ik dat echt gezegd? Dat kan best. Het is het enige scheldwoord dat ik ken.'

Voor het eerst grijnsde Richard mee. 'Heb ik een hazekop?'

Ze duwde hem een eindje van zich af en knikte. 'Bruine hazekop. Staat je goed.'

Hij sloeg zijn armen om haar heen. 'Stefanie, ik hou van je.'

Het duurde even voor ze terug fluisterde: 'Maar je weet niet eens wie ik ben.'

'Dat weet ik wel! Je bent mooi, snel, brutaal, intelligent...'

Ze keek hem aan met ogen die voortdurend van glans wisselden.

'Ik kom naar Vlaanderen', zei hij vastberaden. 'Ik wil je beter leren kennen. Want je was ook vaak stil, zoals op die boot. Dan wist ik niet wat ik van je moest denken. Of komt dat doordat je steeds anders bent?'

'Misschien...' In haar toon lag iets raadselachtigs en aantrekkelijks tegelijk.

En meteen vlamde Richards woede weer op. Hij zei: 'Je zou hier misschien toch kunnen blijven. Daar vind ik vast wel wat op! En als...'

'Dat kan niet', antwoordde ze beslist. 'Dat heb ik je ook al eerder gezegd. Ik mag blijven tot morgenvroeg tien uur. Dat is al een hele gunst.'

'En als ik zorg dat je spoorloos verdwijnt?'

Als antwoord maakte ze de kraag van haar jack los en schudde haar haren naar achteren. 'Kijk.'

Een smalle halsband, zag hij. Zilvergrijs, zonder zichtbare sluiting. 'Wat is dat?'

'Een zender', zei Stefanie. 'Nu kunnen ze mij overal opsporen. Je hebt die politiewagen toch gezien?'

Richard voelde aan de halsband. 'Kun je hem er niet af krijgen?'

'Nee. Daar is een speciale magneetsleutel voor nodig.'

Het liefste was Richard opnieuw gaan schelden en tieren. Maar hij zei beheerst: 'We kunnen hem kapotknippen.'

Ze schudde haar hoofd.

'Met Anik in de buurt werkt-ie vast niet meer!'

'Nee Richard! Laat Anik met rust! Je hebt zelf gezien hoe gespannen ze steeds is! Doe maar je best om een goeie plek voor haar te vinden.' Met een lachje voegde ze eraan toe: 'En wees een beetje aardig voor Rasja.'

'Aardig voor Rasja? Ik heb nog nooit...'

Hij werd onderbroken door de komst van Wesley en Anik.

'Anik blijft een tijdje bij Sylvester in huis', zei Wesley. 'Dat hebben we net afgesproken.'

'En Rasja?' vroeg Richard.

Wesley kon een grijns niet onderdrukken. 'Jouw vader vindt haar geloof ik nogal leuk. Als ze niet naar een opvangcentrum gaat komt ze bij jullie in huis.'

Richard greep naar zijn hoofd. 'O allemachtig!'

Ze liepen naar de kamer op het moment dat Rasja uitriep: 'Denise, wat goed van jou! Richard zei dat jij dom bent, maar dat is helemaal niet zo!'

Richard kreunde. 'Dat bedoel ik nou!'

Denise zei vrolijk: 'Richard zegt vaker domme dingen. Hij denkt dat-ie veel weet, maar dat is niet zo.'

Wesley's gezicht was een en al lach. Hij zei tegen Richard: 'Weet je dat ik steeds meer van dat meisje ga houden?'

'Je bent gek', antwoordde Richard.

'Best mogelijk', zei Wesley. 'Misschien komt dat wel doordat ik een geest heb.' Tegen Anik zei hij opgewekt: 'Ga je mee? Laat ik je Amsterdam zien. Wie weet kun je nog één keer iets ontregelen. Krijgen we een chaos. En dan is Amsterdam het leukst.'

Richard moest iets overwinnen voor hij Stefanie bij haar hand pakte. 'Wij ook?'

'Ja!' antwoordde ze. 'We hebben nog bijna een dag. En in de toekomst zie ik je weer. Dat weet ik zeker.'

Wesley knikte nadrukkelijk. Maar in zijn ogen blonk opeens een vreemde glans.

En op het plein voor het huis begon hij schel te fluiten: 'I see the future twinkling in your eyes.'

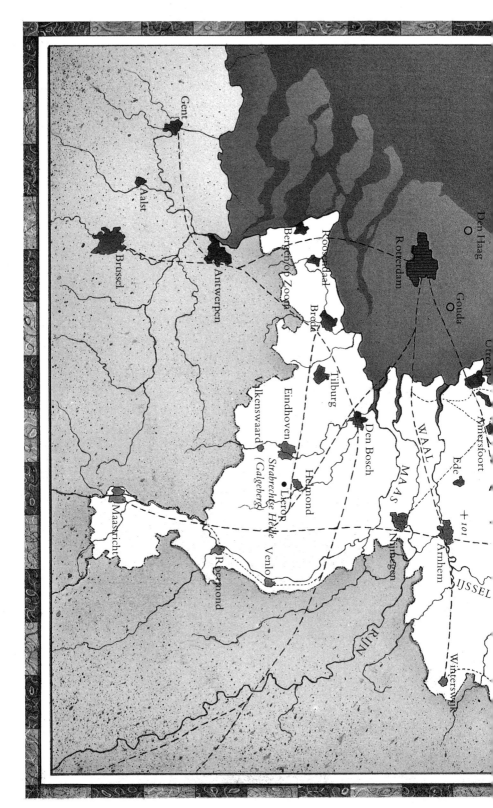